B.J. DANIELS

Jeux périlleux

Traduction française de
CHARLOTTE DEMANIE

BLACK ROSE

HARLEQUIN

Collection : BLACK ROSE

Titre original :
DEAD MAN'S HAND

HARPERCOLLINS FRANCE
83-85, boulevard Vincent-Auriol, 75646 PARIS CEDEX 13
Service Clients — www.harlequin.fr
ISBN 978-2-2805-0326-6 — ISSN 1950-2753

Édité par HarperCollins France.
Composition et mise en pages Nord Compo.
Imprimé en août 2024 par CPI Black Print (Barcelone)
en utilisant 100% d'électricité renouvelable.
Dépôt légal : septembre 2024.

FSC
www.fsc.org
MIXTE
Papier issu de sources responsables
FSC® C159065

Pour limiter l'empreinte environnementale de ses livres, HarperCollins France s'engage à n'utiliser que du papier fabriqué à partir de bois provenant de forêts gérées durablement et de manière responsable.

1

Repoussant son chapeau de cow-boy en arrière, DJ Diamond leva les yeux de son jeu de cartes pour regarder les trois hommes et la femme qui étaient assis autour de la table. Après avoir passé des heures à jouer avec eux au poker, il avait l'impression de les connaître mieux que s'il avait été leur père et pensait en savoir long sur leurs intentions.

Sauf cette femme. Son visage était impassible. Elle cachait admirablement bien son jeu. Elle portait un haut dos-nu d'un rouge éclatant et avait rassemblé ses longs cheveux blonds en une queue-de-cheval qui la rajeunissait. Mais ses grands yeux bruns et sa maîtrise du jeu trahissaient son expérience. Son attitude visait à déconcentrer les autres joueurs masculins. Et cela fonctionnait. Lorsqu'elle se penchait en avant pour miser, elle attirait irrésistiblement tous les regards sur elle – détournant ainsi leur attention de l'énorme somme d'argent qui se trouvait réunie au centre de la table.

Malgré la tension qui régnait dans la pièce, DJ était d'un calme olympien. Il était conscient de tout, y compris du montant exact du pot car si, l'un des hommes s'était couché, les deux autres étaient toujours en lice et, persuadés qu'il bluffait, ils avaient suivi sa mise.

Avec un peu de chance, il sortirait bientôt de cette pièce avec le pactole.

Mais pour le moment, tout le monde l'attendait. Il jeta un coup d'œil à ses derniers cinq cents dollars changés en jetons, les ramassa et les jeta sur la pile d'argent.

— Je vais devoir monter encore d'un cran, dit-il.

De l'autre côté de la table, il vit la jeune femme, qui se faisait appeler Tina, lui jeter un regard méfiant.

Il sourit et haussa les épaules.

— Si vous voulez voir ce que j'ai, cela va vous coûter cher.

— Quel imbécile arrogant, laissa échapper Sadie Montclair dans un souffle.

Elle savait que le cow-boy du Montana avait l'intention de s'emparer de cette cagnotte et que, lorsque cela se produirait, tout s'envenimerait rapidement. L'ancienne star du football qui était assis à côté d'elle avait manifestement trois reines dans son jeu. Le type en costume hors de prix qui se tenait à l'autre bout de la table devait, lui, avoir deux paires, peut-être même un as. Heureusement, le vendeur d'appareils d'électroménager s'était couché. Il avait perdu beaucoup d'argent, et elle l'avait rapidement identifié comme étant le plus imprévisible du groupe.

Elle soupira et regarda sa quinte avec regret avant de jeter ses cinq derniers jetons. Puis, déposant ses cartes face cachée sur la table, elle se laissa aller en arrière contre le dossier de sa chaise et s'étira, attirant ainsi tous les regards sur sa volumineuse poitrine.

— Voyons un peu ce que tu as dans le ventre, lança l'homme en costume au cow-boy en jetant lui aussi ses cinq jetons sur le tas d'argent.

Sadie haussa les épaules et glissa une main dans son sac accroché au dossier de sa chaise pour prendre son pistolet.

Le cow-boy étala ses cartes sur la table, révélant une quinte flush royale.

— Regarde et pleure, répondit-il avec un air arrogant.

— Espèce de salaud de tricheur ! hurla-t-elle alors en dégainant et en se levant si vite que sa chaise tomba en arrière. Il est tout seul ou vous êtes tous dans le coup ?

La voyant brandir une arme sur eux, tous les joueurs se levèrent brusquement.

— Tu croyais vraiment que tu allais pouvoir me berner, pauvre type ? lança-t-elle avant d'appuyer sur la gâchette.

Le bruit du tir fut assourdissant. Du coin de l'œil, Sadie vit les joueurs se précipiter vers la porte, le vendeur d'électroménager fermant la marche. Elle tira deux nouvelles fois sur le cow-boy et celui-ci tomba à la renverse. Quand la porte se referma sur les trois hommes, elle fourra l'argent dans son sac ainsi que son arme, puis jeta un regard sous la table.

Le cow-boy du Montana était étendu sur le sol, son stetson à ses côtés.

— Pauvre imbécile arrogant, lâcha-t-elle de nouveau.

2

— J'ai entendu, répondit DJ Diamond en gémissant. Bon sang, Sadie, tu m'as fait mal !

— Relancer la mise était une vraie provocation mais tu as voulu frimer même si tu sais que tu ne peux pas jouer comme ça avec ta chance et la mienne !

Il se releva lentement en grimaçant de douleur.

— Tu veux que je te dise ce qui était une vraie provocation ? C'était de me tirer dessus trois fois de suite. Une seule fois n'était pas suffisante ?

— Ça m'a semblé plus crédible, rétorqua-t-elle en le regardant ôter sa chemise puis son gilet pare-balles.

— Tu dois vraiment me détester, lui dit-il en souriant, malgré la douleur.

Une fois la chemise enlevée, il était difficile de ne pas admirer le torse musclé et bronzé du cow-boy.

— Alors, qu'en penses-tu ? lui demanda-t-il en passant une main dans son épaisse chevelure brune.

Pendant un instant, Sadie crut qu'il avait remarqué la façon dont elle l'avait regardé. Elle écarquilla les yeux et comprit soudain qu'il parlait seulement de leur soirée.

— Pas mal.

— Tu veux dire qu'on a fait un super coup ! J'ai peut-être

un peu exagéré mais ça a marché ! lui répondit-il avant de lui montrer la table. N'oublie pas les cartes.

En effet, les laisser ici aurait été une terrible erreur. Si l'un des joueurs comprenait qu'il s'était fait avoir et revenait, le fait de découvrir que le jeu était marqué signerait leur perte à tous les deux.

— J'ai faim, dit-elle en fourrant le jeu dans son sac à main.

DJ secoua la tête en rangeant avec précaution sa chemise et le gilet pare-balles dans la sacoche qui ne le quittait jamais.

— Tu as toujours faim, répondit-il à Sadie en enfilant un vêtement propre.

— J'ai tellement faim que je pourrais manger un steak et du homard.

— Tu n'as pas vraiment la tenue adéquate.

Posant son stetson sur sa tête, il s'approcha d'elle et attrapa l'une des fines lanières qui maintenaient son dos-nu en place.

— Ne surestime pas ta chance ce soir, lui dit-elle en se dégageant.

Même s'ils avaient l'habitude de plaisanter à ce sujet, leur relation avait toujours été strictement professionnelle. Cependant, avec le temps, Sadie commençait à sentir quelque chose circuler entre eux, quelque chose d'étrange qui, elle en était certaine, était réciproque...

DJ lui adressa son sourire le plus éclatant, celui qui, apparemment, séduisait la plupart des femmes.

— Je connais un bon restaurant de grillades et je sais que tu as une faiblesse pour les travers de porc.

— Tu ne crois pas que nous ferions mieux de nous débarrasser du butin d'abord ?

— Et si, pour une fois, tu me laissais compter les billets ? lui demanda-t-il en lui jetant un regard suppliant.

— Tu n'as pas besoin de les compter et moi non plus. Nous

savons tous les deux quelle somme nous avons récoltée. Tu cherches à gagner du temps, DJ.

— Tu ne peux pas me le reprocher. Nous devrions avoir une prime de risque, et tu le sais !

— Nous devrions surtout changer de métier, lui répondit-elle, même si elle savait que c'était impossible.

DJ était un joueur de poker né, il avait l'arnaque dans le sang.

— Peut-être un de ces jours… En attendant, dégageons d'ici au plus vite. Un des joueurs m'a rendue nerveuse.

— Il y en a toujours un qui te rend nerveuse, lui fit-il remarquer avant de la prendre par le bras pour la guider vers l'issue de secours.

— Celui qui un jour finira par nous faire tuer tous les deux, conclut-elle dans un souffle.

Le téléphone de DJ se mit à sonner, et il lâcha le bras de Sadie pour prendre l'appel.

— Que se passe-t-il, Keira ?

À l'autre bout du fil, son interlocutrice le suppliait de l'aider en sanglotant. Ayant toujours pris garde de ne pas mélanger sa vie privée avec sa vie professionnelle, DJ s'écarta de quelques mètres.

— Keira, si tu veux que je comprenne ce que tu me dis, tu dois te calmer.

Il l'entendit crier puis une voix masculine retentit à l'autre bout du fil.

— Je vais te dire ce qui ne va pas, Diamond. Ta sœur me doit de l'argent. Un paquet. Et il vaudrait mieux que je le récupère rapidement ou nous allons devoir revendre ses parts au plus offrant.

— C'était une de tes petites amies ? lui demanda Sadie quand il la rejoignit devant son SUV, dans un parking situé à quelques pâtés de maison de là où ils avaient organisé la partie de poker.

Elle remarqua que DJ semblait contrarié. Quelque chose avait obscurci ses yeux bleu vif et sa charmante désinvolture l'avait quitté. Sa première pensée fut que l'une de ses conquêtes l'avait appelé pour lui annoncer qu'elle était enceinte. Ou peut-être s'agissait-il d'un mari furieux qui voulait lui botter les fesses...

— Tout va bien ?

— Oui, j'ai juste quelque chose à régler, lui répondit-il d'une voix sombre. Dans le Montana. Je vais devoir m'absenter quelques jours.

— Tu as besoin d'aide ? s'enquit-elle, alertée par son soudain changement d'attitude.

— Non, mais c'est gentil de me le proposer. Ne t'en fais pas, je reviendrai vite.

— On reste en contact, conclut-elle en ouvrant la portière de la voiture.

Elle le vit alors regarder son sac et secoua la tête.

— DJ, tu sais que tu ne peux pas.

Il acquiesça en haussant les épaules.

— Je sais, approuva-t-il. Nous avons un accord, ne t'inquiète pas, je le respecterai.

Il jeta un coup d'œil aux alentours mais Sadie s'était déjà assurée que la rue obscure était vide. Comme à chaque fois, elle allait emprunter un nouveau chemin pour repartir, guetter avec la plus grande vigilance une éventuelle filature et prendre toutes les précautions nécessaires jusqu'à ce que leur butin soit mis en sécurité.

Elle s'installa au volant, referma sa portière puis, soudain prise d'un doute, baissa sa vitre.

— DJ ?

Il avait une expression qu'elle ne lui avait encore jamais vue, même lors d'une partie de poker. Il n'était pas seulement nerveux, il semblait... effrayé.

— DJ, si je peux...

— Tout va bien, prends soin de toi.

— Toi aussi, lui répondit-elle avant de le regarder s'éloigner, tête baissée, vers son propre véhicule qui était garé un peu plus loin.

Son instinct lui disait qu'il avait des ennuis. Mais elle n'était pas responsable de lui. Leur relation n'était qu'un partenariat d'affaires, rien de plus. Et tant qu'ils respectaient tous les deux cet accord...

Une fois assis derrière son volant, DJ passa la main sur son visage en laissant échapper un soupir. Il avait essayé de protéger Keira. Il avait veillé sur elle depuis le jour où elle était arrivée au ranch, affamée et effrayée. Il avait pensé qu'il avait dû arriver dans le même état qu'elle.

Cet endroit misérable et délabré n'avait pas grand-chose à voir avec un véritable ranch. C'était pauvre et étriqué, à tous points de vue. La seule chose qui s'élevait un peu était la poussière soulevée par les allées et venues des criminels. Ce lieu semblait tout droit sorti d'un vieux décor de western. C'était une sorte de repaire où certains venaient se remettre de leurs blessures tandis que d'autres s'y réfugiaient loin des autorités. C'était un dépotoir pour les âmes perdues. Personne ne posait là-bas la moindre question. DJ et Keira avaient eux aussi été recueillis, nourris, habillés... et conditionnés à ne jamais savoir ce que la vie pouvait leur réserver.

Charley Diamond était un petit homme au rire franc et aux yeux bienveillants. C'était un escroc mais il avait un code d'honneur. Il aidait ceux qui en avaient besoin. Des gens qui avaient eu moins de chance que lui et qui cherchaient maintenant un endroit pour se rétablir. Voler aux plus riches ne lui posait pas le moindre problème.

Quand DJ l'interrogeait sur ses propres origines, Charley se frottait la nuque et levait les yeux au ciel, comme s'il réfléchissait.

— Désolé, gamin, je ne sais pas grand-chose. Tu es arrivé un jour ici, affamé et perdu. Je ne sais pas qui t'a déposé. Peu importe. Tu es là maintenant et je suis bien content de t'avoir avec moi. Le jour où tu voudras partir d'ici, je t'apprendrai quelques trucs pour survivre.

Si c'étaient bien ses parents qui l'avaient amené au ranch, comme le lui avait laissé entendre Charley, DJ s'était toujours demandé s'ils avaient pensé revenir un jour le chercher. Et Charley, n'en savait-il pas plus que ce qu'il prétendait ?

Keira et lui ne s'en sortaient pas si mal. Ils donnaient des coups de main par-ci par-là, ils gagnaient leur vie et devinrent bientôt aussi proches qu'un frère et une sœur. Ils s'étaient recréé une petite famille avec celui qu'ils appelaient « oncle » Charley.

DJ avait seize ans quand celui-ci, à la suite d'une sombre période, perdit le ranch. Heureusement pour lui, Charley lui avait appris à voler. Keira, qui avait six ans de moins que lui, était trop jeune pour partir vivre sur la route. Elle fut placée dans une famille d'accueil.

Les deux années suivantes, DJ passa son temps à enfreindre la loi et à fuir les durs à cuire qui voulaient les tuer, son oncle et lui. Joueur de poker né, il ne tarda pas à pouvoir voler de ses propres ailes. Il finit même par cesser de tricher car il pouvait gagner autant d'argent sans mentir.

Il resta en contact avec Keira, s'assurant qu'elle ne manquait de rien et, lorsqu'elle termina le lycée, il lui paya ses études et son mariage.

Cependant, son oncle Charley et lui n'appréciaient pas trop l'homme qu'elle avait choisi d'épouser. Luca Cross manquait d'ambition alors que Keira, elle, semblait vouloir tout obtenir de la vie.

DJ se demandait donc si ce n'était pas à cause de lui que Keira se retrouvait à présent menacée par des usuriers. Ces types paraissaient se servir d'elle pour tenter de récupérer leur dû.

Il démarra son pick-up. Ce soir, il avait gagné des milliers de dollars. Mais il ne pouvait pas toucher à cet argent. C'était son travail et il devait rester professionnel. Comme avec Sadie.

Certains soirs, cependant, il y prenait plus de plaisir qu'il n'aurait dû. Et il se sentait un peu coupable car il n'y avait pas de hasard. Les joueurs qui s'étaient fait plumer avaient tous été soigneusement choisis par un homme envers qui ils étaient redevables.

Comme DJ qui, même s'il avait maintenant vingt-neuf ans, continuait de rembourser les dernières dettes de son « oncle » décédé. Voilà comment fonctionnaient les choses dans ce monde. Certains héritaient de richesses, d'autres de dettes. Et quelqu'un devait bien les payer...

DJ passa la vitesse supérieure. Une fois arrivé dans son appartement, il prépara ses bagages pour prendre le premier vol du lendemain pour Bozeman, dans le Montana. Une fois là-bas, Keira viendrait le chercher. Il n'avait aucune idée de ce qu'il découvrirait sur place mais cela n'avait rien de nouveau. Il avait passé toute son enfance à se préparer au pire.

3

Ansley Brookshire avait l'impression de manquer d'air. Le temps pressait et elle tournait en rond dans le ranch de son fiancé, en périphérie de la ville de Lonesome, dans le Montana. Le réveillon de Noël et son mariage approchaient à grands pas. Elle allait épouser l'homme de ses rêves. À cette idée, elle se sentait envahie par un mélange d'anxiété et d'excitation…

Ansley avait récemment découvert qu'elle avait été adoptée et qu'elle avait un frère jumeau. Et il lui paraissait aujourd'hui impossible de se marier sans l'avoir à ses côtés. Elle n'avait cependant aucune idée de l'endroit où il pouvait se trouver, ni même de son identité. Comme elle, il avait dû être vendu ou donné à une famille par la femme qui avait menti à leur mère biologique en prétendant qu'ils étaient tous les deux mort-nés. Quand elle avait interrogé sa mère adoptive à ce sujet, celle-ci lui avait juré ne jamais avoir entendu parler d'un autre bébé. Quant à celle qui s'était occupée de faire la transaction, elle était morte aujourd'hui…

Ansley se demandait si, comme elle, son frère ignorait qu'il avait été adopté. Elle espérait qu'il avait été recueilli par une famille aimante et qu'il avait vécu une enfance plus heureuse que la sienne.

Certes, elle avait grandi dans un immense domaine, n'avait jamais manqué de rien et avait eu tout ce que l'argent pouvait offrir, mais elle s'était toujours sentie terriblement seule. Elle avait passé plus de temps avec ses nounous et le personnel de maison qu'avec ses parents adoptifs.

Lorsqu'elle avait appris qu'elle avait été adoptée, elle était immédiatement partie à la recherche de ses parents biologiques. Malgré les difficultés, elle avait fini par découvrir la vérité, avait retrouvé sa véritable mère et tout s'était terminé de façon heureuse, comme elle l'avait toujours espéré.

À présent, il ne lui restait plus qu'à retrouver son frère pour que tout soit parfait.

Les détectives privés de l'agence Colt Brothers Investigations étaient partis à sa recherche. Buck Crawford, son fiancé, était l'un de ces enquêteurs, et elle savait qu'il travaillait sans relâche depuis des semaines pour tenter de retrouver ce frère qu'elle voulait tant connaître.

— Peut-être devrions-nous reporter le mariage ? lui avait proposé Buck mais cette idée lui brisait le cœur.

Tous les deux rêvaient de se marier. La période de Noël était magique ; quant à Buck... c'était l'homme de sa vie.

— Non, lui avait-elle répondu. Maintenons la date, je garde toujours l'espoir que nous retrouverons DJ à temps.

Mais à présent, la date fatidique approchait et personne ne semblait avoir la moindre piste concernant son frère jumeau.

— Ansley ? cria une voix féminine. Ou peut-être devrais-je plutôt t'appeler DelRae ?

Avec l'épaisse neige qui recouvrait le sol, elle n'avait pas entendu de véhicule arriver et elle sourit en reconnaissant la voix de Bella Colt, sa belle-sœur. Elle se demanda si elle répondrait un jour au nom que sa mère biologique lui avait donné.

— Je suis dans le salon !

En cherchant ses parents biologiques, elle avait retrouvé sa mère mais avait aussi rencontré les fils de son père, ainsi que leurs épouses. Les quatre frères Colt – Tommy, Davy, James et Willie, qui travaillaient pour l'agence de détectives privés Colt

Brothers Investigations – étaient donc ses demi-frères. Leurs femmes Bella, Carla, Lori et Ellie l'avaient immédiatement accueillie comme l'une des leurs, et elle s'était tout de suite sentie acceptée dans cette grande famille.

De plus, l'homme dont elle était tombée amoureuse, Buck Crawford, était le meilleur ami des frères Colt depuis leur plus tendre enfance et travaillait maintenant avec eux à l'agence.

Bella entra dans le salon où Ansley était en train d'emballer les cadeaux de Noël.

— Mais qu'est-ce que c'est que ça ? Tu as dévalisé tous les magasins de Missoula ?

Elle secoua la tête d'un air penaud.

— C'est la première fois que j'ai une famille à gâter. Ma mère adoptive achetait ses propres cadeaux et me laissait seulement les emballer. Quant à mon père, il demandait à sa secrétaire de trouver quoi nous offrir, à ma mère et à moi, avant de la charger de rendre tout ce qu'on lui avait offert en prétextant qu'il n'avait besoin de rien. Faire du shopping pour vous a été très amusant, ne le répète pas mais j'ai même commencé avant Thanksgiving. J'étais si impatiente.

— Tu n'es pas croyable, lui répondit Bella en la serrant contre elle malgré son ventre proéminent.

La femme de Tommy était enceinte d'une petite fille, et l'accouchement devait se produire dans un mois.

— Tu veux du café ? lui demanda Ansley en lui montrant la cuisine d'un geste de la main.

— Il ne vaut mieux pas, lui répondit sa belle-sœur en caressant son ventre.

— Un lait de poule ?

— Ne me tente pas, lui dit Bella en tirant une chaise pour s'asseoir. Elle donne de sacrés coups de pied en ce moment, j'espère qu'elle ne va pas hériter du même caractère que son père ou du mien. Je ne serais pas étonnée qu'elle choisisse d'arriver au beau milieu de votre mariage.

Les quatre épouses Colt devaient être les demoiselles d'honneur d'Ansley, et leurs maris les témoins de Buck.

Un silence s'installa tandis qu'Ansley allait leur servir des boissons dans la cuisine avant de revenir s'installer à la table, en face de Bella.

— Tu es certaine de ne pas vouloir repousser la date ? lui demanda finalement Bella. Même si Buck parvient à le retrouver, cet homme sera un parfait inconnu pour toi. Tu veux vraiment qu'un étranger se tienne à tes côtés le jour de ton mariage ?

Ansley éclata de rire.

— Ce ne sera pas un étranger, je le connais, enfin j'ai l'impression de le connaître. C'est mon frère jumeau, Bella.

— Et si Buck ne le retrouve pas avant le jour J ?

— On maintiendra la cérémonie malgré tout, lui répondit Ansley en imaginant l'immense déception qu'elle ressentirait si cela devait arriver.

— Mais tu pourrais choisir de reporter, suggéra Bella.

— Pour le remettre à quand ? lui rétorqua Ansley qui avait bien sûr envisagé cette possibilité. Et si nous ne retrouvions jamais DJ ? Buck et moi ne voulons pas attendre. Nous nous aimons et nous souhaitons nous marier au plus vite.

Elle laissa échapper un soupir avant d'ajouter :

— Et puis, comment pourrais-je commencer ce nouveau chapitre de ma vie en ignorant où se trouve mon frère jumeau ? Est-il seulement vivant ? Toute ma vie, j'ai eu l'impression qu'il me manquait quelque chose, comme une partie de moi-même. Et puis, je vous ai rencontrés, Buck, les frères Colt et vous toutes.

— Mais il manquait toujours quelque chose ?

Ansley acquiesça.

— Quand j'ai appris que j'avais un frère jumeau que ma mère avait choisi d'appeler DJ – Del Junior en hommage à notre père –, j'ai immédiatement voulu me mettre à sa recherche. Aussi, même si nous ne le retrouvons pas avant le jour de notre mariage, je ne cesserai jamais de le chercher. Et je sais que Buck ne baissera pas les bras.

— Les frères Colt non plus. Apprendre qu'ils avaient une demi-sœur a été pour eux une telle surprise que tu peux imaginer combien ils sont impatients de rencontrer leur demi-frère. S'il est comme toi, nous allons l'adorer, conclut-elle en prenant une gorgée de sa tasse de lait de poule. Mais dis-moi, tu as choisi ? Comment veux-tu qu'on t'appelle ? Ansley ou DelRae ? Ou peut-être les deux ?

— Même si je n'ai aucun lien sentimental avec le nom d'Ansley Brookshire et que j'aime beaucoup DelRae, je ne suis pas certaine de réussir un jour à y répondre.

— Je peux aussi comprendre que tu veuilles cesser de porter le nom de Maribelle et Harrison Brookshire, qui sont en prison, lui dit Bella. Malgré tout, tu ne pourras jamais effacer ton passé. Tu sais que mon propre père a également été incarcéré ? Mais c'est une longue histoire, je te la raconterai une prochaine fois.

Sur ces mots, elle se leva tant bien que mal et ajouta :

— J'ai encore quelques courses de Noël à faire mais j'avais envie de passer prendre de tes nouvelles.

Ansley se leva et raccompagna Bella jusqu'à la porte. Elle n'arrivait pas à croire à quel point elle était devenue proche de sa nouvelle famille en si peu de temps. Elle espérait qu'il en serait de même avec son frère, si jamais elle parvenait à le retrouver.

— Ne perds pas espoir, lui dit Bella en lui serrant la main, sur le pas de la porte. Il reste encore un peu de temps.

Ansley acquiesça et lui sourit malgré son inquiétude. Le temps passait si vite. Et rien ne garantissait que ce qu'ils découvriraient serait positif. Qui sait ? Son frère jumeau n'avait peut-être même pas survécu à l'accouchement. Ou peut-être ne voudrait-il pas les rencontrer, elle et le reste de sa famille…

Buck Crawford raccrocha et se laissa aller en arrière contre son siège, se sentant plus optimiste qu'il ne l'avait été depuis des semaines.

— Je crois que j'ai trouvé une piste, dit-il en quittant son bureau pour se rendre dans celui de son ami.

Assis au bureau de son père, James leva les yeux de son écran d'ordinateur. Les frères Colt avaient fait de leur mieux pour tenter de retrouver le frère jumeau d'Ansley mais aucune de leurs recherches n'avait abouti et ils avaient dû se pencher sur d'autres affaires. Malgré cela, Buck était déterminé à poursuivre son enquête, au moins jusqu'au jour de son mariage avec Ansley.

— Il s'agit d'une vieille amie de Judy Ramsey qui a déménagé après qu'un incendie a détruit sa maison. Luella Lindley. Elle connaissait bien Judy à l'époque où Ansley et son frère sont nés. J'espère qu'elle pourra nous aider.

— Je l'espère également, lui répondit James avec un sourire. Je sais combien tu as hâte d'épouser ma sœur. Mais que se passera-t-il si tu ne retrouves pas cet homme avant le jour J ? Vous reporterez le mariage ?

— J'espère que nous le dénicherons avant, Ansley souhaite vraiment que son frère jumeau soit présent ce jour-là, et je la comprends. Je ne peux imaginer comment je réagirais si je découvrais soudain que j'ai un frère dont j'ai toujours ignoré l'existence. Je pense que, comme elle, je ferais tout pour le retrouver.

— Espérons que tout cela se termine bien, déclara James. Je ne peux m'empêcher d'être inquiet. Car, même si les Brookshire étaient loin d'être des parents modèles, Ansley n'a jamais manqué de rien et la plupart des gens pourraient même dire qu'elle a eu une vie plutôt agréable. Ce qui pourrait ne pas être le cas de son frère…

Buck partageait son appréhension. Il espérait cependant que tout finirait par s'arranger. Il était prêt à tout pour retrouver le frère d'Ansley avant le jour du mariage. Car il était hors de question de repousser leur union. Cette attente lui était insupportable, et il avait hâte de pouvoir commencer sa vie avec la femme qu'il aimait.

Mais il savait que, tant qu'ils n'auraient pas retrouvé Del Junior, mort ou vivant, Ansley ne pourrait pas tourner la page. Et Buck ne supporterait pas l'idée de la savoir malheureuse.

Elle avait déjà traversé tant d'épreuves en recherchant ses origines. Des gens étaient morts, d'autres avaient fini en prison. Heureusement, ils s'en étaient tous les deux tirés sans trop de dommages mais il espérait aujourd'hui que la recherche de son frère jumeau ne les entraînerait pas dans des situations aussi dangereuses.

— Espérons que Luella Lindley aura des réponses à nous donner, dit-il à James. Je pars pour Casper, dans le Wyoming, pour la rencontrer. N'en parle pas à Ansley, s'il te plaît. Je n'ai pas envie de lui donner de faux espoirs.

— Peux-tu baisser la musique ? demanda DJ à Keira alors qu'ils quittaient l'aéroport international de Yellowstone, à la périphérie de Bozeman, dans l'État du Montana.

Elle tendit la main pour éteindre la radio qui diffusait des chansons de Noël. DJ se rendit compte qu'il avait perdu la notion du temps : comment était-il possible que Noël soit déjà si proche ? Il ne célébrait pas particulièrement cette fête, il n'avait aucun souvenir de moments chaleureux passés en famille. Mais cette période présentait en général de bonnes opportunités pour Sadie et lui, car les gens étaient particulièrement imprudents avec leur argent à cette époque de l'année. Probablement parce qu'ils se sentaient plus heureux ou, au contraire, plus désespérés.

— Bon, et si tu me racontais un peu ce qui se passe, dit-il finalement à Keira quand celle-ci s'engagea sur l'autoroute.

Keira serra ses mains sur le volant et, sans quitter la route du regard, se mit à mordiller nerveusement sa lèvre inférieure.

— Je n'ai pas envie que tu te fâches.

Il était un peu tard pour ça, pensa DJ.

— C'était une erreur, ajouta-t-elle. Il ne savait pas.

DJ laissa échapper un juron. Évidemment que si, Luca était au courant. Personne ne pariait d'argent sans savoir qu'on pouvait perdre, et même perdre beaucoup si on ne savait pas s'arrêter à temps.

— Combien ?

— Soixante-quinze à l'origine, lui répondit-elle sans le regarder. Je ne savais pas qu'il avait emprunté davantage pour payer les intérêts.

DJ ne s'emportait jamais. Cela n'était pas bon pour les affaires. Mais à cet instant...

— J'aurais préféré ne pas t'appeler mais...

Mais elle n'avait personne d'autre.

Keira resta concentrée sur la route. Déterminé à ne pas déverser sa colère et sa frustration sur elle, DJ choisit ses mots avec soin.

— Quand on a affaire à ce genre de personnes, on ne va pas en trouver d'autres pour emprunter davantage. C'est le meilleur moyen de finir dans un fossé. Ou, dans ton cas, d'être revendue au plus offrant. Qui sont ces types avec qui ton mari s'est engagé ?

— Tu te souviens de Titus Grandville ? Il est banquier d'affaires. Ses bureaux se trouvent dans le même immeuble que la banque de son père.

— Tu sais, petite sœur, les escrocs portent aussi parfois des costumes, lui expliqua-t-il avant de se tourner vers la vitre pour regarder la campagne défiler.

Il tenta de se concentrer sur la beauté des paysages pour calmer sa colère. Cela faisait si longtemps qu'il n'était pas revenu ici. Il avait oublié combien la vue sur les montagnes enneigées était époustouflante. Les pins étaient d'un vert si sombre comparé au bleu cobalt du ciel immense. Il ressentit soudain une vague de nostalgie enfantine devant cet endroit qu'il avait autrefois considéré comme un paradis.

— Qui est son homme de main ? demanda-t-il enfin.

— Butch Lamar, lui répondit-elle avec une grimace de dégoût. C'est lui que tu as eu au téléphone, il est de nouveau en ville. Il est ami avec Rafe Westfall, le fils d'un des hommes qui vivaient avec nous au vieux ranch.

Elle s'interrompit pour lui jeter un regard.

— Ils ne plaisantent pas, DJ. La première fois que Luca leur a dit qu'il ne pouvait pas payer, ils l'ont tabassé. Et la dernière fois...

— Il est toujours vivant ?

— À peine. Il se cache. C'est pour ça qu'ils s'en sont pris à moi.

— Tu étais au courant ?

Son silence fut éloquent. DJ jura une nouvelle fois et se tourna vers elle.

— Mais Keira, tu as grandi dans ce milieu ! Comment as-tu pu le laisser faire une chose pareille ?

— Mais je ne l'ai pas laissé, je pensais seulement qu'il était...

— Plus intelligent ? la coupa DJ en laissant échapper un nouveau juron. Il pensait peut-être qu'il allait te surprendre, te rendre heureuse ? Comment être certain, Keira, que c'est la dernière fois qu'il aura besoin d'être tiré d'affaire ?

— Je vais divorcer. Je n'en peux plus. Après ça, il devra se débrouiller seul.

DJ l'observa un instant en se demandant si elle lui disait la vérité ou simplement ce qu'il voulait entendre. Il gagnait sa vie en déchiffrant les intentions des gens, mais sa petite sœur demeurait un mystère pour lui, probablement à cause de l'amour qu'il lui portait.

— Il est au courant ?

— Oui, il dit que c'est pour sauver notre couple qu'il voulait gagner de l'argent.

— Ce sont des conneries ! s'écria DJ.

— Tu crois que je ne le sais pas ? lui demanda-t-elle en tournant le visage vers lui avant de reporter son attention sur la route car le SUV avait fait une embardée.

— Ce n'est pas la première fois que ça se produit, nous avons déjà dû vendre presque toutes nos affaires.

DJ serra les dents.

— Prends cette sortie, dit-il à Keira en voyant apparaître devant eux l'embranchement pour Whitehall. Passons la nuit dans un motel du coin, nous nous rendrons à Butte demain.

Ce qu'il préférait garder pour lui, c'était surtout qu'il ne se sentait pas prêt à rentrer tout de suite. Pas encore. La ville lui rappelait trop de souvenirs.

— Tu ne m'as pas dit où se cachait Luca ? lui demanda-t-il en tentant de prendre un ton désinvolte même s'il savait que sa sœur le connaissait trop bien.

— Je ne veux pas que tu t'en prennes à lui.

Il attendit quelques secondes et elle reprit la parole, comme si elle savait qu'il ne la laisserait pas tranquille avant d'avoir obtenu l'information.

— À Lonesome. C'est une petite ville près de...

— Je sais où ça se trouve. Pourquoi là-bas ?

Elle laissa passer quelques secondes avant de répondre.

— Il s'est installé dans le chalet de l'oncle Charley.

Charley avait un chalet ? Voilà quelque chose qu'il ignorait. Il avait toujours cru que leur oncle avait tout perdu en même temps que son ranch. Pourquoi possédait-il une habitation non loin de Lonesome, dans cette petite ville du Montana qu'il évitait toujours ?

— Certains endroits ne valent pas la peine qu'on s'y attarde, lui avait-il répondu quand DJ lui avait posé des questions à ce sujet.

Il l'avait ensuite regardé étrangement, comme s'il s'apprêtait à lui dire autre chose avant de se raviser.

DJ avait toujours pensé que Charley avait des histoires en cours à Lonesome. Et qu'il avait bien trop d'ennuis pour pouvoir tous les régler. Et cela s'avérait à présent. Aujourd'hui, DJ découvrait que Charley possédait un chalet là-bas. Seule Keira semblait avoir été au courant de son existence.

DJ lui jeta un coup d'œil en se demandant quels autres secrets ces deux-là avaient bien pu lui cacher.

4

Après avoir laissé Keira à Whitehall, DJ loua un SUV et se rendit seul à Butte. Il avait fait quelques repérages la veille sur Internet et trouva donc rapidement le bureau du banquier d'affaires, qui se trouvait bien au dernier niveau du Grandville Building. Le bâtiment en briques, comprenant quatre niveaux, datait de la fin du XIXe siècle et abritait la Grandville Bank, établissement fondé par l'arrière-grand-père de Titus. La banque se trouvait toujours au rez-de-chaussée, les deux étages supérieurs avaient été transformés en appartements et le dernier étage en bureaux.

DJ trouva Titus Grandville dans son bureau, qui donnait sur la partie historique du centre-ville de Butte.

— Bel endroit, lui dit-il lorsque le banquier lui fit signe de prendre place dans l'un des deux fauteuils en cuir qui se trouvaient en face de lui.

Comme tous les hommes de la famille Grandville, Titus était petit et trapu, et ses cheveux bruns formaient un épi au sommet de son crâne. Bien qu'habillé comme un respectable homme d'affaires, il avait l'air de ce qu'il était : un véritable escroc.

— Si vous le voulez bien, faisons un point sur la situation, commença DJ d'une voix calme. Vous avez choisi de vous en prendre à ma sœur et vous l'avez menacée au sujet des dettes contractées par son bon à rien de mari dont elle est en train de divorcer, c'est bien ça ?

Titus plissa ses yeux sombres et légèrement trop rapprochés. Il posa une main sur son bureau. Était-ce pour prévenir la sécurité en cas de besoin ou pour prendre une arme cachée dans un tiroir ?

— J'espère que nous allons pouvoir régler cela en gentlemen, dit-il.

DJ ne put se retenir de rire.

— Il vaudrait mieux en effet, approuva-t-il avant de baisser la voix. Vous devez laisser Keira tranquille. Dites-moi ce que je peux faire pour vous aider.

Le banquier sourit et s'adossa contre le dossier de son grand fauteuil en croisant les mains devant lui. Manifestement, parler d'argent suffisait à le détendre.

— Il faut bien que quelqu'un paye ce qui est dû.

Mais Grandville appréciait tout cela un peu trop au goût de DJ. Les deux hommes se connaissaient depuis qu'ils étaient enfants. Et dire qu'il y avait toujours eu de l'eau dans le gaz entre eux relevait de l'euphémisme. Titus avait toujours cherché à le dominer. Il était connu de tous ici, c'était un Grandville mais DJ, lui, qui était-il ?

La seule vue de l'air suffisant du banquier suffisait à lui donner l'envie de lui sauter dessus, mais cela ne résoudrait pas le problème. DJ avait compris, dès qu'il avait entendu Keira pleurer à l'autre bout du fil, qu'il allait devoir venir voir cette ordure et lui donner ce qu'il voulait. Et, à cause de son aversion pour les Grandville, cette idée lui restait en travers de la gorge.

— Partons sur vingt-cinq.

Titus secoua la tête.

— Soixante-quinze avec les intérêts du prêt qui augmentent chaque jour.

— Cinquante mille et je ne te jette pas par la fenêtre qui se trouve derrière toi, lui répondit DJ.

— Ma parole, Diamond, tu es toujours un véritable danger public, lui répondit Titus en levant les yeux au ciel. Très bien, en souvenir du bon vieux temps, soixante-quinze et pas plus d'intérêts mais à condition que tout soit terminé rapidement. D'ici la fin de la semaine, précisément.

— Et plus personne ne s'approchera de ma sœur.

Le banquier acquiesça mais DJ eut malgré tout l'impression qu'il restait encore quelque chose à régler.

— Ah ! Et s'il fallait le préciser, je ne veux plus que vous fassiez la moindre affaire avec Luca Cross.

— Pourquoi lui portes-tu autant d'intérêt ? lui demanda Titus, l'air soudain amusé.

DJ ne prit pas la peine de lui répondre. Il ne voulait pas avouer qu'il craignait que Keira soit encore amoureuse de ce bon à rien. Allait-elle vraiment le quitter ? Les sentiments semblaient si inconstants et rendaient les gens si stupides, qu'il préférait éviter d'en ressentir pour les femmes. Pour les membres de sa famille en revanche, c'était une autre histoire, même s'il les avait choisis et qu'il n'était pas lié avec eux par le sang.

— Je vais t'apporter l'argent, mais je vais devoir organiser une partie de poker pour réunir une telle somme. Tu n'y vois pas d'objection ?

Titus se redressa et quelque chose se mit à briller dans ses yeux. Il avait mordu à l'hameçon encore plus vite que ne l'avait espéré DJ.

— Si tu veux, je connais quelques joueurs aux poches bien remplies que j'aimerais beaucoup voir se faire dépouiller. Fais-moi savoir où et quand se tiendra la partie.

— Tu es le bienvenu aussi, si tu veux jouer, suggéra DJ avec un sourire.

Le banquier éclata d'un grand rire.

— Je suis quand même plus intelligent que ça... Mais, Diamond... Je te le répète, j'ai besoin de cet argent avant la fin de la semaine.

Alors que DJ s'apprêtait à quitter la pièce, Titus ajouta, avec une pointe d'amusement :

— Et dis-moi ! Est-ce que ce qu'on raconte sur toi est vrai ? Tu rembourses aussi les dettes de Charley ?

Connaissant son impulsivité, DJ décida de ne pas se retourner. Un seul regard au visage prétentieux de Titus pourrait lui donner envie de mettre sa menace à exécution.

En quittant le bâtiment, il se demanda s'il existait une autre solution pour rassembler cet argent. D'une manière ou d'une autre, il allait devoir payer Titus, il le savait. Il possédait déjà cette somme sur son compte d'épargne, il pouvait donc rembourser cette ordure et repartir d'ici immédiatement. Mais cette idée lui tordait l'estomac. Il avait demandé à Keira de rester à Whitehall le temps que tout soit réglé. Elle était en sécurité là-bas – tant qu'elle ne faisait rien de stupide comme tenter de rejoindre son mari.

DJ s'immobilisa un instant en réfléchissant au plan qui lui était venu à l'esprit quand il était entré dans le bureau de Grandville. Il sortit son téléphone portable et appela la seule personne capable de l'aider à cet instant.

— Sadie ?

Il détestait s'entendre l'appeler ainsi. Il savait que sa voix reflétait combien il avait besoin d'elle. Au fond de lui, quelque chose lui soufflait qu'il ne pourrait pas réussir sans son soutien et ce constat l'effrayait... Car il signifiait qu'il était devenu dépendant de Sadie. Peut-être même était-il question de bien plus que ça...

— J'ai besoin de toi.

— Je me demandais combien de temps il te faudrait pour t'en rendre compte, lui répondit-elle d'une voix amusée.

— Il s'agit de ma sœur. Son pathétique, mais je l'espère futur ex, mari l'a entraînée dans une sale situation. Il a foutu le camp et à présent c'est elle qui doit régler l'addition.

— À combien s'élève-t-elle ?

— Soixante-quinze.

— Je peux prendre le prochain avion. Pour quelle destination ?

Submergé par une vague de soulagement et par une autre émotion qui le rendit soudain chancelant, DJ ferma les yeux.

— Aéroport de Bozeman, tu me reconnaîtras facilement, je serai le cow-boy au chapeau, lui dit-il en essayant de cacher son émotion derrière une plaisanterie. Sadie, merci, vraiment.

— Pas de problème, partenaire, je suis en route.

Quand elle raccrocha, Sadie avait la gorge serrée. Ainsi, DJ avait une sœur. Elle avait toujours cru qu'il n'avait eu qu'un seul oncle dans sa vie... Ils savaient vraiment peu de choses sur leurs vies respectives. Quand ils s'étaient rencontrés, elle avait immédiatement pensé qu'il était fait du même bois qu'elle, issu du même milieu, pris dans un monde qu'aucun d'eux n'avait créé ni même désiré. DJ avait hérité des dettes que son oncle avait contractées envers l'organisation que dirigeait son propre parrain. Et c'étaient les échéances d'acquittement de cette dette – qui était sur le point d'être enfin remboursée dans son intégralité – qui leur avaient donné l'occasion de passer autant de temps ensemble.

Elle avait fait de son mieux pour traiter tout cela de manière professionnelle, d'autant plus que son parrain l'avait mise en garde quant à un éventuel rapprochement avec DJ Diamond. Mais, après tout ce temps passé assise à ses côtés aux tables de poker, elle avait appris à le connaître.

Si elle avait été surprise d'apprendre qu'il avait une petite sœur, elle n'avait pas été étonnée en revanche qu'il abandonne tout pour aller la tirer d'affaire. Mais en entendant le son de sa voix au téléphone, elle ne pouvait s'empêcher d'être inquiète. Jamais encore elle ne l'avait entendu lui parler ainsi. Était-il désespéré ? Anxieux ? Aucune de ces émotions n'était bienvenue quand on faisait ce métier, pensa-t-elle en jetant rapidement quelques vêtements et un peu d'argent dans un sac, sans oublier leurs jeux de cartes marqués.

Deux heures plus tard, alors qu'elle prenait l'avion pour le Montana, elle se rappela que c'était peut-être la dernière fois qu'elle allait voir DJ. Leur « arrangement » était terminé. Elle avait prévenu son parrain qu'elle quitterait ce milieu dès que DJ se serait acquitté de son dû.

— Que vas-tu faire ? Cette vie va te manquer, lui avait-il dit.

— Je ne crois pas, lui avait-elle répondu. Je veux une famille.

Elle n'avait pas besoin de préciser qu'elle voulait aussi s'éloigner le plus loin possible de toute organisation criminelle.

— Je comprends. Ton père était comme toi. Tu diras à Diamond que nous sommes quittes. La dette de son oncle est intégralement remboursée. Je te fais ce cadeau car je sais que tu as un faible pour lui.

— Merci, lui avait répondu Sadie avec un faible sourire.

— Mais ce n'est pas à cause de lui que tu quittes le milieu, n'est-ce pas ?

— Non, notre collaboration cessera également, lui avait-elle expliqué en pensant une nouvelle fois à combien cela allait lui être difficile de s'éloigner de DJ.

Elle s'était prise d'affection pour lui… Mais elle s'en sortirait, se répétait-elle avec conviction.

— Bien, avait conclu son parrain. Je dois te dire que tu as été bien meilleure que ton paternel et pourtant, Dieu sait comme il était doué.

C'était son père qui avait appris à Sadie que le poker n'était pas un jeu de hasard. C'était un jeu d'adresse, un jeu de force mentale et d'endurance.

— Ne t'assieds jamais à une table si tu n'es pas certaine de pouvoir battre tout le monde, d'une manière ou d'une autre, lui disait-il toujours. Il t'arrivera parfois de perdre, alors ne gaspille jamais ton argent. Il faut savoir lire les intentions de ses adversaires et comprendre quand il est temps d'encaisser et de s'en aller.

Il était donc temps pour elle de passer à la caisse et de tourner la page de ce chapitre. C'était d'ailleurs ce qu'elle comptait dire à DJ. Elle voulait également lui offrir les soixante-quinze mille dollars pour éviter d'avoir à se servir des jeux de cartes qu'elle transportait dans son sac à main. Mais il refuserait son offre, elle en était certaine. Elle redoutait que, contrairement à elle, il ne parvienne jamais à s'éloigner du monde de l'arnaque. Il y prenait trop de plaisir. Sa chance finirait cependant forcément par tourner. Et cette idée la rendait triste. Car, comme le disait son parrain : elle avait un faible pour ce cow-boy.

Le trajet de Buck Crawford jusqu'à Casper dans le Wyoming se fit sans encombre et il arriva sur place en fin d'après-midi. Luella Lindley habitait une petite maison dans la partie la plus ancienne de la ville. Âgée d'environ soixante-dix ans, elle était aujourd'hui à la retraite après avoir été opératrice téléphonique pendant une longue période. Son mari était mort une vingtaine d'années plus tôt et elle vivait seule avec ses trois chats, George, Bob et Ingrid. Elle avait un faible pour le chocolat et avait l'habitude d'aller jouer chaque mardi soir au bingo, au club des seniors.

Elle avait fait part de toutes ces informations à Buck dès leur première conversation téléphonique. Et avait-elle connu Judy Ramsey ? Oui.

— Nous étions inséparables, lui avait répondu Luella. Judy disait que nous étions comme des sœurs, moi l'aînée et elle la cadette.

À présent, il patientait sur le perron, attendant qu'elle vienne lui ouvrir, et il fallut cinq bonnes minutes avant qu'elle n'apparaisse, appuyée sur son déambulateur avec un grand sourire aux lèvres. Une délicieuse odeur flottait dans l'air et Buck sentit son estomac gronder.

— J'espère que vous avez faim, lui dit-elle, avec une excitation qui lui laissa penser qu'elle ne devait pas recevoir beaucoup de visiteurs. J'ai préparé mon fameux pain de viande, entrez donc, ne restez pas sur le pas de la porte.

Elle le précéda jusqu'au salon et lui montra où s'asseoir. De son côté, elle laissa son déambulateur pour s'installer dans un fauteuil inclinable.

— Même si vous paraissiez jeune au téléphone, je ne m'attendais pas à recevoir un aussi beau cow-boy, lui dit-elle avec un sourire malicieux. Vous êtes vraiment détective privé ?

— Oui mais, par prudence, vous auriez dû me demander une pièce d'identité avant de me faire entrer, lui répondit-il.

Elle éclata de rire.

— Je vous ai vu arriver en voiture ! Vous ne m'avez pas paru très dangereux.

Buck savait qu'il ne pourrait pas repartir sans avoir goûté le repas que lui avait préparé Luella, il la laissa donc lui raconter tout un tas d'histoires et d'anecdotes avant d'entrer dans le vif du sujet.

— Que pouvez-vous me dire au sujet de Judy Ramsey ? lui demanda-t-il enfin lorsqu'ils eurent fini de manger.

— C'était une gentille fille, même si elle manquait de bon sens concernant les choses de l'amour, lui répondit Luella en secouant la tête. Chaque fois qu'elle laissait un homme lui faire du mal, cela me brisait le cœur.

— Je sais que tout cela remonte à une trentaine d'années, mais vous avait-elle un jour parlé d'une éventuelle grossesse ?

Luella acquiesça.

— Elle avait peur mais je voyais bien qu'une partie d'elle-même aimait l'idée de devenir mère, lui expliqua-t-elle avant de secouer la tête. Mais sa grossesse s'est malheureusement interrompue et elle a ensuite découvert qu'elle ne pourrait plus jamais être enceinte.

— Vous avait-elle parlé d'une éventuelle femme prénommée Maribelle Brookshire ?

— J'ai lu tout l'article. Je me fais envoyer le journal local de Lonesome. Les nouvelles sont déjà anciennes quand elles arrivent ici mais je m'en fiche. C'est un plaisir qui ne coûte pas cher et puis, c'est ma ville natale.

— Elle vous avait donc parlé de l'accord qu'elle avait passé avec cette femme pour lui vendre le bébé si c'était une fille ?

— Non, lui répondit-elle après un moment. J'ai rapidement compris qu'il se passait quelque chose mais elle ne m'avait rien dit. Elle était si désespérée en découvrant qu'elle n'était pas enceinte. Je n'avais pas compris à l'époque que c'était surtout parce qu'elle avait déjà promis à Maribelle Brookshire de lui vendre cet enfant. Je pensais qu'elle était triste à cause d'un homme et puis... elle a commencé à poser des questions sur les bébés. Et je me suis alors demandé pour quelle raison ce sujet l'intéressait tant puisqu'elle ne pouvait pas en avoir.

— Quel genre de questions ?

— Elle voulait savoir ce qu'ils mangeaient, comment les faire dormir, et même comment leur mettre des couches et quel matériel était nécessaire pour s'en occuper. J'ai pensé qu'elle devenait folle.

— Si vous avez suivi les actualités, vous devez savoir que Maribelle et Harrison Brookshire attendent d'être jugés pour le meurtre de Judy. Je suis fiancé à leur fille adoptive, celle qu'ils ont achetée à Judy : Ansley Brookshire.

— Mon Dieu, n'est-ce pas merveilleux ? Cette pauvre enfant mérite tant d'avoir une vie heureuse ! Si vous voulez mon avis, ses soi-disant parents méritent la chaise électrique pour ce qu'ils lui ont fait, sans parler du sort qu'ils ont réservé à ma pauvre Judy.

— Ansley avait un frère jumeau... Judy vous en avait-elle parlé ?

Luella secoua la tête.

— Je peux comprendre ce qu'elle a fait. C'est grâce à cela que nous sommes devenues amies, elle et moi, quand elle a emménagé à côté de chez moi. Jamais elle n'aurait pu venir vivre ici, sans l'argent de cette femme.

— Peut-être a-t-elle confié le second bébé à un habitant de

Lonesome ? Peut-être à une personne en qui elle avait confiance, quelqu'un qui aurait su comment s'occuper d'un nourrisson ?

— Vous pensez à moi ? lui demanda Luella en hochant la tête.

— La mère biologique croyait que ses enfants étaient mort-nés, Judy a donc bien dû confier ce bébé à quelqu'un.

Luella s'agita légèrement sur son siège.

— Si je vous raconte ce que je sais, c'est comme si je parlais à un avocat ou à un médecin, tout ce que je vous dis restera confidentiel ?

Buck hésita quelques secondes seulement avant de lui répondre.

— Je veux retrouver cet homme. Mais je ne souhaite causer de tort à personne, surtout pas à vous.

— Vous ne répondez pas vraiment à ma question, jeune homme.

— C'est à vous qu'elle a confié le bébé, n'est-ce pas ?

5

DJ n'avait encore jamais été aussi heureux de voir quelqu'un. Il regarda Sadie descendre les escaliers de l'aéroport international de Yellowstone et se rendit compte que c'était la première fois qu'il la voyait habillée avec des vêtements normaux. Elle était vêtue d'un jean, d'un pull en cachemire bleu ciel et portait des bottes de neige fourrées. Elle avait jeté son manteau en peau de mouton sur l'une de ses épaules et portait une grande besace en cuir et son précieux sac à la main.

Elle était superbe. Tout lui allait comme un gant et elle semblait à sa place ici, dans la vallée de la Gallatin, là où les plus riches venaient chercher le paradis. Il était en train de se dire qu'elle aurait d'ailleurs pu se faire passer pour n'importe laquelle d'entre eux, avant de se souvenir qu'elle faisait partie de ce milieu. En effet, il avait tendance à oublier qu'elle avait été élevée à Palm Beach, en compagnie des personnes les plus riches et les plus puissantes de ce pays.

Il savait qu'il n'était pas le seul à être fasciné par cette magnifique femme à la longue chevelure blonde. Mais quand il croisa ses yeux bruns aux reflets de miel, il eut l'impression d'être unique au monde. Elle lui adressa un grand sourire, lui rappelant combien elle était belle, mais surtout inaccessible.

En effet, sa partenaire, Sadie Montclair, la plus intelligente, drôle et séduisante femme qu'il ait jamais rencontrée, lui était interdite, sous peine de mettre sa vie en grand danger. Et même si son parrain ne l'avait pas clairement menacé, DJ savait également que Sadie ne poserait jamais son regard sur quelqu'un comme lui.

— Comment s'est passé ton vol ? lui demanda-t-il en prenant ses bagages et en la guidant vers l'extérieur, dans le froid et la neige de décembre, vers son SUV de location. Merci encore d'être venue, tu as survolé beaucoup de montagnes pour arriver ici, il y a parfois des turbulences pendant le vol mais la vue peut être vraiment spectaculaire.

— Tu dois être drôlement nerveux pour me faire ainsi la conversation, DJ Diamond, remarqua-t-elle en riant, quand elle fut assise dans le véhicule. Allez, parle-moi donc de ces gens à qui ta sœur doit de l'argent.

C'était bien le genre de Sadie d'aller droit au but. Il essaya de se détendre mais il hésitait encore à l'impliquer dans cette affaire. Cependant, même si une partie de lui-même regrettait de lui avoir demandé de venir, il était aussi ravi de la voir. Peut-être était-ce une erreur, mais, pour le moment, il ne pouvait s'empêcher d'être soulagé. D'une certaine manière, Sadie lui apportait de l'équilibre, voilà pourquoi ils formaient ensemble une si bonne équipe.

Il démarra, quitta le parking de l'aéroport et prit l'Interstate 90 vers l'ouest, en se maudissant malgré tout de l'avoir impliquée dans ses problèmes familiaux.

— Je n'aurais pas dû t'appeler.

— Bien sûr que si. De toute façon, si je n'avais pas eu envie de venir, je ne serais pas venue, tu le sais. Je suis là pour toi. Nous sommes partenaires, DJ. Alors détends-toi, et cesse de te comporter comme si tu venais d'aller chercher ta petite amie à l'aéroport.

Il acquiesça, déglutit et essaya de se décontracter. Elle avait raison. Cette nouvelle version de Sadie l'avait déstabilisé. Mais il devait se ressaisir. Après s'être raclé la gorge, il décida de se concentrer sur le travail.

— Ces types sont de la vieille école. Costumes, cravates, hommes de main. Grandville est un salaud arrogant. Est-ce qu'ils iront jusqu'à tuer Keira ? Je ne pense pas. Mais est-ce qu'ils sont prêts à lui faire du mal ? Absolument.

Sadie savait qu'elle avait blessé DJ. Mais elle avait vu la façon dont il la regardait quand elle descendait les escaliers du terminal. Il était déjà difficile de mettre fin à leur partenariat, il ne fallait pas le laisser lui jeter de tels regards. Elle ne voulait pas avoir l'impression d'être sa petite amie.

— Ça ne ressemble à rien de ce qu'on a fait jusqu'ici, lui répondit-elle en regardant le paysage par la vitre.

Elle n'était encore jamais venue dans le Montana et elle comprenait maintenant ce qui faisait la réputation de cet État. Le paysage hivernal qui défilait sous ses yeux était d'une beauté saisissante. Tout était givré, des sommets montagneux jusqu'aux forêts de pins, des habitations jusqu'aux clôtures. Même l'air semblait scintiller d'une multitude de cristaux de neige. Elle ne put s'empêcher d'être enchantée en découvrant soudain une immense grange rouge décorée de guirlandes de Noël qui formaient une grande étoile.

— J'ai pensé qu'on pouvait faire un gros coup, payer Grandville et ficher le camp d'ici, dit DJ. Il va nous fournir au moins un des joueurs, il veut que nous lui fassions les poches. Je trouverai quelqu'un pour diriger le jeu et qui pourra amener avec lui un ou deux gros bonnets du coin.

— Fais ce que tu penses être le mieux, affirma-t-elle en observant un bonhomme de neige dans un jardin. Le Montana ressemble aux photos que j'avais vues, c'est magnifique.

Il lui jeta un coup d'œil.

— Tu devrais le voir au printemps… C'est ma période préférée de l'année, quand tout se réveille et que les couleurs reviennent après un long hiver terne et monotone.

— J'aimerais bien, lui répondit-elle. DJ, j'ai réfléchi en venant ici et j'ai soixante-quinze mille dollars que je pourrais...

— Hors de question, lui dit-il brusquement.

— C'est mon argent, il n'a aucun lien avec mon parrain et...

— Non, répéta-t-il en secouant la tête. Merci mais je refuse. Si tu ne veux pas m'aider, il n'y a pas de problème, dis-le-moi. Je ne t'en voudrai pas.

— DJ, je te l'ai dit, je suis venue pour t'aider et je vais le faire. Je pensais seulement que...

À son expression, elle comprit qu'elle l'avait de nouveau blessé.

— Excuse-moi, ajouta-t-elle.

— Je ne peux pas prendre ton argent, lui expliqua-t-il en secouant de nouveau la tête.

— J'ai compris.

Sadie l'observa pendant quelques instants. DJ économisait l'argent qu'il gagnait en jouant de manière légale. C'était un sacré joueur de poker. Et elle était prête à parier qu'il devait avoir amassé bien plus que soixante-quinze mille dollars depuis toutes ces années. Donc, s'il le voulait, il devait pouvoir aisément trouver de quoi rembourser les dettes de sa sœur. Le vrai problème n'était donc vraisemblablement pas de dénicher l'argent, conclut-elle. S'agissait-il d'une vengeance ? Contre ce Grandville qu'il avait mentionné ?

— Peux-tu m'expliquer ce que tu as réellement prévu de faire ? lui demanda-t-elle.

— Juste une amicale petite partie de poker, lui répondit-il, l'air malicieux.

Elle connaissait ce regard. Il savourait la situation.

— Je veux que tu restes à l'abri des regards. Butte est une ancienne ville minière, je t'ai réservé une chambre dans un hôtel historique du centre-ville qui a été entièrement rénové. L'endroit est aussi chic que toi. Il y a un service d'étage, un bar, tu pourras commander ce que tu veux, et même faire du shopping.

— Tu as pensé à tout, on dirait. Je suis donc riche et oisive, lui répondit-elle avec amusement. C'est un nouveau rôle.

— Tu seras parfaite, comme toujours, lui dit-il en lui jetant le même regard qu'à l'aéroport.

Sadie tenta de ne pas y accorder trop d'attention. Elle connaissait DJ. Il ne pouvait s'empêcher de jouer les séducteurs. Et il aimait beaucoup les femmes. *Toutes les femmes*, se répéta-t-elle pour ne pas l'oublier.

Cette partie de poker serait comme toutes les autres, elle connaissait la marche à suivre. Tous les deux avaient maintenant l'habitude de travailler ensemble. Mais, en l'observant de nouveau, elle ne put s'empêcher de lui demander :

— Tu es vraiment sûr de toi ? Car quand les choses deviennent personnelles...

— Comme le dit ton parrain, ce n'est que du fric.

— Ne te fais pas d'illusions. Il aime l'argent autant que les représailles.

Ils roulèrent en silence pendant quelques minutes.

— Ce sera notre dernière fois, dit finalement DJ en tapotant sur le volant. La dette de mon oncle va bientôt être totalement remboursée. Quelle que soit la somme qu'il reste à payer pour les intérêts, je compenserai avec mon propre argent et cette histoire sera terminée.

Il lui jeta un rapide coup d'œil pour voir comment elle prenait la nouvelle.

— Tu lis dans mes pensées. J'allais t'annoncer exactement la même chose. Mon parrain m'a demandé de te dire que ta dette était réglée.

Il la regarda d'un air suspicieux et elle ajouta :

— Je n'ai rien à voir là-dedans. Il a juste dit qu'il était temps.

DJ resta silencieux. Sadie se demanda si leur partenariat allait lui manquer. Si elle allait lui manquer, elle.

— Il nous reste un dernier gros coup à faire, dit-il finalement. Tu es vraiment prête pour ça ?

— Nous sommes une équipe. Si cela doit être notre dernière collaboration… je ne voudrais manquer ça pour rien au monde.

Son regard croisa le sien et le monde parut s'arrêter de tourner pendant quelques secondes. Quand elle sentit la chaleur lui monter aux joues, elle détourna finalement les yeux. Cela allait-il vraiment être leur dernière partie ? Tout en contemplant le paysage enneigé autour d'eux, elle sentit son cœur se serrer à l'idée de ne plus jamais revoir DJ. C'était probablement mieux ainsi, se persuada-t-elle, car elle semblait être de moins en moins résistante à son charme. Elle ne pouvait pas baisser la garde, pas maintenant, alors que tout était presque terminé. Elle savait comment se comportait DJ avec la gent féminine et elle refusait de devenir l'une de ses conquêtes.

Elle était malgré tout assez surprise qu'il soit prêt à mettre fin aussi facilement à leur relation, même si elle n'était que professionnelle. Peut-être que lui aussi était arrivé à la conclusion qu'il était temps pour eux de tourner la page. Mais quelque chose dans son comportement la mettait mal à l'aise, comme s'il lui cachait quelque chose. À quel point ce dernier coup était-il dangereux ? « Tu peux encore t'en aller », semblait-il lui dire, comme s'il lisait de nouveau dans ses pensées. Mais s'il la connaissait vraiment, il devait savoir qu'une telle chose ne se produirait jamais.

— T'ai-je déjà déçu ? lui demanda-t-elle finalement, sans le regarder.

— Jamais.

Elle perçut quelque chose dans le ton de sa voix, une émotion qu'elle n'avait encore jamais entendue auparavant. Mais quand elle tourna enfin le visage vers lui, DJ avait de son côté reporté son attention sur la route devant lui.

Buck retint son souffle. C'était la seule piste crédible qu'il avait pour tenter de retrouver le frère jumeau d'Ansley. Il ne pouvait s'empêcher de penser à elle. Il devait découvrir cette dernière part d'elle-même qui lui manquait. Elle avait risqué sa vie pour retrouver sa mère biologique, à qui on avait fait croire que ses deux bébés étaient mort-nés.

— Est-ce que je risque la prison pour ça ? lui demanda Luella, d'une voix tremblante.

— Vous n'irez pas en prison, lui répondit-il. Sauf si vous avez fait du mal au nourrisson.

— Oh mon Dieu, non, lui dit-elle, l'air choqué. Jamais je ne ferais de mal à un enfant ! Il était si petit, si précieux. Même si je sais que ce n'est pas bien, je me fichais pas mal de l'endroit où Judy l'avait trouvé. Je voulais seulement l'aider car elle n'était plus vraiment elle-même. Elle avait si peur qu'il ne survive pas. Je lui ai dit qu'elle pouvait compter sur moi pour l'aider.

Il la vit hésiter et comprit où elle voulait en venir.

— Vous connaissiez quelqu'un qui pouvait s'occuper du bébé, c'est ça ?

— Oui, mais je ne vous dirai pas de qui il s'agissait. Nous l'avons emmené là-bas et mon… amie qui venait d'accoucher six mois auparavant était encore en train d'allaiter. L'enfant a pris son sein comme un petit champion et a vite repris des forces.

— Vous le lui avez donc laissé ?

— Seulement pour quelques jours. Je ne savais toujours pas où Judy avait trouvé ce petit chéri. Si j'avais été plus jeune, je l'aurais gardé avec moi. J'en avais envie mais il y aurait eu des rumeurs, Lonesome est une petite ville, vous savez…

Elle secoua la tête avant de conclure :

— Ce n'était pas possible. Mais c'était si difficile de le rendre.

— À Judy ?

Elle acquiesça.

— Elle connaissait quelqu'un qui voulait un bébé.

Luella secoua la tête avant même qu'il n'ait le temps de lui demander qui était ce « quelqu'un ».

— Je ne voulais rien savoir. J'avais déjà impliqué trop de gens qui m'étaient chers dans cette histoire…

Il essaya de cacher sa déception.

— Vous devez bien avoir une idée... Vous étiez la meilleure amie de Judy. Vous deviez fréquenter les mêmes personnes.

Elle détourna le regard pendant un moment et il sentit l'espoir revenir en lui.

Quand DJ quitta l'Interstate pour prendre la direction du centre-ville de Butte, Sadie admira la ville qui s'étalait sur le flanc de la montagne.

— Ils exploitent encore des mines ici ? demanda-t-elle avec surprise.

— Butte est une véritable cité minière, lui répondit DJ. Au début, il s'agissait seulement d'un camp, vers 1860, mais celui-ci s'est rapidement développé pour devenir la première ville industrielle du Montana.

Ils passèrent devant de grands bâtiments en briques abandonnés, dont les fenêtres étaient brisées ou recouvertes d'une épaisse couche de poussière.

— La ville a ensuite traversé des périodes difficiles mais la mine Continental est toujours en activité, en tant qu'exploitation à ciel ouvert de cuivre et de molybdène. L'exploitation minière continue de payer mieux que n'importe quelle autre industrie de l'État.

— Voilà la raison pour laquelle nous sommes ici, répondit Sadie. Mais les mineurs ne sont-ils pas... plus difficiles à gérer si les choses tournent mal ?

— Oh ! ce n'est pas l'argent des mineurs qui nous intéresse mais plutôt celui de ceux qui se trouvent au-dessus d'eux et qui gagnent beaucoup plus.

Elle fut soulagée d'entendre ça. Son parrain avait toujours soigneusement choisi les joueurs que DJ et elle arnaquaient. Malgré cela, certains l'avaient parfois rendue nerveuse, et elle savait maintenant qu'il était en fait impossible d'anticiper les réactions des gens, surtout quand on essayait de leur voler leur argent.

DJ se dirigea vers le flanc de la montagne et ils entrèrent bientôt dans ce qui devait être les quartiers historiques de Butte. Sadie ne pouvait s'empêcher d'être fascinée par cette ville. DJ s'engagea bientôt dans une allée derrière un grand hôtel en briques dont l'enseigne indiquait : « Hôtel Finlen ».

— Butte a une histoire étonnante, déclara DJ en se garant près de l'entrée de service de l'hôtel. Et cet endroit également. Charles Lindbergh, Harry S. Truman et même JFK ont visité le Finlen. Butte était autrefois la plus grande ville entre Chicago et San Francisco. Tu vas adorer cet endroit. L'architecture s'inspire de celle de l'hôtel Astor à New York ; il a été construit en 1924.

— Comment sais-tu tout cela ? lui demanda-t-elle en espérant qu'il lui parlerait de son enfance.

— Le Finlen était l'hôtel préféré de mon oncle. Ici, il payait parfois la note pour que nous puissions y revenir. Mais la plupart du temps nous prenions la poudre d'escampette...

Sadie éclata de rire.

— C'est pour cette raison que tu m'amènes devant la porte de service ?

— Aujourd'hui, c'est surtout pour éviter de croiser du monde.

Il semblait en effet normal que DJ connaisse des gens dans les parages, surtout après avoir grandi avec un oncle qui était un véritable escroc.

— Je ne veux pas qu'on sache que nous sommes partenaires, lui expliqua-t-il. Je suis désolé car tu vas devoir marcher dans la boue et la neige jusqu'à l'entrée principale mais nous ne pouvons pas être vus ensemble. Je vais d'ailleurs te demander de rester là un jour ou deux. Comme je te l'ai dit, tu peux faire ce que tu veux, du shopping, te faire livrer de délicieux repas... Jette l'argent par les fenêtres. Montre que tu es riche. Je te contacterai quand je serai prêt mais en gros, cette fois, tu es une flambeuse.

— Je sens que je vais adorer jouer ce rôle !

Il fouilla dans la boîte à gants et lui tendit une grosse enveloppe pleine de billets qu'elle repoussa en souriant.

— Merci mais ça ira, il n'y a pas de raison pour que tu sois le seul à sortir le grand jeu.

Il protesta un instant puis fourra l'argent dans la poche intérieure de sa veste.

— Je te rembourserai intégralement, conclut-il avant de lui montrer le chemin vers la rue principale. C'est plus facile de passer par là-bas, tu peux me croire, j'ai des souvenirs encore très vifs des moments que j'ai passés ici enfant.

Sadie fut touchée par ses paroles. Elle savait qu'il avait eu une enfance difficile mais elle n'en connaissait pas les détails et ne trouva rien à lui répondre. Un silence pesant plana entre eux pendant un instant.

— C'était comme un jeu pour moi, expliqua-t-il avec un faible sourire. Quand nous étions riches, nous dégustions des queues de homard et des steaks dans des assiettes en porcelaine avec des couverts en argent, sur des nappes en lin blanc. Mais parfois, nous mangions seulement ce que je parvenais à trouver, les restes des plateaux-repas laissés dans les couloirs des hôtels – tu serais d'ailleurs surprise de voir tout ce que les gens peuvent jeter… Enfin… Comme je te l'ai dit, j'essayais de prendre tout cela à la légère, comme s'il s'agissait d'une grande chasse au trésor.

Il haussa les épaules et, constatant son embarras, elle se demanda pour quelle raison il lui confiait tout ça.

— Je parie que tu cours très vite, lui répondit-elle avec un sourire même si elle ne pouvait s'empêcher de trouver son histoire terriblement triste. J'ai hâte de découvrir cet hôtel qui a tellement compté pour toi et ton oncle. Merci d'avoir partagé ces souvenirs avec moi. Et ne t'inquiète pas, tu sais que tu peux compter sur moi.

— Je n'en doute pas, merci Sadie.

Elle hésita, surprise par le besoin qu'elle avait de le rassurer. Il lui semblait soudain si vulnérable.

Alors qu'elle marchait dans la ruelle, elle se rappela que leur relation était sur le point de s'achever et sentit sa gorge se serrer. Contrairement à DJ, elle avait eu une enfance digne des plus beaux contes de fées. Elle allait l'aider à rembourser la dette de sa sœur, mais elle se sentait tout de même mal à l'aise. Elle ne connaissait ni cet endroit ni les gens du coin. Et ils ne bénéficieraient pas ici de la protection de son parrain. Ils étaient livrés à eux-mêmes.

Arrivée devant l'entrée principale de l'hôtel, elle ouvrit la porte, releva le menton et entra à l'intérieur, comme si l'endroit lui appartenait. Il était temps de se mettre au travail.

6

Luella se leva lentement pour aller rincer une tasse dans l'évier de la cuisine. Buck savait qu'elle cherchait à gagner du temps. Il garda le silence car il avait compris qu'elle avait en sa possession une information dont il avait désespérément besoin. Il pensa à Ansley, à l'amour qu'il lui portait, à leur futur mariage.

— En fait, je ne suis pas vraiment certaine de savoir ce qui s'est réellement passé... Je vous le jure.

— Je vous crois, Luella, lui répondit Buck, mais tout ce que vous pourrez me dire me sera d'une grande aide. Ma fiancée aimerait tellement que ce soit son frère jumeau qui l'emmène jusqu'à l'autel le jour de notre mariage.

Luella laissa échapper un soupir avant de se tourner vers lui.

— C'est adorable..., commença-t-elle.

Elle le regarda, parut encore hésiter un instant puis se lança.

— Lorsqu'elle travaillait à la maison de retraite de Missoula, Judy s'était liée d'amitié avec une jeune femme. Elle s'appelait Sheila. Je l'ai rencontrée quelques fois.

Luella s'interrompit et pinça les lèvres en signe de désapprobation.

— Je n'aimais pas son allure, mais Judy attirait ce genre de gens. Cette Sheila semblait avoir eu une vie plutôt difficile et elle admirait Judy.

— Et c'est à cette jeune femme qu'elle a donné le second bébé ?

— Je le crains, oui, lui répondit-elle, la voix tremblante d'émotion. Et cela m'a brisé le cœur. Confier ce petit garçon innocent à quelqu'un d'aussi immature, de totalement irresponsable… Cette Sheila était déjà incapable de prendre soin d'elle-même, comment pouvait-elle s'occuper de quelqu'un d'autre ?

— Où puis-je trouver cette femme ?

— Je n'ai jamais su son nom de famille mais Judy m'a un jour dit qu'elle avait eu un enfant. Et qu'elle s'était mariée avec un type nommé Grandville.

Buck connaissait ce nom. Il était plutôt courant dans la région.

— Vous pensez que le bébé que Sheila a prétendu avoir eu est en fait celui que Judy lui avait confié ?

Luella acquiesça.

— Et vous avez des précisions sur ce Grandville qu'elle a épousé ?

— Oui, il s'appelle Darrow Grandville, lui répondit Luella, sans cacher le dégoût que lui inspirait ce nom.

— Je ne crois pas avoir déjà entendu parler de cet homme, déclara Buck.

— C'est un cousin de la famille Grandville qui vit à Butte. Malgré son allure et sa voiture chic, je n'ai pas été dupe, je savais quel genre de type il était. Et moins d'un an plus tard, Sheila était de retour, sans bébé ni mari. Judy m'a raconté que Darrow avait eu des ennuis et qu'il avait dû entrer dans la clandestinité, si l'on peut dire. Je n'ai pas posé de question sur ce qu'était devenu le bébé, je préférais ne pas savoir.

— Dans la clandestinité ? répéta Buck.

— Il y a apparemment un lieu en dehors de Butte, lui expliqua Luella en levant les yeux au ciel, une sorte de ranch qui est un repaire de hors-la-loi. Mais le problème avec Judy, c'est qu'on ne pouvait jamais être sûr de ce qu'elle racontait, elle exagérait toujours tellement. Je crois me souvenir que le nom de cet endroit avait un rapport avec un bijou… Emerald Acres ou quelque chose dans ce goût-là. Je suis désolée, cela fait si longtemps.

— Merci, tout cela devrait déjà beaucoup m'aider.

— Vous croyez que vous allez pouvoir le retrouver ? lui demanda-t-elle, l'air sceptique. Si ça se trouve, il n'a pas survécu...

— S'il est vivant, sa sœur jumelle l'attend pour se marier. Et, en tant que futur époux, je ferai tout pour le retrouver ou découvrir ce qui a pu lui arriver.

En partant de chez Judy, Buck appela l'agence des frères Colt.

— J'ai besoin de retrouver un ranch qui existait dans les environs de Butte il y a environ trente ans, expliqua-t-il à James quand celui-ci lui répondit. L'endroit pourrait s'appeler Emerald Acres ou quelque chose avec un nom de pierre précieuse.

— Je vais mettre Tommy sur le coup. Autre chose ?

— Je cherche aussi des informations sur un type nommé Darrow Grandville.

— Grandville, comme la famille de Butte ?

— Oui, il s'agirait apparemment d'un de leurs cousins, un gars pas très recommandable d'après ce que j'ai compris. Il pourrait avoir emmené le frère jumeau d'Ansley dans cet endroit quand il était bébé.

— Super, plaisanta James. Si j'étais toi, je serais prudent avec la famille Grandville.

Buck laissa échapper un petit rire.

— La dernière fois que j'ai entendu parler d'eux, ils étaient devenus honnêtes.

— Ouais, mais si tu veux mon avis, les escrocs, même haut placés, restent des escrocs. Sauf qu'ils ont plus de pouvoir. Et puis, il s'agit de Butte. Cette ville peut être dangereuse, surtout quand on croise les mauvaises personnes.

— C'est ce que j'ai entendu dire, en effet.

— Mais laisse-moi deviner, tu es déjà en route pour t'y rendre ?

— Dis à Tommy de m'appeler s'il découvre la moindre information sur ce mystérieux ranch ou sur Darrow. De mon côté, je vais aller fouiner un peu là-bas.

— Au besoin, appelle-moi et je payerai ta caution, lui répondit James en riant avant de raccrocher.

DJ regrettait d'avoir raconté tant de choses à Sadie sur sa vie avec son oncle. Il n'aimait pas être de retour à Butte. Les souvenirs l'avaient assailli dès qu'il avait commencé à gravir la montagne en direction du quartier historique. Son oncle avait aimé cette ville. Il avait gagné beaucoup d'argent ici mais avait également failli être tué à plusieurs reprises. Il disait souvent à DJ que, sans lui, il n'aurait jamais pu s'en sortir.

« Si quelqu'un te demande pourquoi tu n'es pas à l'école, tu dois avoir un mensonge prêt », lui répétait toujours Charley. « Sinon ils te prendront et ils t'enverront de force dans une famille d'accueil. Et crois-moi, c'est la dernière chose que tu souhaites. »

Charley avait grandi en étant ballotté de foyer en foyer avant de pouvoir enfin voler de ses propres ailes, à l'âge de seize ans, en apprenant les ficelles du monde de l'arnaque, auprès de vieux bougres rencontrés dans la rue. Il avait enseigné tout ce qu'il savait sur ce milieu à DJ. Quant au reste, DJ l'avait appris dans les livres et à la télévision.

Quand il fut plus grand, il obtint malgré tout son diplôme d'études secondaires et s'inscrivit à l'université. Quatre années plus tard, un diplôme en études de commerce en poche, il décrocha un premier emploi, légal celui-là, qu'il conserva pendant près de sept ans. Les parties de poker n'étaient pour lui qu'un moyen d'arrondir ses fins de mois. Puis il apprit que Charley avait besoin de son aide. Il quitta son travail qu'il n'aimait pas réellement et partit rejoindre son « oncle », mais celui-ci fut arrêté et mis en prison avant que DJ ne puisse le retrouver. C'est alors qu'il rencontra le parrain de Sadie et qu'il commença à travailler pour rembourser les dettes de Charley et lui offrir une protection pendant qu'il était en détention. Son oncle mourut deux années plus tard d'une crise cardiaque.

DJ ne se préoccupait jamais du passé. C'était également quelque chose que son oncle lui avait appris.

« Si tu passes ton temps à regarder derrière toi, tu vas finir par trébucher sur tes propres pieds », lui disait-il toujours.

Mais le fait d'être de retour ici aujourd'hui faisait remonter beaucoup de souvenirs. Certains étaient agréables, d'autres tristes, voire vraiment douloureux.

Il essaya de se concentrer sur la partie de poker qu'il allait devoir organiser plutôt que de s'engager sur un chemin de réminiscences plutôt obscur. Il avait envie de parler à Sadie, besoin d'entendre sa voix pour avoir la confirmation qu'il n'était pas en train de commettre une erreur, mais il changeait d'avis chaque fois qu'il prenait son téléphone pour l'appeler.

Il savait qu'elle était occupée à préparer son rôle. C'était une professionnelle. De son côté, il allait devoir écumer les cercles de jeux du coin, pour monter la façade du jeu.

Lors d'une de ces parties, il finit par rencontrer Bob Martin, un petit joueur qui avait des amis suffisamment à l'aise financièrement. DJ expliqua à Bob qu'il connaissait une femme qui avait de l'argent à perdre, qui aimait jouer mais qui n'était pas très douée et, en un rien de temps, une soirée fut organisée pour le mercredi soir suivant. Bob lui dit qu'il connaissait l'endroit idéal, une salle de poker à l'arrière d'un restaurant chinois, dans la partie historique de la ville. DJ appela Titus pour lui indiquer quand et où se tiendrait la réunion puis composa le numéro de Sadie.

Buck arrivait en périphérie de Butte quand son téléphone se mit à sonner. La neige était plus profonde ici et le soleil n'allait pas tarder à se coucher derrière les montagnes qui entouraient la ville.

— L'endroit que tu cherches s'appelle le ranch Diamond Deluxe, lui apprit Tommy Colt quand il décrocha. Il appartenait à un homme du nom de Charley Diamond. La rumeur dit que c'était un repaire de hors-la-loi. Diamond a dû le revendre il y a une quinzaine d'années pour payer ses impôts.

— Charley Diamond ? Pourquoi ce nom me dit quelque chose ? l'interrogea Buck.

— Je n'en ai aucune idée, lui répondit Tommy.

— Je vais demander à Willie si ça lui rappelle quelque chose. Tu as trouvé des informations sur Darrow Grandville ?

— Oui, il est mort. Il a été tué lors d'une rixe dans un bar, il y a vingt-quatre ans.

La nouvelle fit à Buck le même effet qu'un violent coup de poing. Le jumeau d'Ansley devait avoir cinq ans à cette époque, qu'avait-il bien pu devenir ?

— Peux-tu me dire comment trouver le ranch ?

— L'endroit fait maintenant partie d'un plus grand domaine, lui répondit Tommy avant de lui donner les indications pour s'y rendre.

Après l'avoir remercié, Buck raccrocha puis composa le numéro de Willie Colt.

— Charley Diamond, lui dit-il sans préambule lorsque celui-ci répondit, ça te dit quelque chose ?

— Rien du tout mais, si c'est important, je peux me renseigner.

— Je veux bien, si ça ne te dérange pas, bien sûr. Il possédait un ranch en périphérie de Butte, un repaire de bandits apparemment. Un homme du nom de Darrow Grandville était peut-être l'un d'entre eux et, d'après ce que j'ai appris, il aurait pu se retrouver avec le frère jumeau d'Ansley sur les bras.

— Je vais voir ce que je peux trouver, où es-tu ?

— En chemin pour aller voir les Grandville.

— D'après ce que j'ai entendu dire sur eux, cela ne me semble pas la meilleure des idées, fais attention à toi, lui répondit Willie avant de raccrocher.

En arrivant au bureau de Titus Grandville qui se situait au

dernier étage d'un immeuble de standing, Buck ne fut pas surpris qu'on tente de lui barrer le passage.

— Je suis désolée mais vous n'avez pas de rendez-vous et...

Il passa cependant devant la réceptionniste et s'engagea dans le couloir. Les baies vitrées qu'il longeait offraient une vue incroyable sur la vieille ville de Butte, avec ses anciennes plates-formes minières et les vestiges de ces bâtiments en briques à l'architecture élaborée qui dataient de l'époque où Butte était la plus grande ville à l'ouest de Chicago.

Titus Grandville était déjà debout quand Buck entra dans son bureau.

— J'ai appelé la sécurité, lui dit-il en plissant les yeux.

— Oh ! ne vous tracassez pas, j'ai seulement besoin de vous poser quelques questions, je ne serai pas long, lui expliqua Buck en tendant la main. Je m'appelle Buck Crawford, je travaille pour l'agence Colt Brothers Investigations, à Lonesome.

Titus haussa un sourcil et regarda la main de Buck sans la serrer.

— Vous êtes détective privé ?

— Oui, je cherche des informations sur un certain Darrow Grandville.

— Je ne connais personne de ce nom. Si vous aviez pris la peine de m'appeler, j'aurais pu vous épargner le voyage. Maintenant, si vous voulez bien me laisser, j'ai du travail...

— Darrow est votre cousin. Il a été arrêté à Butte il y a plus de vingt-cinq ans et pourrait avoir ensuite séjourné dans un ranch nommé Diamond Deluxe.

— Une autre époque, constata Titus en levant les yeux au ciel.

— Il fréquentait une femme prénommée Sheila. Ils avaient avec eux un petit garçon qui devait avoir un ou deux ans.

Grandville secoua la tête.

— Je viens de vous dire que...

— Que cela ne vous disait rien, très bien. En fait, je suis à la recherche de ce petit garçon. S'il est toujours en vie, il doit avoir vingt-neuf ans aujourd'hui.

— Pour quelle raison vous intéressez-vous à cet homme ?

— Je suis désolé, je ne peux pas vous le dire, c'est confidentiel.

Titus lui adressa un sourire et alla s'asseoir dans le fauteuil derrière son imposant bureau.

— Il est recherché pour quelque chose ?

— Pour assister à un mariage ; il doit mener la mariée jusqu'à l'autel.

Grandville laissa échapper un petit rire sarcastique.

— Mais vous travaillez sur une affaire très dangereuse, détective.

— Votre père, lui, s'en souvient peut-être ? déclara Buck en se retournant pour partir. Je vais passer le voir chez lui, sa mémoire sera peut-être meilleure que la vôtre...

— N'allez pas embêter mon père avec ça, il ne va pas bien.

Buck ne répondit pas et avança jusqu'à la porte.

— Je ne plaisante pas ! s'exclama Titus en se levant. Laissez mon père en dehors de tout ça. Il ne connaît personne du nom de Darrow ni de Sheila. Et il n'a aucune idée de ce qu'il a pu advenir de leur enfant.

— C'est ce qu'on verra ! conclut Buck avant de sortir du bureau de Grandville.

La meilleure façon de travailler son nouveau rôle avait été pour Sadie de dépenser de l'argent. Elle avait fait appel au service d'étage de l'hôtel à de nombreuses reprises et avait fait beaucoup de shopping. Elle avait acheté une cravate de style western pour son parrain, s'était offert une paire de bottes de cow-boy rouge, quelques jeans et un grand sac à main en cuir orné d'un dessin de cheval. Il était suffisamment grand pour contenir tout ce dont elle allait avoir besoin...

Après son retour d'une virée dans le centre-ville, un des employés de l'hôtel l'avait appelée pour lui dire qu'un colis était arrivé pour elle à la réception. En l'ouvrant, elle avait trouvé une arme de poing comme celle qu'elle utilisait habituellement, ainsi que des munitions. Après l'avoir nettoyée et chargée, elle se rendit compte que la prochaine fois qu'elle verrait DJ ne serait finalement pas si différente de toutes ces nuits où ils avaient travaillé ensemble. Hormis le fait que, cette fois-ci, elle jouerait un rôle différent et que ce n'était pas son parrain qui avait organisé la partie et choisi les joueurs.

Même si ces soirées étaient dangereuses, elle avait toujours le sentiment que les choses étaient sous contrôle. Cette fois, elle craignait que ce ne soit pas le cas et elle fourra le revolver dans son nouveau sac à main en soupirant. DJ semblait bien trop impliqué dans cette histoire et cela l'inquiétait.

Maintenant qu'il l'avait appelée pour lui indiquer la date, l'heure et le lieu du rendez-vous, il ne lui restait plus qu'à prendre son mal en patience. Elle savait déjà ce qu'elle allait porter et avait soigneusement créé son personnage.

DJ et elle avaient tout un tas de signaux pour communiquer en cas de besoin mais ils se connaissaient maintenant si bien qu'ils n'en avaient quasiment jamais l'utilité.

L'idée que cette partie pourrait être la dernière qu'ils jouaient ensemble la rendait terriblement triste. Elle savait toutefois qu'elle n'était pas raisonnable. Quand son parrain lui avait demandé la première fois de bien vouloir travailler avec DJ, elle avait d'abord pensé qu'il avait perdu la tête.

— Ce type est un sacré joueur de poker, lui avait-il dit. Avec toi à ses côtés, il ne pourra jamais perdre.

Dès le départ, elle avait été sceptique. Même après l'avoir rencontré. DJ était bien trop beau, bien trop prétentieux. Une véritable caricature de cow-boy, même sans son stetson. Il semblait appartenir au genre de joueurs imprévisibles et dangereux qui pouvaient tout faire basculer en un rien de temps et peut-être même la mettre en danger.

Mais, après leur première partie, elle avait changé d'avis et avait commencé à croire en lui. C'était en effet un excellent joueur. Derrière son arrogance de cow-boy, il y avait quelque chose de particulier. Quelque chose qui l'avait touchée. Était-ce pour cette raison qu'elle avait accepté de risquer sa vie pour lui aujourd'hui, sans la moindre hésitation ?

7

Pensant que Titus avait dû prévenir son père de sa venue, Buck décida de passer d'abord faire un tour au ranch Diamond Deluxe. Il prit la direction du sud et descendit depuis le centre historique de Butte jusqu'aux quartiers d'entreprises plus récents avant de quitter la ville pour s'enfoncer dans la montagne.

Tommy avait raison. Il ne restait plus grand-chose du ranch mais on pouvait toujours lire le nom inscrit sur une vieille arche de bois au-dessus de la route qui y menait. Quelques dépendances se dressaient sur le bas-côté et, à travers les pins, il aperçut une vieille ferme délabrée dont la peinture était écaillée et dont les fenêtres semblaient ne plus avoir de vitres depuis fort longtemps. Le bois du porche paraissait pourri. Sur la gauche, Buck crut discerner un vieux poulailler et un baraquement qui avait peut-être été un dortoir.

Même s'il savait qu'il ne trouverait rien de très intéressant ici, Buck décida d'aller explorer les lieux. Après avoir quasiment escaladé l'épaisse congère de neige qui se trouvait devant le porche, il posa un pied sur le plancher pour tester le bois. Malgré les intempéries, celui-ci avait l'air de tenir le coup et, en dépit des craquements, Buck avança avec précaution jusqu'à la porte d'entrée qui était entrouverte.

À l'intérieur, un escalier menait au deuxième étage, et il

entendit quelque chose bouger là-haut. Il commença à monter et les animaux qui semblaient vivre ici détalèrent rapidement.

Il découvrit quelques vieux matelas, des structures de lits métalliques et deux commodes cassées. Rien ici ne témoignait de l'éventuelle présence du frère jumeau d'Ansley.

Il n'était peut-être jamais venu ici.

Il n'était peut-être même pas le bébé que Sheila et Darrow Grandville avaient emmené.

La poussière et les puissantes odeurs de renfermé et de moisi le firent soudain tousser, et il décida de quitter les lieux. Mais, alors qu'il se dirigeait vers l'escalier, quelque chose retint son attention. Des marques avaient été gravées sur un côté du cadre en bois de la porte. C'était une toise de croissance. Sentant son cœur battre plus fort dans sa poitrine, il s'approcha et s'accroupit pour lire les dates grossièrement inscrites dans le pin. Un enfant s'était tenu là pour être mesuré. Il se pencha plus près et passa son doigt sur ce qui semblait être des initiales. DJ.

Buck esquissa un sourire. Le frère jumeau d'Ansley avait grandi ici. Ces marques prouvaient qu'il avait habité là jusqu'à... Il fit quelques rapides calculs. Jusqu'au milieu de son adolescence, selon les dernières inscriptions.

En regardant mieux, il vit qu'il y avait une seconde toise et il essaya de déchiffrer le prénom qui y était associé. Keira ? L'enfant était plus jeune que DJ, d'après les dates.

Malgré son impatience à l'idée d'appeler Ansley pour lui raconter sa découverte, il prit quelques photos. Il n'avait pas encore retrouvé son frère mais il savait maintenant où celui-ci avait vécu jusqu'à son adolescence.

Se souvenant de ce que Tommy lui avait dit et de la date à laquelle Charley Diamond avait perdu son ranch, Buck se demanda ce qu'il avait bien pu advenir de ces deux enfants. DJ était grand mais Keira ? Où étaient-ils allés ? Avaient-ils été pris en charge par les services sociaux ?

Il décida finalement de ne pas prévenir Ansley tout de suite et appela Tommy avant de se mettre en route pour aller voir Marcus Grandville, le père de Titus Grandville.

Celui-ci vivait dans un impressionnant manoir. Construite à la fin des années 1800, à l'époque où la ville était la plus opulente, sur ce qu'on appelait alors la colline la plus riche de la terre, la maison avait été la demeure d'un des membres les plus haut placés de la société. Avec ses trois niveaux, ses briques rouges, ses boiseries sculptées et ses superbes vitraux, elle avait résisté à l'épreuve du temps et n'avait rien perdu de sa beauté.

Buck se gara dans la rue en pente. Ne remarquant aucun système de sécurité visible, il franchit le grand portail en fer forgé, remonta l'allée et grimpa les marches du porche pour venir sonner à la lourde porte en bois massif.

À sa grande surprise, un homme âgé, mais apparemment en bonne santé, lui ouvrit. Vêtu d'un pantalon sombre, d'un pull sobre et d'une paire de mocassins, il n'était ni grand ni beau mais dégageait quelque chose d'arrogant. Buck comprit de qui Titus tenait son air suffisant.

— Monsieur Grandville, lui dit Buck en lui tendant la main, bonjour, je m'appelle Buck Crawford, je suis détective privé et je travaille pour l'agence...

— Je sais qui vous êtes, le coupa l'homme. Vous venez me voir au sujet de Darrow. Titus m'a prévenu de votre éventuelle visite. Mais je n'ai pas beaucoup de temps à vous accorder, je dois partir.

Il lui fit signe d'entrer et lui désigna un fauteuil dans le salon.

— Cela ne pourra pas durer longtemps, mais si vous voulez vous asseoir...

Buck s'installa en face du vieil homme et attendit.

— Darrow, commença Marcus, était mon neveu. Pourquoi vous intéressez-vous à lui après toutes ces années ? Vous savez qu'il est mort depuis longtemps, n'est-ce pas ?

— Il a épousé une femme prénommée Sheila, il y a une trentaine d'années, et ils habitaient dans les parages. J'essaye de retrouver cette femme.

— Je n'ai aucune idée de l'endroit où elle peut se trouver aujourd'hui.

— Mais vous l'avez rencontrée.

— Je suppose.

— Vous souvenez-vous de son enfant ? continua Buck en tentant de rester aimable.

Marcus fronça les sourcils. Buck eut d'abord le sentiment qu'il allait lui répondre qu'il n'en avait aucune idée mais sa réponse le surprit.

— Un petit garçon brun aux yeux bleu pâle. Un seul regard sur lui m'a suffi pour savoir qu'il n'était pas un Grandville. Enfin, n'importe qui aurait pu s'en rendre compte. N'importe qui sauf mon neveu.

— Il pensait que cet enfant était le sien ?

Pour toute réponse, Marcus leva les yeux au ciel.

— Après leur séparation, Sheila semble être repartie vivre à Lonesome sans ce petit garçon. Savez-vous ce que Darrow en a fait ?

Le vieil homme haussa les épaules.

— Il l'avait avec lui la dernière fois que je l'ai vu. À cette époque, il traînait dans un ranch à l'extérieur de la ville.

— Le Diamond Deluxe ?

Les yeux de Marcus Grandville s'illuminèrent un instant.

— Oui, chez Charley Diamond. Je n'avais plus pensé à cet endroit depuis des années. Écoutez, j'ai un rendez-vous, dit-il en se levant.

— Je sais que le jeune homme que je recherche a grandi dans cet endroit, insista Buck. Je suspecte votre neveu de l'avoir abandonné là-bas. Ce que j'ai besoin de savoir, c'est ce qui a pu lui arriver après cela…

Le vieil homme soupira.

— Charley a fini par perdre son ranch, vous savez.

Buck acquiesça.

— Mais je connais peut-être celui que vous recherchez. Quand

Charley a dû quitter le ranch Diamond Deluxe, il a commencé à se balader avec un adolescent dans tout l'État. Ce dernier s'appelait DJ Diamond. Peut-être que ce jeune homme était le petit garçon dont Darrow croyait être le père. Mais d'ailleurs, puis-je vous demander pour quelle raison vous vous intéressez autant à DJ Diamond ?

— C'est une longue histoire mais sa famille le recherche.

— Sa famille ? répéta Marcus avec un air sceptique avant de se lever.

— Une dernière question, lui dit Buck en le suivant jusqu'à la porte. Avez-vous déjà entendu parler d'une certaine Keira ?

Il put voir s'afficher la réponse sur le visage de l'homme avant que celui-ci ne se reprenne.

— Je dois vraiment y aller, lui répondit-il en secouant la tête. Désolé de ne pas avoir pu vous être plus utile.

— Au contraire, vous m'avez été d'une grande aide, lui assura Buck avant de quitter la maison.

— Titus, dit Marcus à son fils, quand celui-ci répondit à son appel, le détective de Lonesome vient de me quitter.

— Mais où se trouvaient Rafe et Butch ? lui demanda Titus après avoir laissé échapper une série de jurons. Ils étaient censés l'empêcher de venir t'embêter.

— Je les ai renvoyés, lui expliqua son père d'une voix autoritaire. Je suis toujours capable de prendre soin de moi et j'étais curieux de savoir pourquoi cet homme cherchait des informations sur Darrow et sur cette femme, Sheila. T'avait-il également posé des questions au sujet de Keira ?

— Non, lui répondit son fils après quelques secondes de silence. Mais quel est le rapport avec elle ?

— C'est ce que j'essaye de comprendre. N'ai-je pas entendu dire récemment qu'elle nous devait de l'argent ?

— J'aimerais vraiment savoir comment tu peux entendre parler de ce genre de choses, papa...

— Pourquoi ce détective pose-t-il des questions sur elle ? poursuivit Marcus.

— Je l'ignore. C'est son mari, Luca, qui a une dette envers nous, mais c'est sur elle que nous avons fait pression. Tout devait être réglé d'ici la fin de la semaine. Elle a demandé à son copain du ranch Diamond Deluxe de venir l'aider.

— Quel copain ? demanda Marcus, craignant de connaître déjà la réponse.

— DJ Diamond.

Marcus laissa échapper un juron.

— C'est lui que le détective recherche. Pourquoi diable ne m'as-tu pas dit que DJ Diamond était en ville ?

— Je ne savais pas que ça t'intéressait. Il m'a rendu une petite visite et il m'a menacé de me jeter par la fenêtre. Mais il va rembourser la dette de Keira. Elle est comme une sœur pour lui.

Marcus soupira. Même s'il aimait son fils, il devait admettre que Titus prenait souvent de mauvaises décisions. Bientôt, ce serait lui qui serait à la tête de la fortune familiale et cette idée le terrifiait.

— Combien Luca nous doit-il ?

— Soixante-quinze. Mais Diamond est un escroc, il a proposé de s'arranger pour la moitié du prix. Il est aussi stupide que son oncle.

— DJ était le protégé de Charley Diamond ; si j'étais toi, je ne le sous-estimerais pas. Car la dernière chose que nous voulons est qu'il s'installe sur notre territoire. Alors règle ça au plus vite et préviens-moi quand il aura quitté la ville.

— Je vais m'en charger, j'ai un plan.

— Oui, c'est justement ce qui m'inquiète, lui répondit Marcus avant de raccrocher.

Quand Buck appela l'agence, ce fut James qui décrocha.

— Je reste à Butte, lui annonça-t-il.

Depuis sa visite au ranch Diamond Deluxe et sa discussion avec Marcus Grandville, il était persuadé que DJ Diamond était le frère jumeau d'Ansley.

— Tu as découvert quelque chose ?

— Les pièces du puzzle commencent à s'assembler, oui, répondit Buck. Il semblerait que le bébé que Sheila et Darrow Grandville avaient avec eux s'appelait DJ. Comme Del Junior...

Il raconta en détail à James ce qu'il avait découvert ainsi que les discussions qu'il avait eues avec les différents membres de la famille Grandville.

— Titus Grandville, répéta James. Aucun habitant de cette partie du Montana ne pourrait dire quelque chose de positif à son sujet.

— Il a prétendu n'avoir jamais entendu parler de Charley Diamond et de son ranch.

— Tu parles, lui rétorqua James en soupirant. Ces types se connaissent tous.

— Après cela, je suis allé rendre une petite visite à son père.

— Il est toujours vivant ?

— Titus m'avait dit qu'il n'était pas très en forme mais, d'après ce que j'ai vu, c'était un nouveau mensonge. Marcus Grandville a été plus honnête et m'a expliqué que Darrow était bien son neveu. Il m'a aussi dit se souvenir du ranch de Charley Diamond et même de DJ qui, adolescent, jouait les escrocs avec son oncle. J'ai eu l'impression que le vieil homme ne savait pas ce que trafiquait son fils mais je me trompe peut-être. Quoi qu'il en soit, Titus ne semblait pas vouloir que j'aille parler à son père.

— Titus a toujours été le pire de la bande, lui dit James. Et encore, je pèse mes mots.

— Marcus m'a aussi dit que, lorsque Charley avait perdu son ranch, DJ et lui avaient monté des arnaques dans tout l'État.

— Buck, lui dit James après un moment, tu es sûr de ce que tu fais ? Peut-être qu'il vaudrait mieux ne pas retrouver cet homme.

— Je ne peux pas m'arrêter maintenant, lui expliqua Buck. Mais je n'ai encore rien dit à Ansley, je préfère attendre de rencontrer DJ en personne pour le faire.

— Je pense aussi que c'est plus sage.

— Je vais rester dans les parages et surveiller Titus. J'ai un pressentiment à son sujet. Je pense que c'est lui qui va me mener jusqu'à ce DJ.

— Surveille tes arrières, lui conseilla James. Tu es sur le terrain de jeu des Grandville et nous savons déjà qu'ils ne sont pas réputés pour leur gentillesse.

Sadie se sentait prête et impatiente. Elle n'avait pas revu DJ depuis son arrivée à Butte, et il lui manquait. Et le fait de savoir qu'ils allaient bientôt jouer leur dernière partie de poker ensemble la rendait mélancolique. Elle avait toujours su que ce jour viendrait. Que, le jour où DJ aurait fini de rembourser son parrain, leurs chemins se sépareraient.

Mais son avenir lui semblait vide. Elle ne s'était pas rendu compte à quel point elle était attachée au sourire de DJ. Ou à la manière qu'il avait de la regarder. Chaque fois qu'elle voyait s'allumer cette lueur dans ses yeux, elle sentait son corps, de la tête aux pieds, se réchauffer. Elle avait pourtant toujours pris garde de ne pas tomber sous son charme.

Pourtant, maintenant, l'idée de ne plus jamais le revoir la rendait terriblement nostalgique. Elle attendait donc la partie de ce soir avec une certaine nervosité. Trop de choses allaient se jouer sur le tapis.

Elle avait pris un taxi pour descendre du centre-ville et avait marché le reste du trajet pour se faire une idée de l'environnement dans lequel elle se trouvait. Il s'agissait d'un quartier presque aussi vieux que le centre historique mais plus industriel. Et, malgré l'épaisse couche de neige fraîche et immaculée qui était tombée, elle avait l'impression que cet endroit avait connu des jours meilleurs.

Elle comprenait pourquoi DJ avait choisi ce lieu pour organiser la partie. Ici, personne ne pourrait entendre le moindre coup de feu. Mais quand on avait affaire à des gens qu'on ne connaissait pas et à qui on ne pouvait pas se fier, ce choix risquait d'être à double tranchant.

En s'engageant dans la ruelle, elle aperçut la porte dont DJ lui avait parlé ainsi que le panneau qui la surplombait. Il s'agissait manifestement de l'entrée de secours d'un restaurant de cuisine asiatique, mais Sadie ignorait si celui-ci était encore en activité. Même s'il semblait n'y avoir personne d'autre dans les parages, elle savait qu'elle se trouvait au bon endroit car DJ avait été très précis dans ses indications.

Elle poussa donc la lourde porte en métal et, jetant un coup d'œil à l'intérieur, découvrit un long couloir faiblement éclairé. Il était temps pour elle de se mettre dans la peau de son personnage, songea-t-elle en entrant, et elle laissa la porte se refermer bruyamment derrière elle. Puis, après avoir juré assez fort pour qu'on puisse l'entendre, elle se mit à épousseter la neige de son manteau et s'écria :

— Aurait-il été possible de trouver un endroit encore plus sombre ?

Elle avança ensuite lentement en suivant l'odeur âcre des cigares bon marché et le murmure des voix. Au bout du couloir, elle tourna à droite et vit qu'une porte était ouverte quelques mètres plus loin. Elle entendit plus distinctement les paroles des hommes, le raclement des pieds de chaises sur le parquet et le bruit des glaçons dans les verres.

Elle s'avança alors dans l'embrasure de la porte et, s'appuyant contre le chambranle, observa les joueurs qui commençaient à s'installer autour de la table.

— Pourquoi ai-je envie de raviolis chinois ? demanda-t-elle alors et ils se tournèrent tous vers elle en riant.

Elle pénétra dans la pièce et ôta son manteau comme si elle se trouvait dans un endroit luxueux. Elle avait mis un jean de marque et un pull léger qui mettait ses formes en valeur, mais de manière subtile. Elle portait une écharpe nouée autour du cou et des boucles d'oreilles en diamants qui scintillaient chaque fois qu'elle replaçait une mèche de ses longs cheveux blonds derrière ses oreilles. Son manteau était en laine classique mais coûteuse. Rien de trop clinquant.

— Quelqu'un m'a réservé une place ? s'enquit-elle.

Un des hommes se leva d'un bond pour lui indiquer une chaise vide. Elle ne voulait pas s'asseoir en face de DJ ni à ses côtés.

— Bonsoir messieurs, lança-t-elle enfin en regardant chacun des joueurs après s'être assise.

Elle tenait son grand sac en cuir sur ses genoux.

— La mise est de dix mille dollars, annonça un homme corpulent au visage rougeaud, un cigare dans une main, un verre dans l'autre.

Il lui montra d'un signe le bar de fortune qui avait été installé près d'un canapé miteux. Des verres dépareillés étaient disposés à côté de plusieurs bouteilles d'alcool et d'un seau à glace. Il y avait également un récipient avec le signe du dollar sur le côté et une glacière au sol qui contenait des bières fraîches.

— Si vous voulez boire de l'alcool, mettez de l'argent dans la cagnotte. Je m'appelle Bob. Ici, c'est le Far West, on utilise de l'argent liquide, pas de jetons. Vous allez donc devoir me montrer votre argent.

— Je m'appelle Whitney, lui répondit-elle en croisant son regard à travers la fumée avant de fouiller dans son sac pour en sortir une enveloppe pleine d'argent qu'elle lui tendit. Voilà dix mille, je parie que vous allez vouloir les compter ?

Du pouce, il parcourut les centaines de dollars puis lui rendit l'enveloppe avec un sourire de travers.

Sadie prit alors mille dollars et les posa devant elle. Elle se demandait qui étaient les joueurs que DJ avait intégrés dans la partie. Un seul des hommes présents ici ce soir était la véritable cible. Son but allait maintenant être de tenter de déterminer qui était qui.

Même si elle ne lui avait pas accordé le moindre regard depuis qu'elle était entrée, jamais encore elle n'avait été aussi sensible à la présence de DJ. Elle pouvait presque sentir la chaleur qui émanait de son corps même à l'autre bout de la table. Et elle était impatiente de voir se dessiner sur ses lèvres son sourire arrogant, de sentir son regard se poser sur elle. De se connecter à l'homme qui avait réussi à se frayer un chemin dans ses pensées jusqu'à son cœur.

Bob présenta tous les participants en commençant par le joueur qui se trouvait à sa droite et en ne révélant que les prénoms. Il y avait Max, un grand chauffeur de poids lourds vêtu d'une veste à carreaux, puis elle-même, puis Lloyd, qui portait un gilet de pêcheur ; à côté de lui, Keith, le plus jeune joueur en sweat à capuche, et enfin Franck, qui semblait être le doyen, aux cheveux gris et courts et dont l'attitude rappelait celle d'un ancien militaire ou d'un policier à la retraite.

Quand Sadie croisa son regard, il lui fit un petit signe de tête. Elle vit qu'il avait disposé méthodiquement ses billets devant lui. DJ, lui, était assis à côté de Bob.

Sadie essaya de contenir le malaise qu'elle sentait grandir en elle. C'était une étrange assemblée.

Seuls deux des joueurs buvaient de l'alcool, Bob et Lloyd. Et elle n'avait pas la moindre idée de qui pouvait être la véritable cible.

Alors qu'elle attachait son sac par la lanière au montant de sa chaise, celui-ci glissa et tomba au sol.

Lloyd commença à se baisser pour l'aider mais elle l'en dissuada.

— Ce n'est pas la peine, merci, lui dit-elle d'un ton ferme.

— Et si nous commencions la partie ? lança Franck avec impatience. Je n'ai pas toute la nuit devant moi.

— Je suis d'accord, acquiesça Sadie.

Sur ces mots, elle ramassa son sac et en profita pour jeter un coup d'œil sous la table. Franck s'agita sur son siège et, faisant malgré lui remonter le bas de son pantalon, dévoila une arme rangée dans un holster de cheville.

Sadie sentit son cœur manquer un battement.

8

Sadie essaya de rester calme mais, lorsqu'elle se releva, son cœur battait à tout rompre. Sentant le regard de DJ posé sur elle, elle ne fut pas surprise quand il prit la parole.

— Excusez-moi, dit-il, mais quelqu'un d'autre aurait-il un jeu de cartes neuf ? Sans vouloir vous offenser, Bob.

Il parcourut les joueurs du regard, s'attardant quelques secondes de plus sur elle.

Sadie posa son sac sur les genoux, l'ouvrit mais, au lieu d'en sortir un jeu de cartes, elle prit son rouge à lèvres pour en appliquer une nouvelle couche sur ses lèvres. Bob leva les yeux au ciel. Franck, de son côté, laissa échapper un juron dans un souffle.

Mais ce que Sadie attendait surtout, c'était la réaction de DJ. Il la regarda un instant avant de secouer légèrement la tête. Il n'allait pas renoncer.

— Puisque personne n'en a apporté, je vous laisse choisir celui que vous voulez ouvrir, déclara Bob en disposant devant lui des paquets de cartes encore emballés. Nous allons jouer à l'ancienne ce soir, stud à cinq cartes, valets ou mieux à l'ouverture, enchère minimum de dix dollars, pas de limite de pot.

Sur ces mots, il afficha un large sourire.

— Ce n'est pas trop pour toi, cow-boy ? demanda-t-il à DJ.

Puis il commença à battre avec adresse les cartes du jeu qui avait été choisi et posa celui-ci devant Max, le routier, qui le coupa.

Sadie sentit le regard de DJ se poser une nouvelle fois sur elle et elle secoua imperceptiblement la tête. Elle n'avait pas besoin de le regarder pour sentir sa désapprobation. Elle savait ce que cette partie représentait pour sa sœur et lui, mais elle avait aussi appris à toujours se fier à son instinct. Elle s'était sentie mal à l'aise dès qu'elle était entrée dans cette pièce. Et, après avoir découvert que l'un de leurs adversaires était armé – peut-être était-il un ancien militaire ou un policier – il était hors de question pour elle de suivre le plan initial.

Malheureusement, DJ n'avait pas l'air de vouloir tenir compte de ses signaux, et elle n'avait aucune idée de ce qu'il avait en tête.

La partie était sur le point de commencer et ils n'allaient manifestement pas jouer avec le jeu marqué qui se trouvait dans son sac... Alors, se demanda-t-elle, quel pouvait bien être le plan B ?

DJ avait passé sa vie à calculer les risques... avant de jouer avec le feu. Mais c'était la première fois qu'il le regrettait.

En regardant Sadie, il se rendit compte à quel point elle lui avait manqué. Il savait qu'elle faisait exactement ce qu'il lui avait demandé. Elle était comme ça, Sadie. Elle était digne de confiance. Elle n'avait pas hésité à venir jusque dans le Montana pour l'aider. Il avait eu besoin d'elle, et elle avait sauté dans le premier avion, sans protester ni poser de questions.

Ce qu'il ne comprenait pas, c'étaient les raisons qui la poussaient à agir de la sorte. Elle ne lui devait rien. Et la plupart du temps, il avait l'impression qu'elle ne l'appréciait pas beaucoup. Elle le traitait régulièrement d'imbécile arrogant. Aussi, il avait pensé qu'en apprenant qu'elle n'était plus obligée de collaborer avec lui, elle serait soulagée et ravie de retrouver sa liberté.

Il s'était souvent demandé si elle avait un homme dans sa vie. Il était cependant heureux de n'avoir jamais abordé ce sujet avec elle et de ne jamais l'avoir vue avec quiconque. Pour être honnête, il pensait qu'aucun homme n'était assez bien pour elle.

À présent, il essayait de déchiffrer ses intentions. Mais son visage était impassible. Elle ne laissait rien paraître. De tous les joueurs qu'il avait rencontrés, elle était celle qui avait la plus impressionnante « poker face ». Il savait pourtant qu'elle était inquiète. Sadie avait compris que, cette fois, il s'agissait d'une affaire personnelle et ils savaient tous les deux que, lorsque c'était le cas, tout devenait plus dangereux. Car DJ ne risquait pas seulement sa vie, ce soir, il mettait également celle de sa partenaire en danger.

Il avait beau y réfléchir, il n'avait aucune idée de la raison pour laquelle elle lui avait fait signe qu'elle voulait tout arrêter. Il la connaissait depuis assez longtemps maintenant pour savoir qu'elle avait dû voir ou comprendre quelque chose qu'il ignorait pour décider d'agir de la sorte. Quand son regard avait croisé le sien, elle avait presque instantanément détourné les yeux. Elle pensait qu'il commettait une erreur. Et elle semblait en colère contre lui. Ce n'était pas la première fois. En revanche, c'était la première fois qu'elle refusait de jouer avec le jeu de cartes marqué.

Quelque chose l'avait fait changer d'avis. Elle voulait abandonner. Avait-elle eu un mauvais pressentiment concernant l'un des joueurs ? Ou avait-elle vu quelque chose qui l'avait effrayée ? Quoi qu'il en soit, cela avait peu d'importance car il était trop tard pour faire marche arrière.

Il aurait voulu pouvoir la rassurer. Lui dire qu'elle devait lui faire confiance.

En lui apprenant l'art de l'arnaque, Charley avait toujours conseillé à DJ de rester à l'écart des tables de jeu s'il n'était pas certain de pouvoir gagner. Le poker était un jeu d'adresse que DJ avait perfectionné tout au long des années. Mais bien sûr, il était aussi question de hasard. On tentait de maîtriser son jeu le mieux possible sans toutefois arriver à contrôler ce que faisaient les autres. Il fallait s'en remettre à son instinct et aux années passées à essayer de décrypter les visages et les attitudes des joueurs.

DJ espérait vraiment qu'il ne se trompait pas ce soir. Il avait mis Sadie dans un sacré pétrin...

Après quelques tours, il lui fit signe de quitter la partie. Elle pouvait dire qu'elle ne se sentait pas bien, inventer n'importe quel mensonge... Mais, en croisant son regard, il vit briller de la colère mais aussi une incroyable détermination. Comme si elle voulait lui dire : « Va au diable, j'irai jusqu'au bout. »

C'était donc à lui de choisir : jouer le jeu qu'on venait de lui servir ou jeter ses cartes et partir. Mais il n'avait pas besoin de regarder Sadie. Tous les deux savaient pertinemment qu'il ne quitterait pas cette table avant d'avoir relevé le défi.

Sadie décida de se concentrer sur le jeu et sur ses adversaires plutôt que sur DJ. Elle piocha trois cartes au premier tour, ramassa une paire de quatre pour aller avec celui qu'elle avait déjà, misa gros et perdit. Les autres remarquèrent qu'elle avait misé sur une main perdante. Elle jouait son rôle. Sans oublier de surveiller ce qui se passait autour de la table.

Franck s'était couché dès le début des enchères tandis que Keith, affalé sur sa chaise, semblait jeter son argent par les fenêtres. Après avoir ramassé le pot, Bob passa la main à Max le routier et la partie se poursuivit.

Sadie gagna puis perdit. DJ faisait de même, même si sa pile d'argent ne cessait de croître. Quand Keith, le gamin, perdit une nouvelle fois et que Bob refusa de lui faire crédit, il se mit en colère et quitta la table pour aller se vautrer dans un vieux canapé qui se trouvait au fond de la salle.

À présent qu'ils n'étaient plus que six joueurs à table, le jeu devint soudain beaucoup plus sérieux. Les pots étaient plus gros, la fumée plus épaisse, l'odeur de sueur plus forte. Sadie sentit que la tension était montée d'un cran. Elle savait que DJ le sentait aussi, même s'il paraissait calme. *Trop calme*, pensa-t-elle.

Plus tôt dans la soirée, il lui avait fait signe de partir. De prendre ce qu'elle avait gagné et de s'en aller. Mais elle ne pouvait pas. Elle avait essayé de le prévenir mais il ne l'avait pas écoutée. Ses options étaient limitées. Continuer à jouer, ou abandonner et s'éloigner du jeu mais aussi de DJ. Si elle partait, leur relation serait terminée. Même si c'était lui qui lui avait dit de le faire, elle savait qu'il ne lui ferait plus jamais confiance. Le temps passé ensemble semblait déjà toucher à sa fin. Elle ne supportait pas l'idée de le laisser tomber au moment où il avait le plus besoin d'elle.

Non, il n'était pas question qu'elle le laisse seul ici. Elle n'avait pas d'autre choix que de rester dans la partie et d'aller jusqu'au bout. Elle pensa au pistolet qu'elle avait dans son sac à main et souhaita ne pas avoir à s'en servir.

Elle espérait tant se tromper. Après tout, peut-être que Franck n'était pas celui qu'elle pensait et que la détermination obstinée de DJ ne les mettrait pas en danger.

Après une courte pause, ils ouvrirent un nouveau jeu de cartes et recommencèrent à jouer. Bob perdait et buvait de plus en plus. Il commençait à être ivre et distribuait les cartes avec une certaine difficulté. Sadie l'observa un instant. Sans cette forte odeur d'alcool qui se dégageait de lui, elle aurait pu croire que tout cela n'était qu'une mascarade. Pour attirer l'attention des joueurs et ne distribuer discrètement que les cartes du bas du paquet. Mais après avoir perdu le pot suivant, Bob remit les cartes à Max.

Le chauffeur routier s'en était bien sorti. DJ et lui avaient récolté à peu près la même somme d'argent. Lloyd, le pêcheur, avait joué de manière prudente, se couchant souvent rapidement. Franck, l'homme armé, était un bon joueur. Peut-être même trop bon. Il ne cédait rien.

De son côté, Sadie avait perdu assez d'argent pour ne pas être prise au sérieux. Mais plus le temps passait, plus elle se sentait nerveuse.

Max le routier commençait à perdre beaucoup, l'argent lui

filait entre les doigts. Et il semblait ne pas être assez intelligent pour comprendre qu'il devait s'arrêter. Elle vit l'anxiété le gagner.

Bob avait commencé à transpirer au fur et à mesure que sa pile de billets diminuait. Relançant le jeu avec de mauvaises mains, il ne cessait de se frotter la nuque, de se déplacer sur sa chaise ou de se lever pour aller se servir un nouveau verre dont il n'avait pas besoin. Il savait qu'il allait tomber et supportait manifestement très mal la pression.

— Allez, on n'a pas toute la nuit, répétait-il d'une voix nerveuse.

Le chauffeur routier était devenu plus agité également. Seul Franck paraissait imperturbable. Ce qui confortait Sadie dans ses inquiétudes.

DJ avait dû s'apercevoir que les choses s'accéléraient car, lors du tour suivant, il augmenta la mise. Pensant qu'il bluffait, ne voulant pas s'avouer si vite vaincus ou persuadés d'avoir une meilleure main, tous les autres joueurs le suivirent.

Petit à petit, la fin de soirée se profilait. Franck semblait à présent lui aussi dans le pétrin. Bob allait être ruiné s'il ne remportait pas ce tour et Lloyd était également en très mauvaise posture. La partie était sur le point de se terminer.

Sadie resta dans le jeu avec un brelan de reines.

— Je vais te suivre même si je sais que tu bluffes, dit-elle à DJ en lui lançant un regard lourd de sens.

Elle espérait vraiment qu'il savait ce qu'il faisait.

Il lui adressa un sourire tandis qu'elle jetait son argent sur la pile qui augmentait. Il allait devoir montrer sa main.

Cela faisait maintenant des heures que Buck stationnait en bas de l'immeuble des Grandville. Il commençait à se demander s'il n'avait pas manqué Titus lorsque l'homme sortit soudain du bâtiment et se dirigea vers un imposant SUV garé de l'autre côté de la rue. Il semblait pressé, et Buck se félicita d'avoir suivi son instinct.

En suivant le véhicule, il eut la confirmation de ce qu'il avait espéré : Titus ne rentrait pas chez lui mais se dirigeait vers les quartiers plus délabrés de Butte. Quand il s'arrêta enfin, Buck le vit descendre à la hâte de sa voiture et s'engouffrer dans une rue étroite et sombre.

Il se gara à l'angle du pâté de maisons, devant une vieille station-service désaffectée, vérifia son arme, la glissa dans son holster et éteignit son téléphone portable avant de le glisser dans la poche de son manteau. Il avait neigé presque toute la journée et les flocons tournoyaient toujours autour de lui tandis qu'il avançait vers le passage dans lequel Grandville s'était engagé. Lorsqu'il tourna à l'angle pour s'enfoncer dans la ruelle, il ne voyait pas à plus de quelques mètres devant lui.

Même si sa raison lui dictait de faire marche arrière – tout cela n'était probablement qu'une pure perte de temps –, son instinct, lui, lui soufflait de suivre cette piste.

Au bout de la ruelle, il découvrit des traces de pas dans la neige. Celles-ci n'avaient pas encore été recouvertes et menaient à ce qui semblait être la sortie de secours d'un restaurant asiatique. L'enseigne était décolorée et il se demanda si l'endroit était encore en activité.

Arrivé devant la porte, il posa la main sur la poignée et tenta d'ouvrir. La porte n'était pas verrouillée. Il jeta un coup d'œil à l'intérieur et tendit l'oreille pendant quelques instants avant d'entrer dans la pénombre, refermant sans bruit derrière lui. Au bout du couloir, une ampoule brillait au plafond. Il avança dans cette direction en suivant le murmure des voix.

Sadie avait surveillé DJ de près. Il n'avait pas triché. Malgré cela, la tension qui régnait dans la pièce était telle qu'elle semblait presque palpable. Le pot était énorme et DJ avait déjà gagné beaucoup d'argent.

Il avait cependant pris soin de ne pas montrer à quel point il avait de l'avance. Mais, même s'il la jouait fine, Sadie craignait que cela ne change rien. Le fait que Franck soit armé la rendait toujours aussi nerveuse. Prenant soudain conscience qu'elle retenait sa respiration, elle essaya de se détendre. Si les choses tournaient mal, elle devait être prête à réagir.

Le problème quand on possède une arme, c'est de savoir quand il faut la sortir. La règle d'or est pourtant simple : ne le faire que si on est prêt à s'en servir – et le plus vite possible – afin que personne ne risque de s'en emparer pour la retourner contre vous.

Le sac à main de Sadie était toujours accroché au dossier de sa chaise, il était facilement accessible. Si elle fixait DJ du regard, sa véritable attention se portait cependant sur Franck qu'elle surveillait avec la plus grande concentration. S'il tendait la main vers l'arme qu'il portait à sa cheville, elle devrait sortir la sienne. Elle n'aurait que quelques secondes pour agir.

Et si Franck n'était pas à la retraite mais toujours en service ? Même son parrain lui aurait déconseillé de tirer sur un membre des forces de l'ordre. S'il en était un…

Sadie se demandait à présent si le but de Franck ce soir était bien de jouer au poker. DJ avait peut-être des ennemis à Butte ? Son parrain lui avait raconté que, lorsqu'il était adolescent, il avait traîné pendant des années avec son oncle avant de voler de ses propres ailes. Et elle ne savait rien de sa sœur ni de sa situation. Alors si quelqu'un voulait régler de vieux comptes avec DJ maintenant qu'il était de retour dans le Montana, cette partie de poker n'était-elle pas l'occasion rêvée de pouvoir le faire ?

Sadie savait que c'était la peur qui la faisait réfléchir à toutes ces éventualités. Mais elle avait, dès le départ, redouté que l'inquiétude de DJ concernant sa sœur ne prenne le pas sur son instinct de survie.

Elle le regarda alors que le dernier joueur du tour jetait son argent dans le pot et demandait à voir la main de DJ. Son cœur se serra en croisant son regard.

Dis-moi ce que tu veux que je fasse, essaya-t-elle de lui dire en fixant ses incroyables yeux bleus. Il secoua légèrement la tête. Rien ? Elle ne pouvait rien faire pour l'aider ?

Quand DJ déposa son jeu sur la table, le silence était tel qu'on aurait pu entendre une larme couler.

9

En arrivant au bout du couloir, Buck aperçut une porte entrouverte. Il s'approcha lentement et jeta un coup d'œil à l'intérieur. D'après ce qu'il arrivait à voir, une partie de poker était en cours. Titus ne devait pas être loin. Même depuis le pas de la porte, il pouvait sentir la tension qui régnait dans la pièce, aussi épaisse que les volutes de fumée.

Il y avait cinq hommes et une femme assis autour de la table et un dernier joueur était allongé sur un canapé dans le coin. En voyant la pile d'argent qui se trouvait au centre de la table, Buck comprit qu'il s'agissait d'une partie importante. De puissantes odeurs d'alcool et de sueur planaient dans l'air.

Il sentit l'inquiétude grandir en lui. Où était passé Titus ? Pourquoi était-il venu ici ce soir ? Cette situation rendait Buck nerveux, il avait déjà vu des fusillades éclater lors de parties avec des enjeux bien moins élevés.

Il entendit soudain l'homme le plus fort de l'assemblée dire à ses partenaires :

— Très bien, DJ. Voyons un peu ce que tu as dans le ventre.

Sa voix trahissait son agitation.

Tout le monde semblait attendre de voir le jeu du cow-boy, qui devait avoir à peu près le même âge que Buck. Il était brun et, même de là où il se trouvait, Buck pouvait voir que ses yeux étaient d'un bleu très clair. S'agissait-il de DJ Diamond ?

La salle devint soudain silencieuse, comme si tout le monde retenait son souffle. Le cow-boy repoussa son chapeau en arrière et, avec un sourire, laissa tomber ses cartes, face visible, sur la table.

Avant même que les cartes de DJ ne touchent la table, la salle sembla exploser dans un grondement de voix et de mouvements. Tout le monde se leva en même temps. Dans le tumulte, Sadie réussit à entrevoir le jeu de DJ. Avait-il une quinte royale ? Elle comprenait mieux la réaction générale. Comment avait-il fait ? Elle aurait juré qu'il n'avait pas triché mais... DJ avait de nombreux talents cachés.

Elle brûlait d'envie de le regarder, pour voir la vérité au fond de ses yeux, mais elle décida plutôt de jeter un coup d'œil à Franck. Il avait jeté ses cartes sur la table et, comme l'une d'entre elles était tombée à terre, venait de repousser sa chaise pour se baisser et la ramasser.

Sadie fourra les doigts dans son sac à main en continuant d'éviter le regard de DJ. Si Franck sortait son arme, elle serait prête. Elle serra la main sur la crosse de son pistolet. Tout le monde était en mouvement autour d'elle. Les joueurs jetaient leurs cartes et protestaient, mais son regard restait braqué sur Franck qui était toujours baissé. Quand il se redressa, elle retint son souffle mais découvrit avec soulagement qu'il tenait seulement sa carte à la main.

Alors il leva les yeux vers elle et leurs regards se croisèrent pendant une seconde. Juste assez longtemps pour qu'elle comprenne qu'elle avait commis une énorme erreur. Ce n'était pas de Franck que DJ et elle devaient se méfier.

DJ s'attendait à ce que les choses se compliquent. Aussi ne fut-il pas surpris de voir les cartes voler, les chaises s'écraser au sol, les verres se renverser alors que tous les joueurs – excepté deux d'entre eux – s'étaient levés en criant.

La tension était montée très haut autour de la table. Trop d'argent avait circulé ce soir et les esprits s'échauffaient. C'était le propre de ce genre de parties prétendument amicales.

Celle-ci avait pourtant dégénéré bien plus vite qu'il ne l'avait imaginé. Bob était maintenant debout, tout comme Max, le chauffeur routier, et Franck, l'homme le plus âgé de la table. DJ s'était douté que Bob et Max ne seraient probablement pas de très bons perdants, il ne fut donc pas étonné par leur réaction. Il fut en revanche très surpris par le comportement de Lloyd, l'homme qui portait un gilet de pêcheur.

En effet, celui-ci s'était approché de Sadie et tentait maintenant de lui attraper violemment le poignet alors qu'elle avait mis la main dans son sac à main. Celle-ci relâcha l'arme qu'elle devait avoir dans son sac en laissant échapper un cri de douleur et Lloyd vint se placer derrière elle pour passer son bras autour de son cou.

Avant que DJ n'ait le temps de faire le moindre geste, Lloyd sortit une arme et la braqua sur lui. DJ se leva lentement de sa chaise, les mains en l'air. Il n'avait plus qu'une seule pensée en tête : Sadie avait essayé de le prévenir et il l'avait ignorée. Il pensait vraiment savoir ce qu'il faisait. Imbécile arrogant.

— Que personne ne bouge ! ordonna Lloyd en balayant l'assemblée avec le canon de son arme. J'ai quelque chose à régler avec DJ.

Max et Bob reculèrent de quelques pas, s'éloignant ainsi de la table et de l'énorme tas d'argent qui se trouvait en son centre.

— Doucement, lui répondit DJ. Ce n'est qu'une petite partie de poker entre amis.

— Tu parles, lui répondit Lloyd tandis que Keith se levait du canapé et avançait vers la table avec un sac à la main.

Avec un sourire en coin, le jeune homme commença à ramasser

le pot mais également tout l'argent qui se trouvait devant les places des joueurs.

— Ramasse tout le pactole, lui ordonna Lloyd.

— Que se passe-t-il exactement ? demanda alors Bob, l'air confus et effrayé.

Pour DJ, la situation était plutôt évidente : il s'était fait piéger et se faisait maintenant dévaliser comme tous les autres joueurs présents.

— Je ne veux pas d'ennuis, déclara le chauffeur routier en reculant de quelques mètres supplémentaires.

Bob et Franck, eux, étaient restés pétrifiés à la vue de l'arme de Lloyd. Bob paraissait encore plus nerveux. Franck, quant à lui, était impassible, comme s'il cherchait à évaluer la situation.

DJ s'attendait à ce que quelqu'un fasse quelque chose de stupide. Mais il se doutait que Lloyd devait l'anticiper également. Il retenait toujours Sadie contre lui et braquait le canon de son arme sur les trois derniers joueurs : Bob, qui se trouvait à sa droite, Franck à sa gauche et DJ qui se tenait en face de lui. Le chauffeur routier, de son côté, s'était discrètement rapproché de la porte.

Malheureusement, la table de jeu se trouvait entre DJ et Lloyd.

— J'ai un message pour toi, Diamond, de la part de M. Grandville, déclara Lloyd. Rembourse ta dette et dégage d'ici, tu n'es pas le bienvenu à Butte.

La tension dans la pièce monta encore d'un cran. Franck laissa échapper un juron et recula d'un pas.

— Qu'est-ce que c'est que ce bordel ? s'écria Bob avec colère. DJ, tu ne m'avais pas dit que tu connaissais les Grandville !

DJ se demanda pourquoi Lloyd et Keith – ce dernier avait maintenant ramassé tout l'argent – ne déguerpissaient pas. Probablement car ils n'avaient pas fini leur travail...

Il devait mettre Sadie à l'abri. Elle n'avait rien à voir avec cette affaire. À moins qu'ils ne soient au courant de leur relation... Dans ce cas, ils étaient tous les deux fichus.

— De quel Grandville provient ce message ? demanda-t-il à Lloyd avec un calme qui le surprit lui-même. Titus ou Marcus ?

— Qu'est-ce que ça change ? aboya Lloyd.

— Beaucoup de choses.

— Ils veulent tous les deux que tu dégages d'ici, ainsi que ce détective privé de Lonesome qui te recherche. Je suppose que tu lui dois aussi de l'argent.

DJ fronça les sourcils. Un détective privé était à sa recherche ? Cela n'avait aucun sens. Selon Keira, Luca, son mari, était parti s'installer dans les montagnes, en périphérie de Lonesome, dans le chalet de Charley.

Il adressa un regard chargé d'excuses à Sadie. Elle avait manifestement du mal à respirer mais semblait furieuse et toujours aussi déterminée. Il essaya de ne pas lui montrer à quel point il avait peur pour elle. Son instinct lui soufflait pourtant que les choses n'allaient pas bien se terminer et qu'il ne pouvait s'en prendre qu'à lui-même...

Paralysée par la peur, Sadie regardait la scène se dérouler sous ses yeux comme si elle en était spectatrice. Lloyd appuyait fort sur sa gorge et, manquant d'air, elle s'était légèrement penchée en arrière et essayait à présent de réfléchir à ce que DJ et elle pouvaient faire pour s'en sortir. Abandonner n'était pas dans sa nature...

Elle avait espéré que Lloyd et Keith partiraient après avoir pris l'argent mais elle avait maintenant saisi que cela ne se produirait pas. Il s'agissait d'une affaire personnelle. DJ l'avait compris, lui aussi. Elle l'avait vu dans ses yeux bleus. Elle avait également lu dans son regard qu'il regrettait de l'avoir mise dans une telle situation. Il pensait probablement qu'ils allaient tous les deux y laisser leur peau. Mais Sadie ne comptait pas baisser les bras si rapidement. Car elle savait aussi que DJ serait prêt à se sacrifier pour la sauver et elle refusait de vivre avec sa mort sur la conscience.

Pendant un instant, elle se sentit submergée par l'intensité des sentiments qu'elle ressentait pour lui. Certes, c'était lui qui l'avait entraînée dans cette folie et elle aurait dû lui en vouloir. Mais au lieu de cela, elle ne ressentait pour lui que de l'amour, sa colère n'étant dirigée que contre cet abruti qui la tenait par le cou.

De toute évidence, les Grandville les avaient piégés. Lloyd savait donc probablement que DJ et elle se connaissaient. Et qu'elle avait une arme dans son sac à main. Il devait également être au courant qu'ils cherchaient à gagner de l'argent pour rembourser leurs dettes auprès de Titus Grandville.

Lorsque Lloyd l'avait attrapée par-derrière et l'avait forcée à relâcher l'arme qu'elle tenait dans son sac à main, Sadie avait été prise au dépourvu. Elle était persuadée que Franck était le joueur qu'il fallait surveiller pendant cette partie.

En observant les autres et en sentant la tension qui continuait de grimper dans la pièce, elle comprit soudain qu'elle ne pouvait plus attendre pour agir. Ces hommes n'en avaient pas fini avec DJ… Elle devait prendre les choses en main.

Pendant un instant, elle avait été distraite par Bob qui semblait vouloir se battre avec DJ. Profitant de cette diversion, Franck avait réussi à sortir du champ de vision de Lloyd et Keith était retourné s'asseoir sur le vieux canapé pour compter son butin.

Elle se demanda si quelqu'un d'autre ici savait que Franck portait une arme. Si celui-ci décidait d'ouvrir le feu, elle craignait que Lloyd tire sur DJ. Mais, alors qu'elle continuait à réfléchir à ce qu'elle pouvait faire, la porte de la pièce s'ouvrit brusquement.

— Lâchez tous vos armes ! cria un cow-boy armé depuis le pas de la porte. Mettez les mains en l'air et personne ne sera blessé !

10

Sadie ne connaissait pas cet homme. Mais elle comprit immédiatement que cette diversion serait leur seule chance de pouvoir s'en sortir. Alors que DJ s'élançait vers elle, elle donna un violent coup de coude dans les côtes de Lloyd avant d'essayer de lui prendre son arme. Mais quand DJ les percuta, un coup de feu retentit dans l'espace confiné de la petite pièce.

Ils tombèrent tous les trois au sol. Sadie n'avait pas lâché l'arme. DJ se releva en quelques secondes et frappa Lloyd au visage si fort que la tête de l'homme vint cogner contre le plancher. Pendant un instant, il parut sur le point de s'évanouir. Sadie en profita pour s'emparer du pistolet et, les mains tremblantes, le pointa sur Lloyd. C'est alors qu'elle aperçut le sang. Comme elle l'avait redouté, DJ avait été touché.

Lloyd cligna des yeux et tenta de se relever.

— Ne me tente pas, lui dit-elle en le fusillant du regard.

— Tout le monde se calme, lança le cow-boy, qui n'avait pas bougé. Je m'appelle Buck Crawford, je suis détective privé et je recherche DJ Diamond. Ce qui se passe ici ne m'intéresse pas.

Un silence s'abattit sur la pièce. DJ appuya son avant-bras sur la gorge de Lloyd avant de prendre l'arme de Sadie pour l'enfoncer dans son flanc.

— Tu vas bien ? lui demanda-t-il doucement.

Elle acquiesça mais il pouvait voir qu'elle était terrorisée.

En suivant son regard, il découvrit soudain que sa chemise, à quelques centimètres au-dessus du coude, était imbibée de sang. Son sang. Il ne s'était même pas rendu compte qu'il avait été touché.

— À présent nous allons nous lever calmement, ordonna-t-il à Lloyd assez fort pour que le cow-boy puisse l'entendre.

Maintenant son arme appuyée contre le flanc de Lloyd, il se releva, imité par les deux autres. Sadie retira l'écharpe qu'elle portait et la noua autour de sa blessure comme si elle était infirmière. DJ fut à la fois touché et amusé par ce geste. Cette femme ne cesserait-elle donc jamais de le surprendre ?

En regardant autour de lui, il constata que le détective privé et Franck semblaient être dans une impasse, ils se tenaient tous les deux en joue.

— Écoutez, je vais partir, déclara Buck Crawford, et DJ Diamond va venir avec moi. Après cela, libre à vous de faire ce qui vous chante.

— Tout ce cirque ne me concerne pas, répondit Max le chauffeur, avant de se diriger vers la porte.

Keith, qui était toujours assis sur le canapé, jeta un coup d'œil à Lloyd, comme pour lui demander ce qu'il devait faire. DJ le regarda en secouant la tête avant de donner un nouveau coup de poing à Lloyd.

Buck Crawford fit alors un pas de côté et laissa partir Max. Bob s'empressa de suivre ce dernier.

— Je suis DJ Diamond, dit DJ à Buck, et je suis ravi d'avoir un coup de main pour sortir d'ici. En revanche, je ne pars pas sans elle.

Il fit un signe à Sadie, qui prit rapidement son sac et son manteau avant de se diriger vers la porte.

DJ espérait qu'en suivant ce détective ils n'allaient pas se retrouver dans une situation encore pire, mais, à cet instant précis, ce type était leur seule porte de sortie.

Guidant Lloyd jusqu'au canapé, DJ lui asséna un nouveau coup avec le canon de son arme avant de lui ordonner :

— Dis à Keith de me donner son pistolet.

— Jamais vous n'oserez me tuer devant des témoins, rétorqua celui-ci.

— Tu veux parier ? lui demanda DJ. Je pourrais te tuer en un clin d'œil et sans le moindre état d'âme.

Il enfonça le canon de son arme plus profondément encore dans le flanc de Lloyd.

— Fais ce qu'il te dit..., marmonna Lloyd à Keith.

Keith sortit doucement l'arme qui était cachée entre les coussins du canapé.

— Maintenant, dis-lui de me donner l'argent.

— Tu es un homme mort, Diamond, siffla Lloyd avant de faire signe à son complice de lui remettre le sac.

Le jeune homme s'exécuta avec une réticence évidente.

— Tu crois que tu vas pouvoir t'en sortir comme ça ? poursuivit Lloyd avec un sourire. Mais ils vont venir te chercher, tu sais. Regarde, même tes proches se sont retournés contre toi, rien ne pourra vous sauver, ta copine et toi.

DJ poussa Lloyd sur le canapé. Puis, tout en les gardant, Keith et lui, en joue, il fouilla dans le sac qui contenait les billets, en sortit une poignée qu'il déposa au centre de la table avant de faire un signe de tête à Franck.

— Cette soirée n'a jamais eu lieu, OK ?

DJ recula ensuite prudemment vers Buck et Sadie en jetant un dernier coup d'œil à Lloyd et Keith. Ils n'étaient pas les hommes de main habituels des Grandville. DJ savait que Lloyd avait raison et qu'on enverrait bientôt leurs véritables sbires à sa poursuite. Quant à ces deux escrocs, ils allaient très probablement tenter de s'enfuir d'ici au plus vite pour éviter d'affronter la colère de Titus.

DJ attrapa une chaise et, une fois que Buck, Sadie et lui furent tous les trois sortis de la pièce, il referma la porte derrière lui et bloqua la poignée avec le montant du siège. Cela n'empêcherait pas les hommes de sortir, il le savait, mais cela les ralentirait.

Une fois dehors, dans l'allée, DJ respira l'air glacial de cette nuit de décembre. Ils avaient évité le pire, pensa-t-il en regardant l'écharpe imbibée de sang qui entourait sa blessure. De son autre bras, il enlaça Sadie, et ils avancèrent dans la ruelle derrière Buck. Il pouvait sentir qu'elle tremblait. Ou peut-être était-ce lui ?

Il était de retour à Butte et… c'était comme s'il n'était jamais parti.

— Mon camion est juste en haut de la rue, leur dit le détective en se retournant vers eux. Je travaille pour l'agence Colt Brothers Investigations, à Lonesome. Il faut qu'on parle.

Malgré la neige qui tombait, Buck vit que la voiture de Titus Grandville avait disparu de l'endroit où celui-ci l'avait garée un peu plus tôt. Pensant que Lloyd et Keith géraient la situation, il avait dû repartir. À moins qu'il n'ait pris la fuite en entendant le coup de feu…

Buck n'arrivait toujours pas à croire qu'ils s'en étaient sortis vivants. Il ne savait pas de quel côté de la loi se trouvait le jumeau d'Ansley et n'avait aucune idée de ce qu'il venait de l'aider à faire. La seule chose dont il était sûr, c'était que Titus Grandville était impliqué jusqu'au cou dans cette affaire.

— Je vous remercie pour ce que vous avez fait là-bas, lui dit DJ. Mais maintenant, il vaut mieux pour votre sécurité que vous gardiez vos distances avec nous deux. Quand ces deux types vont faire leur rapport à leur patron…

— Titus Grandville.

DJ regarda Buck avec surprise.

— C'est lui qui m'a mené jusqu'ici. Je l'ai suivi et je suis presque sûr qu'il est au courant de ce qui s'est passé et que c'est pour cette raison qu'il est déjà reparti. En ce qui me concerne, je suis bien plus impliqué dans cette affaire que ce que vous pensez.

Laissez-moi au moins vous expliquer les raisons pour lesquelles je suis ici. Mon camion est garé juste là, mettons-nous à l'abri.

— Vous travaillez pour la famille de DJ ? lui demanda Sadie quand elle fut installée à l'avant du pick-up tandis que DJ avait pris place sur la banquette arrière.

Buck démarra le moteur et le laissa tourner le temps que la température se réchauffe. Puis il pivota sur son siège de façon à pouvoir regarder Sadie et DJ.

— Ce que j'ai à vous annoncer, DJ, risque de vous choquer, commença-t-il. J'ignore ce que vous savez sur vos origines, ni si vous souhaitez partager ce que je vais vous dire avec quelqu'un d'autre.

Il s'interrompit et jeta un regard vers Sadie en se demandant quelle pouvait être la nature de sa relation avec DJ. Puis il tendit une main vers elle.

— Nous ne nous sommes pas vraiment présentés, je suis…

— Buck Crawford, et moi je suis Sadie Montclair, lui répondit-elle avec un sourire avant de regarder DJ. Si vous préférez que je sorte pour ne pas entendre ce que vous avez à lui dire…

— Non, reste, lui répondit DJ avant de reporter son attention sur le détective.

Il avait toujours pris soin de rester discret sur sa vie privée, surtout auprès de Sadie car il redoutait qu'elle change d'opinion à son sujet. Mais il avait eu si peur de la perdre, ce soir, que tout cela n'avait plus beaucoup d'importance.

— Vous pouvez parler devant elle, ajouta-t-il en sentant l'inquiétude le gagner.

Si ce détective avait raison, les hommes de Grandville n'allaient pas tarder à débarquer. Ils feraient mieux de ne pas traîner dans les parages.

— Je vais vous raconter la version abrégée, dit Buck comme s'il avait compris que le temps pressait. Il y a une trentaine d'années, une femme s'est trouvée enceinte de jumeaux. Un garçon et une fille. L'accouchement a été difficile et on lui a fait croire que ses deux enfants étaient mort-nés. Mais les deux nourrissons avaient en réalité été confiés à d'autres gens, par une femme qui pensait que c'était la meilleure chose à faire. La petite fille est aujourd'hui devenue une femme et elle a découvert très récemment que les gens qui l'avaient élevée n'étaient pas ses véritables parents. En retrouvant sa mère biologique, elle a appris qu'elle avait un frère jumeau. Elle m'a chargé de partir à sa recherche car elle se marie à la fin de la semaine et elle souhaiterait que celui-ci soit présent ce jour-là. Je crois que c'est vous, son frère jumeau.

DJ laissa échapper un petit rire moqueur. Tout cela ressemblait à la plus mauvaise des arnaques.

— Quelle histoire..., conclut-il en hochant la tête.

— Nous ne pouvons être sûrs de rien tant que nous n'aurons pas réalisé de tests ADN, mais je peux déjà vous dire que vous ressemblez beaucoup à Ansley. Vous avez les mêmes cheveux bruns, les mêmes yeux bleus... C'est assez incroyable.

— Qu'est-ce que vous gagnez si je suis bien le frère jumeau manquant ? lui demanda alors DJ qui ne pouvait s'empêcher d'être suspicieux.

— Je comprends votre méfiance, lui répondit Buck avec un sourire. En plus du bonheur de ma future épouse, je suppose que je gagne aussi un beau-frère...

DJ haussa les sourcils et Buck ajouta :

— Ansley Brookshire est ma fiancée.

— Brookshire ? répéta DJ qui avait déjà entendu ce nom. Désolé de ne pas vous croire sur parole mais cette histoire est un peu tirée par les cheveux.

Le détective privé sortit son téléphone de sa poche et se mit à chercher parmi ses photos avant de lui tendre l'appareil. DJ regarda la photo d'une jolie jeune femme brune aux yeux bleus.

Elle avait en effet un air très familier. Il sentit son cœur s'emballer. Était-il possible que tout cela soit vrai ?

— Hormis notre ressemblance physique, qu'est-ce qui vous fait croire que je puisse être son frère jumeau ?

— Mon enquête m'a mené jusqu'ici... J'ai retrouvé votre courbe de croissance au ranch de Charley Diamond. Je suis presque sûr que Darrow Grandville vous a abandonné là-bas alors que vous n'étiez qu'un tout petit garçon. C'est une longue histoire mais plus vite nous ferons les tests ADN et plus vite nous serons fixés.

— Êtes-vous en train de me dire que je suis le fils d'un Grandville ?

— Non, lui répondit Buck en secouant la tête. Si vous êtes bien celui que je pense, votre père s'appelait Del Ransom Colt. Ancien cavalier de rodéo, il était le fondateur de l'agence de détectives privés pour laquelle je travaille et qui se trouve à Lonesome.

DJ regarda Buck Crawford quelques instants. La seule chose à laquelle il pensait était qu'il ne pouvait pas croire à ce que disait ce type. Accorder sa confiance avait toujours été difficile pour lui. Jusqu'à ce qu'il rencontre Sadie.

Cependant, une partie de lui s'était toujours demandé qui il était et comment il s'était retrouvé au ranch, avec Charley, sans que personne ne cherche jamais à le retrouver. Il regarda Sadie et lui tendit la photo de la jeune femme sur le téléphone de Buck.

Manifestement aussi surprise que lui, elle écarquilla les yeux.

Tout ceci était peut-être possible, se dit-il en laissant échapper un soupir, mais le moment était mal choisi. La lueur des phares d'une voiture traversa la couche de neige qui s'était accumulée sur le pare-brise de Buck.

— Cette histoire est intéressante, conclut DJ en ouvrant sa portière. Mais nous devons partir d'ici au plus vite. Les hommes de Grandville vont nous rechercher... Je vais devoir vous rappeler.

Buck venait à peine de retrouver le frère jumeau d'Ansley, il n'était pas question qu'il le perde de vue.

— Écoutez, je vois bien que vous êtes dans une situation délicate, s'empressa-t-il de lui dire pour le retenir. Laissez-moi vous aider.

Il sortit de sa poche une de ses cartes de visite, sur laquelle figuraient son numéro et celui de l'agence.

— Désolé mais je ne pense pas que vous puissiez faire quoi que ce soit pour nous, lui répondit DJ en lui rendant son téléphone portable. Une de mes amies est en danger et je dois la rejoindre avant les sbires de Grandville.

— Vous devriez d'abord faire soigner cette blessure, lui recommanda Buck.

— Je peux m'en charger, déclara Sadie comme si elle avait de l'expérience dans ce domaine.

Buck la regarda en se demandant qui elle était et dans quel pétrin DJ et elle se trouvaient. Si Titus Grandville était impliqué, une chose était sûre : ils étaient en danger.

— Je pourrais vous aider davantage si vous me racontiez pour quelle raison Titus Grandville en a après vous et votre amie. Si c'est une question d'argent, je peux peut-être...

— Ce n'est pas qu'une question d'argent, lui répondit DJ. Mais je vous remercie de votre offre. Entre Grandville et moi, c'est personnel. Le mari de mon amie lui doit de l'argent, et il fait pression sur elle. Je l'ai aidée à se cacher mais, après ce qui s'est passé ce soir, j'ai peur de ce qu'ils pourraient lui faire s'ils la retrouvent avant moi.

— Si vous allez la voir maintenant, lui fit remarquer Buck, vous allez les mener directement à elle. Je peux vous mettre en sécurité si vous venez tous avec moi à Lonesome. Laissez-moi au moins mettre votre amie à l'abri jusqu'à ce que tout soit terminé.

DJ secoua la tête. Mais, avant qu'il ne décline l'offre de Buck, Sadie prit la parole.

— Il a raison, dit-elle à DJ en lui prenant la main. Si tu vas voir Keira, c'est toi qui vas la mettre en danger. J'ai confiance en lui, il vient de nous sauver.

Keira. C'était le nom de l'autre enfant qui semblait avoir grandi avec DJ au ranch, pensa Buck.

En regardant Sadie qui hochait la tête pour l'encourager, DJ sentit une nouvelle fois sa gorge se serrer. Il avait failli la faire tuer ce soir. Il aurait dû la croire et tout annuler quand elle lui avait donné le signal d'alerte. Mais il l'avait ignoré. Il était tellement sûr de savoir ce qu'il faisait. Il savait pourtant qu'il pouvait compter sur elle. En revanche, pouvait-il vraiment se fier à ce détective qu'ils connaissaient à peine ?

Il regarda Buck Crawford et se rappela ce que lui avait dit Sadie. L'homme venait en effet de leur sauver la vie. Mais c'est la confiance qu'elle semblait lui accorder qui le décida.

— Elle s'appelle Keira Cross. Elle se trouve au Rice Motel, à Whitehall. Dans la chambre numéro 12. Dites-lui que vous venez de ma part. Comme elle ne va pas vous croire, montrez-lui ça.

Il fouilla dans sa poche et en sortit un minuscule bracelet en or terni qui portait ses initiales. Il frotta les lettres « DJ » de son pouce pendant un instant. Il avait ce bijou depuis toujours, c'était d'ailleurs pour cette raison qu'on l'avait appelé ainsi au ranch. Le bracelet ne le quittait jamais, c'était comme un porte-bonheur pour lui. DJ ne se souvenait pas de la personne qui le lui avait donné mais c'était son talisman.

Il le tendit à Buck en plongeant son regard dans le sien.

— Keira compte beaucoup pour moi.

Crawford acquiesça et rangea le bijou dans une de ses poches.

— Je vais la mettre en sécurité, lui dit-il en tendant son téléphone à DJ. Entrez votre numéro là-dedans, je vous appellerai dès que je l'aurai retrouvée. Le mariage aura lieu samedi.

DJ secoua la tête en lui rendant le téléphone, dans lequel il avait bien entré ses coordonnées.

— Rien ne garantit que je sois bien le frère jumeau de votre fiancée.

— Je ne suis pas joueur, pourtant je suis prêt à parier gros que c'est bien le cas. Samedi, n'oubliez pas. Il est très important pour Ansley et pour moi que vous soyez présent.

— Et si je suis un criminel recherché ? Je serai peut-être derrière les barreaux ce jour-là…, lui dit DJ, étonné de l'assurance que manifestait ce détective privé.

— Je suis assez doué pour juger les gens et puis… Je connais un bon garant qui, si je me trompe, pourra vous faire sortir de prison, conclut Crawford. Je vous appelle dès que j'ai mis Keira à l'abri.

11

— Me pardonneras-tu un jour ? demanda DJ à Sadie en démarrant son SUV.

— Je n'ai rien à te pardonner, lui répondit-elle après avoir pris le temps de boucler sa ceinture de sécurité.

Il lui jeta un regard incrédule.

— Tu as failli mourir par ma faute, Sadie !

— Mais je vais bien.

Malgré ce qu'elle prétendait, DJ voyait bien que ce n'était pas le cas. Il l'entendait au ton de sa voix. Son cou portait les marques de la violente prise de Lloyd, et DJ savait que cela devait être douloureux. Il sentit la rage l'envahir au souvenir de ce que ce type avait osé faire.

— J'aurais dû t'écouter, nous serions sortis de là avant que...

— DJ, je croyais que c'était Franck. Au début de la partie, j'ai vu qu'il portait une arme cachée dans un holster de cheville, j'ai pensé qu'il devait être un ancien policier ou militaire, et j'ai paniqué.

DJ secoua la tête.

— Cela ne change rien au fait que j'ai mal agi. Tu as eu un pressentiment et il était juste. Je suis vraiment désolé.

— Je te le répète, tu n'as pas à t'excuser, DJ.

— Mais si je t'avais prise au sérieux, nous serions partis avant que cela ne tourne mal, répéta-t-il en s'engageant sur la route qui permettait de quitter Butte.

— Tu crois ? Moi je pense qu'ils ne nous auraient pas laissés quitter la partie comme ça.

— Je pensais vraiment savoir ce que je faisais. Mais tu as raison, je suis trop impliqué personnellement. J'ai bêtement cru que Grandville allait me laisser gagner cette partie pour le rembourser. Je l'ai sous-estimé. Je me demande maintenant s'il est véritablement question d'argent dans cette affaire.

— Vous vous connaissez tous les deux ? lui demanda Sadie en hochant la tête.

— Quand nous étions enfants, nos chemins se sont croisés plusieurs fois, oui. C'était un gosse de riche et moi je n'étais personne. Je n'ai pas beaucoup de souvenirs de lui mais, de son côté, il semble ne pas m'avoir oublié.

— Tu ne laisses pas les gens indifférents, lui répondit Sadie avec un léger sourire. Tu crois qu'il s'est servi de Keira pour te faire revenir dans le Montana ?

Une nouvelle fois, Sadie allait à l'essentiel. Il se demanda si elle voyait juste. Grandville avait-il pu manipuler Keira pour l'atteindre ? Il refusait de croire que celle qu'il considérait comme sa petite sœur pouvait le trahir… Mais alors, que s'était-il réellement passé ?

— Je tirerai ça au clair avec Keira quand je la verrai.

Ses mots restèrent un instant en suspens. Sadie garda le silence tandis que les essuie-glaces balayaient tant bien que mal les flocons qui tombaient sur le pare-brise.

DJ roulait en direction d'Helena. Il avançait sans réellement savoir où aller, cherchant seulement à mettre le plus de kilomètres possible entre les hommes de Grandville et eux. Peu importait leur destination, l'essentiel était de trouver un aéroport pour que Sadie puisse prendre un avion et rentrer chez elle. Il regrettait de l'avoir appelée pour lui demander de venir. Il avait agi de manière égoïste car il pouvait l'admettre à présent : il n'avait jamais réellement eu besoin d'elle. Et il avait bien failli la faire tuer...

— Tu sais que je vais devoir aller au bout de cette affaire.

Sadie attendit quelques secondes avant de lui répondre.

— De quoi parles-tu exactement ?

— Je pensais revenir ici pour rembourser Grandville et libérer Keira de la dette de son vaurien de mari mais, à présent, je ne sais plus trop ce qui se passe ici... La seule chose dont je suis certain, c'est que je n'aurais jamais dû t'impliquer.

À cause de la tempête de neige, le trajet jusqu'à Whitehall prit plus de temps que Buck ne l'avait prévu. Il ne pensait pas avoir été suivi mais avait malgré tout pris des précautions. Car la seule chose qu'il devait à tout prix éviter était de mener les sbires de Grandville jusqu'à la planque de Keira. Il avait réussi à gagner la confiance de DJ Diamond, il devait à présent lui prouver qu'il la méritait. C'était le seul moyen qu'il avait de pouvoir peut-être le faire venir jusqu'à Lonesome pour le mariage.

DJ était le frère jumeau d'Ansley, ce bracelet n'en était-il pas la preuve ? Il était en vie mais pour combien de temps encore ? La seule chose que Buck pouvait faire pour l'aider à se sortir de la situation délicate dans laquelle il se trouvait, était d'aller chercher son amie, Keira, dans ce motel pour la mettre en sécurité.

Quand il arriva devant le Rice Motel de Whitehall, la neige tombait de plus en plus. Il était tard et, même si l'aube n'était plus très loin, il faisait toujours nuit. Il resta un moment assis dans son pick-up à regarder les flocons qui tombaient, en espérant que Keira se trouvait bien ici et qu'il allait bientôt pouvoir appeler DJ pour lui annoncer la bonne nouvelle.

Cependant, il ne pouvait s'empêcher d'être un peu méfiant. Tout cela semblait presque trop facile. Il se rappela les paroles de cet homme à Butte, celui qui avait dit quelque chose à DJ au sujet de ses proches.

Puis il regarda le parking. Il n'y avait que quelques voitures garées devant les chambres du motel et personne à l'horizon. En apparence, tout semblait calme.

Pourtant, lorsqu'il descendit de son pick-up, il sentit des frissons lui parcourir la nuque. Il se dirigea rapidement vers la chambre du motel où Keira était censée se trouver et frappa quelques coups. Il n'y eut aucune réponse. Il recommença puis, sentant l'inquiétude grandir en lui, essaya d'ouvrir. La porte n'était pas verrouillée...

— Keira ? appela-t-il doucement.

À l'intérieur de la chambre, il faisait très sombre mais, après quelques secondes, les yeux de Buck s'habituèrent à l'obscurité et il vit que quelqu'un était allongé sur le lit.

— Keira ? répéta-t-il, un peu plus fort, le cœur battant.

Effrayé à l'idée que les hommes de Grandville aient pu la retrouver avant lui, il avança lentement vers le lit. Il perçut alors du coin de l'œil un mouvement sur sa droite avant de recevoir sur la tête un coup asséné avec quelque chose de dur et de froid. Il chancela un instant avant de s'effondrer sur le sol.

Après avoir roulé vers le nord en direction de l'aéroport d'Helena, DJ essaya d'appeler Keira. Il voulait tenter de la convaincre de l'accompagner en Floride. Les Grandville dirigeaient peut-être la ville de Butte mais leur réseau ne s'étendait pas jusque là-bas. Si Keira refusait de partir, pensa-t-il, ce serait par amour pour Luca et, dans ce cas, il ne pourrait plus rien pour elle.

Encore une fois, il tomba directement sur sa messagerie. Avait-il commis une nouvelle erreur en faisant confiance à ce détective privé ? Ou les Grandville avaient-ils retrouvé Keira avant lui ? Il essaya de la rappeler mais en vain.

Il sentit l'inquiétude l'envahir. À cette heure-ci, il aurait déjà dû avoir de ses nouvelles.

— Elle est peut-être sortie pour acheter quelque chose à manger, lui dit Sadie qui avait dû sentir son inquiétude.

Mais elle n'avait pas l'air plus convaincue que lui.

DJ laissa un message à Keira en lui demandant de le rappeler, même si quelque chose lui disait qu'elle ne le ferait pas.

Il s'était fait piéger ce soir, lors de cette partie de poker. Grandville avait toujours eu deux longueurs d'avance sur lui. Keith et Lloyd n'étaient que deux voyous de bas étage, mais à présent Titus avait dû demander à ses hommes de main de prendre le relais. Il s'agissait des types dont Keira lui avait déjà parlé : Butch Lamar et Rafe Westfall. Rembourser Grandville n'était plus une option. Peut-être même cela ne l'avait-il jamais été.

Assez vite pendant la partie de poker, il avait eu un mauvais pressentiment. Quelque chose qu'il n'avait pas réussi à identifier s'était joué là-bas, quelque chose qui l'avait déstabilisé. Il ne cessait de repenser à ce que Lloyd avait laissé entendre, au sujet de ses proches et de leur honnêteté. Cela ne pouvait concerner qu'une seule personne : Keira.

S'il ne pouvait totalement lui faire confiance, c'était à cause de Luca Cross, se dit-il. N'avait-il pas craint, dès le départ, qu'elle soit toujours amoureuse de lui et que celui-ci s'attire de nouveau des ennuis ? Il regrettait vraiment de l'avoir laissée épouser cet homme, même s'il savait que jamais il n'aurait pu l'en empêcher.

Keira avait pris goût à ce milieu dès son plus jeune âge, fascinée par les allées et venues des nombreux criminels qui passaient par le ranch. Il se souvenait même de l'avoir surprise en train d'apprendre des tours de passe-passe auprès de véritables escrocs alors qu'elle n'avait que cinq ans. Elle était douée pour ce genre de choses. Et ce jour-là, il avait vu briller de la fierté dans ses yeux.

— C'est dans ses gènes, répétait toujours Charley en riant. Elle est née pour mener cette vie ! Même si nous ne voulons pas ressembler à nos parents, leur sang coule dans nos veines. Il faut juste savoir tirer parti de ce qu'on nous a légué et jouer le mieux possible les cartes qu'on a en main ! Ne l'oublie pas, DJ, et accepte d'être qui tu es.

Même s'il ignorait tout de son patrimoine génétique, DJ avait suivi ses conseils. Mais il avait toujours voulu croire que le destin de Keira pouvait être différent du sien. Il avait fait de son mieux pour la protéger mais il n'était lui-même qu'un enfant à cette époque. Et plus tard, essayant tant bien que mal de rester en vie et de ne pas mourir de faim, il l'avait un peu perdue de vue.

En repensant à ses mystérieuses origines, DJ se demanda s'il était possible qu'il soit vraiment le frère jumeau de cette femme, Ansley Brookshire. Avec un nom pareil, elle avait dû grandir dans un certain luxe, pensa-t-il avec amertume. Quand elle apprendrait qui il était et d'où il venait, aurait-elle encore envie de le rencontrer et surtout voudrait-elle toujours qu'il soit présent le jour de son mariage ? Si elle changeait d'avis, il ne lui en voudrait pas...

Comme Charley avait l'habitude de le dire : « Tout est dans les cartes et dans la façon dont on les joue. » Cependant, n'était-ce pas justement ce qui l'inquiétait ? se demanda DJ. Et Keira jouait-elle elle aussi cette partie ?

Malgré ses soupçons, une part de lui-même refusait cette éventualité. Une nouvelle fois, il la rappela et lui laissa un message.

— Bon sang, mais où es-tu ?

Buck ouvrit les yeux. Pendant un instant, il se demanda ce qui lui était arrivé et surtout où il se trouvait. Puis tout lui revint en mémoire. Il était sur le sol de la chambre de motel de Keira. Lentement, il s'habitua à la lumière qui pénétrait faiblement par les stores abîmés. Puis il se retourna pour regarder le lit. Il était vide. L'esprit un peu plus clair, il se redressa pour s'asseoir.

Il fut surpris de constater que son arme se trouvait toujours dans son holster et son téléphone dans la poche de son manteau. Combien de temps était-il resté inconscient ? Même s'il faisait jour à présent et que Keira avait disparu, il n'avait pas dû se passer beaucoup de temps. Il se demanda soudain si le corps qu'il avait vu dans la chambre en entrant était bien celui de la sœur de DJ…

Il n'était sûr que d'une chose : la bosse qu'il avait sur la tête confirmait bien qu'il avait été frappé plutôt violemment…

Se sentant un peu mieux, il se leva, alluma et inspecta la chambre du motel. Il n'y avait aucun signe de lutte, pas la moindre goutte de sang. En examinant le lit, il vit qu'on y avait dormi. Manifestement, Keira avait été emmenée loin d'ici sans opposer la moindre résistance. Peut-être même était-elle partie de son plein gré. Cependant, celui qui l'avait frappé semblait s'être attendu à recevoir de la visite.

Entre les stores, Buck jeta un coup d'œil au parking. Son camion n'avait pas bougé mais les deux autres véhicules qu'il avait vus en arrivant cette nuit avaient maintenant disparu. Peut-être appartenaient-ils à des clients qui étaient partis tôt, à moins qu'il ne se soit agi de ceux de Grandville et de ses hommes…

Alors qu'il s'apprêtait à quitter la chambre, il fourra ses mains dans son manteau pour en sortir son téléphone et sentit soudain quelque chose dans sa seconde poche. Délicatement, il en extirpa une enveloppe froissée qui n'était pas scellée et sur laquelle était écrit :

Pour DJ

Il fronça les sourcils et sortit rapidement la feuille qui se trouvait à l'intérieur pour la lire. Puis il attrapa son téléphone et appela DJ.

La veille, DJ avait conduit jusqu'à Helena. Puis il s'était garé sur le parking d'un supermarché, et Sadie et lui avaient dormi à l'arrière du SUV. Ce matin, ils avaient pris un petit déjeuner dans un relais routier et maintenant, alors qu'ils se trouvaient à moins d'un kilomètre de l'aéroport, DJ savait qu'il devait prendre une décision. Il n'avait reçu aucune nouvelle de Keira ni du détective privé. À cette heure, ils étaient peut-être tous les deux morts...

Il doutait cependant que Grandville s'en soit pris à Keira avant d'avoir obtenu ce qu'il souhaitait. Pour Buck Crawford, c'était une autre histoire. Il avait fait confiance à cet homme car Sadie pensait qu'il en valait la peine. À présent, il espérait que ce type ne s'était pas fait tuer par sa faute.

Alors qu'il était en train de se maudire une nouvelle fois pour avoir entraîné tant de gens dans cette affaire, la sonnerie de son smartphone retentit.

Immédiatement envahi par un mélange de peur et de soulagement, il sortit son téléphone de sa poche et regarda l'écran. Il s'agissait de Buck Crawford.

— Ma sœur est avec vous ? lui demanda-t-il en décrochant.

— Non.

En écoutant le détective privé lui raconter ce qui s'était passé à son arrivée dans la chambre du motel, DJ ne fut pas surpris. Il s'était attendu à ce que les hommes de Grandville s'en prennent à Keira.

— Et vous, ça va ?

— Je survivrai, lui répondit Crawford. Mais il y a autre chose : Keira vous a laissé une lettre.

Le détective se mit à lire à haute voix :

DJ, je les ai vus me chercher en ville. Je me suis échappée de justesse. Je n'ai pas le choix : je vais rejoindre Luca au chalet de Charley dans les montagnes, au nord de Lonesome. Merci d'avoir essayé de m'aider mais je sais que les choses ne se sont pas bien passées à Butte, sinon tu serais déjà rentré. Luca et moi allons partir pour l'Alaska. Il nous reste peu de temps avant que Grandville ne nous retrouve.

Keira, non... , pensa DJ. Elle allait commettre une énorme erreur. Il devait l'en empêcher ou elle serait condamnée à fuir toute sa vie.

— A-t-elle laissé des indications pour se rendre au chalet ?

— Oui.

Le détective resta silencieux quelques secondes et DJ comprit ce qu'il pensait... Keira espérait probablement que DJ se lance à sa poursuite pour tenter de la raisonner.

Crawford reprit sa lecture :

J'aimerais te voir avant notre départ. Au cas où tu aurais oublié où se trouve le chalet de Charley, voici l'itinéraire à suivre. Si nous nous manquons, je te remercie pour tout ce que tu as fait pour moi.

— DJ, déclara Crawford, vous devez vous demander pour quelle raison Keira vous a laissé ces explications, êtes-vous sûr de pouvoir lui faire confiance ?

DJ sentit la colère monter en lui.

— Elle est comme une sœur pour moi, nous avons grandi ensemble, répondit-il avec agacement. Donnez-moi ces fichues indications.

Crawford hésita de nouveau quelques instants avant de lui lire les informations.

— Merci, vous m'enverrez la facture, lui lança DJ avec une certaine irritation.

Il détestait le fait que le détective pense la même chose que lui. En se rendant au vieux chalet de Charley, il était fort possible qu'il tombe dans un piège. Un piège tendu par quelqu'un qu'il aimait profondément et à qui il avait pensé pouvoir confier sa propre vie.

— Vous savez bien que ce n'est pas l'argent qui m'intéresse, lui rétorqua Crawford avant d'ajouter : Samedi, dans la seule église blanche de Lonesome. À 16 heures.

Sur ces mots, il raccrocha. DJ pouvait sentir le regard réprobateur de Sadie peser sur lui. Il avait demandé au détective privé de l'aider, celui-ci s'était fait violemment agresser et il se montrait odieux avec lui au lieu de le remercier. Elle avait évidemment tout entendu de leur conversation, et un seul regard vers elle lui indiqua qu'elle était d'accord avec ce dernier. Monter au chalet était une erreur. Peut-être la dernière qu'il commettrait...

Mais, lorsqu'elle prit la parole, ce fut uniquement pour lui dire :

— Alors, nous allons dans les montagnes jusqu'au chalet de ton oncle pour la retrouver ?

— Non, il n'y aura pas de « nous » cette fois. Je vais aller la chercher, je n'aurais jamais dû t'impliquer dans cette affaire. Je vais te déposer à l'aéroport pour que tu prennes le prochain vol pour la Floride.

— Tu sais bien que cela n'arrivera pas. Je vais venir avec toi. Tu es persuadé qu'elle ne peut pas te trahir et je crois que tu as peut-être raison.

DJ soutint son regard mais les mots restèrent coincés dans sa gorge serrée. Son instinct lui soufflait qu'il se trompait peut-être sur le compte de Keira et cela le faisait souffrir. Elle l'avait probablement trahi et pourtant... Il avait besoin de l'entendre de sa bouche.

— Il faut que je sache, répondit-il, redoutant que le lien qu'il avait avec sa sœur ne soit pas aussi fort qu'il l'avait toujours cru. Et je dois faire tout ce que je peux pour la sauver. Car si Grandville la retient, il ne la laissera jamais partir.

Sadie sentit son cœur se serrer pour DJ. Keira et lui n'étaient pas de véritables frères et sœurs mais certaines relations étaient encore plus fortes que les liens du sang.

Elle pouvait comprendre l'amour qu'il éprouvait pour cette jeune femme qu'il avait prise sous son aile dès le plus jeune âge. Deux enfants solidaires dans des circonstances difficiles, voire terrifiantes. Elle pensa à sa propre enfance. Elle avait grandi seule dans un monde d'adultes et elle savait que cela n'avait rien de normal. Ses parents avaient tous les deux perdu la vie dans un accident d'avion. Sans son parrain, qui sait ce qui lui serait arrivé.

Ezra Montclair l'avait recueillie, élevée puis lui avait appris son métier comme si elle était l'héritière de son royaume. Seule dans cet univers d'adultes, elle avait souvent rêvé avoir un autre enfant à ses côtés, pour partager ses joies, ses chagrins mais aussi ses peurs. Elle avait réussi tant bien que mal à naviguer parmi les nombreux hommes qui évoluaient autour de son parrain. Elle avait su se rendre invisible, écouter et apprendre, ne pas être une enfant.

— J'envie la relation que tu as eue avec elle, dit-elle finalement à DJ. J'aurais aimé avoir un grand frère qui veille sur moi comme tu le fais avec Keira.

Il resta silencieux. Il était pâle et semblait souffrir à l'idée que sa sœur puisse l'avoir trahi. Keira avait-elle inventé cette dette pour le faire revenir dans le Montana ?

— J'avais besoin d'elle autant qu'elle avait besoin de moi, lui expliqua-t-il. Elle a donné un but à ma vie.

DJ avait dû se battre pour s'adapter dans ce monde qu'il n'avait pas choisi et il avait toujours été animé par la profonde volonté d'aider ceux qu'il aimait : Charley et Keira…

Sadie comprit soudain qu'il n'était pas si différent d'elle. Charley et son parrain leur avaient inculqué le principal. DJ et elle étaient tous les deux des survivants.

12

DJ avait pris sa décision.

— Je veux que tu retournes en Floride.

Sadie commença à parler mais il l'interrompit.

— Je t'en supplie. Je vais t'emmener à l'aéroport et tu prendras un vol pour rentrer chez toi. Je t'en prie.

Elle secoua la tête, leva la main et lui coupa la parole.

— Je ne te laisserai pas faire ça tout seul. Tu es blessé et tu as besoin de moi. Nous formons une équipe, tu te souviens ?

— C'est terminé, lui répondit-il en secouant la tête. Ton parrain et moi sommes quittes. Et toi et moi aussi.

En soutenant son regard, il y vit briller quelque chose de si doux et de si vulnérable qu'il dut détourner les yeux.

Ils étaient bien plus que des partenaires l'un pour l'autre, pensa-t-il, le cœur serré. N'avait-il pas toujours envie d'être aux côtés de cette femme et pas seulement en tant qu'associé ? Et maintenant qu'ils pouvaient avoir une chance d'être ensemble...

— Tu sais que je suis peut-être sur le point de tomber dans un piège qui pourrait me faire tuer...

— Nous faire tuer, le corrigea-t-elle. Mais nous aurons plus de chance de nous en sortir si nous restons ensemble, comme nous l'avons toujours fait. Une fois arrivés au chalet, si les choses semblent mal tourner... nous n'aurons qu'à repartir. Allons-y ensemble, DJ. Jouons cette dernière partie. S'il semble impossible de pouvoir gagner, nous jetterons nos cartes et nous nous coucherons. Il n'y a aucune honte à s'éloigner quand la chance n'est pas de son côté.

Il comprenait ce qu'elle disait. Une autre fin était possible. Il avait le choix. Ils avaient le choix, tous les deux. S'il la forçait à monter dans cet avion... Son cœur se serra à l'idée que leur histoire puisse se terminer ainsi. Il ne pouvait envisager de ne plus jamais la revoir. Il comprenait maintenant qu'il lui avait cédé une partie de son cœur et qu'elle allait partir avec. Mais il ne voulait pas risquer de la blesser plus qu'il ne l'avait déjà fait.

— Il faut que je refasse ton pansement, lui dit-elle d'un ton léger, comme si leur discussion était terminée. De toute façon, si tu ne m'emmènes pas, je louerai un 4x4. J'ai entendu les indications, je pourrais tout à fait me rendre au chalet par mes propres moyens. Je ne te quitterai pas, DJ. Pas maintenant alors que tu n'as jamais eu autant besoin d'avoir quelqu'un à tes côtés. Alors, cesse de tout faire pour te débarrasser de moi, c'est peine perdue.

Le fait que Sadie soit si loyale rendait la possible trahison de Keira plus insupportable encore aux yeux de DJ. Ils restèrent tous les deux silencieux pendant quelques instants avant qu'elle ne reprenne la parole.

— Tu sais où se trouve l'écharpe que j'avais nouée sur ta blessure ? lui demanda-t-elle en regardant autour d'elle.

— Non, je suis désolé, j'ai dû l'égarer.

— Ce n'est pas important, lui répondit-elle en plantant son regard dans le sien. En revanche, te garder en vie l'est.

Il n'arrivait pas à la quitter des yeux. Cette femme l'avait toujours étonné. Il se demandait si elle savait qu'elle avait choisi de tout miser sur le mauvais cheval.

— Tu as l'air de penser que tu vas pouvoir me sauver de moi-même, mais si c'est impossible, Sadie ? Et si je n'étais qu'une cause perdue ?

Elle secoua la tête.

— Tu as une sœur jumelle qui va t'attendre dans quelques jours devant l'autel pour se marier. Tu vas t'y rendre. Tu ne la laisseras pas tomber. Elle a besoin de toi et, de ton côté, tu pourrais bien avoir besoin d'elle et de la famille qu'elle peut t'offrir. Maintenant, laisse-moi regarder ton bras.

Dès qu'il eut raccroché avec DJ, Buck appela James à l'agence Colt Brothers Investigations pour lui raconter ce qui s'était passé.

— L'homme que tu crois être le jumeau d'Ansley est en chemin pour aller affronter la femme avec qui il a grandi mais qui est probablement en train de lui tendre un piège, là-haut dans les montagnes, résuma James. Qu'est-ce qui ne tourne pas rond chez lui ?

— Apparemment, DJ et cette jeune femme, Keira, ont été élevés ensemble dans le ranch dont je t'ai parlé. Il la considère comme sa sœur et semble croire qu'elle ne peut pas le trahir.

— Tu lui as dit qu'il avait peut-être une sœur jumelle, une sœur biologique ?

— Il doit se demander s'il ne s'agit pas d'une arnaque, lui répondit Buck. Il faut que tu comprennes une chose, James, ce type est d'une nature plutôt méfiante et, vu son histoire, je le comprends. Je suis en train de rentrer à Lonesome, j'ai retrouvé l'écharpe avec laquelle il avait bandé sa blessure dans ma voiture. Il y a des taches de sang dessus… Willie pourra peut-être y prélever de quoi faire réaliser un test ADN et confirmer si DJ est bien le frère jumeau d'Ansley. Mais si tu veux mon avis, il lui ressemble trop pour ne pas l'être. Et il est aussi têtu que sa sœur… Sans oublier qu'il possède encore le bracelet en or que leur mère avait fait graver pour lui avec ses initiales. Le bijou est pour lui comme un porte-bonheur, une sorte de talisman.

— Et où te rends-tu à présent ? lui demanda James.

— Je vais repasser chez moi chercher ma remorque. J'y mettrai ma motoneige et je prendrai la route des montagnes.

Keira Diamond Cross a laissé les indications pour se rendre au chalet où elle est censée se trouver. DJ arrivera par l'ouest, j'ai l'intention d'arriver avant lui sur les lieux. Je ne peux pas le laisser tomber dans ce piège.

— Même sans le blizzard, les températures vont être glaciales et des tueurs vont probablement vous attendre là-bas, tu en es bien conscient ?

— Je dois aller au bout de cette affaire, pour Ansley.

Mais il y avait autre chose. Buck appréciait DJ Diamond. Et il ne voulait pas qu'il lui arrive quelque chose. Ni à lui, ni à la femme qui l'accompagnait.

— Te faire tuer serait quand même bien pire que de ne pas retrouver son frère jumeau pour samedi, lui fit remarquer James. Il n'y aura pas de mariage sans toi, Buck. Je vais donc venir avec toi.

— Moi aussi ! lança Tommy derrière lui, et Buck comprit soudain que James avait activé le haut-parleur.

— Ta femme est enceinte, lui répondirent Buck et James d'une seule voix.

— Elle ne doit pas accoucher avant un mois, protesta Tommy. Passez chez moi avec la remorque, nous prendrons mes deux motoneiges avec la tienne, l'union fait la force, les gars.

— OK, j'arrive, lui répondit Buck en s'esclaffant. Encore une chose : DJ est accompagné d'une femme qui s'appelle Sadie Montclair. Voyez si vous pouvez trouver quelques informations sur elle.

Après avoir nettoyé la plaie de DJ, Sadie lui refit un pansement malgré ses protestations. La blessure était nette, la balle avait traversé la chair sans toucher l'os. Cela devait être douloureux mais, égal à lui-même, DJ ne le montrait pas. Cet homme était le plus fort et le plus déterminé qu'elle ait jamais rencontré. Il était aussi le plus gentil et, étonnamment, le plus doux. Il avait un grand cœur, et elle savait que c'était pour cette raison qu'il était si bouleversé par ce qui se passait avec Keira...

Le bulletin météo qu'ils venaient d'entendre à la radio était catastrophique. Le blizzard soufflait sur la majeure partie de l'État et il était conseillé aux habitants de la région de ne pas circuler, sauf en cas d'urgence.

Sadie écouta le bruit régulier des essuie-glaces. Ils semblaient avoir du mal à suivre le rythme. La neige et les bourrasques rendaient la visibilité quasiment nulle.

Imperturbable, DJ conduisait calmement, ses yeux bleus fixés sur la route.

— Malgré tes années passées au soleil, tu n'as pas oublié comment conduire dans des conditions extrêmes, lui dit-elle, regrettant de se sentir elle-même si nerveuse.

Étant née et ayant grandi en Floride, elle avait dû attendre l'adolescence pour découvrir la neige et n'avait encore jamais été confrontée à une telle tempête. Elle se demanda comment quelque chose d'aussi beau pouvait être aussi dangereux.

— Conduire dans la neige, c'est comme tomber d'un vélo, dit-il.

— Tu veux dire, comme faire du vélo ? le reprit-elle avec un sourire. Ça ne s'oublie pas ?

— Nous allons nous en sortir, lui répondit-il avec le même sourire. Tu me fais confiance, n'est-ce pas ?

Elle savait qu'il ne parlait pas seulement de sa conduite.

— Oui, tu as notre vie entre tes mains, DJ.

— C'est bien ce qui m'inquiète, déclara-t-il en secouant la tête, l'air triste.

Une chanson de Noël passa à la radio et DJ se pencha vers l'autoradio pour l'éteindre.

— Tu n'aimes pas Noël ?

— Non, je n'ai rien contre, c'est seulement qu'on ne l'a jamais fêté au ranch, lui expliqua-t-il en riant. Charley disait toujours que ce n'était qu'une vaste escroquerie. Pour lui, la plupart des choses étaient des arnaques, et tu peux me croire, il en savait quelque chose.

Sadie laissa échapper un petit rire.

— Tu sais, nous avons bien plus de choses en commun que ce que nous croyons. Mon parrain ne célébrait pas non plus les fêtes de fin d'année, il disait que tout cela n'était qu'un truc d'hommes d'affaires pour jouer sur les émotions et la culpabilité des gens, et les pousser à dépenser plus d'argent qu'ils n'en avaient.

Pendant un instant, elle regarda la neige voler autour d'eux dans un flou étourdissant.

— Mais j'aimais beaucoup les lumières et les décorations. J'ai toujours pensé qu'il y avait quelque chose de spécial dans cette saison, au-delà du côté commercial. Nous étions loin d'être une famille religieuse mais je trouvais qu'une atmosphère spirituelle flottait dans l'air à cette période.

Elle resta silencieuse un instant avant d'ajouter :

— J'ai toujours rêvé d'avoir un vrai sapin de Noël, tu en avais un au ranch ?

— Non.

DJ tourna le regard vers elle rapidement avant de reporter son attention sur la route.

Puis le silence s'installa entre eux et Sadie comprit qu'elle n'apprendrait rien de plus sur son enfance aujourd'hui.

Dehors, il neigeait tant qu'elle avait l'impression qu'ils roulaient sans but. Entourée de tout ce blanc, elle sentait presque un sentiment de claustrophobie monter en elle. À présent, tout cela ne lui paraissait plus beau, mais dangereux.

DJ avait rallumé la radio et les prévisions météorologiques ne s'arrangeaient pas. De nombreuses autoroutes étaient maintenant fermées par manque de visibilité. Sadie remarqua tout d'un coup qu'ils n'avaient pas croisé de véhicules depuis fort longtemps.

Soudain, elle distingua un panneau et DJ ralentit avant de tourner sur une route étroite qui semblait monter plus haut encore dans les montagnes. La neige devint plus épaisse. Le

SUV se fraya un passage entre les congères sculptées par le vent tandis que les flocons continuaient à tomber sur le pare-brise.

Sadie était soulagée de voir que DJ paraissait savoir parfaitement comment manœuvrer son véhicule dans ces circonstances. Ce qui l'inquiétait, en revanche, c'était sa motivation à vouloir braver ces conditions extrêmes alors que la plupart des routes avaient été fermées, que les automobilistes étaient priés d'éviter tout déplacement et que les chasse-neige ne semblaient même pas pouvoir sortir. Malgré tout cela, DJ continuait de rouler, comme s'il avançait vers son destin. Elle ne l'avait encore jamais vu aussi résolu. Si seulement Keira pouvait ne pas l'avoir trahi… Son mari et elle étaient peut-être déjà en route pour l'Alaska. Comment allait réagir DJ s'ils étaient déjà partis ? Cela suffirait-il à lui prouver l'honnêteté de sa sœur ?

La route serpentait devant eux et les bourrasques étaient ralenties par les grands pins. Ils continuaient à monter. Sadie se souvint de son émerveillement en découvrant ces paysages lorsqu'elle était arrivée dans cet État. Mais maintenant qu'elle pouvait sentir la puissance de la nature, elle comprenait combien la situation était devenue périlleuse. Et s'ils survivaient à cette tempête et à l'ascension de cette montagne, ils devraient encore réussir à se sortir du probable piège vers lequel ils se dirigeaient.

— Cela devrait être là, déclara soudain DJ en bifurquant dans un sentier qui contournait une colline.

Après quelques mètres, Sadie sentit les roues du SUV lutter pour trouver de l'adhérence et, quelques secondes plus tard, le véhicule s'arrêta.

DJ le fit redémarrer et tenta de le faire avancer mais le gémissement des pneus leur indiqua qu'ils ne pourraient pas aller plus loin. Il fit alors marche arrière pour essayer de monter directement sur la colline mais les roues patinaient. Et cette fois, le véhicule glissa et tomba le nez dans un fossé étroit.

— Ne bouge pas, ordonna-t-il à Sadie.

Il bondit hors de la voiture en laissant le moteur et le chauffage tourner et disparut dans la tempête. Sadie serra son manteau contre elle et attendit, en se demandant pour quelle raison DJ était parti. Pour voir à quel point ils étaient bloqués ?

Ne le voyant pas revenir, elle sentit l'inquiétude la gagner. Et s'il lui arrivait quelque chose ? Et s'il ne revenait pas ? Elle n'était pas du tout dans son élément, pensa-t-elle, en sentant les battements de son cœur s'accélérer. Combien de temps pourrait-elle survivre ici dans de telles conditions ?

Elle vérifia la quantité d'essence qu'il leur restait – moins d'un demi-réservoir –, puis éteignit le moteur et le chauffage. Un silence sinistre l'enveloppa. Elle sentit le froid pénétrer l'intérieur du véhicule et frissonna, consciente du fait qu'elle ne survivrait pas longtemps si DJ ne revenait pas rapidement.

L'air devenait glacial. Depuis combien de temps était-il parti ? Elle essaya de regarder à l'extérieur. De temps en temps, le vent dégageait la vue et elle pouvait, à travers la neige, apercevoir des pins. Avaient-ils atteint le chalet où DJ devait retrouver Keira ? Non, il ne serait pas parti seul alors qu'il savait qu'il risquait de tomber dans un piège, pensa-t-elle. Pourquoi ne l'avait-elle pas suivi lorsqu'il était sorti de la voiture ?

Elle boutonna son manteau puis chercha un instant son écharpe avant de se rappeler qu'elle l'avait utilisée pour panser la blessure de DJ et que celui-ci l'avait perdue quelque part. Elle n'avait pas dû la nouer assez fort.

Une fois habillée, elle se mit à douter. Était-ce véritablement une bonne idée de partir à sa recherche ? Elle ne savait même pas dans quelle direction il était parti et n'avait aucune idée de l'endroit où se trouvait le chalet. Tout était blanc autour d'elle. La neige s'était accumulée sur le pare-brise et, bientôt, elle ne pourrait plus rien voir à l'extérieur. Elle posa la main sur la poignée de porte et s'arrêta. Par la fenêtre, il lui semblait avoir aperçu un mouvement. Incapable de savoir de quoi il s'agissait, elle retint son souffle. Était-ce un animal ? Ou un humain ?

Elle sentit que son cœur allait exploser quand elle reconnut

DJ qui avançait vers le SUV dans le blizzard. En entrant dans la voiture, il était méconnaissable, ses cheveux et son manteau étaient recouverts de neige. Des flocons étaient accrochés à ses longs cils noirs.

— Sommes-nous… Est-ce que…

— Je suis désolé, lui répondit-il comme s'il avait compris combien elle avait dû avoir peur, je n'avais pas prévu de te laisser seule si longtemps. Le chalet de Charley est un peu plus loin sur la route, à mi-chemin du sommet.

— Tu as vu Keira ?

Il secoua la tête.

— Mais quelqu'un est venu ici. Il y a de la nourriture et des bûches. J'ai également trouvé un fer à marquer au nom de Diamond Deluxe, en forme de diamant avec la lettre D à l'intérieur. J'ai rapidement préparé un feu pour que tu puisses te réchauffer quand nous arriverons là-bas. C'est une sacrée randonnée.

— Pas de problème, lui répondit-elle sans hésiter.

— Nous serons à l'abri, poursuivit-il. J'ai vu des traces plus anciennes dans la neige autour du chalet, nous l'avons peut-être manquée. Ou…

Ou peut-être pensait-il qu'elle arriverait une fois la tempête terminée, se dit Sadie en le regardant.

— Ne t'inquiète pas, lui dit-il d'un ton rassurant, j'ai la situation sous contrôle.

Même si elle avait déjà entendu ces mots dans sa bouche et qu'elle savait qu'il ne pouvait pas tout anticiper, DJ était le genre d'homme qui avait toujours un plan de secours quand les choses tournaient mal. Et qui parvenait chaque fois à s'en tirer. *Pourvu que ce ne soit pas aujourd'hui que les choses changent*, se dit-elle en avançant dans le blizzard glacial du Montana.

Quand Ansley décrocha, Buck entendit combien elle était soulagée.

— Est-ce que ça va ? J'étais si inquiète pour toi.

— Je vais bien, je suis désolé de ne pas t'avoir appelée plus tôt.

— Est-ce que tu l'as trouvé ? lui demanda-t-elle, la voix pleine d'espoir.

Il sentit son cœur se serrer. Il désirait tant lui apprendre de bonnes nouvelles.

— Je pense que oui, lui répondit-il, mais nous ne pourrons le confirmer qu'avec les résultats du test ADN.

— C'est une merveilleuse nouvelle ! s'écria-t-elle.

Elle semblait si heureuse. Son frère allait probablement être là pour la mener jusqu'à l'autel. Buck aurait aimé pouvoir la convaincre de repousser la cérémonie au printemps mais elle tenait à se marier pendant la période de Noël, et il n'avait pas le cœur de lui refuser une telle joie.

Il lui raconta ce qu'il avait appris et ce qu'il avait découvert au ranch Diamond Deluxe.

— Il s'appelle DJ Diamond ? répéta-t-elle avec stupeur. Mais s'il a le bracelet gravé que notre mère nous a fait faire, il s'agit forcément de lui ! Et il a grandi dans un ranch, c'est génial !

Buck ne savait pas comment lui expliquer les choses sans l'inquiéter. C'était une des raisons pour lesquelles il avait repoussé son appel, préférant attendre d'avoir la certitude que DJ Diamond était bien son frère jumeau pour le faire.

— Ce n'est pas vraiment le genre de ranch auquel tu penses, lui répondit-il.

Ils étaient sur le point de commencer leur vie ensemble, il ne voulait pas qu'il y ait le moindre mensonge entre eux. Et elle avait besoin de connaître la vérité. Il lui raconta donc, dans les détails, tout ce qu'il avait appris. Puis un silence s'installa au bout du fil.

— Ansley, tu es toujours là ?

— Tu veux dire que c'est un criminel ?

— Non. Enfin, peut-être. Je n'en suis pas certain. Il a été élevé par un homme qui était un escroc et qui semble lui avoir appris tout ce qu'il savait en la matière. D'après ce que je sais, il gagne sa vie en jouant.

— Qu'est-ce que tu me caches, Buck ?

Il soupira.

— DJ est, en ce moment même, en cavale après une partie de poker qui a mal tourné. Une de ses amies a des problèmes et il est déterminé à la sauver. James, Tommy et moi le recherchons mais nous ne sommes pas les seuls à vouloir le rattraper, lui et cette amie avec laquelle il a grandi. Des hommes puissants sont également à ses trousses. Je ne veux pas te contrarier mais je pense que nous ferions mieux de reporter le mariage.

13

Tout en se frayant un chemin dans la neige qui lui montait jusqu'à mi-cuisse, DJ ne put s'empêcher de se maudire. À cette heure-ci, Sadie aurait dû être en train de voler vers les rivages ensoleillés de la Floride, au lieu de braver la tempête avec lui. Toutefois il savait que, malgré son insistance, il n'aurait pas pu la faire monter de force dans cet avion.

Une violente rafale fit tourbillonner la neige autour d'eux et DJ aperçut enfin le chalet qui était presque caché par les grands pins.

— Encore quelques mètres et nous y serons, dit-il à Sadie en s'arrêtant pour leur permettre de reprendre leur souffle. Ça va ?

— Oui, lui répondit-elle avec un léger sourire.

Il voyait bien qu'elle était à bout de forces et il avait envie de la rassurer sur la tournure qu'allaient prendre les événements, même s'il savait qu'il ne pouvait être sûr de rien.

Il n'arrivait toujours pas à croire que Keira ait pu lui mentir et le faire venir dans le Montana afin que Grandville puisse se venger d'une vieille rancune. Il détestait penser que celle qu'il considérait comme sa sœur l'avait peut-être trahi.

— Courage, ce n'est plus très loin.

— Ouvre la voie et je te suis, partenaire.

Quelques minutes plus tard, ils se frayèrent un chemin jusqu'au porche. En ouvrant la porte du chalet, DJ s'inclina légèrement et fit signe à Sadie d'entrer.

Il ne savait pas combien de temps ils allaient rester ici. Au moins jusqu'à ce que la tempête soit passée. Mais où donc se trouvait Keira ? Avait-elle été surprise par la météo ? Était-elle déjà partie pour l'Alaska avec Luca ? Dans ce cas, peut-être ne la reverrait-il plus jamais... Mais elle le connaissait, elle savait qu'après avoir lu son mot, il viendrait au chalet la chercher. Et les Grandville ? Étaient-ils en chemin ?

Keira avait choisi l'endroit idéal pour que son mari puisse se cacher, le chalet de Charley était totalement isolé du reste du monde. C'était aussi le lieu parfait pour se débarrasser de quelqu'un. Il était facile de dissimuler un corps par ici.

DJ soupira. Il avait mal à la tête à force d'essayer de comprendre ce qui se tramait. S'il ne pouvait prédire l'avenir, son instinct lui soufflait de rester sur ses gardes.

Sadie entra dans le chalet et regarda autour d'elle tandis que DJ refermait derrière eux. Elle avait senti l'odeur de fumée sur les quelques dizaines de mètres qu'il leur restait à gravir pour arriver jusqu'à la maison et se réjouissait maintenant d'être à l'abri de la tempête.

Un feu crépitait dans une vieille cheminée en pierre contre le mur de droite, et elle chassa la neige de ses bottes avant de s'approcher pour découvrir le reste du chalet.

Celui-ci était petit mais l'espace était ouvert. Le salon se composait de la cheminée, de deux fauteuils rembourrés et d'un coffre pour ranger les bûches. À l'intérieur avaient été placés des branchages, des pommes de pin, de vieux journaux et des allumettes. En se retournant, elle vit derrière elle ce qui devait servir de cuisine. Celle-ci se composait d'un évier sous lequel se trouvait un seau, d'une cuisinière au propane et d'une glacière. Des casseroles et des poêles étaient suspendues au-dessus d'un petit meuble qui devait contenir d'autres ustensiles et peut-être des couverts. Elle aperçut un paquet de gâteaux ouvert sur le dessus de l'armoire. DJ avait raison. Quelqu'un semblait avoir passé du temps ici récemment.

— Il n'y a pas d'électricité bien sûr ? lui demanda-t-elle en retirant ses gants pour approcher ses mains glacées de l'âtre.

— Pas d'électricité, pas de réseau cellulaire, pas d'Internet, lui répondit DJ, mais il y a une sorte de réserve à l'arrière dans laquelle se trouvent des conserves qui n'ont pas l'air d'avoir gelé. Il y a aussi une seconde bonbonne de gaz et une belle réserve de bois sous le hangar, sur le côté de la maison. Au moins nous ne mourrons ni de faim ni de froid.

Elle ne put s'empêcher de lui sourire avant de continuer son observation. Malgré la situation, elle voyait bien que DJ essayait de rester positif et de garder espoir.

Au fond du chalet se trouvait une porte arrière, et sur les murs, quelques rangements ; à droite un lit double occupait le coin de la pièce, près de la cheminée.

Sentant qu'elle commençait à se réchauffer, elle enleva son manteau et le posa sur l'une des chaises. Elle vit qu'elle avait laissé des traces de neige sur le sol mais elle n'était pas encore prête à ôter ses bottes, ses orteils commençaient à peine à se réchauffer.

DJ ajouta du bois dans le feu et Sadie sentit la chaleur lui monter au visage. Elle commença à se détendre. Pour le moment, ils étaient en sécurité et, comme l'avait dit DJ, ils avaient de quoi survivre quelques jours.

— Pas mal, hein ? lui dit DJ avec un sourire malicieux alors qu'elle avait terminé de tout étudier.

— Pas mal, lui répondit-elle en lui rendant son sourire.

Il alla jusqu'au placard qui se trouvait au-dessus de la cuisinière et l'ouvrit.

— Voyons ce qu'on peut manger. Je ne sais pas pour toi, mais moi, cette petite randonnée m'a ouvert l'appétit.

Titus Grandville regarda la tempête avec un air de mépris avant de faire pivoter sa chaise de bureau pour se retrouver face aux deux hommes qui se tenaient debout devant lui, leurs chapeaux à la main.

— Voyons si j'ai bien compris, déclara-t-il en essayant de ne pas hausser la voix. Vous avez perdu la trace de Diamond, vous avez perdu l'argent et maintenant, vous me dites que vous ne pouvez pas aller le chercher et finir votre travail car... il neige trop ?

Rafe Westfall le regarda, les yeux écarquillés.

— C'est le blizzard, chef. Certaines routes sont fermées. Comment pourrions-nous...

— Nous allons le retrouver, déclara Butch Lamar. Nous savons qu'il est parti vers les montagnes. Keira lui a laissé un mot avec les indications qui mènent au vieux chalet de Charley. Elle jure que Diamond va s'y pointer. Si elle n'est pas inquiète, pourquoi le serions-nous ?

Titus laissa échapper une série de jurons.

— Parce que vous êtes là, dans mon bureau, les bras ballants, à dégouliner de neige sur ma moquette au lieu d'être dans les montagnes en train de l'attendre !

— Nous allons avoir besoin de motoneiges, dit Butch d'une voix hésitante. Personne ne peut se rendre là-haut en voiture pour le moment, mais ne vous en faites pas, chef, nous allons le retrouver. Nous allons emmener Lloyd. Que voulez-vous qu'on fasse de la femme qui se trouve avec Diamond ?

Le banquier lui jeta un regard impatient.

— Bon, ne vous inquiétez pas, on va s'occuper de régler tout ça, conclut Butch rapidement. Vous savez que vous pouvez compter sur nous.

Titus aurait pu argumenter mais il savait que ce ne serait qu'une perte de temps.

— Diamond pense qu'il peut venir ici, dans ma ville, et se moquer de moi ? Il est hors de question que lui et sa copine sortent de ces montagnes, vous m'avez compris ? D'ici le printemps, il restera si peu de chose de leurs corps qu'il sera impossible de déterminer la cause de leur mort, n'est-ce pas ?

— Les animaux se chargeront de tout nettoyer, acquiesça Rafe.

— Assure-toi de te débarrasser d'eux dans un endroit où les chasseurs ne se promènent pas, OK ?

— Compris, chef, lui répondit Butch. Nous vous préviendrons quand tout sera réglé.

Après les avoir chassés de son bureau, Titus demanda à sa secrétaire d'appeler le service d'entretien pour monter nettoyer la moquette. Puis il s'assit et regarda la neige virevoltante par sa grande baie vitrée.

Son père n'allait pas apprécier ce qui était en train de se passer. Il n'aimait pas sa façon de gérer les affaires. Mais, même s'il était temps pour Marcus de se retirer et de laisser son fils aux manettes, ce vieux fou était en si bonne santé qu'il aimait croire que c'était toujours lui qui tenait les rênes.

— Ce gamin était le protégé de Charley Diamond. Son héritier, lui avait expliqué son père quand il l'avait eu au téléphone le matin même. Il t'a bien eu et il s'est enfui avec le pactole. Mais je te préviens, Titus, règle la situation rapidement car je ne veux pas qu'il revienne à Butte. D'après ce que j'ai entendu, il est en mesure de faire beaucoup de tort à notre entreprise.

Titus n'en revenait toujours pas. Il avait réussi à manipuler Keira Cross pour obtenir ce qu'il voulait et, alors qu'il avait maintenant l'occasion de régler son compte à DJ une bonne fois pour toutes, rien ne se passait comme prévu…

Mais il ne pouvait pas dire à son père pour quelle raison il souhaitait tant la mort de DJ. Cela n'avait pas grand-chose à voir avec l'argent perdu lors de cette soirée de poker, ni même avec l'humiliation qu'il aurait pu ressentir lorsque DJ avait pris le contrôle des choses lors de cette partie. Non, cela remontait à l'époque où ils étaient enfants. Le souvenir d'une humiliation si douloureuse qu'elle n'avait jamais cessé de le hanter, même après toutes ces années… Et dont DJ Diamond avait été témoin.

Et à présent, il ne désirait plus qu'une chose, refermer ce chapitre pour toujours.

— Tu es sûr que je ne peux pas t'aider ? demanda Sadie en entendant DJ manipuler des casseroles dans la petite cuisine derrière elle.

Il lui avait dit de s'installer près du feu pour se réchauffer et se détendre pendant qu'il allait tenter de leur préparer quelque chose à manger.

— Tu cuisines ? lui demanda-t-elle.

— Je sais cuisiner mais aujourd'hui, il va plutôt s'agir d'ouvrir des boîtes de conserve. J'espère que tu as faim ?

Une délicieuse odeur flottait dans le chalet et Sadie sentit son estomac gargouiller.

— Et voilà la recette du chef, lui dit-il en lui tendant un bol et une cuillère. Ce sont des spaghettis mélangés avec une boîte de chili et quelques épices que j'ai trouvées. J'espère que cela te plaira.

Il la regarda avec enthousiasme. Elle respira les parfums inhabituels qui émanaient du plat puis en prit une bouchée. Étonnamment, les ingrédients se mariaient plutôt bien.

— C'est délicieux.

— Pourquoi tu as l'air si surprise ? lui répondit-il avec malice.

— Sérieusement, insista-t-elle en prenant une deuxième cuillère. C'est vraiment bon.

Il rit et secoua la tête avant d'aller remplir son propre bol.

Puis il la rejoignit devant la cheminée. Ils mangèrent dans un silence agréable. Dehors, la neige continuait de tomber comme si elle n'allait jamais s'arrêter. Sadie voyait, par la petite fenêtre, les flocons voler au vent et tourbillonner dans les pins. Elle entendait même, par moments, le doux gémissement du vent. À l'extérieur, tout était blanc. Une pensée lui vint soudain à l'esprit. Ils étaient enfermés dans la neige. Pris au piège.

Cette idée l'effraya un instant, avant qu'elle ne comprenne que, s'il leur était impossible de quitter cet endroit, cela signifiait également que personne ne pouvait y parvenir.

Quand elle eut terminé son repas, DJ lui proposa de la resservir mais elle secoua la tête. Rassasiée, elle se laissa bercer un instant par le crépitement du feu et la douce chaleur. Elle se sentait si détendue qu'elle aurait presque pu oublier la raison pour laquelle ils se trouvaient dans ce chalet et ce qui les attendait, lorsque la tempête cesserait. Elle jeta un coup d'œil à DJ et imagina un instant qu'ils avaient par hasard découvert cet endroit magique et qu'ils décidaient de rester ici pour toujours, à l'abri de tous les dangers. Ici, personne ne risquait de leur faire le moindre mal.

Un rêve d'enfant, pensa-t-elle en laissant échapper un soupir. Un tel lieu ne pouvait exister pour eux. Croyait-elle vraiment qu'elle pourrait quitter cette vie ? Partir en cours de route, comme on descend d'un manège ? Et DJ ?

Marcus Grandville ne cessait de ressasser la conversation qu'il avait eue avec son fils le matin même. Cet imbécile avait infiltré deux de ses hommes dans une partie de poker avec DJ Diamond. Le détective privé qu'il avait rencontré s'en était mêlé et DJ était reparti avec tout l'argent en laissant les hommes de Titus sur le carreau.

— Qu'est-ce que c'est que cette histoire ? lui avait demandé Marcus quand Titus lui avait expliqué la situation. Je t'avais demandé de régler le problème. Ce n'est pas si compliqué à comprendre, si ?

— Je refusais de laisser ce salaud débarquer dans notre ville, organiser une partie de poker et se moquer de nous avant de filer loin d'ici avec tout le pactole. L'un de tes associés, Franck Burns, était de la partie, tu sais. Tu pourras lui demander, DJ s'est vraiment foutu de nous.

— Et alors ? l'avait interrogé Marcus d'un ton impatient.

— Papa, si tu es d'accord pour laisser un Diamond venir chez nous et faire ce qu'il veut, alors tu commences vraiment à te ramollir avec l'âge.

— Ah parce que toi, tu penses que tu as bien réagi ? Pour DJ Diamond, les choses se sont passées exactement comme il l'avait prévu et il est parti d'ici la tête haute. Tu veux me faire croire que tu ne te sens pas humilié ? Je vois comme tu es contrarié, tu sais. Tu pensais être plus malin que lui et tu t'es trompé.

— Il ne s'est pas enfui, lui avait expliqué Titus. Je l'ai envoyé exactement là où je le souhaitais. Et j'ai de mon côté Keira Cross, la femme qu'il considère comme sa petite sœur. L'avoir, elle, c'est l'avoir, lui.

— Que veux-tu dire ?

— Je me sers d'elle pour l'atteindre. À l'heure qu'il est, je sais exactement où il se rend et quand il y sera, je ferai en sorte qu'il ne remette plus jamais les pieds à Butte.

Marcus secoua la tête au souvenir de cette discussion. Il regrettait de ne pas avoir tenté de dissuader son fils de suivre ce plan. Titus avait toujours été une tête brûlée. Il n'avait pas le moindre sens des affaires, il ne comprenait rien au business et cela ne changerait jamais. Depuis la cour de récréation, il se comportait comme une brute, un dur à cuire. Il ne savait pas choisir ses combats.

Et maintenant, il avait envoyé Rafe, Butch et Lloyd dans les montagnes. Marcus savait ce que cela signifiait. Titus ne trouverait la paix que lorsque DJ Diamond serait mort.

Il laissa échapper un juron en se remémorant la suite de leur conversation.

— Ce n'est pas parce que tu laissais Charley te mener par le bout du nez que je vais me laisser dominer par DJ, papa !

Titus n'avait jamais compris le respect mutuel que Charley et lui avaient l'un pour l'autre.

— Je l'ai laissé faire ses petites escroqueries dans ma ville parce que je savais qu'il ne me causait aucun tort. Mais toi, tu ne sauras jamais faire des affaires, car tu ne veux qu'une seule chose : gagner. Tu crois que je me suis ramolli ? Je vais te dire une chose, je me fiche de toute cette histoire, tu n'as qu'à te débrouiller tout seul, comme tu l'as toujours souhaité. Mais si tu cherches ma bénédiction, sache que je ne te la donnerai pas. Je pense que tu commets une énorme erreur et ce sera probablement la dernière.

À présent, Marcus regrettait ses paroles. Il craignait qu'il arrive quelque chose à son fils. Et il avait également peur des conséquences que pourrait entraîner cette affaire sur le nom de Grandville et leur entreprise. Titus était un imbécile, et il était sur le point de le prouver au monde entier.

Après avoir fini de manger ce qu'il avait préparé, DJ lava la vaisselle. Il ne pouvait s'empêcher de sourire. Tout ici lui rappelait Charley. Le chalet était simple et accueillant, comme son oncle. Il se demandait pourquoi celui-ci ne lui avait jamais parlé de cet endroit. Keira, elle, connaissait son existence.

De retour près du feu, il trouva Sadie profondément endormie. Il la regarda avec attention et se sentit submergé par une si puissante vague d'amour qu'il manqua de tomber à genoux. Quand était-il tombé amoureux d'elle ? se demanda-t-il soudain. Pendant qu'il flirtait avec elle pour plaisanter, sachant qu'elle ne voyait en lui qu'un imbécile arrogant, elle s'était faufilée jusqu'à son cœur et y avait élu domicile. Elle avait raison : il était un véritable idiot.

Il se pencha pour lui embrasser le front puis la souleva avec précaution et la porta jusqu'au grand lit. Après lui avoir enlevé ses bottes, il la couvrit de plusieurs couvertures. Elle remua un peu puis se rendormit profondément. Il prit de nouveau un moment pour l'observer. Elle avait l'air paisible, comme si elle ne se souciait de rien au monde. Il se rendit compte qu'il ignorait si elle avait un homme dans sa vie. Il savait qu'elle vivait dans un appartement au bord de l'océan, qu'elle conduisait une belle voiture qu'elle s'était offerte avec son propre argent, qu'elle dînait chaque dimanche avec son parrain et qu'elle n'aimait pas beaucoup la moustache que DJ s'était laissé pousser peu après leur rencontre. Il l'avait rasée rapidement. Voilà le peu de choses qu'il savait sur elle.

Laissant échapper un soupir, il retourna près de la cheminée. Il était épuisé mais savait qu'il ne pourrait pas dormir. Il avait l'impression d'être arrivé à un carrefour de sa vie, il pouvait continuer à emprunter les chemins qu'il avait toujours suivis ou se tourner vers l'avenir – un avenir bien différent de tout ce qu'il avait pu imaginer.

Était-il vraiment possible qu'il ait une sœur jumelle ? Ansley Brookshire... Quelqu'un à qui il était lié par le sang ? Et une mère qui avait cru que ses enfants étaient tous les deux morts à la naissance ? Une famille ? Des demi-frères...

Depuis toujours, DJ se demandait qui il était et pourquoi ses parents l'avaient abandonné. Il était vraiment reconnaissant envers Charley de l'avoir gardé auprès de lui alors qu'il n'avait personne dans sa vie. S'il était vrai que cette jeune femme était sa sœur jumelle, cela soulevait beaucoup de questions...

Pourquoi avaient-ils été séparés ? Où était leur mère ? Pourquoi personne n'avait essayé de retrouver sa trace jusqu'à aujourd'hui ? Il se rendit compte qu'il n'était pas certain de vouloir connaître les réponses. Après tout, peut-être était-il plus confortable de ne pas découvrir la vérité sur ses origines.

Il jeta un coup d'œil à Sadie qui dormait toujours sur le lit. Ils étaient plus que de simples partenaires l'un pour l'autre mais... ressentait-elle les mêmes sentiments que lui ?

Son cœur battant lui assurait que c'était le cas... Sinon pourquoi serait-elle venue risquer sa vie ici, avec lui ?

Il pensa ensuite à Keira et se demanda pour quelle raison il avait tant besoin de savoir si elle l'avait trahi. Si c'était le cas, sa vie tout entière était à revoir. Mais il devait l'affronter, et faire face à son passé. Il avait toujours eu sa propre définition de ce qui définissait une famille. Cela n'avait rien à voir avec les liens du sang, ni avec l'amour. La famille, c'était Charley et Keira. Ceux qui étaient là. Ceux qui couvraient ses arrières. À présent, il se demandait si sa prétendue sœur n'avait pas vendu sa peau à lui pour sauver la sienne.

Une fois la tempête terminée, il découvrirait la vérité. Car si Keira lui avait menti, ce n'est pas elle qui viendrait au chalet mais les sbires de Grandville : Butch Lamar et Rafe Westfall. Cependant, pour le moment, ils devaient affronter le même problème que lui, DJ savait donc qu'il leur faudrait attendre que les conditions météorologiques s'améliorent pour pouvoir monter au chalet. Et, d'après le dernier bulletin entendu à la radio, il n'y avait pas d'accalmie prévue pour le moment.

Ils avaient donc un peu de temps, conclut-il. Un peu de temps pour décider quelle carte jouer au prochain tour.

Il se leva et sortit sous le porche pour écouter le silence absolu qui régnait à l'extérieur, tandis que les flocons continuaient de tomber. Aucun bruit de véhicule. Rien d'autre que le murmure du vent soufflant sur la neige.

Alors qu'il faisait le tour du chalet pour aller chercher des bûches dans la remise, il sentit que la température avait encore baissé. La nuit allait être longue.

Heureusement qu'ils avaient trouvé le chalet. Jamais ils n'auraient pu survivre dans le pick-up, même avec le moteur en marche et le chauffage. Ils auraient vite été à court d'essence et d'espoir. Mais à présent, ils étaient en sécurité, ils avaient de quoi se nourrir et se chauffer, Sadie dormait à poings fermés... Il pouvait se détendre.

14

Buck était persuadé de pouvoir arriver au chalet avant DJ et Sadie. Même si DJ avait pris de l'avance, les frères Colt et lui avaient pris le chemin le plus court pour s'y rendre depuis Butte. Mais à peine s'étaient-ils élancés dans les montagnes qu'un pneu de la remorque qui transportait les motoneiges avait éclaté. Ils avaient dû décharger les véhicules pour le réparer et avaient donc perdu toute chance de parvenir au chalet les premiers.

Quand la nuit était tombée, ils avaient dû admettre que les conditions étaient bien pires que ce qu'ils avaient imaginé et qu'ils ne pourraient atteindre leur but le jour même.

— Francis et Bob Reiner n'ont pas un chalet dans le coin ? avait demandé James.

— Il me semble, en effet, lui avait répondu Buck en essayant de déterminer leur position.

Les congères étaient si hautes qu'ils ne pourraient bientôt plus avancer avec leur véhicule. Ils allaient devoir prendre les motoneiges mais, dans l'obscurité, cela semblait impossible. Malgré la lumière des phares, Buck distinguait à peine la route étroite devant lui.

— Guettez le panneau du chalet des Reiner, avait-il alors demandé aux frères Colt, en se rapprochant du volant.

Quand Tommy vit enfin la pancarte, Buck s'engagea sur la route qui montait vers la maison où ils espéraient pouvoir s'abriter mais le pick-up se retrouva rapidement bloqué par la neige. Buck coupa le moteur.

— Nous n'irons pas plus loin, constata-t-il en soupirant.

Il n'avait pas été surpris que Tommy et James insistent pour l'accompagner. Le shérif Willie Colt lui avait également dit qu'il se tenait prêt à intervenir, et qu'il pourrait même venir les chercher en hélicoptère si la situation se corsait. Pour le moment, aucun crime n'avait été commis et Buck espérait clore cette affaire sans coups de feu, mais tout dépendrait, il le savait, de ce qu'ils allaient découvrir là-haut.

Une fois équipés, ils montèrent chacun au volant de leur motoneige et commencèrent à monter à flanc de montagne, bravant la tempête et brisant les congères jusqu'à parvenir au chalet des Reiner.

Préférant éviter les cambriolages inutiles, les Reiner ne fermaient jamais leur porte à clé et ne gardaient donc à l'intérieur ni armes, ni alcool, ni aucun objet de valeur.

James ouvrit la porte pendant que Buck prenait quelques bûches sous l'auvent. Quelques minutes plus tard, ils s'étaient regroupés autour du poêle où un feu crépitait.

— Je sens que tu es contrarié, dit James à Buck quand ils eurent fini de manger quelques-uns des sandwichs que Lori leur avait préparés.

— J'aurais dû venir seul, lui répondit Buck.

— Nous ne t'aurions jamais laissé partir, alors tu peux passer à autre chose... Prends un des lits superposés des enfants, moi je vais m'installer dans la chambre double, quant à Tommy, on dirait qu'il a déjà choisi son lit.

James et lui regardèrent avec malice Tommy qui, allongé sur le canapé, essayait d'obtenir du réseau sur son téléphone.

— Tu pourras repartir en camion demain matin, lui dit Buck.

— Oh ! je ne m'inquiète pas pour Bella, lui répondit Tommy. Le bébé ne doit arriver que dans un mois et tu la connais comme moi, elle détesterait que je me fasse du souci pour elle. Je voulais seulement prendre quelques nouvelles…

Buck et James échangèrent un regard.

— Eh bien, au cas où tu changerais d'avis, tu pourras prendre le pick-up demain matin. Le chalet de Charley n'est plus très loin par la montagne. Vous savez quoi ? Je me demande maintenant si Keira Cross ne nous a pas tous fait monter ici pour jouer au chat et à la souris alors qu'elle est en route pour l'Alaska.

— C'est probablement le meilleur scénario, en effet, lui répondit James.

— Pour elle ! Car, si c'est le cas, celle que DJ considérait comme sa petite sœur l'a bien piégé et il va devoir se débrouiller seul face aux Grandville.

— Nous allons bien finir par découvrir le fin mot de toute cette histoire, conclut James en bâillant. Essaye de dormir un peu. La journée de demain risque d'être très mouvementée.

Quand Sadie se réveilla, une délicieuse odeur flottait dans le chalet. Elle ouvrit les yeux et découvrit que DJ était aux fourneaux. Il lui semblait être très tôt et pourtant il était là en train de fredonner, une poêle à la main.

Près du lit, de nouvelles bûches avaient été entassées. Depuis combien de temps était-il levé ? Avait-il seulement dormi ? Elle essaya de se rappeler à quelle heure elle s'était couchée mais en vain… Était-ce DJ qui l'avait mise sous les couvertures ? Elle repoussa les lourds édredons et ne fut pas surprise de découvrir qu'elle était encore entièrement habillée. Jamais DJ n'aurait profité de son épuisement, elle le savait, il avait un code d'honneur qu'il respectait. L'idée qu'elle pouvait totalement lui faire confiance lui réchauffa le cœur.

S'il voulait coucher avec elle, il essayerait probablement d'abord de la séduire… En sentant sa gorge se serrer, elle chassa cette pensée et enfila ses bottes, qui avaient été soigneusement posées l'une à côté de l'autre au pied du lit.

— C'est le petit déjeuner que je sens ? demanda-t-elle en parcourant les quelques mètres qui la séparaient de la cuisine.

À l'extérieur, la tempête ne semblait pas s'être calmée. Seule de la neige était visible par la fenêtre, comme si le chalet tout entier était enveloppé de coton.

— Salut la Belle au bois dormant, lui répondit DJ. Je me demandais si tu allais te réveiller un jour.

Il souriait et ses yeux bleus brillaient dans la lumière blanche et éblouissante qui passait par les fenêtres. En le regardant, on aurait pu croire que la seule chose qui lui importait était de préparer à manger. Elle constata qu'il se sentait bien ici, même si l'endroit était rudimentaire.

— Qu'est-ce que c'est ? s'enquit-elle en se penchant pour voir ce qui était en train de grésiller dans la grande poêle en fonte.

— Es-tu en train de me dire que tu n'as encore jamais mangé de Spam ?

— Je n'en ai même jamais entendu parler, lui affirma-t-elle, l'air sceptique.

— Alors, tu vas te régaler.

— Tu as aussi fait des tortillas maison ?

Cet homme ne cesserait jamais de l'étonner.

— De la farine, un peu de matière grasse, du sel et hop, le tour est joué ! lui expliqua-t-il avec un large sourire. Ce matin, nous allons nous régaler ! Je te prépare un Diamond Burrito ?

Elle acquiesça en riant.

— Je suppose que de ton côté ce n'est pas la première fois que tu manges de la viande en boîte de conserve, n'est-ce pas ?

Le sourire de DJ s'estompa un peu et il hocha la tête.

— Nous pourrions nous asseoir autour de la table de cuisine, suggéra-t-il en lui montrant d'un signe de tête les deux chaises et la table pliante qu'il avait installées près de la porte d'entrée.

Elle remarqua soudain qu'il y avait du sang sur sa manche de chemise.

— Après le petit déjeuner, je regarderai ta blessure et je referai ton bandage, OK ?

Il commença à protester mais elle parla plus fort que lui :

— Je suis sûre que je vais trouver de quoi faire ça ici.

— Il y a une trousse de premiers secours dans le tiroir du haut, là-bas, dit-il en faisant un signe de tête en direction des placards.

Sadie se demanda quelle sorte d'homme avait pu être celui que DJ appelait « son oncle Charley ». DJ se sentait si bien ici que les deux hommes devaient avoir beaucoup de choses en commun.

— Je t'ai mis un peu de sauce pimentée en plus, je sais que tu aimes quand c'est relevé, dit DJ à Sadie en lui tendant un burrito sur une assiette.

Il avait retrouvé le sourire et elle essaya de se détendre. Après tout, ils ne tarderaient plus à pouvoir repartir d'ici. Une fois de retour à la civilisation, elle insisterait pour qu'il fasse examiner sa blessure, car elle craignait que celle-ci finisse par s'infecter. Si c'était nécessaire, elle appellerait son parrain. Il avait forcément dans ses contacts quelqu'un capable de soigner cette plaie sans alerter les autorités. Mais pour le moment, elle préférait que son parrain ignore où elle se trouvait et ce qu'elle faisait. Car elle savait que rien dans cette affaire ne lui plairait, bien au contraire.

— Reste professionnelle, l'avait-il avertie. DJ Diamond est un excellent partenaire pour ce que je vous ai demandé de faire mais pour le reste… Ma chérie, il n'a pas l'étoffe d'un petit ami, alors si tu veux mon conseil, ne t'attache pas trop à lui.

À cette époque, elle n'avait pas encore rencontré DJ, elle avait donc répondu à son parrain, en levant les yeux au ciel :

— Tu n'as pas à t'inquiéter, ce genre de type ne m'intéresse absolument pas.

— Eh bien ne change pas ton fusil d'épaule et tout se passera bien, lui avait répondu son parrain. Mais méfie-toi car il est très séduisant et il a la réputation d'être un homme à femmes.

À l'époque, la réputation de DJ ne l'avait pas dérangée. Et aujourd'hui, elle prenait conscience que personne d'autre que lui n'aurait pu être un aussi bon partenaire pour effectuer le travail. Son parrain le savait aussi. Mais il avait probablement supposé que sa filleule n'aurait plus besoin de le fréquenter, puisque sa dette était remboursée. Et Sadie le lui avait laissé croire car c'était ce qu'elle pensait aussi. Mais elle comprenait aujourd'hui qu'elle n'avait pas voulu affronter la vérité : elle n'avait pas envie de dire au revoir à ce cow-boy. Car ce qu'elle ressentait pour lui était bien plus fort que ce qu'elle avait toujours cru.

— Alors ? lui demanda DJ.

Comme elle ne lui répondait pas immédiatement, il jeta un coup d'œil à son assiette et au burrito à demi mangé qui y reposait.

— C'est délicieux, lui répondit-elle en baissant les yeux. Mais... aurais-tu besoin que je te rassure sur tes talents de cuisinier ?

— Non, mais heureusement que tu aimes ça car nous risquons de manger la même chose pendant quelque temps, lui rétorqua-t-il avec un sourire. Tu sais que je sais lire en toi et déceler le moindre de tes mensonges, n'est-ce pas ?

Sadie reprit une bouchée de son burrito en sentant ses joues rougir. Mais soudain, elle leva la tête et regarda DJ en écarquillant les yeux.

Ils avaient entendu la même chose. DJ posa son assiette et se leva en un instant. Le temps qu'il atteigne la fenêtre, Sadie était à ses côtés.

— Quelqu'un arrive, n'est-ce pas ?

— Reste ici.

Il enfila son manteau, attrapa une de ses armes et sortit en prenant soin de refermer la porte derrière lui. Sadie le vit par la fenêtre descendre du porche avant de disparaître dans la neige qui continuait de tomber.

DJ fit quelques mètres puis s'immobilisa pour écouter. Il entendait le gémissement des motoneiges, quelque part dans la montagne. Elles ne semblaient pas très proches mais il était impossible d'en être certain.

De qui s'agissait-il ? Keira ? Qui pouvait être assez fou pour tenter de monter si haut en pleine tempête ? Butch Lamar et Rafe Westfall ?

Les scooters des neiges paraissaient traverser des congères, remarqua DJ. Il tendit l'oreille pour essayer de déterminer si le bourdonnement s'intensifiait, si le son se rapprochait d'eux. Mais le bruit cessa, remplacé par un lourd silence. Les conducteurs ne venaient pas dans leur direction. Ou du moins pas pour le moment, pensa-t-il en marchant vers la réserve de bois.

Cependant, il restait en état d'alerte. Il avait eu l'impression que Sadie et lui étaient seuls au monde. Et il avait aimé cette sensation. Bien plus que ce qu'il voulait admettre. Mais à présent, il craignait de ne plus avoir beaucoup de temps seul à seul avec elle.

Quand il franchit le seuil de la porte, Sadie leva les yeux vers lui.

— Je ne sais pas de qui il pouvait bien s'agir mais personne ne semble sur le point de nous rendre visite, lui annonça-t-il sans cacher son soulagement.

— Tu crois qu'ils nous cherchent ?

— Je ne pense pas, mais de toute façon, nos traces ont été recouvertes et notre voiture est cachée par les pins. Et tant qu'il neige, je doute fort que quiconque puisse voir la petite fumée de notre feu.

Alors qu'il ôtait ses bottes, son manteau et son chapeau, il la vit se détendre. Il rangea son arme dans la poche arrière de son jean ; celle qu'il avait prise à Rafe et Butch était posée sur le manteau de la cheminée, derrière un grand vase en bois. Les deux étaient chargées en cas de besoin. Il espérait encore ne pas avoir à s'en servir mais plus le temps passait, moins il parvenait à imaginer une autre issue. Si les sbires de Grandville apparaissaient, cela signifierait que Keira était dans le coup. Même si elle, ne se montrait pas.

— Merci pour le petit déjeuner, lui dit Sadie en s'essuyant les mains sur une serviette en papier. Où m'as-tu dit que je pourrais trouver une trousse de premiers soins ?

— Attends, je t'ai rapporté quelque chose.

Elle fronça les sourcils et lui jeta un regard interrogateur.

— De la petite épicerie locale où tu es passé en remontant au chalet ?

— Quelque chose dans ce goût-là, oui, lui répondit-il avec un sourire avant d'ouvrir la porte. Viens voir.

Sadie avança et découvrit un petit arbre vert sous le porche.

— Un vrai sapin de Noël ! dit-elle en se retournant vers DJ.

— Tu m'as dit que tu n'en avais jamais eu, lui expliqua-t-il en haussant les épaules. J'ai trouvé une hache près du tas de bois et comme c'est la période...

En voyant que Sadie était au bord des larmes, DJ sentit son cœur se serrer. Ce petit geste semblait représenter beaucoup de choses pour elle.

— DJ... Merci.

Effrayé par ce qu'il avait envie de lui dire et par ce qu'il brûlait de faire en la voyant si émue, il répondit par un simple haussement d'épaules.

Il lui avait offert un sapin de Noël. De peur d'éclater en sanglots si elle se mettait à parler, Sadie hocha simplement la tête puis referma la porte. Puis elle retourna près du feu et se réchauffa les mains le temps de recouvrer ses esprits.

— Où as-tu dit que je pourrais trouver la trousse de premiers secours ? lui redemanda-t-elle finalement.

En ouvrant la boîte ornée d'une croix rouge, elle constata avec surprise que ses mains tremblaient. DJ avait enlevé sa chemise. Ce n'était pas la première fois qu'elle le voyait torse nu mais l'exiguïté du petit chalet rendait le moment plus intime.

Sadie essaya de se concentrer en enlevant le vieux bandage de fortune de DJ. Elle sentait qu'il l'observait attentivement. Après avoir soigneusement nettoyé la plaie avec un produit antiseptique, elle refit le pansement mais, alors qu'elle allait se lever pour ranger la trousse, DJ posa une main sur son bras.

Au contact de sa peau sur la sienne, une décharge électrique aussi fulgurante qu'un éclair la parcourut des pieds à la tête avant d'aller se nicher en son centre. Elle essaya de prendre une profonde inspiration mais sa poitrine était douloureuse.

— Sadie.

Jamais encore elle n'avait entendu DJ lui parler ainsi. Sa voix était basse, rauque, chargée d'une émotion qu'elle reconnaissait et qu'elle-même n'avait encore jamais ressentie avec autant d'intensité.

Elle leva lentement le regard pour croiser le sien. Et ce qu'elle vit briller dans le bleu intense de ses yeux fit bondir son cœur. Elle soupira.

Il lui prit la trousse des mains, et elle sentit sa bouche devenir sèche. Il se leva et l'attira vers lui doucement. Elle voulait détourner le regard. Elle voulait s'éloigner. Mais soudain, elle avait oublié toutes les raisons pour lesquelles elle devait le faire. Elle désirait ce qui était sur le point de se passer et, d'après ce qu'elle pouvait lire dans le regard de DJ, l'envie était réciproque.

Il l'enlaça et se pencha pour l'embrasser tendrement. Ses lèvres s'écartèrent d'elles-mêmes et elle entendit un doux gémissement lui échapper. Il s'écarta et lui adressa un regard chargé d'un message clair : *Dis-moi si tu veux arrêter.*

Mais le stopper était la dernière chose qu'elle souhaitait. Il la serra plus fort contre lui, confrontant sa douceur à sa dureté, et ils s'embrassèrent avec passion. Il laissa glisser ses mains le long de son dos jusqu'à ses fesses qu'il caressa. Elle l'entendit gémir avant de reculer une nouvelle fois pour la regarder. Elle comprit qu'il ne voulait pas lui faire de mal.

— Si tu t'arrêtes maintenant, lui dit-elle alors, le souffle court, je ne te le pardonnerai jamais.

Il secoua la tête.

— Tu n'as aucune idée du temps que j'ai passé à rêver de ce moment. À rêver de toi.

— Dans ce cas, pourquoi es-tu en train de me parler ?

— Ton parrain va vouloir me tuer, lui répondit-il en pouffant. Mais il ne sera pas le premier.

Sur ces mots, il la prit dans ses bras et la porta jusqu'au lit. Elle l'entraîna avec elle. Leur baiser fut ardent, leurs langues dansaient l'une avec l'autre et, très vite, ils ôtèrent leurs vêtements dans un plaisir croissant.

Il n'était plus question de faire marche arrière à présent. DJ caressait maintenant sa poitrine, embrassait et taquinait ses seins avec sa langue. Dehors, le vent hurlait sous les combles, la neige tombait comme si elle ne devait jamais s'arrêter et, à l'intérieur, DJ et Sadie faisaient l'amour comme si c'était le dernier jour de leur vie.

Plus tard, alors qu'ils étaient blottis l'un contre l'autre et qu'ils tentaient de reprendre leur souffle, DJ lui murmura à l'oreille :

— Tu m'as toujours intrigué. Depuis ce jour où je t'ai rencontrée. Et puis, j'ai appris à te connaître.

— Je peux prendre cette remarque de plusieurs façons, lui répondit-elle en riant.

— Tu étais si belle, intelligente et tellement séduisante. Assis en face de toi, toutes ces nuits, je t'ai tant désirée… Mais ce qui me fascinait le plus, c'était que je n'avais encore jamais ressenti de tels sentiments.

Il croisa son regard et s'interrompit un instant avant de poursuivre :

— Quand tu es descendue de l'avion, l'autre jour… j'ai compris. Je t'aime, Sadie Montclair.

— Tu n'es pas obligé de dire ça, DJ.

— Je ne l'ai jamais dit à une autre femme, même sous la menace d'une arme. Je ne savais pas combien de temps j'allais encore réussir à travailler avec toi sans… franchir cette ligne qui risquait de détruire notre relation.

Elle ne l'avait encore jamais vu aussi sérieux.

— DJ, laissa-t-elle échapper dans un soupir avant de l'embrasser.

Il semblait à présent embarrassé, comme s'il pensait que le fait de lui avoir ouvert son cœur l'avait rendu vulnérable à ses yeux.

— Si j'avais su qu'il suffisait d'un petit arbuste à épines pour réussir à te conquérir, plaisanta-t-il.

— Je n'ai pas couché avec toi parce que tu m'as offert un sapin de Noël, DJ. J'en avais moi aussi envie depuis très longtemps.

Elle sourit et ajouta :

— Je suis tombée amoureuse de toi malgré toutes les précautions que j'ai prises pour l'éviter. Je t'aime également, DJ. Veux-tu aussi que je t'avoue que c'est la première fois que je dis ces mots à un homme ?

Il secoua la tête.

— Tout cela n'était donc pas que le fruit de mon imagination… Ça fait longtemps que ça dure ?

Sadie acquiesça.

— Jamais je n'aurais pu imaginer…

Il n'eut pas besoin de finir sa phrase. Elle savait ce qu'il pensait.

— J'ai beaucoup songé à nous deux, tu sais. Je nous imaginais dans un hôtel de luxe, avec des draps en soie et un service d'étage. Mais jamais je n'ai cru que cela pourrait être aussi incroyable, pas même dans mes rêves les plus fous…

Il lui caressa tendrement la joue. Elle lui sourit et leurs regards se croisèrent.

— Le service de chambre est très bon et je n'ai pas besoin de luxe, le seul fait d'être ici, comme ça… DJ, j'ai l'impression que je ne pourrai jamais me lasser de toi.

Il rit et la fit rouler sur le matelas avant de se pencher au-dessus d'elle.

— Laisse-moi voir ce que je peux faire à ce sujet, lui dit-il avant de déposer une série de délicats baisers sur son cou.

15

En se réveillant aux côtés de Sadie, DJ espéra qu'il n'avait pas rêvé. Dans le coin de la pièce se trouvait le petit sapin de Noël, qu'ils avaient décoré avec des babioles trouvées dans le chalet. Il sourit en se rappelant qu'ils étaient ensuite retournés au lit pour faire l'amour une nouvelle fois avant de s'endormir profondément. Puis il contempla Sadie. Jamais il n'aurait pu imaginer pouvoir un jour l'embrasser. Même si cette femme le fascinait depuis leur rencontre, leur relation était toujours restée purement professionnelle. Il laissa courir son regard sur son corps nu, le caressant des yeux comme il l'avait fait plus tôt du bout des doigts, des lèvres, de la langue.

À ce souvenir, les battements de son cœur s'accélérèrent. Ressentir ce mélange de douleur et de plaisir était inédit pour lui, et il savait que c'était pour cette raison qu'il n'avait jamais mis son cœur en danger auparavant. Il se sentait plus heureux – et plus terrifié – que jamais. Son désir pour elle était si fort, si puissant qu'il avait l'impression qu'il pourrait en mourir. Comme s'il ne pouvait plus respirer – mais que cela n'avait pas d'importance.

Tout cela l'effrayait bien plus que le fait d'avoir des tueurs à leurs trousses. Cette femme avait dérobé son cœur mais aussi son corps et son âme. Il s'était toujours senti protecteur envers elle, mais à présent…

Sadie ouvrit les yeux et le regarda comme si elle savait qu'il était en train de l'observer.

— Je ne me lasserai jamais de t'admirer, lui dit-il avec un sourire.

Il vit s'allumer le désir dans son regard alors qu'elle tendait la main vers lui mais, soudain, elle s'immobilisa. On aurait dit que quelque chose de l'autre côté de la fenêtre avait attiré son attention. DJ se demanda combien de temps il lui faudrait pour atteindre son arme qui se trouvait derrière le vase sur la cheminée.

— Il ne neige plus, murmura-t-elle d'une voix pleine de regret.

En constatant que la tempête semblait en effet être passée, il se sentit lui aussi submergé par la nostalgie. Cachés dans cette cabane, ils avaient tous les deux oublié le monde extérieur. Mais ils étaient de nouveau vulnérables, repérables, accessibles.

— Nous ferions mieux de nous lever, lui dit-il.

Sadie acquiesça mais le retint par le bras. En croisant son regard, il comprit qu'elle craignait que cet instant privilégié, isolé du monde extérieur, soit le dernier.

Il se pencha vers elle pour l'embrasser, et elle passa sa main derrière sa nuque pour l'attirer plus près. DJ comprit alors qu'il serait prêt à tout pour s'assurer de pouvoir rester avec Sadie. *Partenaires pour toujours*, pensa-t-il.

Lorsqu'ils furent sortis du lit et habillés, le soleil avait déjà fait son apparition. Les rayons lumineux faisaient étinceler la neige fraîchement tombée, et si brillante qu'elle en devenait aveuglante.

— C'est tellement beau, observa Sadie depuis la fenêtre. On dirait un champ de diamants.

Elle se retourna vers DJ qui venait de rentrer à l'intérieur par la porte de derrière.

— J'ai trouvé une pelle dans la remise derrière le chalet, lui dit-il. Je vais dégager la voiture et nous pourrons partir d'ici.

Elle le regarda avec surprise.

— Et Keira ?

— J'espère qu'elle est en route pour l'Alaska, lui répondit-il en haussant les épaules.

— Tu es sûr ? lui demanda-t-elle, ne pouvant supporter l'idée qu'il ait des regrets.

Ou que leurs ébats de la veille soient la cause de ce soudain changement d'état d'esprit.

— Je n'ai pas besoin de la regarder droit dans les yeux pour connaître la réponse à ma question. Je suppose seulement que je ne voulais pas y croire.

Il soupira et lui jeta un regard déchirant avant de conclure :

— À un moment donné, il faut cesser d'essayer à tout prix de sauver les gens qui ne veulent pas être sauvés.

Sadie n'était pas certaine que DJ parlait de Keira. Elle avança vers lui et posa un doigt sur ses lèvres. Elle secoua la tête et soutint son regard. Puis elle l'embrassa avec passion, comme pour lui montrer qu'elle ne l'abandonnerait jamais.

Elle avait toujours été une femme déterminée et indépendante. Son parrain l'avait élevée comme sa propre fille et s'était assuré qu'elle ne manque jamais de rien. Mais, dès ses dix-huit ans, elle s'était débrouillée seule. Elle savait s'occuper d'elle-même et en était très fière. Jamais elle n'avait eu besoin d'un homme pour prendre soin d'elle.

Elle n'avait d'ailleurs jamais rêvé d'en rencontrer un car elle redoutait trop de perdre son indépendance. Jusqu'à sa rencontre avec DJ Diamond. Ni l'un ni l'autre n'avaient jamais eu d'histoire durable auparavant. Leur relation était la plus longue qu'ils aient jamais eue avec quiconque.

Elle ressentit soudain une pointe de panique à l'idée de le perdre un jour. Maintenant qu'ils avaient admis ce qu'ils ressentaient l'un pour l'autre, elle devait se rendre à l'évidence : elle avait besoin de lui.

En le voyant s'éloigner du chalet dans la neige, elle sentit la peur grandir en elle. La seule idée d'être séparée de lui la terrorisait.

Mais, lorsqu'il fut de retour à l'intérieur et qu'elle croisa son regard, elle comprit qu'ils ne resteraient pas éternellement dans ces montagnes. Ils devaient reprendre le cours de leur vie, retourner dans le monde réel. Et si l'amour qu'ils ressentaient l'un pour l'autre ne résistait pas à cette épreuve, alors il n'y avait pas d'avenir pour eux.

Soudain prise au dépourvu, elle fit un pas en arrière. L'amour faisait mal. Les paroles d'une chanson résonnaient maintenant jusque dans son cœur, au rythme de ses battements.

— Le véhicule que nous avons entendu, lui demanda-t-elle. Tu penses que c'était Keira ?

— Ou les hommes de Grandville, lui répondit-il. Ça pourrait être n'importe qui.

Sadie savait en effet qu'il pouvait également s'agir du détective privé Buck Crawford, accompagné de ses collègues. Crawford semblait déterminé à persuader DJ de bien vouloir assister au mariage de sa sœur jumelle. Sadie espérait que tout se passerait bien. DJ avait une famille qui l'attendait.

Buck se réveilla au son des moteurs des scooters des neiges. En se redressant brusquement, il se cogna la tête sur la couchette supérieure et jura. Quelle heure était-il ?

Il sortit du lit et se dépêcha d'enfiler ses bottes. Il faisait si froid dans le chalet qu'il avait gardé ses vêtements pour dormir. James entra avant qu'il n'ait eu le temps d'enfiler la seconde chaussure.

— Tu as entendu ?

Buck acquiesça.

— On dirait qu'il y en a plus d'un.

— On dirait surtout qu'ils viennent vers nous.

— Tu crois que c'est Willie ?

— Non, l'équipe du shérif ne se déplace pas aussi rapidement, surtout dans une tempête de neige. Peut-être que c'est DJ ?

— Je ne crois pas qu'il ait pu avoir accès à des motoneiges ; non, ce sont probablement les hommes de Grandville.

— C'est ce que je crains également, confirma Tommy en apparaissant derrière son frère dans l'embrasure de la porte. Ils ont dû voir notre véhicule et la remorque et, maintenant, ils montent vers nous. On dirait qu'ils sont trois... Que voulez-vous faire ?

— Ce n'est pas nous qu'ils recherchent, n'est-ce pas ? dit James.

— C'est ce que nous allons découvrir, répondit Buck en se levant.

Lorsqu'ils atteignirent enfin le chalet, les trois conducteurs coupèrent le moteur des motoneiges et attendirent patiemment à l'extérieur. Buck ouvrit la porte du chalet et sortit, James et Tommy sur ses talons.

— Où est DJ Diamond ? demanda l'un des hommes.

— Qui le demande ? répondit Buck.

— Butch, reprit l'autre, ce type est le détective privé dont je t'ai parlé.

Buck reconnut Lloyd, qu'il avait vu le soir de la partie de poker. Apparemment nerveux, celui-ci avait posé la main sur l'arme qu'il portait dans un holster.

Celui qu'il avait appelé Butch l'observait. Il avait déjà rencontré des hommes comme lui. Le chef des sbires de Grandville était un homme costaud, il avait une attitude agressive et son visage portait les stigmates de nombreux coups de poing. Ces types-là cherchaient toujours la bagarre. Ils aimaient tabasser les gens. Et n'hésitaient pas à mettre le feu aux poudres.

Buck supposa que le troisième homme était Rafe Westfall. Butch et Rafe portaient tous les deux des fusils d'assaut en bandoulière et des pistolets à la hanche par-dessus leurs tenues d'hiver.

— Nous avons des choses à régler avec Diamond, lui répondit Butch.

— Nous aussi, rétorqua Buck. Mais si vous avez prévu de lui

faire du mal, sachez que le shérif et les autorités sont en route pour nous rejoindre.

Butch secoua la tête, l'air amusé.

— Je ne pense pas que vous sachiez réellement à qui vous avez affaire.

— Croyez-moi, je le sais, lui affirma Buck.

— Les autorités ? Je ne vois personne, moi. Rafe, tu vois quelqu'un ? déclara Butch avant de se retourner vers Buck en posant une main sur son fusil AK. Il semblerait que, pour le moment, nous ayons l'avantage ici. C'est un endroit dangereux pour vous, les garçons, tout peut arriver à cette période de l'année, un homme peut se faire tuer très facilement, vous savez.

Les mots de Butch planèrent un instant dans les airs. Comme s'il avait lancé un défi.

James vit alors Lloyd s'emparer de son arme et dégaina pour tirer en même temps que lui. Quand Buck sortit son revolver, Butch démarra en trombe sa motoneige et s'enfuit, suivi par Lloyd qui se tenait recroquevillé sur sa blessure, et par Rafe.

Buck se tourna rapidement vers James, qui avait été touché mais se tenait toujours debout, à ses côtés. Heureusement que Tommy et lui n'avaient pas eu le temps de tirer car la situation se serait rapidement envenimée.

— Rentrons à l'intérieur pour voir l'état de ta blessure, dit-il à James.

— Tout va bien, le rassura ce dernier en prenant appui sur son frère pour marcher jusqu'à une chaise.

— Ça, c'est à moi d'en juger, dit Buck. Tommy, pourrais-tu aller décrocher la remorque du pick-up, s'il te plaît ?

— On ne part pas à leur poursuite ?

— Non, tu vas ramener James dans la vallée et demander à Willie d'appeler un hélicoptère pour l'emmener aux urgences.

Dès que Tommy fut parti, Buck regarda à quel point James avait été touché. Il y avait beaucoup de sang. Il fit ce qu'il put pour tenter de contenir l'hémorragie et prépara la blessure pour le voyage.

— Garde ça appuyé sur la plaie, recommanda-t-il à son frère en finissant de faire un pansement avec la gaze et le bandage qu'il avait trouvés dans l'armoire de la salle de bains.

— Je sais ce que tu as en tête, lui dit James. Mais tu ne peux pas partir seul à la poursuite de ces trois types.

— Peut-être mais toi, tu dois aller à l'hôpital le plus vite possible, lui répondit Buck. Tommy va t'emmener. Une fois que tu seras en mesure d'utiliser ton téléphone, demande à Willie d'envoyer ses adjoints et les fédéraux. Ne t'en fais pas pour moi, je m'en sortirai.

— Le pick-up est prêt, leur annonça Tommy en rentrant dans le chalet. Alors, comment est la blessure ?

— James doit voir un médecin le plus vite possible, lui expliqua Buck qui s'attendait à de nouvelles protestations. Emmène-le tout de suite.

Mais un seul coup d'œil au visage blême de son frère suffit à persuader Tommy qui acquiesça.

— Il a perdu beaucoup de sang, continua Buck, j'ai fait ce que j'ai pu, dépêche-toi de le ramener en bas.

James saisit le bras de Buck.

— J'ai l'intention d'assister à ton mariage, mec, alors ne me fais pas faux bond.

— Je serai là, lui répondit Buck avec un sourire. Maintenant, allez-y. Ils pourraient décider de revenir.

— De ton côté, reste prudent le temps que Willie et ses hommes arrivent à la rescousse, lui conseilla Tommy.

Ansley attendait avec impatience l'appel de Buck. Elle avait fini d'emballer les derniers cadeaux de Noël et les avait déposés au pied du sapin. Puis elle avait nettoyé la cuisine, préparé une fournée de gâteaux et s'apprêtait à faire un glaçage quand elle avait enfin entendu son téléphone sonner.

— Buck ? dit-elle en décrochant avec empressement.

— Non, désolée, ce n'est que moi, lui répondit Bella. Je... Je crois que je suis en train d'accoucher.

— Essaye de garder ton calme, lui dit Ansley, surprise.

— J'ai appelé mon médecin, il m'a dit d'attendre que les contractions se rapprochent pour venir à l'hôpital. J'ai prévenu Lori, elle venait tout juste de coucher les jumeaux pour la sieste. Elle m'a assuré que je n'accoucherais peut-être pas avant des heures ou même pas aujourd'hui. Elle s'est chargée d'appeler Ellie qui est à Seattle, dans son cabinet d'avocats mais, de mon côté, je n'ai pas réussi à joindre Carla.

— J'arrive immédiatement, déclara Ansley en vérifiant que le four était éteint.

— Je sais que c'est bête, dit Bella en riant, mais c'est tout nouveau pour moi et je me sens nerveuse.

— Je sais très bien tenir la main, lui dit Ansley d'une voix rassurante. Tu as réussi à joindre Tommy ?

— Non, je n'ai pas eu de ses nouvelles depuis qu'il est parti hier avec Buck et James dans les montagnes. Je sais qu'il ne veut surtout pas rater ce moment. Et il a intérêt à être là.

La voix de Bella se brisa.

— Je suis sûre qu'il sera de retour avant que tu partes pour l'hôpital, lui dit Ansley alors même qu'elle ne pouvait en être certaine. Ne bouge pas, j'arrive.

Elle raccrocha et essaya d'appeler Buck mais tomba directement sur sa messagerie.

— C'est moi, Bella est en train d'accoucher. J'espère que tu vas bien. Reviens, revenez vite, elle a besoin de nous. Et moi, j'ai besoin de toi. Je n'aurais jamais dû t'envoyer remplir cette mission ridicule.

En raccrochant, elle pensa que Maribelle, sa mère adoptive, avait raison à son sujet. Elle n'était qu'une petite fille riche et gâtée. Mais avoir son frère jumeau à ses côtés le jour de son mariage était son désir le plus profond. Sauf si, bien sûr, celui-ci était un criminel en cavale et que sa recherche mettait en péril les gens qu'elle aimait.

DJ avait retrouvé le SUV et se prépara à le déneiger. Il ressentait le besoin de se dépenser physiquement. Il se mit donc à l'œuvre tandis que son esprit continuait de bouillonner. Il ne pouvait s'empêcher de penser à Keira. Avait-il réellement été prêt à risquer sa vie et celle de Sadie pour découvrir si elle l'avait trahi ?

Il repensa aux moments qu'il avait passés avec Sadie dans le chalet. Il craignait qu'en quittant ces lieux, cette bulle de bonheur n'éclate. Ils s'étaient avoué leur amour mais que se passerait-il une fois qu'ils seraient de retour dans le monde réel ?

Il s'arrêta car, de nouveau, un bruit de moteur de motoneiges venait briser le calme ambiant. Sadie avait gardé avec elle les clés du SUV car elle ne lui faisait pas confiance. À juste titre, d'ailleurs. Il était prêt à tout pour la protéger, même à la laisser seule ici, s'il le fallait. Maintenant que la tempête était terminée, le chalet n'était plus sûr. Et Keira n'était peut-être pas la seule à vouloir les retrouver.

En se remettant à déneiger, il pensa à cette Ansley Brookshire, sa prétendue sœur jumelle, qui se donnait tant de mal pour qu'il soit présent à son mariage. Et si cette femme était vraiment sa sœur ? songea-t-il avec un sourire. Elle semblait être aussi déterminée que lui, et il était vrai qu'ils se ressemblaient physiquement. Cependant, comment réagirait-elle en le rencontrant ? Elle faisait partie de la famille Brookshire et ce nom était synonyme d'argent. DJ était prêt à parier que son enfance n'avait pas eu beaucoup de points communs avec la sienne. Non, Ansley ne savait certainement pas qui était celui qu'elle s'apprêtait à inviter à son mariage… et dans sa vie.

Il essaya un instant de s'imaginer faire partie de cette famille dont Crawford lui avait parlé. Le fait de ne pas se rendre compte que cette opportunité était le carrefour, l'embranchement qu'il guettait dans sa vie aurait été idiot.

Et son accord avec le parrain de Sadie était révolu mais cela ne signifiait pas pour autant qu'il devait mettre fin à leur relation. Et puis, il y avait Keira, qui était partie en Alaska avec son escroc de mari ou qui était en train de lui tendre un piège mortel.

DJ s'appuya un instant sur la pelle pour reprendre son souffle. Il regarda autour de lui et prit une soudaine décision concernant son avenir. Sadie et lui allaient partir. À cette idée, un sourire s'afficha sur son visage. C'était comme une évidence. Abandonner le passé, laisser Keira partir où elle voulait, remettre l'argent du poker aux Grandville et s'en aller sans jeter un regard en arrière. Un seul appel passé à Marcus Grandville, une fois qu'ils seraient redescendus dans la vallée, pouvait mettre fin à tout ça.

Il respira profondément l'air pur de la montagne. Noël approchait. En repensant à leur petit sapin dans le chalet, il se rendit compte qu'il voulait vivre la magie des fêtes avec Sadie.

Au nouveau vrombissement d'un moteur plus haut dans la montagne, il laissa tomber sa bêche. Les véhicules venaient rapidement dans leur direction. Sadie... Il devait la rejoindre au plus vite. Il s'élança dans la neige épaisse et courut vers le sommet de la montagne, sachant qu'il avait peu de chance d'arriver au chalet le premier.

16

Debout sur le porche, Sadie frissonna en regardant la montagne. Une légère brise venait déloger la neige qui se trouvait sur les branches des pins, et les flocons, voletant dans les rayons du soleil, brillaient comme d'étincelantes paillettes. Tout était si calme que cela en devenait presque inquiétant. DJ lui avait dit vouloir partir. Il ne souhaitait plus attendre Keira. En serrant les clés du SUV dans sa poche, elle se demanda s'il aurait pu quitter les lieux sans elle si elle ne les avait pas prises.

Puis, elle repensa à la nuit qu'ils avaient passée ensemble. Il avait été si doux avec elle. Comme s'il craignait qu'elle se brise... Mais elle avait également senti l'urgence en lui. Il la désirait manifestement depuis longtemps mais avait toujours réussi à le cacher. S'il avait souvent plaisanté à ce sujet, il n'avait jamais rien tenté et avait toujours respecté la nature professionnelle de leur relation.

Sans ce qu'elle avait vu briller dans ses yeux, elle n'aurait jamais pu deviner ce qu'il ressentait. À présent, DJ lui avait dit qu'il l'aimait et elle le croyait. La nuit qu'ils avaient passée ensemble avait été plus qu'une simple partie de jambes en l'air. Le lien qui les unissait tous les deux semblait fort. Et, à la seule idée de le voir se briser, Sadie sentait le souffle lui manquer. Il fallait qu'ils partent d'ici au plus vite...

Soudain inquiète par ce constat, elle passa les bras autour

d'elle, pour se réconforter. En effet, une partie d'elle-même ne voulait pas quitter ce lieu préservé pour retourner dans ce monde où tout était si compliqué. Ici la vie était simple. Cependant, ils ne pouvaient pas rester là…

D'abord parce que Keira et les hommes de Grandville n'allaient pas tarder à les retrouver et surtout parce que jamais DJ ne pourrait être heureux en vivant ainsi, elle le savait.

C'était bien le problème, pensa-t-elle en admirant une nouvelle fois la vue. De quoi DJ avait-il besoin pour être heureux ? Elle l'ignorait et se demanda si lui-même le savait.

Avait-il envie de rencontrer cette mystérieuse sœur jumelle dont il venait d'apprendre l'existence ? Il semblait avoir une famille, et elle était certaine que celle-ci allait l'aimer. Une famille qui s'était donné beaucoup de mal pour le retrouver…

Elle regarda autour d'elle. Tout était trop calme. Elle eut un nouveau frisson en repensant à Keira. Où se trouvait-elle ? Avait-elle véritablement tendu un piège à celui qui se considérait comme son frère ? Sadie se demanda quel genre de femme pouvait bien faire une chose pareille. Elle était heureuse que DJ ait pris la décision de ne pas rester ici pour découvrir le fin mot de l'histoire.

À présent, avec ce qui s'était passé entre eux, Sadie se sentait prête à risquer sa vie pour le protéger. Peut-être devrait-elle le laisser partir, une fois de retour dans la vallée, mais elle voulait d'abord s'assurer qu'il s'en sorte vivant.

Le bruit du moteur d'une motoneige la tira de ses pensées. D'abord, il lui parut lointain mais, rapidement, il se rapprocha. Le véhicule se dirigeait vers le chalet, cela ne faisait plus aucun doute. Sentant son cœur s'emballer, elle jeta un regard plus bas mais il n'y avait toujours aucune trace de DJ. Il avait pourtant dû entendre lui aussi le bruit.

Elle rentra précipitamment à l'intérieur du chalet et se dirigea vers la cheminée, où DJ avait caché une arme. Le moteur se tut. Le silence était assourdissant.

La porte arrière du chalet s'ouvrit alors brusquement.

En arrivant dans la grande maison de Bella et Tommy, Ansley découvrit la future maman occupée à faire les cent pas dans le salon, au bord des larmes, les deux mains posées sur son ventre.

— Tout va bien se passer, lui dit-elle d'une voix qu'elle espérait rassurante. J'ai appelé Buck et je lui ai laissé un message. Je sais que Tommy reviendra au plus vite.

Mais Bella n'avait pas l'air plus convaincue qu'Ansley. Quand Buck recevrait-il ce message ? Le réseau téléphonique était très limité là-haut, sans compter les dégâts qu'avait dû causer la tempête.

— Tu as entendu le bulletin d'avalanche ce matin à la radio ? lui demanda Bella, l'air effrayé. Ils recommandaient aux gens de ne pas se rendre en montagne, la neige fraîche qui est tombée sur l'ancienne rend le sol trop instable, ils disent que tout peut s'effondrer à n'importe quel moment.

— Asseyons-nous, lui dit Ansley.

Elle avait également entendu le rapport météorologique mais, même si elle était aussi inquiète que Bella, elle ne voulait pas le montrer. La future maman était déjà suffisamment bouleversée.

— Je suis certaine qu'ils savent ce qu'ils font, ajouta-t-elle, d'un ton confiant.

Elle ne connaissait pas les montagnes de la région mais avait déjà skié à Bridger Bowl et Big Sky. Là-bas cependant, on avait pour habitude de dégager les corniches avant de laisser les skieurs s'aventurer sur les pistes.

— J'espère que tu as raison, lui répondit Bella. Cette tempête m'a rendue nerveuse.

Ansley partageait son inquiétude. Chaque année, de nombreux skieurs et conducteurs de motoneiges se retrouvaient victimes d'avalanches. Et beaucoup d'entre eux n'y survivaient pas.

— Tes contractions sont très espacées ? lui demanda-t-elle pour changer de sujet de conversation.

Elle l'entraîna vers le canapé du salon et la fit s'asseoir.

— C'est très irrégulier, lui répondit Bella dans un soupir.

Mais notre petite fille est une vraie combattante, elle ne cesse de me donner des coups de pied, je crois qu'elle est vraiment prête à sortir.

— Et si tu essayais de surélever tes jambes ? Essaye de te détendre le plus possible…, lui proposa Ansley avant de parcourir la pièce du regard. Oh ! ton sapin de Noël est magnifique ! Rassure-moi : tu n'es pas montée sur une échelle pour le décorer toute seule ?

Bella leva les yeux au ciel en guise de réponse. Même si elle voyait clair dans le jeu d'Ansley, elle lui expliqua malgré tout que Tommy avait insisté pour engager du personnel afin de décorer la maison.

— Il ne voulait pas que j'en fasse trop. Maintenant, je crains de ne pas l'avoir écouté et que le bébé arrive trop tôt.

Ansley vit que Bella faisait de gros efforts pour retenir ses larmes.

— Ça, tu ne peux pas le savoir, lui dit-elle en lui tendant un mouchoir. Nous ne sommes même pas certaines que votre bébé va arriver aujourd'hui.

Elles restèrent toutes les deux assises quelques minutes en silence.

— J'ai l'impression que tout est ma faute, reprit finalement Ansley. Si je n'avais pas été aussi déterminée à retrouver mon frère jumeau pour notre mariage…

— Ne sois pas bête, lui répondit Bella en s'essuyant les yeux. C'est justement ta détermination qui t'a permis de nous retrouver. Ne t'en veux surtout pas. Nous voulons tous que votre mariage soit parfait. Buck ne te laissera pas tomber, tu peux me croire. Nos hommes sont ainsi. Nous ne les aimerions pas autant s'ils étaient autrement.

Ansley acquiesça. Son amie avait raison. Buck était aussi investi que les frères Colt dans leur quête de justice et de vérité. Et c'était ce qu'elle aimait chez lui. Tous l'avaient d'abord aidée à retrouver sa famille et, à présent, ils étaient à la recherche de celui que Buck croyait être son frère jumeau.

— Alors, à ton avis, lui demanda Bella, qui est cette femme qui accompagne ton frère ?

— Elle s'appelle Sadie Montclair. D'après ce que Buck m'a dit, DJ et elle ont une relation particulière.

— Une relation amoureuse ? s'enquit Bella dont le regard s'était soudain illuminé.

Ansley éclata de rire.

— Tu aimes vraiment les fins de contes de fées, toi ! J'ai entendu dire que Davy était resté au bureau de l'agence, je vais l'appeler pour savoir s'il en sait plus sur elle.

Alors qu'Ansley expliquait la situation à Davy au téléphone, Bella eut une nouvelle contraction.

— Davy nous rappellera après avoir fait quelques recherches, lui dit-elle après avoir raccroché.

Consciente qu'elle allait bientôt devoir emmener Bella à la maternité, Ansley avait commencé à chronométrer les contractions. Pour continuer de distraire Bella, elle aborda le sujet du futur prénom.

Les deux femmes furent interrompues par la sonnerie du téléphone d'Ansley. Espérant qu'il s'agissait de Buck, elle décrocha sans regarder son écran.

En entendant Davy à l'autre bout du fil, elle tenta de cacher sa déception.

— Alors, s'il s'agit de la Sadie Montclair qui est domiciliée à Palm Beach, en Floride, commença-t-il, elle a de sacrées relations avec la mafia. J'ai trouvé une photo mondaine sur Internet qui la présente comme étant la filleule d'Ezra Montclair, un magnat des affaires de Palm Beach.

— Alors, alors, qui est-elle ? demanda Bella.

— Tu as des nouvelles de tes frères ? poursuivit Ansley sans lui répondre.

— Non, pas encore, lui répondit Davy. Mais ne vous en faites pas, ils connaissent parfaitement le coin, tout va bien se passer.

— Merci, lui dit-elle avant de raccrocher.

Au lieu de la rassurer, ces quelques mots échangés avec Davy l'avaient rendue plus inquiète encore. Car elle avait senti au ton de sa voix qu'il n'était pas plus serein qu'elle.

— Que t'a-t-il dit ? l'interrogea Bella en reprenant son souffle après une nouvelle contraction.

— Je crois qu'il est temps d'aller à l'hôpital, lui rétorqua Ansley en se levant. Tes contractions sont devenues plus régulières et elles se produisent toutes les dix minutes à présent.

— Et Sadie ?

— Il semblerait qu'elle soit la filleule d'un parrain de la mafia de Palm Beach, en Floride, lui expliqua Ansley en l'aidant à se diriger vers la porte. Est-ce qu'on doit prévenir le médecin de ton arrivée ?

— Pas la peine, il est de garde, lui apprit Bella avant de lui jeter un regard affolé. Et si Tommy ne s'en sort pas ?

— Je suis certaine qu'il viendra à l'hôpital dès qu'il sera descendu de ces fichues montagnes, lui répondit Ansley en faisant semblant d'avoir mal compris ce que Bella sous-entendait. Tu as préparé un sac pour la maternité ?

— Oui, il se trouve à côté de la porte d'entrée, c'est Tommy qui a insisté pour que je le place à cet endroit.

Ansley attrapa la valise et, en se dirigeant vers Bella, vit que celle-ci regardait sa maison comme si elle n'allait jamais y revenir.

— Allons voir si ce bébé a prévu d'arriver aujourd'hui ou non, dit-elle d'un ton décidé tandis que Bella se tournait vers elle, les larmes aux yeux.

Elle venait juste de perdre les eaux.

Sadie découvrit avec surprise qu'une petite femme blonde se tenait dans l'embrasure de la porte. Malgré son air angélique, elle tenait une arme à la main. Sadie, elle, n'avait pas eu le temps d'attraper celle qui était cachée sur le manteau de la cheminée.

— Keira ? interrogea-t-elle.

— Qui êtes-vous ?

Sadie se demanda soudain si elle serait capable de tirer sur cette femme que DJ considérait comme sa petite sœur.

— Je m'appelle Sadie.

— Sadie, bien sûr. Tu es la fille du mafieux avec qui DJ travaille en Floride...

Voilà qui résumait plutôt bien la situation, pensa Sadie. Même si son parrain aimait plutôt se considérer comme un homme d'affaires qui, feignant de jouer le jeu, ne faisait qu'utiliser le système à son avantage.

— Où est DJ ? lui demanda Keira en parcourant des yeux l'intérieur du petit chalet.

— La dernière fois que je l'ai vu, il se dirigeait vers les toilettes extérieures. En t'entendant, j'ai d'ailleurs cru que c'était lui qui revenait.

Keira avança et laissa la porte se refermer derrière elle.

— Jamais il ne t'aurait laissée seule ici, lui répondit-elle en souriant. Je sais ce qu'il ressent pour toi.

Tournant le dos à Keira, Sadie tendit les mains vers le feu et se demanda quelles seraient ses chances si elle parvenait à s'emparer de l'arme.

Le revolver était à portée de main mais elle sentait le regard de Keira posé sur elle. Il semblait évident que ce n'était pas la première fois que celle-ci tenait un pistolet dans ses mains, et Sadie n'avait aucune raison de croire qu'elle n'oserait pas s'en servir. Elle se retourna donc vers elle pour l'affronter.

Elle s'était déjà retrouvée à de nombreuses reprises dans des situations délicates et, cette fois, son instinct lui soufflait qu'essayer de raisonner cette femme ne serait qu'une perte de temps. Quelque chose de sombre brillait dans le regard de Keira. Comme si elle n'avait pas d'âme. Mais si Sadie avait déjà croisé ce genre de personnes à de nombreuses reprises, surtout lors de parties de poker, elle restait toujours terrifiée de voir la cupidité et la haine s'afficher ainsi sans masque, sachant qu'en prime la violence allait souvent de pair.

— Assieds-toi ici, lui ordonna Keira en lui montrant une chaise avec le canon de son arme. Nous allons l'attendre bien gentiment, même si je ne crois pas qu'il soit allé aux toilettes.

Sadie haussa les épaules et obéit à Keira tandis que celle-ci se dirigeait vers la cheminée de façon à pouvoir la surveiller sans quitter des yeux la porte d'entrée.

Mais DJ avait forcément entendu la motoneige. Il n'allait pas rentrer dans le chalet sans se douter de ce qui pouvait l'attendre à l'intérieur… Il avait cru qu'il réussirait à partir sans affronter Keira mais à présent, elle était là. Sadie espérait qu'elle ne tuerait pas DJ au moment où il franchirait la porte. Mais quelque chose lui disait que Keira allait d'abord vouloir s'expliquer avec lui. Sadie se mit alors à réfléchir à ce qu'elle pourrait faire pour tenter de neutraliser la jeune femme. Il semblait cependant impossible de la désarmer depuis l'endroit où elle-même se trouvait. Redoutant d'entendre le bruit des bottes de DJ résonner sur les planches du porche, elle sentit l'angoisse monter en elle.

Du coin de l'œil, elle aperçut le petit sapin de Noël, qu'ils avaient décoré avec tant de plaisir.

— Je n'avais jamais eu d'aussi beau sapin, avait-elle dit à DJ.

— Et moi qui pensais que j'avais eu la pire des enfances, lui avait-il répondu avant de la prendre dans ses bras.

Sadie sentit un sanglot monter dans sa gorge. Elle ravala ses larmes. Plus que jamais, elle devait afficher ce fameux visage impassible qui était son meilleur atout au poker. Elle ne pouvait laisser Keira entrevoir ce qu'elle ressentait. Cela les rendrait, DJ et elle, plus vulnérables encore.

— Il est probablement parti à ta recherche, dit-elle à Keira en priant pour que cela soit vrai.

Peut-être était-il parti à pied ou était-il encore en train d'essayer de dégager le SUV… Sadie regrettait à présent de ne pas lui avoir laissé les clés. Mais les choses avaient changé entre eux deux et elle savait qu'il ne serait pas parti sans elle. Il ne devait d'ailleurs pas être loin. Et il allait probablement bientôt ouvrir une des deux portes et tomber dans le piège que lui avait tendu sa prétendue petite sœur.

Quand DJ arriva au chalet, le bruit du moteur de la motoneige s'était tu. Le cœur battant à tout rompre, il ralentit son allure. Il savait qu'en montagne les sons étaient souvent amplifiés et qu'il pouvait être difficile de déterminer d'où ils provenaient.

Mais, en apercevant le scooter des neiges garé derrière le chalet, il eut la confirmation de ce qu'il avait imaginé. En se rapprochant, il vit des traces de pas dans la neige qui menaient jusqu'à la porte arrière. Il chercha d'autres empreintes mais arriva rapidement à la conclusion qu'il n'y avait qu'une seule personne. Peut-être s'agissait-il de Buck Crawford ? Quelque chose lui disait que ce n'était pas le cas… Et, au vu de la taille des traces de chaussures, il comprit que celles-ci n'appartenaient pas non plus à l'un des sbires de Grandville, elles étaient bien trop petites.

C'était Keira.

DJ prit un moment pour réfléchir à la meilleure façon de procéder. La situation n'était pas en sa faveur. Il avait conscience des risques. N'ayant entendu aucun cri ni coup de feu, il espéra que Sadie était saine et sauve. Autour de lui ne régnait que le silence.

Même si Sadie ne se trouvait pas à l'intérieur du chalet avec Keira, DJ savait ce qu'il devait faire. Depuis qu'il avait reçu cet appel qui l'avait ramené ici, dans le Montana, il n'avait pas eu le choix. Et à présent, il allait pouvoir confronter Keira et comprendre ce qui s'était passé.

Il repensa à la petite fille qu'elle avait été. Elle était si maigre, si pâle. Il se souvenait de son regard, le premier jour où il l'avait vue. Il avait eu du mal à le croiser. Elle semblait terrorisée par toutes les horreurs qu'elle avait déjà vécues. Comme lui, elle n'avait personne. Celui ou celle qui l'avait déposée au ranch ne reviendrait jamais la chercher, et il pensait qu'elle le savait.

Il avait cru pouvoir la protéger, effacer le souvenir des épreuves qu'elle avait traversées avant d'arriver chez Charley. Mais il avait été trop naïf. Certaines personnes ne peuvent être sauvées.

Après avoir glissé son arme dans son dos, il se dirigea vers la porte arrière du chalet et n'hésita qu'un bref instant avant d'ouvrir.

17

DJ entra dans le chalet. Son regard se porta d'abord sur Sadie, qui était assise sur une chaise près de la cheminée. Il vit ensuite Keira, celle qu'il considérait comme sa sœur depuis ce jour où elle était arrivée au ranch Diamond Deluxe.

Elle se tenait derrière Sadie et pointait le canon de son arme sur elle. Il se souvint du jour où elle lui avait demandé de lui apprendre à tirer. Elle n'avait que neuf ans mais était si déterminée qu'il avait fini par céder. Elle avait appris rapidement, faisant tomber les boîtes de conserve qu'il avait placées sur la clôture les unes après les autres avec une facilité déconcertante. En se rappelant la joie qu'elle avait manifestée ce jour-là, il se sentit soudain mal à l'aise.

Mais, lorsqu'il prit enfin la parole, sa voix calme ne reflétait pas son agitation intérieure.

— Keira, tu peux me dire ce qui se passe ?

— Ça semble assez évident, non ?

— Je suis désolé mais je vais avoir besoin que tu me l'expliques. Prends ton temps, tu sais que je n'ai jamais été aussi rapide que toi pour comprendre les choses. Je suis prêt à parier que c'est d'ailleurs pour ça que tu avais d'excellentes notes à l'université.

Elle acquiesça mais il vit que la colère brillait au fond de ses yeux. Il craignit un instant d'être allé trop loin.

— Pourquoi te sens-tu obligé de parler de mes études ? Tu veux me rappeler que tu as bossé dur pour pouvoir me les payer ? Tu crois peut-être que ça peut excuser ce que tu as fait ?

— Qu'ai-je donc fait, Keira, qui mérite que tu me trahisses ainsi ? Pourquoi fais-tu ça ? N'ai-je pas toujours été là pour toi, tout au long de ces années ?

— Pas toujours, non, rétorqua-t-elle. Tu as laissé Charley me placer dans une famille d'accueil. Lui et toi, vous m'avez abandonnée.

— Keira, je n'étais moi-même qu'un enfant. Tu étais bien plus jeune que moi, tu sais bien que tu n'aurais pas pu venir avec nous. Cette vie était loin d'être facile. Des gens nous poursuivaient, tentaient de nous tuer, j'étais la plupart du temps terrifié. Certains jours, nous n'avions même pas de quoi manger, pas d'endroit où habiter. Keira, parfois nous vivions dans les bois, terrés comme des animaux.

— Tu m'as abandonnée, DJ, répéta-t-elle en secouant la tête.

— Ce n'est pas vrai et tu le sais. Dès que j'ai pu m'en sortir seul, j'ai commencé à t'envoyer de l'argent et quand il a été temps pour toi de faire des études…

— Je ne suis pas allée à l'université, tu sais. La seule chose que je voulais dans la vie, c'était vivre comme vous deux, comme un escroc. J'aurais d'ailleurs été bien meilleure que toi dans ce domaine, regarde comme j'ai réussi à t'arnaquer…

DJ la regarda avec stupeur.

— C'est une idée de Luca, n'est-ce pas ?

— Tu vois, c'est pour cette raison que tu es tombé dans le panneau. Tu veux croire que c'est forcément quelqu'un d'autre qui a eu cette idée. Que la petite Keira n'était pas capable de monter un tel plan.

Elle laissa échapper un petit rire avant d'ajouter :

— Mais c'était bien mon idée, DJ, et ça a marché.

L'air satisfait qu'elle affichait renforça le sentiment de malaise que ressentait DJ. Il pensait l'avoir protégée de cette vie mais il s'était trompé. Et elle avait monté toute cette histoire pour lui prouver ce dont elle était capable et pour se venger du fait qu'il l'avait abandonnée, des années plus tôt.

— Qu'as-tu fait de l'argent de l'université ? lui demanda-t-il.

— J'ai appris deux ou trois trucs du métier, lui répondit-elle avec malice. Comment aurais-tu pu t'en rendre compte, en travaillant pour la mafia, là-bas, en Floride ?

— Je remboursais les dettes de Charley, cela n'avait rien à voir avec la vie luxueuse que tu imagines. Combien vas-tu gagner en me livrant à eux ?

Elle lui adressa un sourire empreint de cupidité et de fierté mal placée.

— Deux cent mille dollars. Comme toi, Grandville a d'abord essayé de me traiter comme une enfant, ou pire, comme une femme qui ne sait pas ce qu'elle fait, mais je peux te dire qu'il me voit différemment à présent.

— Keira, tu ne peux pas faire confiance à cet homme, affirma DJ. Il se retournera contre toi dès que l'occasion se présentera.

Mais il voyait bien qu'elle ne le croyait pas. Elle pensait qu'elle avait réussi à gagner le respect de Titus Grandville, et que ce n'était certainement pas lui qui allait lui prouver le contraire.

Elle pencha soudain la tête, comme si elle écoutait quelque chose. DJ l'entendit également. Le gémissement des motoneiges qui résonnait au loin dans la montagne. Grandville et ses hommes étaient en route...

C'était Charley qui était au cœur de toute cette affaire. Des années plus tôt, à Butte, il avait mis Titus dans l'embarras avec un simple tour de cartes. DJ se souvenait du visage rouge et furieux du jeune Grandville et de sa crainte que celui-ci ne leur rende la vie plus difficile qu'elle ne l'était déjà. Il savait que Titus n'oublierait jamais cette humiliation, ni le jeune garçon aux vêtements élimés qui en avait été témoin.

À présent, DJ se sentait fatigué. Il en avait assez des vieilles rancœurs et des querelles d'un autre temps. Il était venu ici pour sauver Keira. Et il avait malheureusement impliqué Sadie dans cette histoire. Il ne parvenait pas à se le pardonner. Car il savait que le banquier ne laisserait aucun témoin. Même si Keira pensait qu'elle allait s'en tirer, il connaissait Titus et ne se leurrait pas sur les ordres que celui-ci avait dû donner à ses hommes de main.

DJ regarda Sadie et vit une lueur familière danser au fond de ses yeux. Elle était consciente du danger mais ne comptait pas baisser les bras. Comment pouvait-elle rester si optimiste ?

Sadie avait pris la mesure de la situation. Elle savait que DJ avait une arme sur lui mais, même après ce qu'elle venait d'entendre, elle doutait fort qu'il soit capable de tirer sur Keira. Sadie, elle, n'avait pas ce problème. Le discours de cette femme lui avait permis de mieux la connaître. Elle n'était que le fruit de sa propre cupidité et se servait de son enfance comme d'une excuse, blâmant tout le monde sauf elle-même pour la tournure qu'avait prise sa vie jusqu'à aujourd'hui.

Le seul problème de Sadie était donc à présent de savoir quelle carte jouer. Elle allait probablement devoir bluffer – ce qui était pour elle aussi inné que le fait de respirer.

Lentement, elle se leva donc de sa chaise et se retourna face à Keira en applaudissant.

— Merci de m'avoir rappelé combien j'ai de la chance de ne pas avoir eu de frère ou de sœur. Ce dont je viens d'être témoin est absolument déchirant…

Comme elle l'avait espéré, son comportement prit Keira au dépourvu et celle-ci parut un instant déstabilisée.

— Je t'ai dit de t'asseoir et de rester immobile ! lui cria-t-elle en braquant son revolver vers elle.

Levant les mains en l'air, Sadie recula lentement vers la cheminée et l'arme qui se trouvait toujours derrière le vase.

DJ se dirigea alors vers la petite cuisine et Keira ne put réussir à les garder tous les deux en joue.

— Si tu bouges encore, je te tire dessus ! la prévint Keira. C'est valable pour toi aussi, DJ.

— À part me tuer, que veux-tu ? lui demanda celui-ci, d'un ton las.

— Pour commencer, lui répondit Keira en reculant pour tenter de les garder tous les deux à l'œil, je veux l'argent que tu as gagné lors de cette partie de poker à Butte.

— Il est à toi, lui assura DJ. Mais je vais devoir me déplacer pour pouvoir te le donner.

Keira dirigea son arme sur Sadie.

— Si tu fais le moindre écart, je la tue.

Le son des motoneiges devint soudain si bruyant qu'ils s'immobilisèrent tous les trois. Les véhicules se rapprochaient. Le temps était compté. Sadie regarda DJ. *Dis-moi ce que tu as en tête. Fais-moi un signe.*

Car Sadie, elle, savait ce qu'elle allait faire.

Dès que James et Tommy montèrent dans le camion, Buck sauta sur la motoneige et se lança à la poursuite des sbires de Grandville. Très vite il aperçut des gouttes de sang sur la neige fraîche et se souvint que James avait blessé l'un d'entre eux. Un peu plus loin, il distingua un scooter des neiges sans conducteur mais dont le moteur tournait encore. En s'approchant, il vit un corps allongé à côté du véhicule.

Il reconnut Lloyd, qui semblait mort. Il avait reçu deux balles dans la tête dont une entre les deux yeux.

Buck regarda la sombre forêt de pins qui l'entourait et fut parcouru d'un frisson en comprenant à quel type d'hommes il avait affaire. Il savait où se dirigeaient Rafe et Butch. Vers le chalet de Charley Diamond. DJ et Sadie s'y trouvaient-ils ? Et Keira Cross ?

Il se remit en route et suivit les traces des deux motoneiges qui rejoignirent bientôt celles d'un troisième véhicule. Il sentit son cœur se serrer.

Il espéra que Tommy et James avaient prévenu Willie et que les renforts arriveraient à temps. Car il avait le pressentiment que Keira avait atteint le chalet la première et, si c'était le cas, il allait avoir besoin de toute l'aide possible pour pouvoir sauver DJ et Sadie.

Le son des scooters des neiges s'amplifiait. DJ voyait bien que Sadie avait quelque chose en tête. Malheureusement, si les conducteurs étaient bien les hommes de Grandville, la situation ne risquait pas de s'arranger.

— Tu entends ces motoneiges qui approchent ? demanda-t-il à Keira.

Elle afficha une expression satisfaite et il comprit que, comme lui, elle pensait qu'il s'agissait des sbires du banquier.

— Ils vont prendre l'argent et te tuer. Tu ne verras jamais tes deux cent mille dollars et tu n'iras jamais en Alaska.

— Non, je n'irai jamais en Alaska, lui répondit-elle en riant.

— Luca risque d'être déçu, poursuivit-il en se demandant soudain si son mari n'était pas sur l'un des véhicules qui se dirigeaient vers eux.

— J'ai largué Luca, c'est de l'histoire ancienne. Il ne faisait que m'entraîner dans sa chute. J'aurais dû savoir qu'il ne m'apporterait jamais l'argent dont j'avais besoin pour me lancer. Maintenant, j'ai compris que je ne pouvais compter que sur moi-même.

— C'est pour ça que tu es allée voir Titus ? Je pensais que c'était lui qui t'avait demandé de me trahir, mais je suis content d'apprendre que c'était ton idée. Très bien, laisse-moi donc au moins te donner cet argent que tu veux tellement, lui dit-il en se dirigeant vers le lit.

— N'essaye pas de me faire culpabiliser, DJ, lui cria-t-elle avec colère. Dans la vie, on doit faire ce qui doit être fait, peu importe qui cela blesse.

DJ laissa échapper un petit rire.

— C'est certain que tu n'as pas l'air de souffrir, Keira. En fait, vu ton expression, j'ai même l'impression que tu apprécies la situation.

— Et alors ? lui répondit-elle en brandissant le canon de son arme vers lui tandis qu'il traversait la pièce.

Sadie comprit alors que l'opportunité qu'elle attendait tant se présentait enfin à elle. Ayant saisi que Keira n'hésiterait pas à tirer sur DJ, elle avait finalement décidé de ne pas s'emparer de l'arme cachée sur la cheminée, et elle se jeta sur Keira. La prenant par surprise, elle réussit à la faire basculer à terre dans un bruit sourd qui fit trembler tout le chalet. Un coup de feu partit et Sadie entendit la balle lui frôler le crâne alors qu'elle tombait sur Keira. Pendant qu'elle tentait de lui prendre l'arme des mains, DJ posa sa botte sur le poignet de Keira, l'empêchant de tirer une nouvelle fois.

Puis, se penchant vers elle, il lui arracha son arme. Keira frappa alors Sadie et lui tira les cheveux avec sauvagerie. En réponse, Sadie lui asséna un coup de poing au visage, et la tête de Keira bascula en arrière et rebondit sur le plancher. Elle perdit connaissance.

— S'il te plaît, demanda Sadie à DJ, regarde si tu trouves de quoi l'attacher.

Lui confiant l'arme un instant, il se mit à déchirer un torchon pour en faire des lanières. Quand il eut fini d'attacher les mains de Keira derrière son dos, celle-ci avait retrouvé ses esprits et donnait de grands coups de pied dans le vide en le suppliant de la libérer.

— Je partagerai l'argent avec toi ! lui cria-t-elle.

Il la regarda avec pitié et secoua la tête.

— Je n'ai pas besoin de cet argent. J'en ai bien assez. J'aurais même pu payer Titus sans toucher à mes économies.

— Alors pourquoi ne l'as-tu pas fait ? lui demanda-t-elle en le dévisageant.

— Parce qu'il savait que j'allais essayer de remporter cette partie de poker. De mon côté, j'étais sûr qu'il allait tout faire pour mettre un de ses hommes à la même table et, même si je me doutais que tout se terminerait mal, j'avais très envie de le battre à son propre jeu. À présent, je regrette de ne pas l'avoir payé avant de partir loin d'ici. Je ne commettrai plus cette erreur.

— DJ, laisse-moi m'en aller avec l'argent, le supplia-t-elle. J'ai besoin de prendre un nouveau départ et tu as probablement raison en ce qui concerne Titus, il m'a doublée.

— Désolé, Keira, c'est trop tard, lui dit-il en l'entraînant vers une chaise pour la faire asseoir.

Mais il s'immobilisa et tendit l'oreille. Sadie et lui se regardèrent. Le silence était revenu. Keira jeta un coup d'œil vers la porte du fond et éclata de rire.

— Qu'as-tu donc fait à Titus Grandville pour qu'il te haïsse à ce point ?

— Je meurs de faim, moi, et vous ? lança DJ en entrant dans l'espace cuisine et en commençant à manipuler les casseroles et les poêles.

Sadie et Keira le dévisagèrent. D'après le silence ambiant, il se doutait que les conducteurs des motoneiges n'allaient pas tarder à faire irruption dans le chalet.

— Sadie, tu veux bien m'aider ? lui demanda-t-il sans la regarder.

— DJ, que fais-tu ? lui répondit celle-ci en le rejoignant.

Il lui tendit une boîte de conserve vide et un couteau bien aiguisé qui était assez petit pour pouvoir être dissimulé à l'intérieur d'une botte.

— Pourquoi ne couperais-tu pas cette viande en morceaux ? poursuivit-il sans la regarder.

Elle vit qu'il avait posé la plus grande des deux poêles en fonte sur le feu et que l'huile qu'il y avait versée était en train de grésiller.

Jetant un rapide coup d'œil à Keira toujours sur la chaise derrière eux, Sadie vit qu'elle essayait de se relever quand soudain la porte arrière du chalet s'ouvrit avec fracas. L'homme qui se trouvait dans l'embrasure avait un air menaçant et portait un fusil AK en bandoulière.

— N'est-ce pas adorable ? dit-il en observant la scène qui se déroulait devant lui.

— Aide-moi, Butch, ils veulent me tuer, lui cria Keira. Libère-moi !

Voyant qu'il ne lui accordait pas la moindre attention, elle recommença à s'agiter et ajouta :

— J'ai l'argent, hé, tu m'entends ? C'est à toi que je parle !

Butch fit quelques pas vers Keira, et Sadie vit apparaître derrière lui un autre homme, lourdement armé lui aussi.

— Vous ne pouvez pas aller plus vite ? lança Keira à Butch.

Du coin de l'œil, Sadie les observait.

— Où est l'argent ? demanda à Keira l'homme de main de Grandville.

— Je te le donnerai dès que tu m'auras détachée, répondit-elle d'un ton sec.

Butch sortit un couteau de sa poche et commença à découper les lanières.

— Mais fais attention, tu me fais mal, espèce de grosse brute !

Le sbire de Grandville se figea quelques secondes, regarda Keira en plissant les yeux puis leva la crosse de son fusil et l'abattit violemment sur sa tête. Le son résonna dans tout le chalet. Sadie regarda DJ. Il avait les yeux fermés et s'agrippait au comptoir.

— Ta sœur fait une petite sieste, annonça Butch derrière eux. Maintenant, Diamond, dis-moi où se trouve le fric.

DJ desserra sa prise et ouvrit ses grands yeux bleus.

— Tu ne veux pas d'abord prendre un bon petit déjeuner ? lui demanda-t-il d'une voix tendue, sans se retourner. Et toi, Sadie, tu veux des toasts ?

Sadie avait la bouche sèche et ne savait plus quoi répondre ni quoi penser. Le comportement de DJ la rendait nerveuse. Ces deux brutes armées jusqu'aux dents étaient sur le point de s'en prendre à eux et lui, il... préparait le petit déjeuner ?

Elle entendit Butch arriver derrière eux.

— Écoute, mec, je ne doute pas de tes talents de cuisinier mais je ne suis pas venu jusqu'ici pour manger, et tu le sais.

Sur ces mots, il se tourna vers l'avant du chalet et tira une violente rafale de balles dans la porte d'entrée, la pulvérisant en mille morceaux.

— Alors, à moins que tu ne veuilles finir comme ça, tu ferais mieux de te dépêcher de me donner le pognon.

Buck s'arrêta à l'abri sous les arbres et coupa le moteur de sa motoneige. Constatant que le silence était revenu, il pensa qu'il ne devait plus être loin et décida de poursuivre à pied.

En arrivant enfin au chalet de Charley Diamond, il aperçut, en haut du pic qui surplombait la petite habitation, une impressionnante corniche de neige sculptée par le blizzard.

Adolescent, il avait été pris dans une avalanche lors d'une excursion de ski, et il avait été terrifié et fasciné par la puissance de la neige lorsqu'elle se mettait en mouvement. Il avait alors appris que la neige fraîche était composée d'air à quatre-vingt-dix pour cent, mais qu'elle pesait entre 30 et 50 kilos par mètre cube.

De là où il se situait, il pouvait voir, non loin du chalet, un ancien couloir d'avalanche, où les arbres et les rochers avaient été entraînés. Ce n'était donc pas la première fois qu'une telle chose se produisait ici. Mais cette fois, le chalet n'aurait peut-être pas la même chance... Car cette corniche risquait de tomber à tout moment, faisant dévaler avec elle des milliers de tonnes de neige à la vitesse d'une locomotive et probablement avec la même puissance.

Une série de coups de feu le ramena à la réalité et il se mit à courir dans la neige épaisse. En arrivant devant la maison, il découvrit trois motoneiges qui dépassaient de l'arrière du chalet, et s'en alla dans cette direction, l'arme au poing. Il se doutait cependant qu'il n'était probablement pas suffisamment équipé pour affronter l'enfer qui semblait se déchaîner à l'intérieur.

18

Les contractions de Bella n'étaient plus espacées que de quelques minutes quand Tommy la rejoignit enfin. En le voyant, Ansley sentit les battements de son cœur s'accélérer. Il se précipita vers le lit de sa femme et prit ses mains dans les siennes.

— Il paraît que notre fille est en route, lui dit-il en souriant.

En proie à une nouvelle contraction, Bella lui répondit par un gémissement.

— Buck est avec toi ? lui demanda Ansley, avec espoir.

— Non, il est toujours là-haut, lui expliqua Tommy, son sourire s'estompant. Mais j'ai dû redescendre James.

Ansley se figea.

— Que lui est-il arrivé ? Il va bien ?

— On lui a tiré dessus mais, d'après le médecin, il va s'en sortir, lui expliqua-t-il avant de se tourner vers Bella. Lori était en route pour venir te retrouver ici quand je l'ai prévenue, elle patiente dans la salle d'attente pendant qu'on l'opère. La balle a traversé le corps, d'après le chirurgien, c'est une bonne chose.

Les contractions étaient à présent si puissantes que Bella ne semblait plus prêter la moindre attention à la conversation.

— Je reviens dans quelques instants, dit Ansley à son amie avant de sortir de la chambre.

On avait tiré sur James ? pensa-t-elle une fois dans le couloir. Et Buck se trouvait toujours dans les montagnes ? Elle marcha jusqu'au service de chirurgie et retrouva Lori qui était folle d'inquiétude.

— Que s'est-il passé ? s'écria Ansley en se précipitant vers elle.

— On a tiré sur James.

— Tommy m'a dit qu'il allait s'en sortir ?

— Il a perdu beaucoup de sang, lui répondit Lori en pleurant. Willie est en route pour rejoindre Buck, avec un hélicoptère, des renforts et des ambulanciers. Il semblerait que les agents fédéraux soient également en chemin.

— Je n'aurais jamais dû leur demander de partir à la recherche de mon frère jumeau, dit Ansley doucement.

— Rien de tout ce qui est arrivé n'est ta faute, lui rétorqua Lori en lui prenant la main. C'est leur travail, tu le sais bien.

— Je croirais entendre Bella.

— Bienvenue dans le club des femmes de détectives privés.

— C'est mon rêve, lui assura Ansley avec un sourire tandis que Lori la prenait dans ses bras.

— Écoute, je connais Buck depuis toujours et je peux te garantir qu'il sera là ce soir pour le mariage. Même blessé, il sera là. Et peut-être même qu'il sera accompagné de ton frère.

— Comment va James ?

Davy Colt venait d'apparaître dans la salle d'attente.

— Il est au bloc, lui répondit Lori.

Davy jeta un regard à sa demi-sœur.

— Je viens de recevoir le rapport préliminaire de l'ADN prélevé sur l'écharpe que Buck a retrouvée dans son pick-up, lui annonça-t-il, et DJ Diamond est bien ton frère.

Ansley se mit à pleurer. Buck avait tenu sa promesse : malgré le danger, il avait retrouvé son frère jumeau. Et à présent elle n'avait plus qu'une peur, celle de les perdre tous les deux.

— Calmez-vous ! cria DJ à Butch quand celui-ci eut fini de tirer. Je vais chercher votre argent. Laissez-moi seulement retirer ça du feu.

Sur ces mots, il prit le manche de la poêle en fonte et se retourna rapidement vers l'homme de main de Grandville. Butch reçut d'abord le jambon grésillant sur le visage et se mit à hurler avant même de recevoir le coup que DJ lui asséna. Le premier choc l'assomma, le second le mit à genoux. DJ lui arracha son arme des mains et s'apprêtait à le frapper une troisième fois quand il vit Rafe lever son AK et entendit Sadie lui crier de faire attention.

Après cela, tout parut se passer en un éclair. DJ aperçut une silhouette surgir derrière Rafe et reconnut Crawford. Le détective frappa le sbire de Grandville avec le canon de son arme mais celui-ci appuya sur la gâchette de son fusil avant de tomber au sol. Une rafale de balles fut tirée dans le chalet. DJ se précipita sur Sadie et la jeta au sol avant de se coucher sur elle pour la défendre. Une fois à terre, il leva les yeux et vit le corps de Keira sursauter sous les balles avant que les tirs ne se dirigent vers Sadie et lui.

Mais, tandis qu'il mettait tout en œuvre pour la protéger, il sentit soudain que Sadie venait d'être touchée. Il eut alors l'impression que son cœur avait été transpercé et se retrouva dans l'incapacité de bouger ou même de respirer. Sous lui, Sadie était elle aussi immobile. Le pire cauchemar de DJ venait de se réaliser. Sadie était morte par sa faute.

Dans le silence qui s'abattit, la terre sembla bouger. Puis il entendit un bruit sourd suivi des cris de Crawford. Il s'écarta du corps de Sadie, espérant s'être trompé, priant pour qu'elle soit sauve. Mais un seul regard sur elle lui suffit pour comprendre que ce n'était pas le cas. Dans le tumulte assourdissant, il la prit dans ses bras et la serra contre lui.

— Nous devons sortir d'ici !

Crawford le secouait par l'épaule.

— Nous devons partir, vite !

Le grondement que DJ entendait ne semblait pas être uniquement les conséquences des tirs mais un son qui provenait de l'extérieur, comme si un train en marche se dirigeait à toute allure vers le chalet.

— Par ici, lui dit Crawford, en l'entraînant vers la porte d'entrée démolie.

Portant le corps inerte de Sadie dans ses bras, DJ suivit le détective et se précipita vers les pins, s'éloignant le plus loin possible de la petite habitation.

— Continuez à avancer, ne vous arrêtez surtout pas !

DJ avait l'impression qu'on arrachait derrière lui tous les arbres de la terre. Le grondement s'amplifiait, se rapprochait. Jetant un regard en arrière, il ne vit qu'un immense nuage blanc. Il continua de courir jusqu'à ce que Buck lui hurle de s'arrêter et tomba alors à genoux, à bout de souffle. Crawford se précipita alors vers lui, ôta son manteau et le posa sur la neige.

— Posez-la ici, lui dit-il en regardant Sadie.

Mais DJ ne voulait pas la lâcher.

— Laissez-moi regarder sa blessure, insista Crawford.

En la déposant délicatement sur le manteau du détective, DJ vit qu'elle respirait encore. Mais elle avait été touchée et perdait beaucoup de sang. Il enleva sa chemise pour la presser contre le flanc de Sadie. Il ne sentait pas le froid. Il ne sentait plus rien.

Autour d'eux, l'épais nuage de neige commençait à se dissiper.

— Restez ici, je vais chercher un véhicule. Les secours sont en chemin. Nous devons nous rendre dans un endroit où un hélicoptère peut atterrir, lui lança Crawford avant de courir vers les scooters des neiges.

DJ jeta un regard au chalet. Il avait disparu. Keira...

Il ferma les yeux et serra Sadie contre lui en entendant le détective privé arriver sur la motoneige.

19

Vêtu de son costume de style western, Buck entra dans l'ascenseur et monta jusqu'à l'étage de la salle de réveil. Il retrouva DJ, assis aux côtés de Sadie sur son lit d'hôpital. Installé sur le bord de sa chaise, les coudes sur les genoux, il tenait la tête de la jeune femme dans ses mains.

— Comment va-t-elle ? lui demanda-t-il quand DJ releva les yeux vers lui.

— Le médecin a dit qu'après avoir repris conscience, elle devrait se rétablir rapidement. Si elle reprend conscience.

— Je suis désolé, je sais que tu ne veux pas la quitter, même une seconde, mais je crois que ta sœur jumelle a besoin de toi.

— Elle s'en sortira mieux sans moi, lui répondit DJ en secouant la tête. Vous ne voyez pas que je n'apporte que des problèmes ?

— Ansley a besoin de toi, de tes défauts et de tout le reste. Tu n'as pas idée de toutes les difficultés qu'elle a rencontrées pour découvrir la vérité sur ses origines, lui expliqua Buck. C'est une femme forte, DJ. Elle peut tout encaisser. Même un frère comme toi.

Il lui adressa un sourire complice.

— Et si mon passé refait surface et que je mets sa vie en danger ?

— Tu auras une famille, DJ.

Buck fouilla dans sa poche, en sortit le petit bracelet de naissance en or et le lui tendit.

— Tiens, c'est ta mère biologique qui l'avait fait faire pour toi. Elle voulait t'appeler Del Junior et Ansley, DelRae. Elle voulait que tu aies un souvenir de ton père. Car tu as bien plus qu'une sœur jumelle, tu es un Colt. DJ, tu as quatre demi-frères. L'un est shérif et les autres sont tous détectives privés. Si ton père n'est plus de ce monde, ta mère, elle, est impatiente de te rencontrer. Elle ignorait tout de votre histoire avant qu'Ansley ne la retrouve. Viens, elle te racontera tout ça mieux que moi. Ne laisse pas passer ta chance de faire partie de cette grande famille, tu ne seras plus jamais seul, nous sommes tous là pour toi.

DJ reprit sa tête dans ses mains pendant quelques instants.

— Je ne veux pas lui faire de mal, j'ai déjà déçu deux personnes que j'avais pourtant juré de protéger. L'une d'entre elles a même été tuée.

— Crois-moi, je sais ce que tu ressens. Je ne veux pas décevoir Ansley, surtout aujourd'hui. Je lui ai promis de te retrouver et de tout faire pour que tu sois présent à notre mariage.

DJ releva la tête, regarda le costume de Buck puis baissa les yeux sur sa propre tenue couverte de sang.

— Ai-je l'air d'être habillé pour me rendre à un mariage ?

— Je t'ai dit qu'on s'occupait de tout, non ? Le mariage ne va pas durer longtemps et, une fois la cérémonie terminée, tu pourras revenir ici. Ta famille t'attend, DJ.

— Ma famille…

Buck voyait que DJ pensait à Keira.

— Charley me répétait toujours qu'on ne peut pas tromper ses gènes, ajouta DJ. Je comprends seulement aujourd'hui ce que cela signifiait. Maintenant que mon ADN prouve officiellement que je suis un Colt, je suppose que je n'ai pas vraiment d'autre choix.

— On a toujours le choix, protesta Buck. Mais tu serais idiot de ne même pas vouloir rencontrer tous ces gens qui ont le même sang que toi, tu ne crois pas ? Tu sais, personnellement, cela fait des années que je fais tout pour qu'ils m'adoptent… DJ, je te promets de te ramener ici le plus vite possible. Tiens, je t'ai apporté des vêtements.

— Je n'ai pas de cadeau.

— Tu es le meilleur cadeau de mariage que nous puissions recevoir aujourd'hui. Crois-moi, quand Ansley va te voir…

DJ se leva pour se rapprocher de Sadie et déposa un baiser sur son front. Puis il se retourna vers Buck.

— J'ai besoin de rencontrer ma sœur jumelle en privé, avant la cérémonie, lui dit-il. Je sais que le test ADN prouve que je suis son frère mais j'ai besoin d'en avoir la confirmation ici.

Il tapota son torse à l'endroit où se trouvait son cœur.

Percevant sa détermination, Buck acquiesça.

— Bien sûr, lui répondit-il. Elle aussi a hâte de faire ta connaissance.

Ansley regarda son reflet dans le miroir. Elle allait se marier aujourd'hui. Tout en brossant ses longs cheveux bruns, elle s'ordonna une nouvelle fois de ne pas pleurer mais ses yeux étaient déjà pleins de larmes.

— Tu vas abîmer ton maquillage, lui dit sa mère en lui tendant un mouchoir. Buck sera là, ma chérie. Rien sur cette terre ne pourra l'en empêcher.

Ansley prit le mouchoir, se tamponna les yeux et acquiesça.

— Je sais que ça porte malheur de se voir avant la cérémonie mais…

— Il t'a appelée pour te dire qu'il était en train de redescendre dans la vallée, il sera là.

— Est-ce que tu as eu des nouvelles de James ?

— L'opération s'est bien passée, le médecin dit qu'il a eu beaucoup de chance. La balle n'a pas touché d'organes vitaux. Ils étaient inquiets car il avait perdu pas mal de sang ; mais tu connais Lonesome, quand les gens ont appris que l'hôpital avait besoin de sang, les gens se sont mobilisés pour aider. Quant à

Bella, son bébé et elle se portent à merveille. Il n'y a que des bonnes nouvelles.

Ansley secoua la tête. En parlant avec Davy, elle avait appris que Willie et ses adjoints étaient montés dans les montagnes pour aider à rechercher les corps. Buck aurait pu être l'une des victimes. Elle craignait d'ailleurs toujours qu'il ait été blessé et qu'il ne le lui cache.

— Je regrette d'avoir mis tant de pression sur Buck pour qu'il retrouve mon frère. Qu'avais-je donc en tête ? Cette stupide idée de mariage parfait !

— Oh ! ma chérie, lui dit sa mère en la prenant dans ses bras. Buck sera là et, le connaissant, je suis même certaine qu'il sera accompagné de ton frère jumeau. Cet homme a remué ciel et terre pour s'assurer que tu aurais le mariage dont tu as toujours rêvé.

Elle recula pour regarder sa fille.

— Il suffit d'y croire.

Ansley hocha la tête. Elle croyait en Buck, elle s'apprêtait même à l'épouser. Mais la cérémonie devait commencer dans moins d'une heure et il ne lui avait donné aucune nouvelle depuis ce coup de téléphone. Elle ne pouvait s'empêcher d'imaginer que quelque chose de terrible s'était produit là-haut et qu'elle ne reverrait jamais l'homme de sa vie.

Quand son téléphone portable se mit à sonner, elle décrocha sans même regarder de qui provenait l'appel.

— Buck ?

— Salut, chérie.

— Est-ce que tu vas bien ? s'écria-t-elle.

— Très bien, je te raconterai tout quand je te verrai. Peut-être même après la cérémonie si cela te convient, car je connais quelqu'un qui souhaiterait te rencontrer avant notre mariage. Il est devant ta porte.

Essuyant les larmes qui coulaient sur ses joues, Ansley entendit alors la porte s'ouvrir et découvrit sur le seuil son frère jumeau.

Elle aurait pu le reconnaître parmi des milliers de personnes. Leurs regards se croisèrent et ils se dévisagèrent un instant. En voyant qu'il était également au bord des larmes, elle se remit à pleurer et se jeta dans ses bras.

20

DJ était revenu à son chevet quand Sadie souleva les paupières. Elle cligna des yeux et observa son visage un long moment avant de parler.

— Dis-moi que tu es allé au mariage.

Submergé par un mélange de soulagement et de profonde joie, il éclata de rire. Sadie avait repris connaissance ! Il ne se souvenait pas d'avoir un jour été aussi heureux.

— Tu viens d'illuminer ma journée, lui répondit-il avec un large sourire, et pourtant, elle était déjà plutôt extraordinaire.

— Raconte-moi, lui demanda-t-elle d'une voix faible.

— C'était… incroyable, lui dit-il et sa voix se brisa. Je voulais rencontrer Ansley avant la cérémonie mais je craignais que… En fait, je ne savais pas à quoi m'attendre. Je n'avais aucune idée de qui elle était et pourtant, quand je l'ai vue…

Il secoua la tête. Sadie lui prit la main et la serra. Des larmes brillaient dans ses yeux.

— Elle m'a dit qu'elle avait toujours eu l'impression qu'il lui manquait une partie d'elle-même, reprit-il après quelques instants. Je la comprends puisque j'ai toujours ressenti ce même manque. C'est d'ailleurs ce vide que j'ai essayé de combler avec Keira. Mais la proximité que j'ai ressentie en voyant Ansley n'avait rien à voir, c'était aussi fulgurant et puissant qu'un éclair.

— Et le mariage ?

— Le mariage était parfait. Tous les membres de la famille Colt étaient présents, sauf James qui est en convalescence. Je te raconterai tout ça en détail plus tard. Mais il a pu assister à la cérémonie grâce au téléphone de Lori. J'ai rencontré tous mes demi-frères.

— Et ta mère ?

— Je l'ai vue aussi, acquiesça-t-il. C'était très étrange. Elle est gentille. Buck avait raison, je les apprécie tous. Ils m'ont donné l'impression d'avoir… une famille.

— Je m'en doutais, lui répondit-elle avec un sourire.

— L'histoire de mes parents est très compliquée. Mon père s'appelait Del Ransom Colt, il était fan de rodéo et c'était un excellent détective privé, d'après la famille. Je m'appelle DJ comme Del Ransom Junior. Ma mère avait choisi ce prénom en son honneur. Apparemment, je suis issu d'une longue lignée de cow-boys virtuoses en rodéo.

Sadie laissa échapper un petit rire avant de grimacer de douleur.

— Tu as besoin de te reposer, lui dit DJ d'une voix douce.

— Je suis si heureuse que tu aies pu assister à ce mariage.

— Moi aussi.

Elle lui prit la main et referma les yeux. DJ resta assis là, à la regarder respirer en réfléchissant à tout ce qui s'était passé, jusqu'à ce que le shérif passe la tête par la porte et lui fasse signe de bien vouloir le rejoindre dans le couloir. Il déposa alors un délicat baiser sur le front de Sadie puis sortit de la chambre pour aller parler à son demi-frère, Willie Colt, qu'il avait rencontré là-haut, dans la montagne.

— Comment va-t-elle ? demanda Willie.

— Elle a repris connaissance, lui répondit DJ. Selon le médecin, elle devrait se rétablir rapidement.

— Bien, dit Willie. Je vais devoir vous poser à tous les deux des questions sur ce qui s'est passé au chalet. Si ce n'est pas le bon moment, je peux…

— Non, je préfère en finir le plus vite possible.

Quand DJ quitta la chambre d'hôpital, Sadie éclata en sanglots. Elle pleurait rarement. Mais en voyant combien il semblait métamorphosé après avoir rencontré sa sœur jumelle et sa famille, son cœur débordait de joie. DJ allait avoir besoin d'un peu de temps pour s'habituer à tous ces changements, lui qui avait perdu tant de choses. Peut-être allait-il être difficile pour lui d'accepter cet incroyable cadeau que pouvait être une famille ?

Sadie se souvint de la douleur qu'elle avait vue briller dans ses yeux pendant le trajet en hélicoptère jusqu'à l'hôpital. Il ne lui avait pas lâché la main, la suppliant encore et encore de rester en vie.

— Je ne peux pas te perdre, répétait-il, la voix brisée par l'émotion, les yeux baignés de larmes. Je ne peux pas te perdre.

Elle ne se souvenait plus de grand-chose après cela, seulement du moment où elle avait ouvert les yeux pour le retrouver, assis à son chevet dans un superbe costume de cow-boy. Il était si beau, si différent de cet homme qu'elle avait toujours connu.

D'un revers de main, elle essuya les larmes qui coulaient sur ses joues et referma les yeux, surprise de se sentir si fatiguée.

Quand elle se réveilla quelques heures plus tard, sa chambre était remplie de femmes. Elles se présentèrent comme étant Carla, la femme de Davy, Ellie, la femme de Willy, Lori, la femme de James, et Bella, la femme de Tommy. Ansley se trouvait parmi elles.

— Ne devriez-vous pas être partis en lune de miel ? lui demanda Sadie.

— Buck et moi n'irons nulle part tant que tout le monde ne sera pas remis sur pied, lui répondit-elle avec un sourire. Tout ce qui est arrivé est ma faute, j'ai tellement insisté pour avoir mon frère jumeau à mes côtés le jour de mon mariage. Vous auriez pu tous mourir à cause de moi.

Sadie secoua la tête.

— C'est parce que tu recherchais DJ que nous avons pu nous en sortir. Sans toi, nous ne serions pas là aujourd'hui.

Bella avait donné naissance à une petite fille brune qui avait les mêmes yeux bleu clair que tous les Colt. Celle-ci était restée dans son berceau à l'étage de la maternité avec son père.

— Elle est magnifique, lui dit Sadie après avoir regardé le bébé sur la photo que sa mère lui tendait.

Ravies d'accueillir de nouveaux membres dans la famille, les épouses Colt lui avaient apporté des cadeaux.

Bella lui offrit une chemise de nuit d'un doux rose poudré.

— DJ nous a dit que c'était ta couleur, lui expliqua-t-elle. Je pense qu'elle sera plus confortable et plus seyante que celle de l'hôpital.

Elles lui avaient également apporté des fleurs, des bonbons, du stick à lèvres et une bougie parfumée. Dans la chambre d'hôpital retentirent vite des rires tandis que les femmes des frères Colt racontaient les anecdotes sur l'enfance de leurs maris dans les environs de Lonesome – qui n'avait rien de commun avec celle que Sadie avait vécue à Palm Beach.

Elle se demanda à quoi pouvait bien ressembler la ville sans son épais manteau neigeux puis se souvint de ce que DJ lui avait dit à propos du printemps dans le Montana. Elle n'avait encore jamais vécu dans un endroit rythmé par les saisons.

— Comment va DJ ? demanda-t-elle aux épouses Colt.

Celles-ci comprirent immédiatement le sens de sa question.

— C'est comme s'il avait toujours fait partie de notre famille, lui répondit Carla, la femme de Davy. Je pense qu'il était un peu nerveux au départ mais cela va mieux depuis qu'il s'est rendu compte de tout ce qu'il partageait avec ses frères.

— Tu te demandes s'il a l'intention de rester ? s'enquit Bella qui semblait très perspicace. Il sait qu'il est le bienvenu ici, ses frères lui ont même dit qu'une partie du terrain du ranch familial lui revenait et qu'il pouvait y faire construire une maison s'il le souhaitait. Le ranch lui appartient aussi. Je crois qu'ils ont également parlé de développer l'élevage de bétail…

— Voir ainsi tous ses enfants réunis, cela aurait été le rêve de Del, déclara Lori.

— Je pense que DJ doit être ébahi de votre générosité, leur affirma Sadie qui se demandait pourquoi il ne lui avait rien dit de tout cela.

Comptait-il refuser leur offre ? Ou l'accepter ? Peut-être n'avait-il pas encore pris sa décision...

— Sais-tu quand tu pourras sortir d'ici ? lui demanda Bella. Nous aimerions vous recevoir à dîner, DJ et toi. J'organise aussi le réveillon du nouvel an, tu me diras comment tu te sens d'ici là.

— Je crois que nous l'avons suffisamment épuisée pour aujourd'hui, conclut Lori avant de se retourner vers Sadie. Tu n'as pas besoin de nous donner de réponse maintenant, continue seulement de te reposer.

Elles quittèrent la chambre dans les rires, et Sadie ne put s'empêcher de se réjouir à l'idée de leur prochaine visite, même si le médecin lui avait garanti qu'elle pourrait sortir bientôt.

Titus Grandville détestait que son père s'immisce dans ses affaires. Mais le pire, c'était quand il se présentait à l'improviste au bureau. Titus n'avait eu aucune nouvelle de Butch depuis que celui-ci était parti pour le chalet de Charley Diamond dans les montagnes. Butch lui avait pourtant garanti qu'il l'appellerait dès sa mission effectuée. À présent la tempête était terminée, les chasse-neige fonctionnaient et les routes avaient toutes été rouvertes. Pourquoi ses hommes de main ne l'avaient-ils toujours pas contacté ?

Les nerfs à vif, il accueillit son père en serrant les dents.

— Qu'est-ce que tu fais ici ?

Tout en restant silencieux, Marcus tira une chaise et s'assit calmement en face de lui.

— Je n'ai vraiment pas besoin de ça, tu sais, lui dit Titus en s'emportant. Je suis occupé, j'ai beaucoup de travail. Que fais-tu là ?

— C'était mon bureau avant, lui répondit son père. Tu ne

te souviens pas de l'époque où ton frère et toi aviez l'habitude de jouer ici par terre ? Tu prenais toujours les jouets de Jimmy.

— Pourquoi parles-tu de lui ? lui demanda Titus qui savait que son père lui reprochait l'accident de voiture qui avait coûté la vie à Jimmy.

— Je me suis toujours demandé pourquoi tu n'avais pas pleuré le jour de son enterrement.

Titus se leva de son fauteuil. Il s'était toujours senti coupable, il n'avait pas besoin que son père en rajoute.

— Même si j'aimerais beaucoup remuer le passé avec toi, papa, je n'ai vraiment pas le temps de faire ça aujourd'hui. Tu dois me laisser, maintenant.

— Les choses ne se sont pas passées comme tu l'avais prévu, n'est-ce pas ?

Titus sentit un frisson glacé lui parcourir l'échine.

— Pourquoi dis-tu cela ?

— Parce que j'ai croisé la police en arrivant.

Titus vit s'afficher sur le visage de son père un air suffisant.

— Tu n'as jamais cru en moi, papa, pas une seule fois. Tu ne m'as jamais dit que ce que je faisais était bien.

— Tu ne m'as jamais donné la moindre raison de le faire, lui répondit Marcus tandis que deux agents de police en uniforme pénétraient dans le bureau.

— Titus Grandville ? demanda l'un d'eux. Je vais vous demander de bien vouloir nous suivre.

— De quoi s'agit-il ? s'enquit Titus d'un ton innocent en voyant son père se lever.

— Nous vous arrêtons pour le meurtre de Keira Cross, pour les tentatives de meurtre à l'encontre de DJ Diamond et de Sadie Montclair, pour les morts de Butch Lamar et Rafe Westfall, et pour l'agression envers le détective privé James Colt.

— C'est tout ? lança Marcus Grandville avant d'éclater d'un grand rire sonore.

— Vous vous rendez compte que vous n'avez aucune preuve ?

leur répondit Titus avant de jeter un regard autour de lui pour tenter de trouver une issue.

Quand il croisa le regard de Marcus, celui-ci lui adressa un sourire comme pour lui dire : « Je te l'avais bien dit. » Titus avait entendu cette phrase toute sa vie. Il avait tué le fils préféré de son père et celui-ci ne l'avait jamais oublié.

— Ça te plaît, n'est-ce pas ? lui dit-il alors qu'on lui passait les menottes. Je suis sûr que tu attendais ce jour depuis longtemps...

Son père acquiesça puis fit une étrange grimace et porta la main sur sa poitrine avant de s'écrouler sur le sol. L'un des agents se précipita vers lui et appela rapidement les urgences pour signaler que le vieil homme semblait être en train de faire une crise cardiaque.

— Emmène celui-là au poste ! ordonna-t-il ensuite à son collègue avant de commencer à faire un massage cardiaque à Marcus.

Titus regarda son père et se demanda pourquoi le policier se donnait tant de mal.

— Vous perdez votre temps, lui dit-il. Son cœur est pourri, vous ne pourrez pas le sauver.

Le policier l'entraîna de force vers la porte.

— Je veux appeler mon avocat, lui déclara Titus. Je vais vous poursuivre, vous et votre équipe, pour fausse accusation. Vous n'avez aucune preuve contre moi.

En sortant du bureau, deux hommes en costume vinrent à sa rencontre. Le premier lui montra sa carte d'agent fédéral, l'autre un mandat.

— Un malheur n'arrive jamais seul, déplora Titus avant de sourire aux agents qui exigeaient de voir tous les dossiers et de confisquer tous les ordinateurs et téléphones de ses bureaux.

Dans le hall d'entrée, ils croisèrent des ambulanciers qui se dirigeaient en courant vers le dernier étage. Titus pensa qu'il serait sorti de prison avant que les secours n'aient déclaré la mort de son père. Il était un Grandville. Et même le dernier d'entre eux. Tout lui revenait à présent. Il allait enfin pouvoir prendre la place qu'il méritait. Ces gens ignoraient à qui ils avaient affaire.

Quand Sadie se réveilla plus tard dans la soirée, l'infirmière lui dit qu'un nouveau visiteur attendait dans le couloir. Elle fut heureuse de voir Buck entrer dans sa chambre.

— J'ai entendu dire que vous vous sentiez mieux, je voulais le vérifier par moi-même.

Elle lui adressa un sourire et se redressa un peu. Elle ne savait pas grand-chose de ce qui s'était passé dans la montagne. Jusqu'à présent, DJ était resté plutôt évasif. Il semblait ne pas être prêt à parler des événements, ce qu'elle ne pouvait lui reprocher.

— Voudriez-vous me dire ce qui s'est passé ? Tout est tellement flou...

Elle l'écouta attentivement puis lui demanda ce qui était arrivé à Keira.

— Elle a été touchée par une des balles, lui répondit Buck en secouant la tête. Elle était déjà morte avant que l'avalanche ne s'abatte sur le chalet. Nous avons eu beaucoup de chance de réussir à nous en sortir à temps, vous savez. Quand son corps sera retrouvé, DJ a dit vouloir l'enterrer à côté de Charley Diamond, dans le cimetière à flanc de montagne de Butte.

— Et les Grandville ? demanda-t-elle.

— Titus a été arrêté aujourd'hui. Vous vous souvenez d'un certain Keith Danson, l'un des joueurs de la partie de poker à laquelle vous avez participé là-bas ? Il s'est retourné contre Titus et a fourni à la police toutes les preuves nécessaires pour le mettre en prison pour un bon bout de temps. Peut-être même pour toujours. Les agents du FBI enquêtaient sur lui depuis un moment et ils ont perquisitionné ses bureaux tout à l'heure. Je suppose que tout ce qu'ils vont découvrir viendra s'ajouter aux multiples condamnations...

Il haussa les épaules avant d'ajouter :

— On dirait bien que le règne des Grandville est terminé, car son père est décédé d'une crise cardiaque pendant son arrestation.

— Et DJ ? s'enquit Sadie.

— Les autorités n'ont rien contre lui, lui répondit Buck. Les corps de Butch Lamar et de Rafe Westfall ont été retrouvés, et je suis sûr que leur lien avec Titus Grandville va grandement intéresser le FBI. Mais en ce qui concerne DJ, il n'a rien à craindre.

— Alors, c'est vraiment fini, conclut Sadie.

— Pas forcément, lui rétorqua Buck comme s'il lisait dans ses pensées.

Elle lui répondit par un sourire, espérant qu'il dise vrai. Elle avait le sentiment d'appartenir au passé de DJ. Alors que ces gens, cette ville, étaient son avenir. Chaque fois qu'il venait prendre de ses nouvelles, DJ lui parlait de sa sœur, de ses frères, toujours avec joie. Elle voyait combien leur amour et la façon dont ils l'avaient accepté parmi eux le bouleversaient.

Lorsque le médecin lui avait dit qu'elle pourrait sortir dans quelques jours, elle avait tout de suite su qu'il valait mieux qu'elle ne revoie pas DJ. Il avait tant de choses à découvrir sur lui-même, sur sa mère, son père et toute cette famille qu'il venait de rencontrer. Il avait la chance d'être entouré de gens qui pouvaient répondre aux questions qu'il se posait et qui partageraient avec lui des souvenirs de son père disparu. Sa mère, comme lui, semblait avoir manqué beaucoup de choses mais avait retrouvé sa place dans le clan des Colt.

Sadie ignorait à quoi allait ressembler la vie future de DJ, mais elle savait qu'il allait devoir régler beaucoup d'affaires restées en suspens. Et elle voulait lui laisser cet espace, ce temps. Ils en avaient d'ailleurs besoin tous les deux. Elle pouvait le reconnaître à présent. Elle aimait DJ Diamond et l'aimerait toujours. Et c'était la raison pour laquelle elle était incapable de lui dire au revoir. Cela serait trop douloureux. Elle ne pourrait jamais aimer quelqu'un autant que lui. Et son cœur ne supporterait pas de longs adieux.

Le jour de sa sortie, l'infirmière vint lui dire qu'elle devait attendre qu'on lui apporte un fauteuil roulant pour quitter sa chambre.

— Alors dépêchez-vous, je vous en prie, lui demanda Sadie. J'ai un avion à prendre.

L'infirmière lui jeta un regard désapprobateur et quitta la chambre.

Sadie sortit alors son téléphone et appela son parrain. Elle avait repoussé cet appel depuis longtemps et elle lui fut reconnaissante de ne pas répondre. Elle préférait lui laisser un message.

— Je rentre à la maison. On se voit bientôt.

21

Tout en se dirigeant vers la chambre d'hôpital de Sadie, DJ se dit qu'il se sentait enfin prêt à envisager l'avenir. Il n'avait encore jamais acheté de fleurs à une femme et se sentait un peu mal à l'aise avec son gros bouquet. La veille, il avait enterré Keira aux côtés de Charley. Il ne pouvait s'empêcher de se sentir responsable de ce qui lui était arrivé même s'il savait que son oncle lui aurait probablement dit que tout était écrit dans ses gènes.

De son côté, il avait découvert son propre patrimoine génétique. Il était un Colt, des pieds à la tête. Et plus il côtoyait sa sœur jumelle et ses demi-frères, plus il se reconnaissait en eux. Même s'ils avaient tous pris des chemins différents, ils avaient beaucoup de points communs. Les frères Colt avaient le goût du risque et quelque chose dans leur sang semblait les pousser vers l'aventure. Ils étaient tous des joueurs dans l'âme.

En ouvrant la porte de la chambre, il sentit son excitation redoubler. Il avait hâte d'expliquer ses projets à Sadie. Il avait tant de choses à lui dire, des mots qui s'étaient accumulés et qui ne demandaient plus qu'à jaillir maintenant qu'il avait reconnu ses sentiments. Ce qu'il n'avait encore jamais dit à une autre femme, car la force de cet amour était sans précédent. Avec le temps, ils étaient devenus plus que des collègues, de véritables amis. Rien d'étonnant qu'il ait fini par tomber amoureux d'elle.

Mais elle ne l'avait jamais pris au sérieux. Elle croyait qu'il enchaînait les aventures et il le lui avait laissé croire. De son côté, elle lui avait toujours fait comprendre que leur relation ne serait que purement professionnelle, et son parrain s'était également chargé de le rappeler à DJ, en l'avertissant, sous la menace de la violence, de ne pas tomber amoureux de Sadie. Consigne qu'il avait respectée.

Jusqu'au Montana. Jusqu'à ce qu'ils se retrouvent dans ce chalet de haute montagne, isolés du reste du monde, bloqués par la neige. Jusqu'à ce qu'ils acceptent de regarder en face leurs véritables sentiments.

À présent, ils devaient décider de ce qu'ils allaient faire. De son côté, il savait ce qu'il désirait mais n'était pas certain que ce soit le cas de Sadie. Mais son amour pour elle était tel qu'il se sentait prêt à faire ce qu'elle voulait. Même si le fait de quitter le Montana et cette nouvelle famille serait probablement difficile. Surtout Ansley, avec qui il avait immédiatement noué un lien solide.

En entrant dans la chambre, il se figea. Le lit était vide et une femme de l'équipe de nettoyage préparait déjà la chambre pour le prochain patient. Pendant un instant, il envisagea le pire.

— Elle… Dites-moi qu'elle n'est pas…

— Partie ? Si, elle est partie ce matin.

— Mais… Elle n'était pas censée sortir avant cet après-midi, répondit DJ en se demandant ce qui avait bien pu se passer.

— Eh bien, elle est partie plus tôt.

— Savez-vous où elle est allée ?

La jeune femme haussa les épaules.

DJ baissa les yeux, regarda son bouquet de fleurs et redescendit au rez-de-chaussée.

L'hôtesse d'accueil lui apprit que Sadie avait pris un taxi en direction de l'aéroport pour essayer d'attraper un vol pour la Floride. Sans lui dire au revoir ? Quelque chose était peut-être arrivé à son parrain… Ou bien… Ou bien elle était rentrée chez elle, à Palm Beach, là où elle avait grandi. Leur partenariat terminé, Sadie estimait peut-être que plus rien ne la retenait ici, dans le Montana.

DJ repensa aux moments qu'ils avaient passés ensemble dans le chalet et sentit son cœur se serrer. Elle lui avait dit qu'elle l'aimait. Mais elle avait manifestement changé d'avis. Sinon pourquoi serait-elle partie sans le prévenir ?

— DJ ! Qu'est-ce que tu fais là ?

Il reconnut la voix qui le héla alors qu'il sortait de l'hôpital.

— Et toi ? Tu ne devrais pas être parti en lune de miel ? demanda-t-il à Buck qui, lui, s'apprêtait à y entrer.

— Ansley l'a reportée. Nous préférons être certains que James et Sadie sont hors de danger. D'ailleurs, elle ne devait pas sortir aujourd'hui ?

— Si et, apparemment, elle est partie très tôt ce matin.

— Dans ce cas, je suppose que tu vas la retrouver, je ne te retiens pas plus longtemps.

DJ hésita un instant. Il se sentait un peu perdu.

— En fait, elle semble avoir pris une décision à mon sujet.

Buck laissa échapper un soupir.

— Écoute, je vais te donner un conseil. Si tu rencontres une femme qui te fait douter de tout mais qui en même temps te donne l'impression d'être surhumain, surtout ne la laisse pas partir.

— Je ne suis pas certain qu'elle ressente la même chose que moi.

— La seule façon de le découvrir, lui répondit Buck, c'est de tenter ta chance. L'amour est aussi risqué qu'une partie de poker, mais quand on gagne…

Il se fendit d'un large sourire puis se dirigea vers l'entrée de l'hôpital.

Sadie avait prévu de prendre un taxi pour rentrer chez elle mais, à son arrivée à l'aéroport, elle découvrit avec surprise que son parrain était venu la chercher.

— Tout va bien ? lui demanda-t-elle en s'installant à ses côtés sur la banquette arrière de la voiture.

— C'est ce que je voudrais savoir, lui répondit-il. En apprenant que tu rentrais, je me suis inquiété.

— Je vais bien. Le médecin m'a dit que je garderais une cicatrice, mais à part ça...

— Je suis désolé..., lui dit-il en lui prenant la main.

Elle se tourna lentement vers lui et le regarda en fronçant les sourcils.

— ... d'avoir fait entrer DJ Diamond dans ta vie.

Sadie secoua la tête.

— C'est moi qui ai choisi de le suivre dans le Montana.

— Quand je l'ai rencontré, j'ai rapidement su qu'il avait de nombreux problèmes. Mais j'ai pensé que vous feriez une bonne équipe tous les deux. Je ne me doutais pas que tu tomberais amoureuse de lui.

— Je n'ai jamais dit que...

— Oh ! tu n'as pas besoin de le faire. Je te connais, Sadie. Ce que je voudrais bien comprendre, en revanche, c'est ce que tu comptes faire à présent ?

Elle le dévisagea.

— Ne me dis pas que tu vas le laisser s'en sortir, après qu'il t'a brisé le cœur ?

— Ce n'est pas du tout ce qui s'est passé. C'est moi qui suis partie. C'était mieux ainsi.

— Ça ne te ressemble pas. Toi qui n'as jamais reculé devant aucun défi, pourquoi prends-tu la fuite cette fois ?

Se rappelant les moments passés avec DJ au chalet, lorsqu'ils avaient fait l'amour si tendrement au coin du feu alors que la neige tombait dehors, elle secoua la tête. Même si ces instants avaient été magiques, ils ne reflétaient pas la réalité. Une bulle de plaisir et de légèreté dans une tempête de neige. Il aurait été insensé d'espérer plus de cette histoire.

— S'il te plaît, n'insulte pas mon intelligence en essayant de me faire croire que tu ne ressens plus rien pour lui, lui dit alors son parrain en levant les yeux au ciel.

— Parce que tu serais d'accord pour que je l'épouse, peut-être ? Je te rappelle que c'est toi qui m'as toujours dit de ne pas tomber amoureuse de lui.

— Mais c'est arrivé malgré tout, constata-t-il en soupirant, et maintenant, tu reviens ici comme s'il avait volé ton cœur et que tu avais peur d'aller le récupérer. Aucun de mes filleuls ne se laisserait faire de la sorte.

— Je suis ta seule filleule, lui fit remarquer Sadie en fronçant les sourcils. N'est-ce pas ?

Il lui sourit, ce qu'il faisait rarement.

— En effet. Mais dis-moi, est-ce qu'il t'aime, lui ?

Sadie se demanda comment elle pouvait répondre à cette question. Elle se souvint de DJ, assis à son chevet à l'hôpital. À la façon dont il la regardait, dont il l'enlaçait, dont il l'embrassait, dont il lui faisait l'amour. Mais comment savoir si elle était différente des autres femmes ?

Comme s'il lisait en elle, son parrain interrompit le cours de ses pensées.

— Ce cow-boy est amoureux de toi depuis toujours, Sadie. Si tu ne me crois pas, retourne le voir et demande-le-lui toi-même. Il serait stupide de le nier, et DJ Diamond est tout sauf stupide.

— Comme si c'était aussi simple.

— Quoi ? L'amour ? lui répondit-il en riant. Non, l'amour est l'émotion la plus complexe, la plus confuse, la plus douloureuse et la plus exaspérante qui soit. Mais c'est grâce à elle que la vie vaut la peine d'être vécue. Alors cesse donc d'être lâche et accepte les sentiments que vous ressentez l'un pour l'autre.

— Et si tu me parlais un peu de cette femme qui t'a brisé le cœur ? lui demanda-t-elle.

— Hors de question, s'écria-t-il en laissant échapper un soupir exaspéré. Tu peux prendre le jet privé, si tu veux. Et s'il te dit qu'il ne t'aime pas, tue-le. Tu n'auras qu'à me prévenir et je ferai envoyer des gens pour s'occuper du corps.

— J'espère que tu plaisantes, lui dit-elle en essayant de cacher son sourire. Mais merci.

En découvrant le SMS de Sadie, DJ fut abasourdi.

Je suis désolée d'être partie de la sorte. Je t'aime. Si tu peux me pardonner, je prendrai le vol de 16 heures demain pour Yellowstone. Cette fois, c'est moi qui porterai les bottes de cow-boy rouges.

Il lut le message une seconde fois. Il avait cru ne plus jamais recevoir de ses nouvelles. Il s'était persuadé lui-même qu'il devait la laisser partir. Il avait le cœur brisé et maintenant il avait presque peur de la revoir.

Mais il s'agissait de Sadie. De la femme qu'il aimait. Il sourit et essaya de calmer son cœur qui s'était emballé avant de taper sa réponse.

Je porterai mon chapeau.

Puis il se dirigea vers le comptoir des billets d'avion pour aller annuler son vol pour la Floride qui partait dans une heure.

Sadie l'aimait. Après tout, peut-être qu'Ansley avait raison. Peut-être que l'amour pouvait réunir deux personnes très différentes. Impatient de raconter ce qui se passait à sa sœur jumelle, il composa son numéro.

— Ne t'avais-je pas dit que rien ne pouvait arrêter le véritable amour ? s'écria Ansley avec joie. Vous êtes faits l'un pour l'autre. Il est grand temps que tu lui dises ce que tu as sur le cœur. Mais avant cela, voilà ce que nous allons faire.

Sadie portait ses bottes rouges. La première fois qu'elle avait rencontré DJ, il en avait une paire très usagée aux pieds. Elle le lui avait fait remarquer et lui avait suggéré d'en acheter une nouvelle paire.

Il avait ri.

— Impossible, chérie, ce sont mes bottes porte-bonheur, lui avait-il répondu.

— Appelle-moi encore une seule fois « chérie », et même tes bottes ne pourront rien pour toi.

Ce souvenir la faisait sourire aujourd'hui.

— Il a besoin de passer du temps avec toi et le reste de votre famille, avait-elle expliqué à Ansley quand celle-ci l'avait appelée.

— Peut-être mais la personne dont il a le plus besoin, c'est toi. Il t'aime et tu l'aimes également. De ce fait, tu fais aussi partie de notre famille. Tu dois revenir. Il souffre.

— Moi aussi.

— Tu l'aimes.

— Oui, avait-elle répondu d'une voix brisée. Mais j'ai l'impression que nous sommes dans une impasse.

— Tu penses que le GPS va t'indiquer quelle route suivre ? Tu crois qu'il existe un mode d'emploi ? C'est un acte de foi, Sadie. Aucun de nous ne peut prédire l'avenir, nous devons seulement croire que le futur nous réserve des moments merveilleux et profiter de chaque jour comme si c'était le dernier. DJ m'a dit que tu étais quelqu'un d'optimiste.

— C'est vrai, il t'a dit ça ?

— Il ne parle que de toi, il veut passer sa vie entière avec toi. Il a des projets pour vous deux.

— Des projets ?

— Il t'en parlera lui-même quand il te verra. Il ne te laissera pas partir, tu sais. Mon frère n'est pas un imbécile même si certains de ses actes peuvent laisser penser le contraire.

Ces derniers mots les avaient fait rire.

— Dis-moi que tu lui laisseras une chance, lui avait alors dit Ansley. Tu sais qu'il t'aime.

Elle le savait, pensait-elle alors qu'elle cherchait DJ des yeux parmi la foule qui se trouvait dans le hall de l'aéroport. Elle l'aperçut enfin, debout contre un mur, son stetson relevé sur ses épais cheveux bruns, ses yeux bleus la fixant comme si elle était une oasis dans le désert. Il avança vers elle tandis qu'elle descendait les escaliers.

Vu la façon dont elle était partie quelques jours plus tôt, elle avait cru qu'un malaise planerait entre eux, qu'ils ne trouveraient peut-être pas les mots, qu'ils se rendraient peut-être compte que leur amour n'était pas assez fort pour dépasser cette situation mais...

Le cœur battant, elle le regarda s'approcher.

— Sadie.

Il passa la main autour de sa taille et la souleva pour la faire tournoyer dans les airs avant de la redéposer au sol. Puis il l'embrassa passionnément.

Elle entendit autour d'eux retentir quelques applaudissements mais son cœur battait si fort que tout lui semblait lointain, étouffé. Il recula d'un pas et la regarda longuement avant de poser un genou au sol.

— Je t'aime, Sadie Montclair, veux-tu être ma femme, ma partenaire ? lui demanda-t-il en chuchotant. Et, au passage, j'aime beaucoup tes bottes.

Elle sourit. Elle connaissait cet homme et savait qu'il était sincère. Elle ne pouvait pourtant lui répondre. Les mots restaient bloqués dans sa gorge nouée alors elle hocha la tête et se jeta dans ses bras quand il se releva. Les acclamations redoublèrent autour d'eux et elle vit s'approcher, au milieu de la foule, tous les membres de la tribu Colt.

Tout en pensant que ces bottes étaient des porte-bonheur très efficaces, elle se laissa entraîner dans cette grande famille, chaleureuse et aimante.

Peu importait ce que lui réservait l'avenir. Tant que DJ et elle l'affrontaient ensemble. Elle avait décidé de miser tout ce qu'elle avait sur eux deux. Ce n'était pas un pari sans risque, mais elle était prête à jouer cette partie.

22

C'était leur premier Noël ensemble. C'était également leur premier Noël en compagnie de la famille de DJ. Sadie n'avait encore jamais rien vécu de tel, et elle savait qu'il en était de même pour DJ. Aussi, même si tout le monde leur avait dit que cela n'était pas nécessaire, ils étaient allés faire quelques courses afin de trouver des cadeaux à offrir à tous les membres de leur nouvelle famille.

Après avoir passé l'après-midi à faire du shopping à Bozeman, Sadie et lui dînèrent dans un restaurant pittoresque de la rue principale. Alors qu'ils venaient de finir leur repas, DJ rompit le silence en premier.

— Tu crois qu'on en est capables ? lui demanda-t-il en croisant son regard.

Elle n'avait pas besoin de lui demander de précision, elle savait ce qu'il voulait dire. Après tout ce qu'ils avaient vécu ensemble, ils se comprenaient mieux que quiconque.

— Nous pouvons faire tout ce que nous voulons, DJ.

— Tu ne crois pas que nous sommes trop amochés ?

— Tu ne crois pas que tout le monde l'est, d'une manière ou d'une autre ?

Il secoua la tête.

— Ce qui m'inquiète, c'est que je les apprécie vraiment. Je ne veux pas les décevoir. Surtout Ansley.

— Tu ne les décevras pas, lui répondit Sadie en se penchant sur la table pour lui prendre les mains. Nous avons la vie devant nous, DJ. Nos histoires sont… uniques mais elles nous ont rendus plus forts. Nous sommes des survivants, nous allons nous en sortir.

— Je ne t'ai jamais demandé ce que tu attendais de la vie, lui demanda-t-il soudain.

— Je voudrais être comme tout le monde. Et puis… tu me promets de ne pas te moquer ?

Il acquiesça en silence avant de faire le signe de la croix sur son cœur.

— Je voudrais une famille. Je voudrais la même chose que les femmes Colt.

— Être mariée à un détective privé ?

Elle éclata de rire avant de préciser sa pensée.

— Elles ont un sens de la communauté que j'admire et que je n'ai jamais connu. Elles sont toutes si excitées à l'idée que leurs enfants grandissent ensemble… Alors, tu vois, DJ… Je crois que je veux… le Montana.

Elle vit la surprise s'afficher sur son visage.

— Jamais je n'aurais pensé que tu pourrais quitter la Floride.

— Je rêve de voir à quoi ressemble le printemps, conclut-elle en jetant un regard à l'extérieur par la fenêtre du restaurant.

Des décorations de Noël étaient accrochées aux lampadaires et la neige s'était accumulée sur les trottoirs. Les passants étaient tous chaudement emmitouflés pour lutter contre le froid.

— Je veux voir le soleil ramener la nature à la vie, je veux cultiver des fleurs et pêcher des poissons dans la rivière.

Sa voix se brisa et elle sentit les larmes lui monter aux yeux.

— Je veux une maison avec une balançoire dans le jardin et quelques enfants qui y jouent.

DJ se mit à rire.

— Tu demandes beaucoup, plaisanta-t-il. Combien d'enfants ?

— Ça reste à déterminer…

— Tu n'as pas parlé de ton mari, lui fit-il remarquer en reprenant un air sérieux.

Elle lui adressa un tendre sourire.

— Je veux qu'il soit ce qu'il veut être. Un amant, un père, un meilleur ami. Même s'il veut élever du bétail pour aller avec son stetson, je n'y vois pas d'inconvénient.

À ces mots, elle vit quelque chose s'allumer dans le regard de DJ.

— Figure-toi que mes frères veulent faire de la propriété familiale un véritable ranch. Il y a beaucoup de terrain, et ils m'ont offert une parcelle où nous pouvons faire construire une maison si nous le souhaitons. De mon côté, j'ai assez d'économies pour pouvoir acheter tout ce dont nous aurions besoin.

— Tu sais que j'ai aussi un compte d'épargne plutôt fourni, alors je crois que nous allons choisir de faire ce que nous voulons !

Elle croisa son regard et sentit les battements de son cœur s'accélérer. Était-ce seulement possible ? Allaient-ils vraiment vivre cette vie ?

— Le monde de l'arnaque ne te manquera pas ?

— Comme si le fait d'élever du bétail n'était pas déjà un pari en soi, lui répondit-il en levant les yeux au ciel.

— Je suis sérieuse, DJ. Je sais que tu aimes ce que tu fais.

— J'aimais ça, oui, mais ce n'est plus le cas aujourd'hui. Je suis comme toi. Je ressens le besoin de m'enraciner quelque part. Moi aussi je veux une balançoire dans mon jardin. Et quelques têtes blondes qui tentent de voir jusqu'où ils peuvent se balancer. Mais dis-moi une chose, tu sais que, si nous avons des enfants ensemble, ils hériteront forcément de quelques-uns de mes gènes.

— Serait-ce si grave ? s'enquit-elle avec un sourire malicieux.

Il plongea alors son regard dans le sien.

— Nous pouvons le faire. Toi et moi. Construire notre vie ici, dans le Montana. Mais tu vas devoir apprendre à monter à cheval.

— Tu sais monter à cheval ? Tu ne me l'as jamais dit.

— J'ai été élevé dans un ranch, tu sais.

— Charley avait des chevaux ?

— Quelques montures sauvages que Keira et moi essayions de dresser, lui répondit-il en soupirant. Quoi qu'il en soit, nos enfants auront des chevaux, apparemment j'ai le rodéo dans le sang.

— C'est ce que j'ai cru comprendre. Bella m'a dit qu'elle adorait monter à cheval, elle aussi ; je suppose qu'elle sera d'accord pour m'apprendre.

— Je nous vois déjà en train de galoper ensemble, lui dit-il.

— Moi aussi... Je t'aime, DJ. Je t'aime depuis très longtemps. Tu sais que mon parrain a pris ta défense quand je l'ai vu, à Palm Beach ?

— Tu es certaine ?

— Oui, il nous donne sa bénédiction.

Ils se regardèrent avec tendresse. Alors qu'ils n'avaient jamais osé en rêver, ils avaient tous les deux trouvé l'amour, mais aussi une famille et un endroit pour construire leur vie.

Ils pouvaient y arriver. Ensemble. Partenaires pour toujours.

La veille du nouvel an, un peu avant minuit, le shérif Willie Colt leva son verre pour porter un toast. En tant que frère aîné et poussé par sa femme, Ellie, c'était à lui qu'il incombait de prendre la parole avant d'entrer dans la nouvelle année. Cette fois encore, Bella et Tommy avaient organisé une belle fête, et tous les membres de la famille étaient réunis autour de la table. Celle-ci s'était considérablement agrandie depuis l'année précédente.

— Eh bien je crois que nous serons tous d'accord pour dire que cette année a été plutôt incroyable, commença-t-il et tout le monde se mit à rire. Ou plutôt ces deux dernières années... Quand James s'est blessé lors de son dernier rodéo et qu'il est rentré ici, nous nous attendions tous à le voir repartir une fois guéri. Mais il a décidé de se pencher sur l'enquête qui concernait la mort de papa pour tenter d'éclaircir les zones d'ombre. Jamais nous n'aurions pu imaginer où ces recherches allaient nous mener.

Il y eut quelques murmures autour de la table mais Willie reprit :

— James a donc abandonné le rodéo et choisi de reprendre l'entreprise de détectives privés de notre père. C'était le début de l'agence Colt Brothers Investigations. Tommy est revenu, puis ce fut le tour de Davy. De mon côté, j'étais déterminé à ne pas rejoindre cette bande de malfrats.

Il laissa échapper un petit rire avant de continuer :

— Devenu adjoint du shérif, j'étais également décidé à découvrir ce qui avait bien pu arriver à notre père. Et c'est ce métier, qui me passionnait plus que le rodéo, qui m'a mené jusqu'à Seattle où nous savons tous ce qui s'est passé.

De nouveaux rires retentirent dans l'assemblée.

— Nous avons rencontré Ellie ! cria Bella et toutes les autres femmes présentes autour de la table se mirent à applaudir. C'était une excellente affaire !

— Nous ne nous attendions pas à ce que tu tombes amoureux et que tu te maries ! lui dit James.

— C'est sûr ! Nous pensions même que tu resterais le vieux célibataire grincheux de Lonesome pour toujours ! ajouta Tommy.

— Il est toujours aussi grincheux ! lança quelqu'un.

Willie attendit que le calme revienne pour reprendre la parole.

— Aujourd'hui, nous sommes tous les quatre mariés et certains d'entre nous sont même devenus pères, et puis nous avons eu quelques surprises, dit-il en regardant DJ et Ansley. De belles surprises.

Il regarda sa demi-sœur prendre son frère jumeau dans ses bras, les yeux pleins de larmes.

— Aucun d'entre nous ne voulait croire que la mort de papa était accidentelle mais nous savons aujourd'hui que c'était bien le cas. Nous avons aussi appris beaucoup de choses sur notre mère, qui avait toujours été un mystère pour nous tous.

Il s'interrompit un instant et regarda Beth, qui était assise en bout de table.

— Je sais que notre père aimait notre mère, Mary Jo, mais j'ai compris combien elle lui rendait la vie difficile. Il a fini par trouver le véritable amour avec Beth, qui est la mère de DJ et d'Ansley. Alors je crois que nous pouvons dire aujourd'hui que, si les choses ne se déroulent pas toujours comme nous l'avions prévu, nous devons nous réjouir de ce que la vie nous réserve et être reconnaissants de ce que nous avons. J'aurais aimé que papa puisse être là ce soir pour voir notre grande famille réunie autour de cette table. J'aime penser qu'il en serait très fier. Moi je le suis, pour tout ce que vous avez tous accompli.

Gagné par l'émotion, il s'éclaircit la voix pour conclure :

— Maintenant nous sommes sur le point de commencer une nouvelle année, et, pour ma part, j'ai hâte de découvrir quelles nouvelles surprises cette incroyable famille nous réserve !

Ses paroles furent accueillies par une véritable ovation et Willie se tourna vers sa femme. Ellie resplendissait.

— Tu plaisantes ? s'écria Bella en remarquant leur échange de regards. Ellie ?

Ellie sourit et acquiesça.

— Oui, il y a un petit Willy en préparation...

Les applaudissements redoublèrent.

— C'est presque l'heure ! cria quelqu'un, et tous les regards se dirigèrent vers la grande horloge accrochée au mur.

Se levant tous de table, les invités commencèrent le compte à rebours.

— Dix, neuf, huit, sept...

La joie qui régnait dans la pièce était palpable tandis que les voix s'unissaient pour célébrer la nouvelle année.

— Six, cinq, quatre, trois, deux, un... Bonne année !

Willie prit Ellie dans ses bras et l'embrassa avec passion.

Autour d'eux, ses frères firent de même avec leurs épouses et tout le monde s'enlaça tendrement. Des confettis et des ballons volaient tout autour d'eux. Willie éclata de rire en espérant que son père pouvait voir cela. C'était la famille qu'il avait fondée. Willie espérait qu'il en était fier.

K.D. RICHARDS

Son partenaire secret

Traduction française de
LUCILE MASSON

BLACK ROSE

HARLEQUIN

Titre original :
UNDER THE COVER OF DARKNESS

1

La détective Yara Thomas n'eut pas le temps de boire son café matinal, ni même d'allumer son ordinateur avant que son lieutenant ne l'appelle à grands cris depuis son bureau.

La journée commençait bien.

Elle se tint droite devant le lieutenant Ted Wilson pendant qu'il la briefait sur sa nouvelle affaire en quelques mots concis :

— Cadavre retrouvé dans une voiture sur l'ancienne route 30. Allez-y.

Elle partit sur-le-champ.

Quarante minutes plus tard, elle ralentissait dans un virage avant de garer sa berline banalisée à côté d'une voiture de police dont le gyrophare était encore allumé. Ensemble, les deux véhicules formaient une barrière bloquant complètement la voie en direction du sud. Une dépanneuse de l'une des entreprises de remorquage de la région avec laquelle la police travaillait régulièrement avait coupé la circulation en direction du nord. Une mesure probablement superflue car l'autoroute, plus rapide, mieux goudronnée et plus centrale, avait depuis longtemps attiré la majeure partie du trafic qui aurait pu emprunter cette route sombre et tortueuse au petit matin.

Un vent glacial soufflait lorsque Yara sortit de sa voiture. Elle portait ce qu'elle considérait comme son uniforme de travail : des bottes noires à petits talons, un pantalon sombre et une chemise boutonnée dont la couleur variait d'un jour à l'autre et qui, aujourd'hui, était bleue avec de fines rayures blanches. Comme d'habitude, ses longs cheveux bruns étaient tirés en arrière en un chignon serré. Seule concession à la température de ce début novembre, elle avait ajouté un manteau noir à sa tenue habituelle, ainsi qu'un bonnet en tricot sombre, qu'elle rabattit sur ses oreilles en se dirigeant vers son partenaire du jour, Martin Rachlin, alors qu'il discutait avec un policier en uniforme et un autre homme. Ce faisant, elle prit note de la scène.

Un second agent en uniforme montait la garde à côté d'une Mercedes rouge échouée sur le bord de la route, et dont la portière côté conducteur était ouverte. La plaque d'immatriculation personnalisée indiquait « je-vole » et Yara ne put s'empêcher de se demander combien de fois le conducteur avait été arrêté pour excès de vitesse.

Il n'y avait aucun signe de dégât sur la voiture. Le capot était fermé. Aucun des trois pneus qu'elle apercevait ne semblait à plat. Rien n'indiquait que le conducteur se soit arrêté à cause d'un souci mécanique.

Si le véhicule n'était pas tombé en panne, pourquoi le conducteur avait-il choisi de stationner sur cette route déserte ?

— Qu'avons-nous ? demanda-t-elle en s'arrêtant à côté de Martin.

Martin mesurait quelques centimètres de moins que son mètre soixante-quinze à elle et se montrait toujours gêné par sa stature. Il compensait cela en adoptant une attitude de dur à cuire qui tapait souvent sur les nerfs de Yara, même si elle faisait de son mieux pour ne pas le montrer. Martin fit un geste en direction de l'homme plus âgé et visiblement choqué avec qui il discutait plus tôt. Yara lui donnait une soixantaine d'années. Taille moyenne, cheveux bruns clairsemés, sourcils broussailleux.

— Voici Nelson Freeman. Il s'est arrêté en voyant la voiture sur le bas-côté pour demander si le conducteur avait besoin d'aide.

— J'ai vu le sang et j'ai paniqué. J'ai appelé le 911, déclara M. Freeman.

Elle lui adressa un sourire qu'elle espérait apaisant.

— Vous avez bien réagi.

Il se tordait les mains d'anxiété.

— J'aurais peut-être dû essayer la réanimation. Peut-être qu'elle aurait pu être sauvée si j'avais essayé.

Yara posa une main sur l'épaule de l'homme.

— Vous avez fait ce qu'il fallait. Monsieur, vous habitez dans le coin ?

— Oui, acquiesça-t-il, avec ma femme. Je rentrais du travail ce matin quand j'ai vu la voiture. Je travaille à la sécurité d'un immeuble de bureaux dans l'Upper West Side. Dans l'équipe de nuit. Je préfère prendre cette route secondaire parce qu'elle est calme. Seules quelques voitures l'empruntent.

Elle jeta un coup d'œil à Martin.

— Avons-nous la déposition de M. Freeman et ses coordonnées ?

Martin hocha la tête. Elle fit signe au policier qui se tenait près de la Mercedes. Elle lut le nom sur son badge lorsqu'il rejoignit le groupe : Kilingham.

— Officier Kilingham, voudriez-vous vous assurer que M. Freeman retourne à sa voiture ? Monsieur, vous pouvez rentrer chez vous. Si nous avons besoin de vous, nous vous contacterons.

L'officier repartit avec M. Freeman.

Elle se retourna vers Martin et l'autre policier avec lequel il parlait lorsqu'elle était arrivée.

Martin était plus âgé qu'elle de deux ans, mais elle était entrée dans la police dès sa sortie de l'université et avait travaillé dur pour gravir les échelons jusqu'au poste de détective en seulement cinq ans. C'était deux ans plus tôt que la moyenne, mais toujours un an de plus que son frère aîné, Henry, qui était maintenant sergent à la police de San Francisco et, selon son autre frère, Eddie, en passe de devenir lieutenant. Elle conservait ainsi le rôle de la petite sœur courant après son grand frère plus intelligent, plus courageux, plus fort, sans pour autant réussir à le rattraper tout à fait.

Cependant, ses problèmes personnels pouvaient attendre, elle se concentra donc sur le présent.

— Officier Connell, dit Martin en désignant le policier. Premier sur les lieux.

Connell avait la coupe militaire que tant de jeunes policiers semblaient privilégier ces temps-ci. Comme à son habitude, elle nota ses caractéristiques physiques : taille moyenne, cheveux et yeux foncés, trapu, mais pas gros. Il avait peut-être fait de la lutte à l'école.

— Madame, mon partenaire et moi avons été les premiers sur les lieux. Nous sommes arrivés à 9 h 12.

Connell rejeta les épaules en arrière et croisa directement le regard de Yara. Elle apprécia cette marque de respect. Trop d'hommes dans la police avaient encore des opinions misogynes à l'égard de leurs supérieures féminines, même au XXIe siècle. Il semblait que ce n'était pas le cas de Connell.

— La voiture paraissait être hors d'usage, poursuivit Connell.

— La porte du côté conducteur était-elle ouverte comme elle l'est maintenant ?

Yara leva les yeux du bloc-notes qu'elle avait sorti de sa poche lorsque Connell avait commencé à parler. Il secoua la tête.

— Non, madame. J'ai ouvert la porte pour vérifier la possibilité de donner les premiers soins. Il était trop tard.

Elle en prit note.

— D'accord, continuez. La voiture semblait être en panne quand vous êtes arrivé…

— Oui. J'ai vérifié la plaque mais je n'ai trouvé aucun signalement sur la voiture. Je ne l'ai pas vu quand je me suis arrêté, mais, en m'approchant du véhicule du côté du conducteur avec ma lampe de poche, j'ai aperçu du sang sur la vitre. J'ai demandé au conducteur et à toute personne se trouvant à l'intérieur de montrer leurs mains. Comme il n'y avait aucun mouvement à l'intérieur, je me suis approché.

Il marqua une pause, déglutissant difficilement. Yara supposa que c'était la première fois qu'il voyait un cadavre. Il n'avait pas l'air très vieux, mais les officiers avaient l'air de plus en plus jeunes ces derniers temps.

— Tout va bien, officier Connell. Prenez votre temps.

Connell déglutit à nouveau avant de poursuivre.

— J'ai vu qu'il n'y avait qu'une seule personne dans la voiture et qu'elle était couverte de sang. Elle n'avait pas l'air de respirer. La portière n'était pas verrouillée alors je l'ai ouverte. La femme était affalée sur le volant. Je ne savais pas si elle était décédée alors j'ai cherché son pouls. Comme je n'en ai pas trouvé, j'ai appelé les secours et du renfort.

Yara acquiesça.

— Bon travail.

Elle fit un geste du menton en direction de la dépanneuse.

— Pourriez-vous faire savoir au chauffeur que nous allons rester ici encore un moment ?

Connell partit s'en occuper. Yara se tourna vers Martin.

— As-tu déjà jeté un coup d'œil ?

— Rapidement. La police scientifique a pris toutes les photos, et les médecins légistes sont prêts à déplacer le corps, nous devrions donc pouvoir procéder à un examen plus approfondi. J'ai pensé que tu voudrais ramener le véhicule entier au département de la police scientifique pour qu'ils effectuent leur travail là-bas.

— En effet.

Elle remit son carnet dans la poche de son manteau et suivit Martin jusqu'à la luxueuse voiture de sport.

Un désodorisant en forme d'arbre était accroché au rétroviseur. Il devait être assez récent, car une odeur de pin flottait dans l'habitacle, malgré la portière ouverte.

Une femme blanche, âgée d'une vingtaine d'années, aux cheveux blonds désormais tachés de sang, gisait contre le volant.

Ses bras pendaient de chaque côté de son corps, mettant en valeur ses ongles roses manucurés. Elle portait une doudoune grise et des chaussures à talons roses à lanières. Ses longues jambes pâles étaient nues, mais l'ourlet d'une jupe rose apparaissait à l'endroit où les deux pans de son manteau s'ouvraient au niveau des genoux. Son visage laissait tout juste entrevoir la blessure par balle sur sa tempe droite. Les yeux de Yara parcoururent l'intérieur de la voiture. Un pistolet était posé sur la console entre les deux sièges, à côté du levier de vitesse.

Un suicide ?

C'était possible. Aucune note ne semblait avoir été laissée, mais ce n'était pas inhabituel. Malgré ce que les gens avaient l'habitude de voir à la télévision, la plupart des personnes qui se suicidaient ne laissaient pas de mot expliquant leur geste.

Yara aperçut un sac à main sur le plancher côté passager. Elle se dirigea vers ce côté de la voiture et ouvrit la portière d'une main gantée.

— Son sac à main est toujours là, ce qui réduit les chances qu'il s'agisse d'un vol ayant mal tourné.

Martin la regarda d'un air confus.

— Un vol ? Je suis surpris que tu l'envisages. Le suicide me semble plutôt évident. Route sombre. Arme dans la voiture.

Yara attrapa le sac à main et jeta un coup d'œil à Martin par-dessus le toit de la voiture. Certes, elle s'était démenée pour devenir détective en un temps record, mais l'une des raisons pour lesquelles Martin avait eu autant de mal à se hisser au même niveau – n'ayant obtenu son badge qu'il y a un peu plus d'un an –, c'était qu'il tirait souvent des conclusions hâtives.

— J'envisage tout jusqu'à ce que les preuves nous disent le contraire.

Martin fronça les sourcils mais se tut. Il faisait partie des hommes du service qui ne pouvaient pas cacher leur mécontentement à l'idée de travailler avec une femme plus expérimentée qu'eux. Tant pis pour lui. S'il n'en tenait qu'à elle, elle travaillerait toujours seule, mais leur lieutenant avait déterminé que l'association de détectives était une bonne idée, du moins dans certains cas. Affecter deux détectives à chaque affaire restait cependant impossible sur le long terme. Elle ne pouvait qu'espérer que le lieutenant assignerait Martin à une autre enquête et la laisserait travailler seule sur celle-ci, qu'il s'agisse d'un suicide ou de quelque chose de plus insidieux.

Elle fouilla dans le sac Louis Vuitton qui valait bien plusieurs milliers de dollars. La voiture, le sac. Qui que soit cette femme, elle semblait riche.

Yara trouva le portefeuille de la victime, également un Louis Vuitton et coûtant lui aussi une somme exorbitante, et en sortit le permis de conduire.

— Le nom sur le document est Tanya Rutger.

Elle se pencha et regarda à l'intérieur du véhicule pour comparer le visage sur le permis avec celui de la victime. C'était bien Tanya Rutger.

Elle remit le document à Martin et se retira pour qu'il puisse faire sa propre comparaison.

— Elle a vingt-neuf ans et vit à Manhattan.

Tout en parlant, elle passa en revue les autres objets du sac à main.

— Plusieurs cartes de crédit et une carte d'employée de la clinique Stryder. Même nom que le permis. Elle y est infirmière.

Martin se redressa et rendit le permis de conduire.

— Ma mère était infirmière, elle aussi. Elles doivent gagner beaucoup plus d'argent qu'à l'époque si Tanya peut s'offrir cette voiture et un appartement à Manhattan.

— Sans compter le sac à main, ajouta Yara. Il coûte bien deux mille dollars. Mille dollars de plus avec le portefeuille.

Martin haussa les sourcils, surpris.

— En tout cas c'est ce que prétend le magazine *People*. Je ne suis moi-même qu'une petite fonctionnaire qui ne peut que rêver d'un tel luxe. D'où l'abonnement au magazine *People* et le cruel manque de Louis Vuitton dans ma garde-robe.

Martin s'esclaffa.

Yara redevint sérieuse et fronça les sourcils.

— Que penses-tu de Nelson Freeman ? Est-il impliqué dans cette affaire ?

L'homme avait l'air d'un bon samaritain essayant simplement de faire son devoir et d'aider une automobiliste en détresse, mais ce ne serait pas la première fois qu'un tueur traînait sur les lieux de son crime.

Martin secoua la tête.

— Il semble crédible. Il était vraiment secoué. Je n'ai pas détecté d'alcool dans son haleine et il n'a pas de casier judiciaire. Je pense que ça s'est passé comme il l'a dit.

Elle était d'accord avec l'évaluation de Martin. Elle jetterait un coup d'œil au casier de Nelson Freeman, mais elle ne s'attendait pas à ce qu'il soit autre chose qu'un type s'étant trouvé au mauvais endroit au mauvais moment.

Elle s'accroupit, examinant une nouvelle fois l'intérieur de la voiture. Les médecins légistes chercheraient des empreintes digitales sur l'arme et des traces de poudre sur les mains de Tanya, mais les traces de sang semblaient correspondre à la théorie d'une conductrice se tirant une balle dans la tempe droite. Pour autant qu'elle puisse en juger, il n'y avait pas de sang à l'extérieur de la voiture, ce qui corroborait également la théorie du suicide.

Qu'y avait-il de si grave pour que tu prennes une décision si radicale, Tanya ?

Telle était la question. En supposant qu'il s'agisse, comme cela paraissait être le cas, d'un suicide.

Quelque chose titillait cependant l'esprit de Yara. Elle ouvrit à nouveau le sac à main. Un portefeuille. Des clés, probablement pour son appartement et peut-être pour son travail. Du rouge à lèvres. Une demi-douzaine de reçus. Des écouteurs. Et une carte de visite de l'avocat Brandon West.

Elle retint son souffle. Pourquoi sa victime avait-elle une carte de visite de Brandon ? Il était l'un des meilleurs avocats de la ville, ce qui signifiait qu'il était aussi l'un des plus onéreux. De plus, il travaillait principalement pour des entreprises. Pourquoi la victime, une infirmière, aurait-elle eu besoin d'un avocat d'affaires ?

Cela dit, leur connexion n'avait pas besoin d'être professionnelle. Elle pouvait être personnelle. Peut-être que Tanya et Brandon sortaient ensemble.

Son cœur se serra à cette pensée. Elle inspira profondément et la repoussa.

— Tu as trouvé quelque chose ? demanda Martin.

— Pas vraiment. Disons plutôt qu'il manque un élément. Quelle jeune femme de vingt-neuf ans n'a pas de téléphone ?

Martin la regarda comme s'il venait de lui pousser une deuxième tête.

— Tous les jeunes de vingt-neuf ans de la galaxie ont un téléphone. Je connais des enfants de six ans avec un portable.

— Exactement. Alors, où est celui de Tanya ?

— Il n'est pas dans son sac à main ?

Martin éclaira la banquette arrière de la voiture de sa lampe de poche.

— Pas dans son sac à main et nulle part dans la voiture, d'après ce que je peux voir, dit Yara, en suivant des yeux la trajectoire de la lampe de poche de Martin sur la banquette arrière vide.

Aucun d'entre eux n'essaya d'ouvrir les portes arrière. Chercher le téléphone ne valait pas la peine de détruire des preuves.

— Hmm, eh bien, peut-être qu'il a glissé sous l'un des sièges. Les techniciens le trouveront, s'il est là-dedans.

— J'ai une meilleure idée.

Elle composa un numéro sur son téléphone. La détective Paris Vaughn décrocha :

— Salut !

— Salut. Peux-tu chercher un numéro de téléphone portable pour moi rapidement ?

— Bien sûr. Tu as un nom ?

— Tanya Rutger.

Elle lui donna également l'adresse du domicile, juste au cas où il y aurait plus d'une Tanya Rutger à New York. Il fallut quelques minutes à Paris pour obtenir le bon numéro.

— Paris a trouvé un numéro de portable ? demanda Martin quand elle raccrocha.

— Oui, espérons que ça marche.

Elle composa le numéro et mit le haut-parleur pour que Martin l'entende la sonnerie. Elle le laissa sonner jusqu'à tomber sur la boîte vocale. L'enregistrement ne donnait pas de nom de famille, mais précisait qu'ils avaient joint Tanya, ce qui n'était pas d'une grande aide.

— Cela ne signifie pas qu'il n'est pas dans la voiture. Il n'a peut-être plus de batterie ou il a pu être endommagé lorsqu'elle s'est tiré dessus, déclara Martin. Il se peut aussi qu'elle n'ait pas voulu prendre le risque qu'un ami ou un membre de sa famille l'appelle pour la dissuader avant de commettre son geste.

Yara fronça les sourcils. Non pas parce qu'il avait tort, mais parce qu'il continuait à penser que Tanya Rutger s'était suicidée. Travailler seule sur l'affaire lui semblait de plus en plus enviable.

— Envoyons deux autres policiers ici pour fouiller la zone afin de retrouver le portable ou n'importe quel autre élément utile.

— Oui, cheffe.

Venant de sa part, elle savait que ce « cheffe » n'était pas un signe de respect mais elle laissa couler. L'expression de Martin traduisait ses pensées. Il s'agissait d'une perte de temps, selon lui. Tanya Rutger s'était rendue dans un endroit isolé et s'était tiré une balle dans la tête. Fin de l'histoire.

Dommage pour lui, elle était la détective chargée de l'affaire. Yara retourna à sa voiture.

— Où vas-tu, Thomas ? appela Martin.

Elle sentit comme des papillons au creux de son estomac. La disparition du téléphone portable n'était pas le seul problème dans cette affaire.

— Parler à un avocat.

Brandon West se tenait dans un coin, juste à l'extérieur de la salle d'audience qu'il venait de quitter avec sa cliente, Lakeisha Curtis. Il avait eu des doutes quant à la présence de Lakeisha à l'audience de 9 heures. Ce n'était pas la première fois qu'elle déposait une injonction d'éloignement contre son mari violent. À chaque fois, elle avait changé d'avis avant l'audience. Mais ce matin-là, elle s'était non seulement présentée, mais avait fait preuve d'une telle détermination dans la salle d'audience qu'il avait à nouveau espoir qu'elle quitte enfin son conjoint.

Il s'entretenait maintenant avec Lakeisha et sa mère, s'assurant qu'elles comprenaient bien les termes de l'injonction et ce qu'elles devaient faire si le mari l'approchait à nouveau.

En levant les yeux, il aperçut une femme à l'autre bout du couloir et son pouls s'accéléra soudain.

La détective Yara Thomas du département de police de Silver Hill, New York, avançait dans sa direction, les yeux braqués sur lui.

Il observa la femme qu'il n'avait pas vue depuis des mois mais à laquelle il ne cessait de penser. Grande avec un visage en forme de cœur, des cheveux noirs tirés en arrière en un chignon élégant, des yeux sombres sérieux sans paraître méchants et des lèvres rouges et pulpeuses qui appelaient aux baisers. Sexy avec une touche de « pourrait vous botter les fesses sans problème ».

C'était peut-être dû au pistolet.

Le badge accroché à sa ceinture indiquait qu'elle était en service. Probablement en visite au palais de justice pour une affaire de police officielle. Son cœur se serra à l'idée qu'elle n'était certainement pas là pour le voir.

— Merci beaucoup, monsieur West, dit Lakeisha, détournant son attention de Yara. Les enfants et moi avons emménagé chez ma mère, vous pouvez donc me joindre là-bas si besoin. Je n'ai pas encore de nouveau portable mais je vais changer de numéro pour que David ne puisse pas m'appeler à n'importe quelle heure du jour ou de la nuit.

— C'est une bonne idée. Mais faites attention. Je suis sûr qu'il sait que vous logez chez votre mère.

Lakeisha acquiesça avec un sourire.

— Oh ! il le sait. Mais il ne s'en approchera pas. Il sait aussi que mes deux frères vivent avec maman et qu'ils préféreraient le tuer plutôt que de lui parler.

— J'espère que nous n'en arriverons pas là. Je dois y aller, mais appelez-moi si vous avez besoin de moi.

Il se retourna et se dirigea vers l'ascenseur sans accorder un seul regard à Yara et fut surpris de la voir le rattraper au moment où la porte s'ouvrait.

— Monsieur West, puis-je vous parler un instant ?

Voilà qu'ils étaient revenus au vouvoiement. Il ne pouvait pas dire qu'elle n'avait pas été claire sur le fait qu'elle ne voulait pas de relation avec lui. Qu'ils se vouvoient donc... même si son cœur battait la chamade.

Il était encore tôt, mais le palais de justice bourdonnait déjà d'activité. Les gens sortaient en masse de l'ascenseur. Il recula d'un pas pour s'écarter du chemin, mais resta concentré sur la détective.

— Détective, comment puis-je vous aider ?

Il tint la porte et laissa Yara monter dans l'ascenseur avant lui. Trois autres personnes se trouvaient avec eux dans la cabine qui descendait.

— J'espérais vous parler d'une affaire sur laquelle je travaille.

Il fouilla dans sa mémoire. À l'exception des affaires dont il s'occupait pour le refuge pour femmes, la plupart de ses dossiers concernaient des entreprises. Fusions. Rachats. Facilités de prêt.

Bien qu'il soit conscient que de nombreux cols blancs étaient tout aussi criminels que n'importe quel gangster des rues, il faisait de son mieux pour les éviter grâce au processus de vérification approfondi qu'il effectuait sur chaque client avant d'accepter de le représenter. Et comme il avait à son service l'un des meilleurs cabinets de détectives privés du pays, il n'avait jamais eu de soucis avec ses clients.

Alors qu'est-ce que la charmante détective Thomas pouvait bien lui vouloir ?

— Eh bien, je serais heureux de vous aider, si je le peux.

Il insista sur les derniers mots. S'il s'agissait d'un de ses clients, il serait lié par le secret professionnel quant à ce qu'il pourrait révéler à la détective.

— Je n'ai que quelques minutes avant mon prochain rendez-vous. Je vous offre un café ? Celui au coin du bâtiment n'est pas mal.

Elle se mordit la lèvre inférieure en réfléchissant. Son hésitation l'irrita encore plus.

— Ou nous pouvons parler ici, dans le couloir très fréquenté du palais de justice.

— Non, le café me va bien.

La promenade fut courte. Le café se trouvait en réalité dans le même bâtiment que le palais de justice, mais il fallait entrer par l'extérieur. Il laissa la détective Thomas leur réserver une table, ce qui ne fut pas difficile. Il n'était pas tout à fait 10 heures et la plupart des gens n'avaient pas encore ressenti le besoin d'une pause-café.

Il commanda deux allongés et deux viennoiseries. Il n'avait pas entendu son réveil ce matin-là et n'avait pas eu le temps de manger avant de se rendre à l'audience. Si la détective ne voulait pas de son café, il le prendrait volontiers. Une fois les boissons soigneusement posées sur les assiettes à côté des viennoiseries, il se dirigea vers la table. Yara pianotait sur son téléphone, mais elle le laissa sur la table et se leva pour décharger Brandon d'une assiette lorsqu'elle le vit s'approcher.

— Merci. Je n'étais pas sûr de m'en sortir.

L'un des sourcils parfaitement dessinés de Yara s'arqua.

— Vous auriez pu demander de l'aide.

— J'aurais pu.

Il sourit. Demander de l'aide n'était pas vraiment son truc. Mais il s'améliorait. Ou du moins le croyait-il. Installé en face de la détective, il reprit la question qu'il lui avait posée dans l'ascenseur du palais de justice.

— Alors, détective, que puis-je faire pour vous ?

— Connaissez-vous Tanya Rutger ?

Il eut un mauvais pressentiment. Yara travaillait à la brigade criminelle et, si elle posait des questions sur sa cliente, ce n'était pas de bon augure.

— Oui, c'est une de mes clientes.

— Et pourquoi a-t-elle eu besoin de vos services ?

C'était la question à un million de dollars. Lui-même n'en était pas tout à fait sûr.

Il avait rencontré Tanya Rutger une semaine plus tôt. Elle était nerveuse, visiblement effrayée par quelque chose ou quelqu'un. Il avait d'abord pensé qu'elle était venue le voir sur recommandation du refuge pour femmes battues. La plupart du temps, la directrice du refuge, Joy Wynn, appelait et prenait rendez-vous pour les femmes du refuge qui voulaient déposer une injonction d'éloignement contre leur agresseur ou, à l'occasion, entamer une procédure de divorce. Mais pas toujours. De nombreuses femmes séjournaient au refuge pour une très courte période, parfois pour une nuit seulement. Ces femmes venaient souvent immédiatement après une agression, désespérées, voulant échapper à la violence. Mais le fait de passer une nuit dans un lit inconnu, entourées de femmes battues – des femmes dans lesquelles elles ne se reconnaissaient pas malgré des bleus similaires –, les effrayait encore plus. C'était une vie qu'elles ne connaissaient pas. Un avenir incertain. La plupart d'entre elles retournaient chez leur agresseur en pensant qu'il se serait calmé pendant la nuit. Qu'il serait désolé. Que c'était leur faute après tout, parce qu'elles étaient trop bruyantes, pas assez ponctuelles, trop indociles. Et le cycle se perpétuait.

Bien qu'elle ait admis avoir obtenu le nom de Brandon de la part d'une ancienne cliente qu'il avait aidée à échapper à une relation abusive, Tanya ne souhaitait pas déposer une injonction d'éloignement, elle l'avait bien précisé. Ce pour quoi elle voulait engager un avocat restait un peu flou.

Elle avait été témoin de quelque chose qui l'inquiétait, voilà ce qu'il avait obtenu d'elle. Quelque chose d'illégal, mais elle ne savait pas comment procéder. Elle voulait s'assurer d'être protégée, mais elle avait aussi besoin de temps pour réfléchir.

Il n'avait pas osé s'engager à la représenter avec si peu d'informations, mais il l'avait autorisée à remplir le formulaire standard qu'il utilisait pour s'assurer qu'il n'y avait pas de conflits d'intérêts entre un client potentiel et ses clients actuels. Et elle avait insisté pour lui laisser une avance sur ses frais en lui promettant de l'appeler la semaine suivante pour l'informer des détails de l'affaire.

— Monsieur West ? Tanya Rutger... Pourquoi vous a-t-elle engagé ?

Au vu des circonstances, il préféra ne pas dévoiler son jeu. Il s'adossa à sa chaise.

— Vous comprenez que le secret professionnel m'empêche de révéler ce que ma cliente a pu me confier.

Elle fronça les sourcils.

— Je comprends le principe du secret professionnel.

— Alors vous savez pourquoi je ne peux pas répondre à votre question. Pourquoi m'interrogez-vous sur Mme Rutger ?

L'expression du visage de Yara répondit à sa question avant qu'elle ne parle.

— Tanya Rutger a été découverte morte ce matin.

Son cœur se serra. Bien qu'il n'ait pas vraiment connu Tanya, elle lui avait semblé être une jeune femme intelligente qui s'était retrouvée dans une situation difficile. Et maintenant, sa jeune vie était terminée presque avant qu'elle n'ait vraiment eu l'occasion de la commencer.

— Je comprends que cela vous choque, mais il est important que nous obtenions autant d'informations que possible, déclara Yara. J'avais l'impression que vous pratiquiez plutôt votre métier dans le domaine privé. Cela a-t-il changé depuis notre dernière rencontre ?

Il eut un petit sourire crispé.

— Beaucoup de choses ont changé depuis notre dernière rencontre, détective. Mais non, je suis toujours principalement avocat d'affaires. Occasionnellement, j'accepte des cas en dehors de ce domaine, cependant.

— Quand avez-vous parlé ou vu Tanya Rutger pour la dernière fois ?

Pendant un moment, il pensa invoquer le secret professionnel à nouveau, mais il se doutait qu'elle savait que la loi, du moins à cet égard, n'était pas de son côté. La date de ses rendez-vous avec ses clients n'était pas une communication confidentielle.

— Il y a environ une semaine.

— Dans votre bureau ?

— Oui, répondit-il avec un petit sourire, c'est là que je rencontre généralement mes clients. West & Williams a deux bureaux et les clients trouvent généralement plus facile de se rencontrer au siège dans le quartier de Lower Manhattan, mais Tanya et moi nous sommes rencontrés au bureau de Silver Hill.

— A-t-elle dit pourquoi elle voulait vous voir là-bas plutôt qu'à Manhattan ?

Il secoua la tête.

— Non. Et je n'ai pas demandé.

— Et vous ne lui avez pas parlé ou ne l'avez pas vue depuis ? demanda-t-elle encore en fronçant les sourcils.

— Non.

Il se passait quelque chose d'étrange et cela impliquait Tanya

Rutger. Il ne le découvrirait pas en parlant à Yara. Heureusement, il avait des liens de parenté avec quelques personnes qui pourraient probablement l'aider à en découvrir plus.

Il épousseta quelques miettes invisibles de ses mains.

— Je suis désolé, détective. Il semble que nous ayons atteint la limite de ce que je peux vous dire sur ma cliente et, à moins que vous ne vouliez m'expliquer pourquoi vous vous intéressez à elle, je dois partir maintenant.

Il se leva et elle fit de même.

— Merci pour le café et la pâtisserie, dit-elle. Je vous rappellerai si besoin.

En d'autres circonstances, il s'en serait réjoui, mais pas aujourd'hui.

Elle se détourna et quitta le café comme si c'était elle qui avait mis fin à leur conversation.

Yara Thomas était une femme qui aimait commander. Il était peut-être temps qu'elle apprenne à partager les rênes.

2

Elle respira plus facilement une fois loin de Brandon. Elle avait réussi à l'éviter au cours des derniers mois, mais elle n'avait pas anticipé la gêne qu'elle éprouverait en le voyant.

Ils s'étaient rencontrés dans ce même palais de justice après une journée épuisante passée à la barre dans une affaire de trafic de drogue. Il n'était pas l'un des avocats impliqués dans l'affaire, mais il avait assisté à une partie de son témoignage et l'avait complimentée après la levée de la séance pour avoir gardé son sang-froid face au barrage de questions de l'avocat de la défense.

Était-ce la fatigue ou l'attrait de ses yeux couleur chocolat qui l'avait poussée à accepter son offre de prendre un café ? Quoi qu'il en soit, lorsqu'il l'avait appelée le lendemain pour lui proposer un déjeuner, elle avait accepté. Après quelques autres rendez-vous autour d'un café et un dîner très romantique, elle s'était sentie tomber sous le charme de ce bel avocat à succès.

Alors elle avait coupé les ponts. Elle avait cessé de prendre ses appels et de répondre à ses messages. Du jour au lendemain. D'habitude, si un homme l'intéressait suffisamment pour dépasser le second rendez-vous, elle le ramenait dans son lit pour quelques heures. Elle avait des besoins à satisfaire, après tout.

Mais malgré toute la tension sexuelle entre Brandon et elle, ils n'avaient jamais franchi le pas. Et elle avait aimé ça. Apprendre à le connaître plus profondément et le laisser s'approcher un peu plus qu'elle ne le faisait habituellement avec les hommes. Cela s'était produit presque sans qu'elle s'en rende compte, mais, quand elle avait réalisé ce qui se passait, elle y avait mis un terme immédiatement.

Elle avait une règle. Pas de relations sérieuses.

C'était tout simplement trop compliqué quand l'un des membres d'un couple était flic. Trop compliqué et injuste pour l'autre, alors qu'elle pouvait être blessée ou pire à cause de son travail.

Il valait mieux ne pas s'attacher. Et si ce n'était pas possible, autant y mettre fin rapidement.

Elle appela Martin sur le chemin de la clinique Stryder et l'informa de sa brève et infructueuse conversation avec Brandon. Vingt minutes plus tard, Martin la rejoignit sur le parking de la clinique et ils passèrent les heures suivantes à interroger les deux médecins qui dirigeaient le cabinet ainsi que plusieurs collègues de Tanya. La nouvelle de la mort de la jeune femme était déjà parvenue jusqu'à eux.

Les codirecteurs de la clinique, le Dr Steven Manning et le Dr Anand Gristedes, ainsi que plusieurs autres employés témoignèrent tous que Tanya était une excellente infirmière et une collègue agréable. Plusieurs personnes mentionnèrent qu'elle avait semblé quelque peu préoccupée au cours des deux dernières semaines, mais aucune d'elles ne soupçonnait une dépression ou un comportement suicidaire. Tous suggérèrent de parler à Bailey Dunlap, une collègue infirmière et amie proche de Tanya. Malheureusement, Bailey était rentrée chez elle, accablée de chagrin après avoir appris le décès de son amie.

Une fois de retour au poste, Martin et elle passèrent le reste de la matinée à en apprendre le plus possible sur leur victime.

Tanya Rutger louait un appartement de luxe dans le sud de Manhattan, dans un quartier où les loyers commençaient à trois mille dollars. Lorsqu'elle et Martin arrivèrent à l'appartement en milieu d'après-midi, l'immeuble était calme. La plupart des résidents se trouvaient probablement encore au travail. Elle avait appelé à l'avance pour informer la gérante de l'immeuble de la mort de Tanya et de la nécessité de fouiller son appartement.

Une femme d'une quarantaine d'années, vêtue d'un strict tailleur vert foncé et chaussée de petits talons, attendait à côté du bureau du portier lorsque Martin et Yara franchirent la porte à tambour du hall d'entrée. Elle avait à la main un dossier de cuir noir et se tenait si droite que Yara la soupçonnait d'avoir passé du temps dans l'armée.

— Détective Thomas ?

Yara lui tendit la main.

— Oui, et voici le détective Rachlin.

— Je suis Una Snowden, la gérante de l'immeuble. Nous nous sommes parlé au téléphone.

Mme Snowden leur serra rapidement la main.

— Merci de votre coopération, dit Yara.

Elle avait demandé un mandat de perquisition et l'avait faxé afin d'accélérer l'accès à l'appartement de Tanya. Elle avait eu affaire à suffisamment de gérants pour savoir que la société immobilière voudrait un mandat de perquisition officiel avant de laisser les flics pénétrer chez un résident. Même si la résidente en question était décédée. L'obtention du mandat avait pris plus de temps qu'elle ne l'aurait souhaité mais c'était toujours le cas pour un potentiel suicide.

— Bien sûr. Laissez-moi vous montrer l'appartement.

Elle les conduisit jusqu'à l'ascenseur, qui les amena au sixième étage.

Le logement de Tanya se trouvait à peu près au milieu du long couloir d'appartements. Mme Snowden déverrouilla la porte avant de s'écarter.

Martin entra à grands pas, précédant Yara qui demeura en retrait pour interroger la gérante.

— Quand avez-vous vu Mme Rutger pour la dernière fois ? demanda Yara.

— Je n'ai pas beaucoup de contacts avec les résidents, sauf

s'ils ont un problème. Mme Rutger était relativement nouvelle dans notre immeuble. La dernière fois que je me souviens de lui avoir parlé, c'était juste après son emménagement et je l'ai croisée dans le hall. Je lui ai demandé comment se passait son installation et elle m'a répondu « bien ». Je ne pense pas lui avoir parlé depuis.

— Le mandat incluait le contrat de location.

— Oui, le voici.

Mme Snowden ouvrit son porte-documents en cuir et lui tendit une liasse de papiers. Yara les feuilleta. La demande de location était au nom de Tanya et indiquait un loyer mensuel de quatre mille trois cents dollars par mois. Impossible que Tanya paye cela avec son salaire d'infirmière, même en travaillant pour une riche clinique privée.

— Comment Mme Rutger a-t-elle pu s'offrir cet endroit ?

— Elle était infirmière, dit timidement Una.

Yara toisa la gérante d'un regard dubitatif.

— Il y avait un homme avec elle. Il ne voulait pas figurer officiellement sur le contrat, mais il a dit qu'il payerait le loyer.

— Et vous avez autorisé cela ?

Una Snowden haussa les épaules, mais le rouge lui monta aux joues.

— Il a payé pour une année d'avance. En liquide. Il n'y avait aucun risque de notre côté, alors je n'ai pas vu le mal.

Un an d'avance ? Elle fit un rapide calcul mental. Cela représentait presque cinquante-deux mille dollars. En liquide. Sans compter les frais imposés par l'immeuble. Si cet homme mystérieux jetait autant d'argent par les fenêtres, il en avait probablement offert à Una Snowden pour acheter sa discrétion.

— Connaissez-vous le nom de cet homme ?

Elle secoua la tête.

— Non. Il ne voulait pas que son nom soit lié à l'appartement de quelque manière que ce soit.

Ce qui signifiait très certainement qu'il était marié et que

Tanya était sa maîtresse. Comme l'appartement se trouvait dans le quartier financier, il travaillait sans doute dans le coin. Peut-être dans l'une des nombreuses banques d'investissement du quartier ? Ou alors, il aurait pu choisir d'installer sa maîtresse le plus loin possible de sa femme et de sa vie quotidienne, ce qui pourrait signifier qu'il ne travaillait justement pas dans le quartier financier. La proverbiale aiguille dans une botte de foin.

— Pensez-vous pouvoir décrire cet homme ?

— Cela fait des mois, dit-elle en fronçant les sourcils. Je ne me souviens plus très bien. Taille et corpulence moyennes. Il avait les cheveux bruns ou blond foncé, je crois.

Son ton était trop incertain pour que l'on puisse se fier à la description.

— D'accord, madame Snowden. Nous vous ferons savoir si nous avons besoin de vous pour quoi que ce soit d'autre.

La gérante poussa un soupir de soulagement. Tournant les talons, elle se dirigea vers l'ascenseur.

Yara entra dans l'appartement. Elle sortit une paire de gants de sa poche et les enfila. Elle pouvait demander à un technicien de se rendre sur les lieux pour relever les empreintes, mais elle n'était pas sûre que le lieutenant Wilson l'approuverait si le médecin légiste concluait au suicide. C'était peut-être sa seule occasion de découvrir l'identité de l'homme mystère alors elle avait bien l'intention de fouiller les lieux de fond en comble.

La cuisine était petite mais fonctionnelle. Un bol et un verre sales traînaient dans l'évier, comme si Tanya avait l'habitude de faire le ménage à son retour du travail, mais qu'elle n'en avait jamais eu l'occasion.

Elle ouvrit le réfrigérateur. Légumes, lait, fruits, yaourts, œufs. On aurait dit que Tanya avait récemment fait un tour à l'épicerie. Est-ce qu'une femme suicidaire prendrait la peine de remplir son réfrigérateur ? Probablement pas.

Elle entra dans la salle de bains, qui, comme le reste de l'appartement, paraissait plutôt haut de gamme. La baignoire était préfabriquée, mais des carreaux tapissaient les murs autour d'elle et le plan de travail était en granit. Un rasoir violet et un fatras de flacons, savons, parfums, déodorants, vernis à ongles, ainsi qu'un gobelet contenant une brosse à dents rose et du dentifrice encombraient le plan de travail. Dans le meuble au-dessus de l'évier, elle trouva du maquillage. Une bouteille d'aspirine et des pilules contre les allergies étaient les seuls médicaments de l'armoire à pharmacie. Une bouteille de bain de bouche, un gel douche, du lait pour le corps, des produits féminins, un sèche-cheveux, un fer à lisser et plusieurs fers à friser reposaient sous le lavabo. La salle de bains classique d'une femme de vingt-neuf ans. Juste à l'extérieur de la pièce se trouvait une armoire à linge qui ne contenait rien d'autre que des serviettes et des draps.

Martin sortit de la chambre au fond du couloir.

— La gérante de l'immeuble t'a appris quelque chose ?

Elle l'informa du coût de l'appartement et de l'homme mystérieux qui avait payé un an d'avance.

— Et je suppose que tu veux trouver cet homme, même si cela ressemble de plus en plus à un suicide.

Elle fronça les sourcils.

— Nous ne savons pas à quoi cela ressemble. C'est pourquoi nous enquêtons, alors oui, j'aimerais parler à l'homme qui a payé pour que Tanya vive ici.

Il secoua la tête, l'expression de son visage montrant qu'il pensait qu'elle perdait son temps.

— Il a peut-être rompu avec elle récemment. Peut-être qu'il l'a mise à la porte de l'appartement et que perdre son amant et son logement en même temps fut trop pour elle. Cela arrive.

— Tanya a emménagé il y a seulement trois mois. L'appartement a été payé pour un an, et seul son nom à elle figure sur le bail. Je doute qu'elle ait pu être mise à la porte même si son homme l'avait voulu.

Martin croisa les bras sur sa poitrine.

— Alors peut-être que la rupture a suffi à la faire basculer.

Nous avons tous les deux une douzaine d'autres affaires sur notre bureau. N'en faisons pas plus qu'il n'en faut.

Elle sentit son froncement de sourcils s'accentuer. Ce penchant pour les économies de bouts de chandelle était l'une des raisons pour lesquelles elle détestait que le lieutenant Wilson la fasse travailler avec Martin.

— Il ne s'agit pas de faire du zèle. Je veux découvrir la vérité.

Martin leva les yeux au ciel.

— Eh bien, je n'ai rien trouvé d'utile ici, renchérit-il.

Il était hors de question qu'elle s'en remette aux conclusions de Martin, alors elle se glissa devant lui et avança dans la chambre de Tanya. La pièce était lumineuse, le jour entrant par les rideaux ouverts. Il y flottait un léger parfum de fraise et elle se souvint d'avoir remarqué que le gel douche, le shampoing et l'après-shampoing utilisés par Tanya étaient parfumés à la fraise. Elle balaya l'espace du regard, observant le lit bien fait et les chaussures alignées sur une étagère à côté de ce qu'elle supposa être le placard. Seul un unique livre de poche, un roman d'amour, trônait sur la table de nuit dépouillée. Elle en ouvrit le tiroir.

Un cordon d'alimentation pour un téléphone était enroulé à l'intérieur.

Tanya possédait donc un portable. Où était-il ?

Yara s'approcha de la commode et ouvrit le tiroir du haut. Il contenait des T-shirts à manches longues et des blouses soigneusement empilés. Les autres tiroirs étaient tout aussi bien rangés. Elle se tourna vers l'armoire. Tanya triait ses vêtements par type – chemises, robes, jupes –, ils étaient suspendus côte à côte et bien rangés. L'étagère au-dessus contenait des pulls et un assortiment de jeans. Sous les cintres était placée une valise à roulettes argentée, dans laquelle elle trouva trois sacs à main plus coûteux.

De tout ce qu'elle avait vu dans l'appartement, le plus remarquable était l'absence de téléphone portable, d'ordinateur ou de tout autre appareil électronique. Impossible qu'une femme de vingt-neuf ans n'ait pas au moins un téléphone et un ordinateur.

Elle retourna dans le salon et découvrit Martin sur son téléphone.

— Rien n'indique que Tanya était suffisamment désemparée pour vouloir mettre fin à ses jours, déclara-t-elle.

— Parfois, les gens ne montrent pas au monde extérieur à quel point ils sont perturbés, répondit Martin sans lever les yeux de son téléphone.

Peut-être, mais elle ne pensait pas que ce soit le cas ici. Non, plus elle en apprenait sur Tanya Rutger, moins elle croyait que cette femme s'était suicidée.

Que s'était-il passé, alors ?

Un accident semblait peu probable. Il ne restait donc plus que… le meurtre.

Ce n'était qu'une intuition, mais c'était logique.

Quelqu'un avait tué Tanya Rutger et fait de son mieux pour laisser croire à un suicide.

La question était de savoir qui aurait voulu la mort de cette infirmière de vingt-neuf ans.

Elle ne put s'empêcher de penser que la réponse se trouvait chez l'amant mystérieux de Tanya.

Des voix dans le couloir la tirèrent de ses pensées. Elle traversa l'appartement et ouvrit la porte.

Une femme s'apprêtait à entrer dans l'appartement d'en face, son téléphone portable à l'oreille.

— Excusez-moi. Je suis la détective Yara Thomas de la police de Silver Hill. Puis-je vous poser quelques questions sur votre voisine Tanya Rutger ?

La jeune femme prit une expression inquiète.

— Je vous rappellerai, dit-elle à la personne au bout du fil avant de ranger son téléphone dans son sac à main ouvert. Tanya va bien ?

C'était la pire partie de son travail.

— Je suis désolée de devoir vous informer que Mme Rutger a été retrouvée morte ce matin.

— Oh ! mon Dieu.

La femme se couvrit la bouche d'une main, choquée. Yara lui laissa un moment pour se ressaisir et sortit son carnet de sa poche avant de demander :

— Pourrais-je connaître votre nom ?

— Ah, Sharon. Sharon Taylor.

— Madame Taylor, connaissiez-vous bien Tanya ?

— Eh bien, non. Juste pour dire bonjour et faire un brin de causette si nous étions ensemble dans l'ascenseur, vous voyez ? C'était une personne plutôt discrète.

— Quand l'avez-vous vue pour la dernière fois ?

— Hier soir, en fait. Elle était en train de sortir quand je rentrais.

— Et à quelle heure était-ce ?

La femme leva les yeux au plafond, tentant de se souvenir.

— Oh ! vers 23 h 30. J'avais un rendez-vous. Ça s'est bien passé, dit Sharon distraitement.

— Lui avez-vous parlé ?

— Non, dit Sharon en secouant la tête. Elle avait l'air d'être bouleversée et pressée. Et elle était au téléphone.

Tanya avait donc son téléphone sur elle hier soir. Yara avait déjà l'intention de demander les relevés téléphoniques de Tanya, mais les informations de Sharon l'aideraient si elle devait négocier avec son lieutenant.

— Tanya invitait-elle souvent du monde chez elle ?

Sharon haussa les épaules.

— Je ne peux pas dire que je remarque qui va et vient chez mes voisins. Nous restons tous plus ou moins chacun de notre côté.

C'était à la fois la bénédiction et la malédiction de la vie en ville. On pouvait vivre à côté de quelqu'un pendant des années sans jamais rien savoir de lui.

— Merci. Si vous vous souvenez de quelque chose qui pourrait nous aider, appelez-moi.

Yara lui tendit une carte de visite.

— Détective ? Vous n'avez pas dit comment Tanya était morte.

Yara regarda les yeux anxieux de Sharon.

— J'y travaille encore.

3

La détective Paris Vaughn étendit ses longues jambes sur la chaise de bureau noire de Yara. Enceinte de sept mois, elle se trouvait reléguée à la paperasse, la vérification des antécédents et l'identification des numéros de téléphone pour ses collègues sur le terrain. Et elle détestait cela.

— Je ne pense pas que les chaises ergonomiques fonctionnent comme ça, Vaughn, dit Yara à son arrivée.

Elle accrocha sa veste sur le portemanteau à l'entrée de la grande pièce qui abritait quatre des six détectives de la brigade criminelle de Silver Hill. Les deux autres détectives partageaient un bureau légèrement plus grand, deux portes plus loin au même étage.

— Ça marche pour moi. Du moins pour le moment. J'ai essayé de dire à ce gamin que je lui faisais une faveur, tu sais, en le laissant utiliser mon corps pour être mis au monde et tout ça. Le moins qu'il puisse faire est d'y aller doucement avec moi, mais noooooon.

Yara sourit à son amie. La pétillante jeune femme était en train d'offrir le plus beau cadeau qu'une femme puisse faire à une autre. Après des années d'échec, la sœur aînée de Paris avait appris que ses chances d'être enceinte, a fortiori de porter un enfant à terme, étaient quasiment nulles. Paris s'était donc proposée pour être la mère porteuse de sa sœur et de son beau-frère.

— Tu oublieras toutes ces douleurs quand tu tiendras ton neveu dans tes bras.

Yara fit rouler la chaise de Martin jusqu'à son propre bureau et s'y assit.

— C'est sûr, dit Paris avec un sourire. J'ai tellement hâte de rencontrer ce petit gars. Tu as pu voir l'avocat ?

C'était grâce à Paris que Yara avait su que Brandon West se trouvait au palais de justice. Yara fronça les sourcils.

— Oui, je lui ai parlé.

— Tout s'est bien passé, à ce que je vois, dit Paris en riant.

Yara détestait se l'avouer, mais discuter avec Brandon avait été le meilleur moment de sa journée, même s'il s'était obstiné à ne rien lui révéler sur sa cliente. Le médecin légiste avait refusé d'accélérer l'autopsie de Tanya. L'opérateur prenait un temps fou à récupérer les relevés téléphoniques de la jeune femme. Et elle n'avait toujours pas retrouvé le portable de Tanya ou le nom de son mystérieux amant.

— Tout ce que j'ai obtenu de Brandon, c'est que Tanya était bien sa cliente.

— Eh bien, j'ai étudié son dossier en t'attendant. Une seule contravention pour trouble à l'ordre public à l'âge de dix-neuf ans. Elle n'a pas eu le moindre accrochage depuis, donc rien qui explique pourquoi elle aurait engagé un avocat.

— Je le découvrirai d'une manière ou d'une autre.

Elle lissa une mèche qui se détachait de son chignon. Le regard de Paris se fit plus perçant.

— Oh ! on dirait que l'avocat a touché un point sensible. Je sais que, moi, ça ne me dérangerait pas de toucher son point sens...

— Paris !

— Désolée, désolée.

Elle leva une main en l'air tandis que l'autre protégeait son ventre.

— Cette grossesse met mes hormones en vrac. Cela dit, j'ai

déjà vu Brandon West. Il était l'avocat de la défense dans une de mes affaires civiles. Il est très sexy.

Yara garda les yeux rivés sur le dossier devant elle.

— Je n'avais pas remarqué.

Paris renifla.

— Ben voyons.

Bien sûr que si, elle l'avait remarqué, mais elle avait pris soin de garder sa relation – non, ce n'était pas une relation, disons les quelques rendez-vous qu'ils avaient eus – discrète. À la fois parce qu'il était avocat et parce qu'elle s'attendait à ce que ce ne soit au mieux qu'une aventure d'un soir. Et puisqu'ils n'en étaient même pas arrivés là, elle était heureuse de n'avoir jamais parlé de ces rendez-vous à Paris ou à qui que ce soit d'autre.

Elle jeta un coup d'œil par-dessus son dossier et surprit l'expression amusée de sa collègue.

— Quoi ? grogna-t-elle.

— Rien. J'ai juste pensé que tu devais savoir qu'un rapport d'incident a été déposé au nom de Tanya. Elle a signalé une effraction dans son appartement il y a quelques semaines. Les malfaiteurs ont semé le désordre, mais Tanya a déclaré qu'aucun objet de valeur n'avait été volé. La police de New York est intervenue. Tanya n'a pas pu leur dire si quelqu'un en avait après elle. L'immeuble n'a que des caméras de sécurité dans le hall d'entrée et ce n'est pas par là que le criminel s'est introduit. Impossible de trouver le coupable.

Il ne s'agissait certainement pas d'une simple entrée par effraction. Il y avait des cibles bien plus faciles qu'un appartement au sixième étage, et, à la lumière de la mort de Tanya, Yara devait se demander si cela ne cachait pas quelque chose. Martin n'avait peut-être pas tort de dire que Tanya avait rompu avec son petit ami. Et si celui-ci avait payé à l'avance un an de loyer, peut-être se sentait-il en droit de « récupérer » une partie de cet argent en détruisant les affaires de Tanya. Autant de bonnes questions à poser au mystérieux petit ami lorsqu'elle le retrouverait.

Martin entra dans le bureau.

— Je viens de rentrer du labo. Les seules empreintes relevées dans la voiture et sur l'arme sont celles de Tanya, des policiers arrivés avant nous sur les lieux et de Nelson Freeman.

Yara se redressa en entendant cela.

— Celles de Freeman ? A-t-il mentionné avoir touché la voiture dans sa déposition ?

— Non..., dit Martin en secouant la tête. Ses empreintes ont été retrouvées sur l'extérieur du coffre. Je ne pense toujours pas qu'il soit impliqué. Tu as vu à quel point il était secoué, Yara. Il a probablement touché la voiture sans même s'en rendre compte.

Elle fronça les sourcils. Encore des conclusions hâtives.

— Il nous faut le rappeler dans tous les cas. J'ai vérifié son casier judiciaire. Il est vierge, mais creusons un peu plus. Parlons à ses voisins. Ses amis. Que l'on sache s'il y a un lien entre lui et Tanya. Peut-être qu'ils avaient une liaison.

Martin la fixa d'un air interrogateur.

— Une femme comme Tanya ne sort pas avec un homme de soixante ans. Où est ma chaise ?

Ses yeux se posèrent sur Paris d'un air accusateur.

— Prends celle de Jimmy, déclara Yara sans chercher à cacher l'irritation dans sa voix. Nous nous demandions tous les deux comment Tanya pouvait s'offrir un appartement à Manhattan, une voiture de sport coûteuse et des sacs à main d'une valeur de plusieurs milliers de dollars. Peut-être que Freeman est son *sugar daddy*.

— *Sugar daddy* ? s'exclama Martin en s'enfonçant dans son fauteuil. Tu as lu le dossier de Freeman ? Il est marié depuis trente-neuf ans. Il a deux filles et un petit-fils. Il a travaillé au même endroit pendant quarante-deux ans avant de prendre sa retraite il y a deux ans. Ça m'étonnerait qu'il entretienne une jeune femme en échange de rapports sexuels.

Yara soupira.

— Je n'accuse pas l'homme de quoi que ce soit, mais nous

devons nous pencher sur la question. La police scientifique a repéré autre chose dans la voiture ?

— Pas de cheveux, ni de fibres, grommela Martin. Ils travaillent toujours sur les éclaboussures de sang, mais pour l'instant, elles sont toutes du même type, donc il semblerait que ce ne soit que celui de Tanya.

— Ont-ils trouvé un portable ?

Martin baissa le pouce en signe de dénégation. Pas de téléphone. Voilà ce qui la dérangeait le plus. Tout le monde avait un portable. Tanya avait un chargeur d'iPhone dans sa table de nuit, et sa voisine l'avait vue quitter l'appartement en parlant au téléphone. Alors, où était-il ?

La plupart des gens passaient leur vie entière sur ces appareils. Qu'y avait-il sur le téléphone de Tanya que quelqu'un ne voulait pas qu'ils découvrent ? Et est-ce que cette même personne l'aurait tuée avant de faire passer ce meurtre pour un suicide ?

Il n'y avait aucune trace de quelqu'un d'autre dans la voiture mais le coupable aurait pu porter des gants et un chapeau. Cela dit, comment aurait-il pu s'enfuir ? L'endroit n'était pas vraiment accessible à pied.

Sans compter qu'ils ne savaient pas comment le tueur avait pu attirer Tanya, une citadine, sur cette route sombre et déserte si tard le soir.

Mais si Tanya et Freeman avaient une relation, ceci pourrait expliquer cela. Il avait admis fréquenter cette route. C'était peut-être leur lieu de rencontre habituel. Les choses dégénèrent. Freeman finit par tuer sa maîtresse et panique. Il appelle la police.

C'était possible, mais un meurtre non prémédité laissait généralement des traces.

Elle se renseignerait sur Freeman, mais elle devait bien admettre que Martin avait raison, cela ne collait pas.

— Thomas. Rachlin.

Le lieutenant Wilson passa la tête dans leur bureau.

— La mère de Tanya Rutger est ici. Je l'ai installée dans la grande salle de conférences.

Martin gémit.

— Parfois, je déteste ce travail.

Voilà un autre point sur lequel elle était d'accord avec lui.

4

West Investigations se situait dans un immeuble de trois étages dans l'Upper West Side de Manhattan. L'intérieur aux tons riches de beige foncé et de bordeaux était rehaussé de canapés et fauteuils en cuir ainsi que d'œuvres d'art contemporaines ornant la salle d'attente.

James West Senior avait fondé West Investigations plus de trente ans auparavant en se concentrant sur la fourniture d'alarmes et de systèmes de sécurité pour les bâtiments commerciaux. En reprenant l'entreprise, les frères cadets de Brandon, Ryan et Shawn, l'avaient développée pour en faire un service complet de gestion de sécurité répondant à la fois aux demandes commerciales, résidentielles mais aussi aux enquêtes en tous genres. Alors que son frère aîné, James Junior, effectuait quelques missions pour eux, Brandon avait choisi de maintenir son rôle dans l'entreprise familiale fermement ancré dans son travail d'expert juridique. Il s'occupait de toutes les affaires contractuelles de l'entreprise, dont il était le principal avocat, et il laissait à ses frères le soin de s'occuper du travail d'investigation.

Du moins, la plupart du temps. Une cliente décédée semblait une bonne raison pour faire une exception.

Emily Kwan, la nouvelle réceptionniste de West Investigations, l'accueillit avec un grand sourire.

— Monsieur West, quel plaisir de vous voir. Vos frères vous attendent-ils ?

Il sourit à la jeune diplômée.

— Emily, je vous ai déjà demandé de m'appeler Brandon. Non, mes frères ne m'attendent pas, mais j'espère que l'un d'entre eux ou les deux auront un moment à m'accorder.

— Laissez-moi vérifier.

Elle attrapa le téléphone mais, avant qu'elle ne décroche le combiné, son plus jeune frère, Shawn, apparut de l'autre côté du faux mur séparant la zone de réception de l'arrière du bureau, où les affaires se traitaient.

D'aussi loin qu'il se souvienne, ses frères et lui avaient toujours entendu dire qu'ils se ressemblaient et qu'ils étaient le portrait craché de leur père. Plus ils vieillissaient, plus Brandon était d'accord. En regardant Shawn aujourd'hui, il avait l'impression de se voir lui-même cinq ans plus tôt. Ils avaient la même peau sombre, les mêmes cheveux et yeux brun foncé, mais son jeune frère avait des épaules plus larges et un physique plus musclé. Quant au style vestimentaire, celui de Shawn était clairement plus nonchalant que le sien. Aujourd'hui, il portait un jean foncé et un T-shirt sous un manteau de sport.

Les yeux de Shawn se posèrent sur lui et un sourire enfantin se dessina sur son visage.

— Brandon. Que nous vaut cette surprise ?

Ils s'étreignirent rapidement puis Shawn recula, ses yeux parcourant le costume sur mesure et la mallette en cuir noir que tenait Brandon.

— Tu as l'air très sérieux. Tu es là pour affaires ?

— On peut dire ça, oui.

— Sommes-nous poursuivis en justice ?

Brandon fronça les sourcils.

— Pas que je sache. As-tu commis un délit récemment ?

— Si tu n'es pas au courant, je ne vais certainement pas avouer, dit Shawn en riant. Suis-moi.

Il suivit son frère dans le couloir, saluant au passage les membres du personnel qui se trouvaient dans les box modulables. Les enquêtes privées et le travail de sécurité ne se prêtaient pas à un environnement de bureau typique. Les employés de West Investigations allaient et venaient à leur guise, mais la liberté d'effectuer leur travail sans que le patron soit inutilement sur leur dos avait créé une loyauté féroce chez les employés. La plupart travaillaient pour West Investigations depuis des années, certains étant dans l'entreprise depuis que le père des garçons la dirigeait. James Senior avait géré l'affaire comme une grande famille ; Shawn et Ryan avaient poursuivi la tradition lorsqu'ils avaient pris la relève.

Ils atteignirent finalement le bureau de Shawn, le court trajet ayant pris deux fois plus de temps qu'il n'aurait dû. Brandon n'était pas surpris de voir Ryan attendre dans le bureau à leur arrivée.

— Il vous en a fallu, du temps, dit Ryan en levant les yeux de son téléphone.

Il s'assit dans l'un des fauteuils réservés aux visiteurs, les pieds posés sur un coin du bureau de Shawn.

— Que veux-tu que je te dise ? Tout le monde veut saluer leur frère West préféré, plaisanta Brandon.

Il déboutonna sa veste de costume et s'assit sur le canapé en cuir noir qui complétait le confortable coin salon de la pièce.

— Dans tes rêves.

Shawn força Ryan à retirer les pieds de son bureau et s'assit dans son fauteuil en cuir rouge et noir à haut dossier, derrière la table de verre.

— Alors, quelle est l'affaire qui t'amène à interrompre notre journée très chargée ici à West Investigations ?

— J'ai besoin que vous vous occupiez des recherches sur quelqu'un pour moi. Une… un genre de client.

— Un genre de client ? demanda Ryan en fronçant les sourcils.

— C'est une longue histoire. Une femme, Tanya, est venue me voir. Elle avait peur de quelque chose ou de quelqu'un, mais n'a pas voulu me donner de détails. Elle a laissé un acompte, ce qui est suffisant pour que je la considère comme une cliente.

— D'accord, alors pourquoi as-tu besoin de nous pour la trouver ? Tu n'as pas ses coordonnées ?

— Malheureusement, elle est décédée. J'ai reçu la visite d'une détective de la brigade criminelle plus tôt dans la journée.

Il remarqua le regard de Ryan. Quelques mois plus tôt, il lui avait parlé de Yara et lui avait avoué qu'il pensait pouvoir développer de vrais sentiments pour elle. Il était vrai que, lorsqu'elle avait cessé de répondre à ses appels, il avait traîné chez lui comme une âme en peine pendant plusieurs jours et il savait que Ryan l'avait remarqué. Ryan remarquait toujours tout. Mais il espérait que son frère s'abstiendrait de lui demander quelle détective était venue le voir.

Heureusement, Shawn prit la parole en premier.

— C'est une enquête officielle ?

Il se tourna vers l'écran de son ordinateur et commença à pianoter sur son clavier.

— Oui. J'engage West Investigations comme consultant sur l'affaire. En ce qui me concerne, Mme Rutger est une cliente jusqu'à ce que je sois informé du contraire par un représentant de sa succession.

Le fait de charger officiellement West Investigations du dossier de Tanya signifiait que le secret professionnel protégerait également les communications de West faites en son nom.

— Tanya Rutger, dit Shawn en tapant. Adresse, numéro de téléphone, numéro de sécurité sociale et tout ce que tu sais d'elle. Tu connais la routine.

Effectivement, et c'était pourquoi Brandon avait apporté une copie du dossier qu'il avait ouvert sur Tanya Rutger. Il la sortit de sa mallette et la tendit à Shawn.

— Je scannerai toutes ces informations dans le système plus tard, mais pour l'instant...

Shawn tapait furieusement, cherchant sans doute toutes

les informations qu'il pouvait trouver sur Tanya Rutger. C'était la raison pour laquelle Brandon était venu voir ses frères. Il vérifiait les antécédents de tous ses clients avant d'accepter de les défendre, mais il n'avait pas accès aux bases de données auxquelles West Investigations était abonnée.

— Aurait-elle pu être impliquée dans une relation violente ? demanda Ryan.

— Tanya n'était pas très claire sur ce qui la préoccupait, mais elle ne cherchait pas à obtenir une injonction d'éloignement, et je n'ai pas eu l'impression qu'elle était maltraitée. Elle a esquivé beaucoup de mes questions lors de notre rencontre. Je sais juste qu'elle avait été témoin de quelque chose et qu'elle avait l'impression d'avoir besoin d'un avocat.

Ryan lui lança un regard acéré.

— Quoi qu'il en soit, ça devait être important. Tu penses qu'elle était impliquée dans quelque chose de louche ou de dangereux ? Peut-être qu'elle était en fuite ?

— Possible.

Mais il ne pensait pas que ce soit le cas. Ce n'était pas l'impression qu'il avait eue d'elle. Elle lui avait semblé réellement effrayée.

— Je veux savoir ce qui s'est passé. Elle était censée me contacter plus tard dans la semaine, mais elle est morte avant que cela n'arrive. Dans quelles circonstances est-elle décédée ? Dans quoi s'était-elle embarquée ?

Shawn regarda par-dessus l'écran de son ordinateur.

— Je ne sais pas encore ce que faisait Tanya Rutger, mais je peux te parler de la nouvelle affaire que la brigade criminelle vient d'ouvrir. Un corps retrouvé dans une voiture sur le bord d'une route isolée plus tôt dans la matinée.

Il tourna l'écran pour que Brandon et Ryan puissent voir l'article. Sous le titre « Corps non identifié retrouvé » figurait une photo d'une voiture rouge soulevée à l'arrière d'une dépanneuse.

Il reconnut le profil de la femme dans le coin de la photo et ne fut donc pas surpris par le regard interrogateur que Ryan lui jeta, ni par les paroles suivantes de Shawn.

— La détective Yara Thomas est responsable de l'affaire. C'est elle qui t'a rendu visite ce matin ?

Absorbé par ce qu'il lisait sur son téléphone, Brandon West ne leva pas immédiatement les yeux lorsque Yara s'approcha de lui, ce qui laissa à cette dernière le temps d'étudier l'homme pendant quelques instants avant de le rejoindre dans la salle de conférences. Il portait le même costume que lorsqu'elle l'avait rencontré au palais de justice ce matin-là, mais il avait maintenant l'air légèrement échevelé. Cela lui allait bien. De toute façon, tout lui allait. Les muscles fins associés aux larges épaules et à ses yeux bruns si expressifs faisaient tressaillir son cœur lorsqu'il les tournait vers elle. Il était la définition même du bel homme.

Une sonnette d'alarme se déclencha dans sa tête. Elle ne devait pas considérer Brandon comme un homme séduisant. Ou même penser à lui.

Il se tenait les épaules voûtées et de petites rides apparaissaient au coin de sa bouche. Lire les visages et le langage corporel des autres faisait partie de son travail, et elle pouvait voir que Brandon West s'inquiétait.

Au bout d'un moment, il leva les yeux, semblant enfin réaliser qu'il n'était plus seul dans la salle de conférences.

— Détective, je suis désolé. Je ne m'étais pas rendu compte que vous étiez là.

Elle posa son bloc-notes devant elle et se glissa dans un siège de l'autre côté de la table.

— Pas de problème. Je vous sers quelque chose ? De l'eau ?

Il lui adressa un petit sourire rapide.

— Ce serait gentil, merci.

Elle sortit de la pièce et attrapa deux bouteilles d'eau dans le petit coin cuisine au bout du couloir. Elle en fit glisser une sur la table pour Brandon et posa l'autre à côté de son bloc-notes. Il but une longue gorgée.

— Je dois dire que j'ai été surprise lorsque l'employé de la réception m'a appelée pour me dire que j'avais un visiteur, déclara-t-elle. Après notre conversation de ce matin, je ne pensais pas que vous alliez coopérer avec moi.

Il fronça les sourcils.

— Je n'ai jamais dit que je ne coopérerais pas.

Elle lui lança un regard perçant de l'autre côté de la table.

— Pourtant, vous avez refusé de me donner certaines informations.

— J'ai un devoir de confidentialité envers mes clients. Je vous ai dit ce que je pouvais, compte tenu des circonstances.

Un vrai discours d'avocat. Voilà pourquoi ils ne faisaient pas partie de ses personnes préférées. Et cela incluait les avocats incroyablement beaux et sexy.

Elle se gifla mentalement et se reconcentra.

— Les circonstances ont-elles changé ?

— Je pense que oui. Dites-moi, le corps que vous avez trouvé sur la route ce matin est-il celui de ma cliente, Tanya Rutger ?

Il posa son téléphone sur la table et le tourna pour qu'elle puisse voir l'article en question. Elle jura silencieusement. Elle avait pensé que l'emplacement de la route leur aurait permis de gagner du temps à l'abri des regards indiscrets de la presse, mais elle aurait dû se douter que cela ne serait pas possible.

Elle parcourut l'article. Il ne semblait pas que les journalistes connaissent le nom de Tanya, du moins pas encore. Ils l'apprendraient bientôt, Yara n'en doutait pas. Heureusement, les policiers avaient pu confirmer l'identité de Tanya grâce à ses empreintes digitales et avaient déjà informé sa mère de la mort de sa fille. Le service de presse du département travaillait en ce moment même sur un communiqué qui devait être diffusé plus tard dans l'après-midi. À ce stade, il ne paraissait pas y avoir de raison de laisser Brandon West dans l'ignorance.

— Je suis désolée de devoir vous informer que le corps que nous avons trouvé ce matin a été identifié comme étant celui de Tanya Rutger, dit-elle en reprenant sa formule habituelle pour annoncer une nouvelle que personne ne souhaitait jamais entendre.

Brandon expira si fort qu'il en frissonna. La tristesse qu'elle lisait dans ses yeux était profonde. Il appréciait Tanya Rutger.

Elle sentit une pointe d'émotion surgir dans sa poitrine, mais elle aurait préféré prendre une balle plutôt que de la qualifier de jalousie.

— Vous étiez proche de Mme Rutger ?

Elle tenta de conserver une expression neutre, sans grand succès.

Si Brandon le remarqua, il n'en montra rien.

Il aurait été contraire à l'éthique pour un avocat d'avoir une relation personnelle avec sa cliente, mais cela expliquerait comment une infirmière pouvait s'offrir ses services. Elle avait effectué quelques recherches sur Brandon West avant leur premier rendez-vous au café des mois plus tôt, elle savait donc qu'il possédait des bureaux à Manhattan et à Silver Hill.

— Proche... Vous voulez dire intime ? Pas du tout. Je ne l'ai rencontrée qu'une fois. Il y a une semaine, dans mon bureau, comme je vous l'ai dit tout à l'heure.

La tension dans sa poitrine se dissipa. Elle prit une profonde inspiration et se remit à penser à l'affaire.

— Et vous n'avez pas voulu me dire pourquoi elle vous avait engagé.

— Ne pas pouvoir et ne pas vouloir sont deux choses différentes. Je ne suis pas sûr que cela vous aurait aidée, de toute façon.

Une pointe d'agacement lui noua l'estomac. Ce n'était pas à lui d'en décider.

— Pourquoi ne pas me le dire et me laisser décider par moi-même ?

Il lui adressa un léger sourire, dévoilant des fossettes sur ses joues qui transformèrent immédiatement les jambes de Yara en coton. Heureusement qu'elle était assise.

— Je ne suis pas ici pour envenimer les choses, Yara. Une fois que j'ai réalisé que Tanya pourrait être la victime que vous avez trouvée ce matin, j'ai décidé qu'il était dans son intérêt de vous apporter toute l'aide possible.

Yara cliqua sur son stylo, prête à prendre des notes.

— Je suis heureuse que vous ayez pris cette décision. Alors, pourquoi Mme Rutger vous a-t-elle engagé ?

— Je ne sais pas exactement.

Elle ne savait pas à quoi elle s'attendait, mais ce n'était pas à cela. Comment pouvait-il ne pas savoir ce pour quoi il avait été engagé ? Son visage dut exprimer ce qu'elle pensait, car il leva une main comme pour repousser sa question avant qu'elle ne puisse la poser.

— Je sais que cela semble un peu bizarre. Je vais commencer par le début. Mme Rutger est venue à mon bureau de Silver Hill il y a huit jours. Quelque chose la préoccupait et, bien qu'elle ne l'ait pas dit, j'ai soupçonné qu'elle était effrayée, ce qui aurait expliqué pourquoi elle voulait me rencontrer à Silver Hill plutôt qu'au bureau de Manhattan où je vois habituellement mes clients.

— Effrayée ? De quoi avait-elle peur ?

Il secoua la tête.

— Je n'en sais rien. Elle a été très évasive dans ses réponses à mes questions. Tout ce qu'elle m'a dit, c'est qu'elle avait vu quelque chose d'illégal et qu'elle pensait avoir besoin d'un avocat, mais elle a refusé d'entrer dans les détails.

— Et vous avez accepté son dossier sans savoir ce qu'elle attendait de vous ?

La plupart des avocats qu'elle connaissait étaient soit des

avocats de la défense, soit des procureurs, mais Brandon ne pratiquait pas de droit pénal.

— Mon cabinet fait un peu de tout. En comptant mon associé et moi-même, nous sommes dix avocats, une douzaine de juristes et d'assistants. Nous sommes un petit cabinet aux activités variées. C'est ainsi que nous survivons aux fluctuations de l'industrie. Je m'occupe principalement d'entreprises – fusions, acquisitions, prêts. Mais je travaille aussi beaucoup à titre bénévole avec des femmes victimes de violences domestiques. J'ai pensé que ce qu'elle avait vu avait peut-être quelque chose à voir avec cela. Bien que je n'accepte généralement pas de clients sans connaître les détails de leur représentation, il s'agissait d'un cas inhabituel.

Cela la surprit. Il n'y avait pas beaucoup d'avocats de son statut qui travaillaient *pro bono* pour les femmes victimes d'abus. Brandon West lui plaisait de plus en plus, ce qui était dangereux, car elle l'appréciait déjà beaucoup. Trop.

— D'accord, vous avez pensé que Tanya pourrait être victime de violences domestiques ?

Elle nota les lettres VD sur son bloc-notes.

— Je n'ai pas dit cela. C'est juste qu'elle dégageait la même énergie que les femmes que je représente. Les mêmes vagues de peur et de désespoir. C'est pourquoi je l'ai acceptée sans savoir exactement ce qu'elle attendait de moi. Elle était tellement bouleversée par quelque chose que je n'avais pas le cœur à la repousser. Elle a signé le contrat d'honoraires et devait me contacter cette semaine pour discuter des détails. Si son problème ne relevait pas de l'une de mes spécialités, j'aurais fait en sorte de la mettre en contact avec un avocat de mon cabinet spécialisé dans son domaine. Ou, le cas échéant, de lui donner les coordonnées d'un autre cabinet qui l'aurait prise en charge.

— Savez-vous qui lui avait transmis votre nom ?

— Non. Il y a une place pour cela sur le formulaire d'admission, mais elle l'a laissée vide. Elle a mentionné qu'elle avait obtenu mon nom d'une amie qui avait fait appel à mes services dans une affaire de violences domestiques, mais je ne sais pas de quelle cliente il s'agit. En général, je n'insiste pas si un potentiel client ne veut pas répondre à cette question. Ils ont leurs raisons.

Même si Brandon ne semblait pas certain, l'angle des violences domestiques était une possibilité qu'elle devait explorer. Surtout si l'on tenait compte de ce qu'elle savait de l'homme mystérieux de Tanya. Bien que la perception publique de la violence domestique soit généralement centrée sur les femmes à faibles revenus et marginalisées comme cibles principales des abus, elle savait que de nombreuses femmes de classes moyennes et supérieures en étaient victimes. Si la voiture et l'appartement coûteux de Tanya pouvaient s'expliquer par la présence d'un petit ami, peut-être ce dernier abusait-il d'elle ?

La mère de Tanya ne leur avait pas fourni beaucoup de réponses. Elle ne pensait pas que Tanya soit en relation avec qui que ce soit et elle n'avait jamais mis les pieds dans le nouvel appartement de sa fille. Pour être honnête, il ne semblait pas que les deux femmes aient été particulièrement proches, même si la mère avait été dévastée en apprenant la mort de sa fille. De plus, il n'était pas rare qu'une femme maltraitée cache sa relation à sa famille et à ses amis proches.

— D'accord, dit-elle en reprenant les notes de la conversation qu'elle avait eue avec lui plus tôt dans la journée. Et vous avez dit que vous ne lui aviez pas parlé depuis ce jour-là dans votre bureau. Est-ce la vérité ?

Elle leva les yeux et découvrit son visage orageux.

— Détective Thomas, les règles de ma profession ne me permettent peut-être pas de vous dire tout ce que je sais, mais je ne mens pas.

Elle vit qu'il était sincèrement irrité par son insinuation.

— Je suis désolée. Revenons un peu en arrière. La dernière fois que vous avez parlé à Mme Rutger, c'était il y a une semaine, n'est-ce pas ?

— Oui, lâcha-t-il. Mardi dernier pour être précis. C'est le jour où elle est venue à mon bureau et où j'ai commencé à remplir les formalités pour m'occuper de son cas. Je lui ai laissé un message quelques jours plus tard, vendredi dernier, lui demandant de m'appeler pour convenir d'un autre rendez-vous afin d'obtenir plus d'informations sur ce qu'elle voulait que je fasse pour elle, mais elle ne m'a jamais rappelé. Après vous avoir parlé ce matin, j'ai quand même essayé de l'appeler mais, bien sûr, elle n'a pas répondu.

— Vous avez tenté de la joindre sur son portable ?

— Oui. C'est le seul numéro qu'elle m'ait donné. Pourquoi cette question ?

— Nous n'avons pas retrouvé le téléphone portable de Mme Rutger avec ses affaires.

— Je suis certain qu'elle avait un téléphone portable. Elle l'avait à la main tout le temps qu'elle a passé dans mon bureau. Elle l'a utilisé pour remplir le formulaire d'admission.

— Quelle information sur votre formulaire nécessite donc son téléphone ?

— Juste des données sur les relations proches. Je dois m'assurer que les intérêts de tout nouveau client n'entrent pas en conflit avec ceux de mes clients actuels.

Yara hocha la tête en signe de compréhension.

— Pouvez-vous me donner le numéro que vous avez appelé et toutes les autres informations que vous avez sur Mme Rutger ? Je veux m'assurer que ce sont les mêmes que celles dont nous disposons sur elle.

Elle lui fit glisser son bloc-notes sur la table.

— J'aimerais aussi avoir le formulaire d'admission et vos notes de la réunion avec Mme Rutger.

Il leva les yeux du bloc avec un sourire ironique.

— Bien tenté, détective.

Elle se sentit sourire à son tour.

— Ça valait le coup d'essayer.

Il recopia les informations au sujet de Tanya. Lorsqu'il eut terminé, il lui tendit le carnet.

— Puis-je demander quelque chose ?

Il était peu probable qu'elle réponde, mais elle était curieuse de savoir ce qu'il voulait. Elle lui fit un petit signe de tête.

— Allez-y.

— L'article disait que vous aviez trouvé le corps de Tanya dans sa voiture sur le bord de la route. La voiture n'avait pas l'air d'avoir été endommagée, du moins d'après la photo de l'article. Vous êtes détective à la brigade criminelle. Puis-je considérer que Tanya n'est pas morte de causes naturelles en conduisant ?

Elle se rebella instinctivement contre l'idée de lui dévoiler quoi que ce soit à propos d'une affaire en cours, mais le communiqué de presse annonçant que Tanya Rutger était morte par balle allait être publié d'une minute à l'autre.

— Tanya n'est pas décédée d'un accident de voiture. Elle a reçu un coup de feu.

Ses yeux s'écarquillèrent et il s'écarta légèrement de la table, comme s'il essayait de mettre plus de distance entre lui et l'information qu'elle venait de lui communiquer.

— Un coup de feu ? C'est donc un meurtre ?

Elle secoua la tête. Elle n'avait pas besoin qu'il tire des conclusions hâtives.

— Nous ne le savons pas encore. Nous enquêtons sur l'affaire en tant que mort suspecte pour le moment.

Une autre information qui serait communiquée au public dans le communiqué de presse en cours de publication.

— Quelle est l'autre option ? demanda-t-il en fronçant les sourcils. Le suicide ? Vous pensez qu'elle aurait pu se tirer une balle dans la tête ?

Il secoua la tête avant de reprendre :

— Je sais que je ne l'ai rencontrée qu'une seule fois, mais Tanya Rutger ne m'a pas semblé suicidaire.

— Vous avez dit qu'elle était très inquiète à propos de quelque chose.

— Oui, elle l'était. Et effrayée. Mais si elle avait l'intention de se suicider, pourquoi m'engager ?

— Je ne sais pas. Peut-être qu'elle n'a commencé à envisager son geste qu'après avoir quitté votre bureau.

— Vous pensez qu'il est possible qu'elle soit passée de la peur – d'où l'embauche d'un avocat – au suicide en une semaine ?

Il secoua la tête, l'incrédulité se lisant sur son visage. Elle reconnaissait que c'était peu probable, mais, comme il l'avait dit, il ne l'avait rencontrée qu'une seule fois et brièvement. Il ne pouvait pas affirmer avec certitude que Tanya n'était pas suicidaire lorsqu'elle était entrée dans son bureau.

— Je vous assure que j'étudierai toutes les possibilités, monsieur West.

Il soupira.

— Yara, étant donné la situation, je pense que nous pouvons mettre de côté le malaise de notre brève fréquentation. Appelle-moi Brandon.

Brève fréquentation. Le fait de catégoriser si froidement ce qu'ils avaient commencé quelques mois plus tôt la piqua au vif. Mais s'il pouvait aller de l'avant, elle en était capable, elle aussi.

— Bien sûr, Brandon, dit-elle en lui adressant un sourire crispé. Laisse-moi te raccompagner.

5

« La police a découvert le corps d'une femme dans sa voiture sur la départementale 30 hier matin. Nous n'avons pas encore tous les détails, mais les autorités affirment que Tanya Rutger a été retrouvée avec au moins une blessure par balle. Une enquête a été ouverte pour déterminer s'il s'agit d'un homicide. Il est temps pour nous de rendre l'antenne, et Dan Coates vous présentera les prévisions météo juste après la pub. »

Brandon éteignit la télévision, avant d'arrêter son vélo d'appartement.

Ryan et Shawn vivaient à New York, mais il avait acheté une maison de ville dans la banlieue cossue de Silver Hill, à moins d'une heure du centre de Manhattan. Ironiquement, alors que ses deux frères étaient mariés – et même père de famille dans le cas de Ryan, même si cela ne tarderait pas non plus pour Shawn et Addy –, ils avaient tous deux choisi de vivre en ville alors que lui, le frère célibataire et sans enfant, avait acheté une maison de cent quatre-vingts mètres carrés en banlieue. Ses frères le taquinaient en permanence sur le fait qu'il était l'homme célibataire le plus marié au monde.

Il n'avait rien contre ce genre de blagues. Dès qu'il était entré dans la maison, il avait su que cela deviendrait son chez-lui. Au rez-de-chaussée, la cuisine s'ouvrait sur la salle à manger qui, à son tour, donnait sur le salon puis sur le jardin où il avait planté avec amour des roses, des hortensias, des lys et toute une ribambelle de fleurs à son goût. Ayant grandi dans un appartement de trois chambres à Harlem, au beau milieu d'une ville bétonnée et grise, il avait toujours rêvé d'avoir un jour une maison spacieuse, où chaque pièce aurait une fonction principale, et un jardin où il pourrait courir avec un chien. Ses horaires de travail l'empêchaient d'avoir un chien, mais il avait fait en sorte que sa maison réponde à tous ses autres critères. La grande suite parentale constituait son sanctuaire, l'endroit où il se détendait et évacuait tout le stress de ses journées. Deux chambres d'amis, un bureau, une cave aménagée et une dernière petite pièce transformée en salle de sport complétaient la maison. Bref, tout était parfait.

Il passa de la salle de sport à son bureau, s'arrêtant dans l'élégante cuisine pour remplir sa bouteille d'eau. Il se glissa derrière sa table de travail et ouvrit un mail de son conseiller en investissement. Il savait depuis longtemps qu'il souhaitait exercer dans le droit des entreprises et il avait donc tout mis en œuvre pour que sa carrière décolle rapidement, obtenant son diplôme de droit ainsi qu'un MBA à Columbia la même année. Tous ses efforts avaient fini par payer à sa sortie de l'université. Comprendre le monde de la finance avait fait de lui un homme riche, indépendamment de l'argent qu'il gagnait en pratiquant le droit, et cela signifiait qu'il n'avait pas à réfléchir à deux fois avant de travailler avec le refuge pour les victimes de violences domestiques ou d'accepter des clients aux moyens trop modestes pour payer ses honoraires.

Une lecture rapide du mail de son conseiller l'informa qu'il ne risquait pas de sombrer dans la misère de sitôt. Il se connecta ensuite au système sécurisé de son entreprise. West & Williams possédait deux bureaux, l'un dans le sud de Manhattan et l'autre à Silver Hill. L'année dernière, il avait engagé sa belle-sœur, Addy Williams-West, en tant que collaboratrice, et elle dirigeait le cabinet de Manhattan d'une main de maître. Il disposait d'un bureau dans les locaux du centre-ville, où il se rendait lorsqu'il en avait besoin, mais il passait la plupart de son temps dans celui de Silver Hill, où travaillaient une associée et un assistant juridique. Cette organisation lui convenait parfaitement.

Un mail de Shawn arriva. Brandon avait appelé Ryan et Shawn après sa conversation avec la détective Thomas pour leur confirmer ce qu'ils soupçonnaient déjà. Le corps retrouvé plus tôt dans la journée était celui de sa cliente. Ryan ne voyait pas l'intérêt de continuer à fouiller dans le passé de Tanya, mais quand Brandon avait insisté, Shawn avait accepté de se charger lui-même du projet. Il avait joint tout ce qu'il avait pu trouver sur Tanya depuis qu'il avait pris le dossier en main à 17 heures cet après-midi-là et promettait de continuer à creuser.

Shawn n'était sur l'affaire que depuis quelques heures, mais le rapport qu'il avait envoyé était d'une rigueur caractéristique. Tanya Rutger était née et avait grandi à Hackensack, dans le New Jersey. Après avoir terminé ses études secondaires, elle avait obtenu un diplôme d'infirmière avant de travailler dans plusieurs centres pour enfin obtenir un emploi à la clinique Stryder, un cabinet médical privé de l'Upper East Side. Le rapport indiquait que son adresse et son numéro de téléphone étaient les mêmes que ceux qu'elle avait notés sur le formulaire d'admission. Shawn avait également remarqué que Tanya ne semblait pas avoir de colocataire et que les appartements dans l'immeuble de luxe où elle vivait coûtaient en général au moins trois mille dollars par mois. Très cher pour une infirmière. Une voiture de sport Mercedes était enregistrée à son nom. Un autre élément coûteux, non seulement en raison du prix de la voiture, mais aussi de celui de la location ou de l'achat d'une place de parking à Manhattan, de l'essence et de l'assurance. Il était clair, sans même savoir combien elle gagnait, que Tanya vivait bien au-dessus des moyens d'une infirmière.

Dans quel pétrin étais-tu fourrée, Tanya ?

Il mit de côté les photos des différents réseaux sociaux que

Shawn avait inclus. Il les regarderait avant la fin de la soirée. Les réseaux sociaux étaient toujours une mine d'or, mais s'il y avait quelque chose de particulier qui sortait du lot, Shawn le lui aurait signalé immédiatement. Au lieu de cela, il passa à la section du rapport intitulée « Casier judiciaire, rapports et procédures ».

Le casier judiciaire de Tanya était vierge ; il le savait déjà grâce à ses propres recherches. Ce que sa vérification standard n'avait en revanche pas pu révéler – d'où l'intérêt d'aller voir ses frères pour en apprendre davantage –, c'était un rapport d'incident déposé au nom de Tanya. Trois semaines avant sa mort, quelqu'un s'était introduit dans son appartement.

Il sentit une vague de frustration l'envahir. La détective Thomas était sans doute au courant de cet élément et ne lui en avait pas parlé. Évidemment. Ils n'étaient, après tout, pas ensemble.

Son cœur se gonfla à cette pensée. Quelque chose de primitif. Le fait que Yara n'ait répondu à aucun de ses messages ou textos après leur troisième rendez-vous était un signal clair de désintérêt. Mais il ne pouvait pas nier qu'elle l'avait troublé au cours de ces trois rendez-vous.

Il n'était même pas sûr de savoir comment elle avait fait. Elle était du genre susceptible et colérique. Elle se prenait beaucoup trop au sérieux et, bon sang, elle était flic ! Il devait s'estimer heureux qu'elle l'ait envoyé promener. Pourtant ce n'était pas le cas. Il avait essayé de sortir avec d'autres femmes pour se remettre de ce qu'elle lui avait fait, mais rien ne fonctionnait. Il pensait encore à elle des mois après la fin de leur brève relation.

Il ne devait pas songer à cela pour l'instant. Il avait besoin de se concentrer.

Le travail de Yara consistait à retrouver l'assassin de Tanya. Tandis que le sien était de… ?

Il n'en était plus sûr. Il n'avait aucune idée de la raison pour laquelle Tanya l'avait embauché et, de toute façon, cela n'avait plus d'importance à présent. Pourquoi consacrait-il de précieuses heures de travail à une affaire dont la cliente n'était plus en vie ?

Parce que Tanya Rutger ne méritait pas de mourir comme cela. Seule. Sur une route sombre. D'une balle dans le crâne.

Il ne croyait pas une seconde à la théorie du suicide. La jeune femme qui l'avait engagé avait été bouleversée, certes, mais suicidaire ? Certainement pas.

Quelle que soit la situation dans laquelle Tanya s'était retrouvée, cela avait très probablement conduit à sa mort. Elle était venue lui demander de l'aide, et il avait bien l'intention de la lui apporter.

Il se replongea dans le rapport d'incident. L'appartement avait été cambriolé, mais, selon Tanya, rien n'avait été volé. En revanche, l'endroit avait été méticuleusement détruit. Quelqu'un avait lacéré les coussins du canapé, de même que les vêtements dans l'armoire. De la nourriture jonchait le sol et les murs de la cuisine tandis que le miroir gisait, brisé, dans la salle de bains. Il ne s'agissait pas d'un cambrioleur typique qui se contentait d'entrer, de s'emparer de quelques objets de valeur et de sortir avant de déclencher une alarme. Le policier l'avait noté, précisant dans le rapport que l'incident semblait personnel, mais que Tanya avait juré qu'elle n'avait aucun ennemi.

Et pourtant, quelqu'un avait bien saccagé son appartement. Et deux semaines plus tard, elle était venue le voir, terrifiée.

Il devait y avoir un lien, mais lequel ?

Il saisit son téléphone et appuya sur le raccourci du numéro de son frère. Shawn décrocha après deux sonneries.

— J'ai reçu ton rapport. Merci d'être intervenu si rapidement.

— Pas de problème. Cela semblait être important pour toi.

— En effet. Écoute, peux-tu chercher des détails sur l'entrée par effraction dans l'appartement de Tanya ? Comme rien n'a été dérobé, je me doute que ce n'était pas une priorité pour les flics.

— Ils vont probablement reconsidérer la question maintenant qu'elle est décédée.

— Je sais, je sais, mais la détective Thomas ne me dira rien, alors je dois le faire moi-même.

Il y eut un long silence à l'autre bout du fil.

— Ne penses-tu pas que tu t'investis trop dans cette affaire ? Je comprends qu'elle était ta cliente, mais il s'agit vraiment d'une enquête de police. S'impliquer, pour toi et pour West Investigations, pourrait avoir des conséquences.

— Je ne souhaite pas mettre en péril l'entreprise. C'est juste que Tanya est venue me voir. Elle était inquiète et effrayée, et j'ai accepté de l'aider.

— Et tu l'aurais fait si elle n'avait pas été tuée. Tu n'as pas à te sentir coupable.

— Ce n'est pas tout à fait de la culpabilité. Je ne sais pas ce que c'est. Je ne peux m'empêcher de penser que, si je l'avais poussée un peu sur les raisons de sa venue, j'aurais peut-être pu faire quelque chose. Peut-être qu'elle n'aurait pas été tuée.

— Mes sources disent qu'il s'agit d'un suicide, Brandon.

— Ce n'est pas le cas.

Il entendit la force de son ton et se reprit.

— Ce n'est pas un suicide. J'ai parlé à Tanya une semaine avant sa mort. Elle n'était pas suicidaire.

— D'accord, soupira Shawn, je vais voir ce que je peux trouver et je te rappelle.

Brandon raccrocha le téléphone, les mots de Shawn tourbillonnant dans son esprit. Qu'est-ce qui le poussait à enquêter sur la mort de Tanya ? Une obligation ? Un complexe du sauveur ? Si c'était ça, il était trop tard.

Il n'était pas sûr de ce dont il s'agissait, mais il savait qu'il ne s'arrêterait pas. Pas avant de découvrir pourquoi la jeune femme effrayée qui était venue dans son bureau il y a une semaine était maintenant allongée sur une dalle à la morgue.

Et qui l'avait mise là.

La division médico-légale de la police de Silver Hill occupait un entrepôt de deux niveaux situé à une vingtaine de minutes en voiture du commissariat. Le garage du rez-de-chaussée servait d'espace de travail pour les pièces à conviction les plus volumineuses. La Mercedes rouge de Tanya était garée à l'arrière de cette salle.

Becca Chandler travaillait à son bureau près de la porte quand Yara entra.

— Détective, bienvenue dans mon humble demeure.

— Vous ne vivez pas ici.

— J'ai pourtant l'impression que c'est parfois le cas.

— Oui, je comprends. J'ai reçu votre message. J'espère que vous avez trouvé quelque chose qui pourrait m'être utile, parce que, pour l'instant, je n'ai rien du tout.

— J'ai quelque chose.

Becca sourit et tapota un sac en plastique vide sur son bureau.

— Les mauvaises nouvelles d'abord. J'ai trouvé ceci coincé dans le mécanisme de verrouillage à l'arrière de la porte, à droite.

Yara s'approcha du bureau et observa le sac de plus près. C'est alors qu'elle remarqua qu'il n'était pas vide mais contenait un petit morceau de tissu noir à peine plus large qu'un bout de fil.

— Puisque c'est la mauvaise nouvelle, je suppose que vous n'avez pas relevé de sang ou d'ADN dessus.

— C'est une bonne supposition. Rien du tout.

Yara repensa à la scène.

— Une jupe rose, un chemisier blanc et un manteau gris. C'est ce que portait Tanya quand nous l'avons trouvée. Rien de noir.

— Je ne peux même pas vous dire depuis combien de temps le matériau était là, mais, étant donné sa taille et son emplacement précaire, je dirais que cela ne fait pas très longtemps.

— D'accord, mais un bout de tissu ne sera pas d'une grande aide si nous ne pouvons pas le relier à quelqu'un.

— C'est bien pour cela que je l'ai appelé la mauvaise nouvelle, même si « mauvaise » n'est pas tout à fait exact. Suivez-moi.

Yara lui emboîta le pas jusqu'à la voiture. Les quatre portières étaient grandes ouvertes. Il faisait trop sombre lorsqu'ils avaient trouvé Tanya pour que Yara puisse bien distinguer l'intérieur. Sous la lumière crue de l'entrepôt, le cramoisi du sang séché contrastait violemment avec le cuir beige des sièges.

— Comme vous pouvez le voir, la plupart des éclaboussures sont concentrées sur le côté avant droit de la voiture, ce qui correspond au fait que la victime était assise sur le siège du conducteur et que la balle est entrée par la tempe droite.

Yara sentit son estomac se dérober.

— Vous pensez donc à un suicide.

Becca agita un doigt.

— Pas si vite.

Elle se déplaça de l'avant de la voiture vers la banquette arrière.

— Voyez ici, et ici.

Elle désigna une tache de sang sur la portière arrière droite et une autre sur la partie centrale du siège arrière.

— Oui, encore du sang, mais n'est-ce pas logique qu'il y en ait à l'arrière de la voiture ?

— En effet. Mais je ne m'attendais pas à ce qu'il y ait une interruption dans l'endroit où il a atterri.

— Une interruption ?

— Il y a du sang sur cette vitre latérale et sur le siège en cuir ici, mais rien dans cette zone entre les deux.

— Pas de sang du tout ?

Becca secoua lentement la tête.

— Pas une goutte.

Yara tressaillit d'impatience.

— Et si on considère le matériel que j'ai trouvé sur la porte...

Becca marqua une pause. Yara termina la phrase de sa collègue.

— ... quelqu'un était dans la voiture avec Tanya Rutger quand elle a été abattue.

6

Florence Rutger résidait toujours dans la maison de Hackensack où elle avait élevé seule ses deux enfants après que son mari l'eut abandonnée vingt-trois ans plus tôt. Les recherches de Shawn sur la vie de la mère de Tanya n'étaient pas très approfondies, mais son rapport révélait que Florence Rutger était une conductrice de bus scolaire à la retraite, une joueuse de loterie passionnée et une chrétienne pratiquante dévouée.

Brandon se gara devant la maison de plain-pied, remonta l'allée en béton et sonna. Le bourdonnement de la télévision cessa brusquement, remplacé par un bruit de pas lourds se dirigeant vers la porte. Un jeune homme d'une vingtaine d'années au visage rond écarta le rideau de dentelle blanche qui recouvrait la partie vitrée de la porte d'entrée. L'homme l'observa avec méfiance.

— Oui ? C'est pour quoi ?

— Je m'appelle Brandon West. Je suis l'avocat que Tanya Rutger avait engagé. J'espérais parler à Mme Rutger au sujet de sa fille.

L'homme laissa retomber le rideau de dentelle. Pendant de longs instants, il ne se passa rien. Brandon le discernait à peine de l'autre côté de la porte et n'entendait que le son de voix étouffées. Il commençait à penser qu'on ne le laisserait pas entrer quand le verrou s'enclencha et la porte s'ouvrit enfin. L'homme portait un survêtement vert forêt et des chaussures de course.

— Ce n'est pas le bon moment pour que maman reçoive des visiteurs. Il y a eu un décès dans la famille et…

Une voix féminine s'éleva de l'intérieur de la maison.

— Nick, je t'ai dit de le laisser entrer.

Le visage de Nick se crispa, et ce dernier jeta un regard noir à Brandon avant d'ouvrir la porte juste assez pour qu'il puisse s'y glisser. Ce faisant, il murmura :

— Vous feriez mieux de ne pas la contrarier. Elle a vécu des choses terribles ces dernières vingt-quatre heures.

Brandon regarda l'homme dans les yeux.

— Je sais et je suis désolé. Je n'ai pas l'intention de la bouleverser. Je veux l'aider.

Cette déclaration n'enleva rien à la suspicion palpable de Nick, alors Brandon traversa le hall d'entrée puis avança dans le salon. Une puissante odeur florale flottait dans le petit espace. Des fleurs recouvraient chaque surface de la pièce. Sur le grand canapé, à motifs floraux également, se tenait une femme minuscule. Peut-être était-ce le chagrin se dégageant d'elle qui la faisait apparaître si petite. Ses yeux étaient injectés de sang et elle tenait un mouchoir en papier dans son poing serré.

— Madame Rutger, je m'appelle Brandon West. Je suis avocat. Tanya m'a engagé avant sa mort.

— Veuillez vous asseoir, dit la femme à voix basse.

Elle lui fit signe de se diriger vers le fauteuil qui se trouvait en face d'elle.

— Et pardonnez à mon fils, reprit-elle. Il est très protecteur à mon égard.

Nick, qui observait toujours Brandon avec méfiance, s'assit sur le canapé à côté de sa mère et passa un bras autour de ses épaules.

Florence Rutger portait un caftan coloré bleu et blanc, et un foulard assorti. La ressemblance entre elle et Tanya était frappante.

— Merci de me recevoir à un moment qui, je le sais, doit être extrêmement difficile pour vous. Et je vous prie d'accepter mes sincères condoléances.

— Si vous savez à quel point c'est difficile, pourquoi êtes-vous venu ? siffla Nick.

— Ça suffit, Nick, intervint Florence en tapotant distraitement la main de son fils. Vous avez dit que ma Tanya vous avait engagé, monsieur West ?

— Je vous en prie, appelez-moi Brandon. Oui, il y a environ une semaine, Tanya a fait appel à moi pour la représenter.

— La représenter pour quoi ? demanda Florence, l'air surpris.

Brandon s'avança au bord du fauteuil inconfortable.

— Pour être honnête avec vous, madame Rutger, je ne sais pas exactement. J'espérais que vous pourriez m'aider. Nous ne nous sommes rencontrés qu'une fois, et Tanya m'a dit qu'elle avait assisté à quelque chose d'illégal et qu'elle pensait avoir besoin d'un avocat. Elle semblait effrayée et a dit qu'il lui fallait un peu plus de temps avant de pouvoir m'en dire plus, mais qu'elle voulait assurer ses arrières en attendant. Avez-vous une idée de ce dont elle parlait ?

— Non, pas du tout, dit Florence en secouant la tête avant de prendre un air triste. Tanya et moi ne nous entendions pas bien depuis quelques mois.

— Si je peux me permettre, pourquoi ?

— Je ne vous permets pas, s'emporta Nick, pourquoi ça vous intéresse tant que ça de toute façon ? Vous, les flics, vous avez parlé à ma mère hier et vous lui avez déjà posé un tas de questions. Je sais que vous pensez que Tanya s'est suicidée, mais c'est impossible.

Brandon aurait souhaité pouvoir parler seul à Florence, mais comme cela ne semblait pas être possible, il préféra apaiser son fils.

— Je suis sûr que la police fait tout ce qu'elle peut pour obtenir les réponses que vous méritez. C'est ce que je souhaite aussi. Tanya est venue me demander de l'aide et même si elle n'est plus là, je souhaite l'aider.

— Nick, tu veux bien être gentil et préparer du café, s'il te plaît ? Oh ! Darlene a apporté une tarte aux pommes ce matin. Peux-tu en réchauffer quelques parts, s'il te plaît ?

Nick lança à sa mère un regard qui montrait clairement qu'il savait qu'elle essayait de se débarrasser de lui. Mais il se leva et se dirigea vers la cuisine.

— Je suis désolée, dit Florence, en baissant la voix. Nick est très protecteur avec moi en ce moment. Il ne me quitte pas d'une semelle, alors que mon souhait le plus cher serait d'être enfin seule avec mon chagrin.

Brandon n'en menait pas large non plus. Cette femme venait de perdre sa fille. Il aurait dû attendre au moins un jour ou deux avant de débarquer chez elle et poser des questions.

— Je devrais peut-être partir. Je ne veux pas ajouter à votre chagrin.

Il commença à se lever, mais elle lui fit signe de se rasseoir sur son siège.

— Non. Non. Tanya est venue vous voir. Elle vous a fait confiance et vous voulez l'aider. Nick a raison sur un point. La police semble penser que Tanya s'est suicidée. Je sais qu'elle et moi avons traversé une période difficile ces derniers temps, mais je connais mon bébé. Elle ne se serait jamais suicidée. Jamais. Et la façon dont...

Elle appuya le mouchoir sur ses yeux et Brandon sentit la culpabilité le tenailler à nouveau.

— Madame Rutger, vous souvenez-vous des noms des officiers qui vous ont interrogée hier ?

Le claquement d'une porte de placard leur parvint depuis la cuisine, suivi du bruit caractéristique de l'eau du robinet.

Florence tamponna une dernière fois ses yeux avant de baisser le mouchoir.

— Ah, il y avait un homme et une femme. Thomas et Martin quelque chose. Je me souviens que le prénom de l'homme était Martin parce qu'il le disait avec un accent. Mar-teen, pas Mar-tin.

C'est aussi lui qui insistait sur l'idée que Tanya s'était suicidée, même quand je lui ai affirmé que ce n'était pas possible.

Le fait de savoir que les détectives Thomas et Rachlin s'apprêtaient à considérer le cas de Tanya comme un suicide atténua la culpabilité que Brandon ressentait à l'idée d'avoir débarqué à l'improviste chez Florence. Si les flics ne faisaient pas leur travail et ne menaient pas une enquête approfondie, il le ferait pour eux. Il était temps de remettre cet entretien sur les rails.

— Pourquoi vous ne vous entendiez pas avec Tanya ?

Florence soupira.

— Tanya traversait une mauvaise passe ces derniers temps. Elle n'a pas voulu me dire ce qui se passait. Je comprenais. Elle a… avait vingt-neuf ans. On est adulte à cet âge-là, mais je suis toujours sa mère et je voyais bien que quelque chose la rongeait. Elle et Jasper avaient rompu il y a quelques mois, alors j'ai pensé que c'était peut-être ça, mais quand je lui ai posé la question, elle m'a dit que sa rupture avec Jasper s'était faite à l'amiable.

Brandon sortit son téléphone de sa poche pour prendre des notes. La cafetière bouillonnait déjà dans la cuisine, signalant qu'ils n'avaient plus beaucoup de temps avant le retour de Nick.

— Quel est le nom de famille de Jasper ?

— Reinholt. Jasper Reinholt. Il est professeur assistant au département d'anthropologie de l'université de New York.

— Quand ont-ils rompu ?

Florence leva les yeux vers le plafond, en pleine réflexion.

— Il y a environ six, peut-être sept mois.

— Tanya a-t-elle déjà eu des problèmes avec lui ? L'a-t-il déjà blessée ?

— Vous voulez savoir s'il la frappait ? Non, jamais. Jasper n'était pas ce genre de gars. Il aimait Tanya. J'espérais qu'ils se marieraient et me donneraient des petits-enfants un jour, mais Tanya a annoncé qu'ils s'étaient séparés. Elle a dit qu'il n'était pas celui qu'il lui fallait.

— Tanya était infirmière. Je sais qu'elles ne sont pas toujours bien payées. A-t-elle déjà eu des problèmes d'argent ?

D'après le rapport de Shawn, Tanya vivait bien au-dessus de ses moyens, donc ce n'était pas tant qu'elle n'avait pas d'argent, mais qu'elle semblait avoir de l'argent dont on ignorait la provenance. Il commençait à poser des questions qui pourraient amener Florence à le chasser de chez elle, mais il lui fallait des réponses.

Elle hésita un peu trop longtemps pour qu'il puisse la croire lorsqu'elle répondit :

— Non, pas de problèmes d'argent.

— Madame Rutger, je veux seulement aider Tanya. Je sais qu'elle conduisait une voiture coûteuse et qu'elle vivait dans un appartement luxueux en centre-ville. Cela semble bien hors de portée d'un salaire d'infirmière.

Florence jeta un coup d'œil par-dessus son épaule en direction de la cuisine. De là où Brandon était assis, il ne pouvait pas voir Nick, mais le vacarme s'était maintenant considérablement calmé. Elle se retourna pour lui faire face. Il sentait qu'elle se retenait et décida d'insister un peu plus.

— Madame Rutger, la police a l'air de vouloir classer l'affaire de Tanya comme un suicide s'ils le peuvent. J'ai rencontré Tanya. Je ne crois pas qu'elle se soit suicidée. Plus j'aurai d'informations, plus j'aurai de chances de convaincre les policiers de continuer à enquêter sur son décès.

Le regard de Florence se posa sur le mouchoir qu'elle tenait à la main.

— Je n'ai rien dit à la police quand ils sont venus. J'ai pensé que, s'ils voyaient à quel point Tanya était une bonne personne, ils repenseraient peut-être à leur théorie idiote sur le suicide.

— Je comprends.

Il n'était pas rare que les gens présentent les êtres chers qu'ils venaient de perdre sous un jour favorable. Même ceux qu'ils n'aimaient pas beaucoup de leur vivant.

— Tanya et moi nous sommes disputées au sujet de la voiture

et de l'appartement, déclara Florence. Je ne sais pas exactement comment elle faisait pour se les payer, mais je soupçonnais qu'il y avait un homme derrière tout cela.

— Un homme ? Jasper ?

Florence émit un petit rire sans joie.

— Non, certainement pas Jasper. Comme je l'ai dit, c'est un professeur assistant. Il nous a invitées, Tanya et moi, à dîner chez lui dans le Bronx et, bien que j'aie mangé pour être polie, son appartement aurait dû être condamné pour insalubrité.

— D'accord, pas Jasper, alors. Y avait-il quelqu'un d'autre qui aurait pu payer pour son nouveau style de vie ?

Florence secoua la tête, tordant le mouchoir humide dans ses mains jusqu'à ce qu'il se déchire en morceaux.

— Je ne sais pas. Je ne sais vraiment pas, mais elle a déménagé après avoir commencé son nouveau travail.

Il se souvint de la section « emploi » du rapport de Shawn.

— À la clinique Stryder, c'est ça ?

— Oui, elle était très enthousiaste à l'idée d'y travailler.

Un sourire s'épanouit sur son visage, avant de retomber tout aussi rapidement.

— Elle a emménagé dans ce nouvel appartement et acheté cette belle voiture. Je craignais qu'elle ne vive bien au-dessus de ses moyens. Je savais que le nouveau travail était mieux payé que l'ancien, mais elle dépensait tant et si vite...

— Lui en avez-vous parlé ?

— Oui, acquiesça Florence. Elle s'est mise en colère. Elle m'a dit qu'elle était adulte et qu'elle savait comment gérer son argent. Et c'était vrai. Tanya avait toujours été très douée avec l'argent, mais quand même. Je ne suis pas vieille au point de ne pas me rendre compte du coût de certaines choses.

— Qu'est-ce que vous soupçonniez ?

Il avait sa propre idée et ne fut donc pas surpris par la réponse.

— Je pensais qu'elle sortait avec un homme riche et marié. Dieu sait qu'il y en a beaucoup à New York. Je lui ai demandé de but en blanc si elle laissait un homme payer pour son mode de vie. Je lui ai dit que je ne l'avais pas élevée comme ça. C'est à ce moment-là qu'elle a cessé de me parler.

Florence déchirait le mouchoir en morceaux de plus en plus petits qui atterrissaient sur ses genoux.

— Et vous n'avez aucune idée de l'identité de cet homme ?

Florence fixa son regard sur lui.

— Je ne sais même pas si cet homme existe, monsieur West. Tanya n'a pas répondu à mes appels pendant un mois après notre dispute. Quand elle a recommencé à me parler, je n'ai pas voulu la faire fuir, alors j'ai laissé tomber. Je me suis dit que si… si la relation avec cet homme se dégradait, elle pourrait toujours revenir à la maison et vivre avec moi s'il le fallait.

Elle le regarda avec des yeux remplis de larmes.

— J'aurais dû continuer à poser des questions. J'aurais dû l'obliger à me le dire. Maintenant, elle est partie et je n'aurai peut-être jamais de réponses.

7

Yara trouva le bureau désert à son retour du laboratoire. Elle jeta sa veste sur le dossier de sa chaise et alluma son ordinateur, réfléchissant encore aux implications des découvertes de Becca. Le médecin légiste lui avait transmis son rapport préliminaire par mail pendant qu'elle rentrait au commissariat et elle avait hâte de voir si les conclusions ajoutaient quelque chose aux preuves qu'ils avaient recueillies jusqu'à présent.

Le téléphone sur son bureau sonna.

— Thomas. Mon bureau. Maintenant.

Il semblerait que le rapport du légiste doive attendre. Elle enfila sa veste à nouveau et effectua le court trajet entre son bureau et celui de son patron.

La porte était ouverte. Elle frappa au chambranle avant d'entrer.

— Asseyez-vous.

Le lieutenant Wilson indiqua l'une des deux chaises situées en face de son bureau sans lever les yeux de la paperasse qui s'y trouvait. Wilson avait pratiqué le football américain durant ses années à l'université et, même s'il ne jouait plus depuis plusieurs années, il s'était débrouillé pour garder la forme. Grand de taille et avec une personnalité qui allait de pair, il était affectueusement surnommé l'ours mal léché par certains membres du département ; d'autres avaient cependant une opinion bien moins favorable de lui.

Yara faisait partie de ce dernier groupe. En ce qui la concernait, Wilson se préoccupait trop de la bureaucratie et de la politique, et pas assez du travail lui-même. Il souhaitait gravir les échelons et n'avait pas l'intention de laisser de petites choses comme l'équité ou la justice se mettre en travers de son chemin.

Une demi-minute s'écoula avant qu'il n'enlève ses lunettes de lecture de son visage et les pose sur le rapport qu'il était en train de lire.

— J'ai vu le compte rendu préliminaire du légiste sur la femme morte que vous avez trouvée hier. Ça ressemble à un suicide, comme l'a dit Rachlin.

Elle inspira une grande bouffée d'air. Martin n'aurait pas dû dire quoi que ce soit au lieutenant à propos d'une affaire dont elle était l'enquêtrice principale. Surtout quand il savait qu'elle n'était pas d'accord avec son jugement hâtif.

— Monsieur, je ne suis pas convaincue qu'il s'agisse d'un suicide. Je reviens de la police scientifique et il y a des preuves qui pourraient suggérer que quelqu'un se trouvait dans la voiture avec Tanya Rutger quand elle a été abattue.

Wilson arqua un sourcil.

— Quelles preuves ?

— Un petit morceau de matière a été retrouvé sur la portière arrière droite du passager et des irrégularités dans les taches de sang suggèrent la possibilité que quelqu'un était assis sur le siège arrière.

— C'est loin d'être concluant, dit-il en faisant glisser ses lunettes sur son nez avant de regarder à nouveau l'écran de son ordinateur. Le légiste dit que la blessure crânienne est compatible avec le fait que la victime se soit tiré dessus. J'ai cru comprendre que les seules empreintes sur l'arme étaient celles de la victime, n'est-ce pas ?

— Oui, monsieur, mais il y a d'autres circonstances qui me font penser que ce n'est pas tout.

Wilson l'épingla du regard.

— Par exemple ?

— Le téléphone de la victime semble avoir disparu. Il me paraît étrange qu'une personne de vingt-neuf ans n'ait pas son portable sur elle. Il n'était pas non plus dans son appartement.

— Elle aurait pu le perdre. Cela n'a aucune incidence sur la conclusion du médecin légiste selon laquelle la blessure correspond à un suicide.

Elle sentit une vague d'irritation bouillonner dans sa poitrine. Elle aurait aimé avoir eu le temps de lire le rapport d'autopsie avant que Wilson ne la convoque dans son bureau. Elle aurait été mieux préparée.

Le lieutenant Ted Wilson avait gravi les échelons rapidement, plus grâce à son sens politique qu'à une quelconque réussite dans le travail policier. Ce qu'il comprenait mieux que la plupart des gens, c'est que la perception est la clé de la réalité. Un taux élevé d'affaires classées pour la brigade criminelle renforçait l'image de sévérité du commissaire de police à l'égard de la criminalité et stimulait les aspirations politiques du lieutenant. En retour, l'aura professionnelle de Wilson s'en trouvait renforcée. Wilson n'hésitait pas à afficher son désir de devenir un jour commissaire. Le fait que le commissaire actuel et le maire lui soient favorables l'aiderait à y parvenir.

— C'est une explication. Il est aussi possible que quelqu'un ait été dans la voiture avec Tanya et que cette personne ait pris le téléphone.

— Vous ne savez même pas s'il y avait quelqu'un dans la voiture. Un bout de tissu et l'absence de sang ne suffisent pas à constituer un dossier.

— Je suis au courant, lieutenant, répondit-elle, mâchoire crispée. La victime semble également avoir vécu au-dessus de ses moyens. Voiture de luxe. Un appartement coûteux. J'aimerais savoir qui exactement payait pour son train de vie. Cela pourrait nous aider à mieux comprendre qui était Tanya Rutger et si elle était réellement suicidaire.

Wilson retira à nouveau ses lunettes et les jeta sur le bureau devant lui. C'était son geste caractéristique, un signe d'irritation.

— Détective Thomas, vous avez près d'une douzaine d'affaires en cours sur votre bureau, n'est-ce pas ?

Il savait déjà que c'était le cas. Il avait sans doute vérifié dans le système le nombre de dossiers dont elle était chargée avant de l'appeler dans son bureau.

— Oui, monsieur.

— Alors fouiner dans ce qui, à tout point de vue, semble être un simple cas de suicide ne me paraît pas être la meilleure façon d'utiliser votre temps.

— Avec tout le respect que je vous dois, je n'appellerais pas cela fouiner. Je poursuis toutes les pistes possibles afin que nous puissions assurer à la famille Rutger que rien n'a été laissé au hasard.

— Vous avez parlé à la famille ?

Devant son hochement de tête, il poursuivit :

— Vous ont-ils dit que cette femme avait peur de quelqu'un ? Qu'elle avait des problèmes qui auraient pu conduire à sa mort ?

La frustration lui noua l'estomac.

— Non.

— Et ses amis ? Ses voisins ?

— Elle venait pourtant d'engager un avocat. Il a dit qu'elle semblait préoccupée. Qu'elle avait vu quelque chose d'illégal et qu'elle pensait avoir besoin d'un avocat.

— Si elle était mêlée à quelque chose d'illégal, c'est peut-être la raison pour laquelle elle s'est suicidée. Ce ne serait pas la première fois qu'un criminel choisirait la facilité.

— Peut-être, mais l'avocat a dit qu'elle avait vu quelque chose d'illégal, pas qu'elle était impliquée.

Il lui lança un regard incrédule.

— Si elle était assez proche d'une activité illégale pour la voir, elle était certainement impliquée. Elle a peut-être perdu son sang-froid.

Elle dut lutter contre l'envie de le gifler. C'était ce genre d'attitude qui envoyait des innocents en prison. Vous étiez là, donc vous deviez être impliqué dans le crime d'une manière ou d'une autre. Il était presque amusant de constater que cette même logique ne semblait jamais s'appliquer aux banquiers, aux P-DG d'entreprises et aux hommes politiques qui semblaient perpétuellement ignorants de ce qui se passait juste sous leur nez.

Wilson se pencha en avant et tapota du doigt les papiers qui recouvraient son bureau.

— Détective Thomas, à moins que le médecin légiste ou la police scientifique ne reviennent vers vous avec de nouvelles preuves qui établissent de manière irréfutable que quelqu'un était présent dans la voiture avec votre victime, il s'agit d'un suicide. Je n'ai ni le temps ni les ressources nécessaires pour permettre à mes détectives de fouiner partout dans le faible espoir de trouver un crime.

— Monsieur...

— Thomas, cette affaire n'est pas une priorité. J'ai déjà rendu l'appartement de la victime à la société de gestion pour qu'elle laisse la mère vider les lieux. J'ai affecté Rachlin à une autre affaire. Il est temps pour vous de passer à autre chose.

Il se concentra à nouveau sur les papiers devant lui. Il était clair qu'elle venait d'être congédiée, et elle n'aimait pas ça du tout. Son sang ne fit qu'un tour.

— Monsieur, avec tout le respect que je vous dois, c'est à moi qu'il revenait de libérer l'appartement en tant que responsable de l'affaire.

Wilson la toisa du regard.

— C'est à moi qu'incombe la responsabilité de tout ce qui se passe dans cette unité, Thomas. Et j'ai donc pris cette responsabilité. Le propriétaire de l'immeuble a appelé ce matin pour se plaindre que les scellés troublaient les autres résidents et stressaient inutilement les gens dans leur propre appartement. Vous avez déjà dit n'y avoir rien trouvé de probant.

Il ne lui disait pas tout. Ses sept années d'expérience en tant que détective lui avaient permis d'affiner son instinct et de savoir quand quelque chose ne tournait pas rond. Elle se pencherait sur la question lorsqu'elle retournerait à son bureau, mais elle ne serait pas surprise d'apprendre que le propriétaire de l'immeuble avait des relations haut placées.

Elle travaillait sous les ordres de Wilson depuis quatre ans. Elle savait que sa décision était arrêtée. Il avait décidé que Tanya Rutger s'était suicidée et ne valait pas que ses détectives lui consacrent leur temps, et elle n'allait pas le faire changer d'avis aujourd'hui. Mais peut-être pourrait-elle au moins obtenir qu'il l'autorise à retrouver le téléphone.

— Qu'en est-il du portable ? C'est une question en suspens. Puis-je au moins demander les relevés d'appels et de GPS à la compagnie de téléphone ? Si vous avez raison et qu'elle a simplement perdu son portable sur son trajet quotidien pour se rendre au travail, je pourrais le retrouver et régler le problème.

Wilson lui lança un regard noir, mais elle voyait bien qu'il y réfléchissait. Au bout d'un moment, il dit :

— D'accord, mais votre journée de travail doit être consacrée à la résolution de la série de cambriolages que vous avez sur votre bureau. C'est votre priorité jusqu'à ce que cela soit réglé.

Elle s'occupait de quatre cambriolages dans des maisons d'un quartier chic de Silver Hill, et les médias locaux avaient commencé à s'y intéresser.

— Oui, monsieur, répondit-elle en serrant les dents.

Elle se leva et se dirigea vers la porte. Avant qu'elle ne l'ouvre, Wilson reprit la parole.

— Et... Thomas ? Le maire s'intéresse à ces affaires de vol. Il n'est pas bon, en cette année électorale, que des citoyens se fassent cambrioler. Il est dans votre intérêt professionnel de mettre de l'ordre dans vos priorités et de vous concentrer sur ce qui compte vraiment.

Florence Rutger n'avait hésité qu'un instant lorsque Brandon lui avait demandé si elle était d'accord pour qu'il jette un coup d'œil à l'appartement de Tanya. Elle lui donna le double de la clé que Tanya lui avait confiée et lui promit d'appeler le portier pour le prévenir qu'elle envoyait quelqu'un.

Il ne savait pas si les détectives avaient mis l'appartement sous scellés et il ne voulait pas aller jusqu'à les briser dans sa quête de réponses. Il n'avait jamais aimé conduire en ville, alors il rentra chez lui et appela le service de transport dans lequel le cabinet avait un compte. Il s'enregistra au bureau en attendant la voiture et, une demi-heure plus tard, il était en route pour le sud de Manhattan.

Florence avait tenu parole. Le portier le fit monter sans délai à l'appartement de Tanya, situé au sixième étage. Comme rien n'indiquait que l'appartement avait été mis sous scellés par ordre de la police, il glissa la clé dans la serrure et entra. Le T2 de Tanya n'était pas très spacieux et sa seule vue était celle de l'immeuble voisin, mais les appareils de cuisine étaient neufs, les équipements haut de gamme et les sols en marbre. Les loyers commençaient peut-être à plusieurs milliers de dollars par mois, mais la personne qui payait pour cet endroit déboursait bien plus que cela.

— Dans quoi t'es-tu fourrée, Tanya ? murmura-t-il.

Le rapport de police sur le cambriolage indiquait que l'endroit avait été saccagé, mais, au cours des trois semaines ayant suivi l'incident, Tanya semblait avoir complètement réparé les dégâts. Un canapé en daim marron foncé trônait dans le salon et une table ronde en verre occupait la majeure partie du petit coin repas. Les murs restaient cependant nus et seule la légère odeur de peinture qui flottait dans l'air indiquait que quelque chose d'anormal s'était produit dans l'appartement récemment.

Il se dirigea vers la chambre à coucher. Un grand lit à baldaquin était flanqué de tables de nuit de chaque côté. Une commode reposait dans le coin adjacent à la salle de bains.

Il avait toujours veillé à séparer son travail de sa vie privée. Mais là, eh bien, la séparation devenait de plus en plus floue. S'introduire dans la chambre d'une cliente, même si Florence l'avait autorisé à fouiller dans les affaires de Tanya, lui paraissait intrusif. Pourtant, il semblait inconcevable que Tanya ait pu fréquenter un homme marié et prêt à payer pour un logement comme celui-ci, et qu'il n'y ait aucun indice de son identité dans son appartement. Il ouvrit le tiroir de la table de nuit et examina les objets qui s'y trouvaient. Un carnet de notes avec quelques vagues commentaires sur les rêves de Tanya. Des stylos, un chéquier et quelques autres objets qui ne l'intéressaient pas. Quelques cartes de visite étaient éparpillées dans le tiroir, comme si elles y avaient été jetées sans réfléchir. Il les posa sur le lit et prit une photo au cas où. Il doutait qu'elle ait gardé la carte de visite de son amant. Pourquoi l'aurait-elle fait ? Improbable mais pas impossible.

Il lui faudrait passer au bureau de la société de gestion pour tenter de découvrir qui figurait sur le bail. Il ne faisait aucun doute qu'un homme qui allait jusqu'à installer une femme dans un appartement de luxe savait mieux que quiconque qu'il ne fallait pas mettre son propre nom sur le bail, mais il n'y avait pas de mal à demander.

Il aurait pu parier que la détective Thomas connaissait déjà la réponse. Cela l'avait-il rendue plus ou moins sûre que Tanya s'était suicidée ?

L'autre table de nuit était vide.

Il ferma le tiroir et se dirigea vers le dressing, se demandant si ce genre d'endroit offrait une pièce entière dédiée ou s'il s'agissait d'un de ces petits placards où on ne pouvait entrer que s'il n'y avait pas de vêtements à l'intérieur ou si l'on n'était pas plus grand qu'un enfant de douze ans.

Il tendait la main vers la poignée lorsque la porte s'ouvrit d'un coup sec, le heurtant à la tête et l'envoyant valser en arrière.

Avant qu'il ne puisse reprendre son souffle ou son équilibre, un poing s'abattit sur le côté de son visage que la porte avait manqué.

Des étoiles flottaient devant ses yeux, mais il parvint à rester debout. Sa vision se brouillait, mais il aperçut la malice dans les yeux bruns qui le fixaient derrière une cagoule noire.

Il déplaça son poids, évitant un autre coup de poing, et chargea son attaquant, saisissant l'homme par la taille et l'envoyant dans le mur à côté du lit.

L'agresseur poussa un cri, puis un autre lorsque le poing de Brandon s'écrasa sur sa mâchoire.

Ce n'était pas sa meilleure prestation. Il ressentait nettement les effets des deux coups qu'il venait d'encaisser.

L'homme masqué feinta à gauche, évitant le coup de poing suivant, puis lança le sien, l'atteignant à l'estomac.

Brandon s'effondra, l'air quittant brusquement ses poumons. L'intrus le repoussa et se précipita vers la porte d'entrée de l'appartement.

Des bruits de pas résonnèrent. Le grincement d'une porte qui s'ouvre et se referme. Puis plus rien. L'appartement redevint totalement silencieux.

Il lui fallut encore quelques minutes pour que ses poumons fonctionnent à nouveau correctement. Il ne prit pas la peine de poursuivre son agresseur. Celui qui s'était trouvé dans l'appartement était parti depuis longtemps.

Au lieu de cela, il sortit son téléphone de sa poche, heureux de n'avoir jamais effacé le numéro de Yara.

8

Yara pénétra dans l'appartement, une expression mêlée d'irritation, d'épuisement et d'inquiétude sur le visage. Brandon avait refusé de se laisser emmener à l'hôpital et attendait assis sur le canapé, une poche de glace pressée sur la tempe. Il observa Yara, dont le regard balaya chaque centimètre carré de l'espace avant de se poser sur lui.

Son cœur s'emballa instantanément.

Il écouta la détective faire le point sur la situation avec ses officiers. L'agression ne justifiait pas l'envoi d'un détective de la ville de New York sur les lieux, mais elle avait immédiatement pris les choses en main, ordonnant aux officiers de récupérer les bandes de sécurité auprès de la direction de l'immeuble. Les policiers s'empressèrent de faire ce qu'on leur demandait, et Yara, ses belles bottes noires claquant sur le carrelage, reporta son attention sur lui.

— Brandon.

Elle le toisa, l'air manifestement mécontente.

— Yara.

Il abaissa la poche de glace et palpa prudemment la bosse. Heureusement, elle ne semblait pas trop grosse.

— Tu peux me dire ce qui s'est passé ici ?

Il soupira. Au moment même où il l'avait appelée, il avait su qu'elle serait fâchée contre lui. Il lui résuma brièvement comment il était arrivé à l'appartement pour chercher des indices sur la mort de Tanya et comment un homme masqué avait surgi du placard.

Yara prit des notes pendant qu'il parlait.

— As-tu pu apercevoir des signes distinctifs ?

— Pas grand-chose. Il mesurait quelques centimètres de moins que moi, peut-être un mètre soixante-dix-huit ou un mètre quatre-vingts. Au vu du contour de ses yeux, je peux dire qu'il était blanc. Il portait des gants. Et il avait les yeux marron.

— Et ses vêtements ? demande-t-elle, toujours en train d'écrire.

— Pantalon noir. Chemise noire. Masque noir.

— Des chaussures ? dit-elle en levant enfin les yeux de son carnet.

Il ferma les yeux et essaya de se concentrer. Il ne s'était pas vraiment préoccupé d'autre chose à part éviter de se faire frapper à nouveau au visage, mais lorsqu'il s'était recroquevillé après avoir reçu le coup de poing dans le ventre, son regard s'était dirigé vers le bas.

— Des baskets blanches. Aucune idée de la marque, désolé.

— Non, c'est bien. Maintenant, dis-moi, comment es-tu entré dans l'appartement ?

— La mère de Tanya m'a donné la permission et une clé, répondit-il en la sortant de sa poche. Je ne suis pas entré par effraction. Et, en y réfléchissant, je ne pense pas que l'intrus l'ait fait non plus. La porte était fermée à clé quand je suis arrivé. La serrure n'avait pas l'air d'avoir été trafiquée, mais je suppose que vous pouvez vérifier cela.

L'expression de Yara s'assombrit.

— Tu es allé voir la mère de Tanya Rutger ?

Il n'aimait pas la sentir lui tourner autour comme un parent mécontent devant son enfant fautif, alors il se leva. Le mouvement envoya une décharge de douleur supplémentaire dans sa tête déjà meurtrie. Il grimaça.

— Assieds-toi, lui intima-t-elle d'une voix autoritaire en posant une main sur son bras.

Malgré la morsure de ses mots, sa poigne était douce et elle le guida vers le canapé avant de s'asseoir à côté de lui.

L'un des policiers revint alors et les interrompit.

— Détective Thomas, la gérante est en train de faire extraire la vidéo de surveillance pour vous. Ils vous l'enverront par mail.

— Très bien. Merci.

L'homme se retira dans le couloir.

— Bien, tu étais en train de m'expliquer pourquoi je ne devais pas t'arrêter pour obstruction à la justice dans mon enquête.

Il sourit malgré lui. Il avait toujours aimé les femmes fortes, et tout ce qu'il avait vu de Yara Thomas lui disait qu'elle n'était pas du genre à se laisser faire.

— Je suis allé voir la mère de ma cliente. Pour lui exprimer mes condoléances et voir si je pouvais comprendre pourquoi Tanya m'avait engagé en premier lieu.

— Et l'as-tu compris ?

— Peut-être. La mère de Tanya m'a dit qu'elle pensait que sa fille avait commencé à fréquenter un homme qu'elle soupçonnait d'être marié et de payer pour le nouveau style de vie de Tanya.

Il sentit Yara se raidir.

— Sa mère n'a pas parlé d'un petit ami lorsque mon partenaire et moi l'avons interrogée.

— Elle a admis qu'elle ne vous l'avait pas dit. Elle a expliqué qu'elle avait eu l'impression que toi et ton partenaire aviez déjà décidé que Tanya s'était suicidée. Elle craignait que, si elle disait quoi que ce soit, cela ne ferait que renforcer la thèse du suicide.

Yara jura et se leva. Elle se dirigea vers le bar qui séparait la cuisine du salon et se retourna.

— Que ce soit bien clair, je ne crois pas que Tanya se soit suicidée. Je ne peux pas en dire autant de mon partenaire ou de mon lieutenant, mais, en ce qui me concerne, je ne considère pas cette affaire comme un suicide.

Peut-être Yara pourrait-elle être une alliée après tout.

— Je suis content de l'entendre.

Elle leva la main pour l'arrêter.

— Malheureusement, mon lieutenant ne partage pas mon avis. Il pense qu'il s'agit d'un cas évident de suicide et il veut que je me concentre sur mes autres affaires. Il a déjà libéré l'appartement, c'est d'ailleurs la seule raison pour laquelle tu n'es pas en état d'arrestation pour entrée par effraction.

Il se mit debout, la douleur s'estompant face à son indignation.

— Comment peut-il faire ça ? Bon sang, quelqu'un s'est introduit dans l'appartement de Tanya il y a seulement trois semaines. Rien que cela devrait éveiller les soupçons sur le fait qu'il y a autre chose qu'un suicide ici. Et voilà que ce type m'attaque dans le même appartement.

Yara plissa les yeux, soudain suspicieuse.

— Comment sais-tu pour le cambriolage ?

Il n'avait aucune raison de dissimuler la façon dont il avait obtenu ses informations.

— J'ai demandé à mes frères d'effectuer quelques recherches pour moi. Ils sont les mieux placés pour découvrir le moindre secret dans une affaire.

Elle secoua la tête, la curiosité et l'incrédulité s'affrontant dans son expression.

— Pourquoi t'impliques-tu autant ? Je comprends que Tanya était ta cliente, mais tu ne l'as rencontrée qu'une fois et tu ne savais même pas ce qu'elle attendait de toi. C'est de la culpabilité ? De l'obligation ? Un complexe du héros ? Pourquoi ne pas laisser tomber ?

— Je ne sais pas et, crois-moi, je me suis posé les mêmes questions. Peut-être que c'est un peu de tout. Peut-être que c'est juste que personne n'a été là pour Tanya quand elle en avait le plus besoin et que cela lui a tout coûté. Je ne peux pas lui sauver la vie, mais je suis en mesure de sauver sa réputation. Je veux m'assurer que, si elle a été tuée, son meurtrier ne s'en sortira pas.

Yara pencha la tête sur le côté, l'étudiant. Il ne la connaissait pas assez bien pour lire son expression mais il souhaita soudain que ce fût le cas. La revoir lui rappelait à quel point il avait aimé passer du temps avec elle. C'était la seule femme qu'il avait fréquentée depuis son divorce dont il pouvait dire cela. Mais ce n'était pas le moment d'explorer ces pensées.

— Je ne pense pas être le seul à ne pas vouloir laisser tomber, dit-il. Ton lieutenant t'a retiré l'affaire, alors pourquoi es-tu venue quand j'ai appelé ?

— J'aimerais le savoir, répondit-elle en fronçant les sourcils. Peut-être que je suis un peu masochiste.

— Je vais te dire ce que je pense. Je pense que tu n'es pas le genre de détective, le genre de femme, à laisser une injustice sans réponse.

Elle l'étudia attentivement pendant un moment.

— Les flics de New York étaient heureux de me laisser intervenir parce que tu n'étais pas gravement blessé et qu'il y a un lien avec mon affaire, mais mon patron a été clair. Si j'insiste, je mets ma carrière en jeu.

— Même maintenant ? Il est évident que ce type était ici à la recherche de quelque chose. Quelque chose qui pourrait indiquer pourquoi Tanya a été tuée.

Yara secoua la tête.

— Si mon lieutenant peut conclure à un suicide, il le fera. C'est rapide et ça n'a pas d'impact sur les statistiques criminelles. De plus... il y a le rapport du médecin légiste. Il a trouvé que la blessure de Tanya correspondait à un tir auto-infligé.

Il sentit son estomac lui tomber dans les talons.

— Je n'y crois pas.

— Que tu y croies ou non, mon lieutenant en est convaincu et c'est lui qui aura le dernier mot.

— Je ne travaille pas pour lui, moi. Celui qui s'est introduit ici cherchait quelque chose. De quoi s'agit-il ? Et pourquoi ? Il me semble que Tanya possédait quelque chose d'assez important pour avoir entraîné sa mort, mais, pour une raison ou une autre, ils ne l'ont toujours pas trouvé, alors ils sont revenus fouiller ici.

— Écoute, je ne peux rien faire, dit-elle en haussant les épaules.

Il réduisit la distance qui les séparait et la fixa dans les yeux.

— Ce n'est pas vrai. Ton lieutenant peut officiellement t'ordonner de te concentrer sur d'autres affaires, mais il ne peut pas te dire comment occuper ton temps libre. Aide-moi. Aide-moi à découvrir la vérité sur ce qui s'est passé. Suicide. Meurtre. Peu importe.

Elle secoua lentement la tête, mais il pouvait voir les rouages de son cerveau tourner, l'intérêt dans ses yeux.

— Sais-tu à quel point j'ai travaillé dur pour ma carrière ? Je ne veux pas rester au rang de simple détective toute ma vie.

— Tu partageras ce que tu souhaites. La vérité, c'est que je vais enquêter de toute façon et que, mes frères et moi, nous pouvons probablement trouver tout ce que tu refuses de me dire. Cela me prendrait juste plus de temps, ce qui donnerait au tueur de Tanya l'occasion de se cacher et de s'enfuir, insista-t-il.

Le froncement de sourcils de Yara se transforma en grimace, mais ses yeux se firent pensifs.

— Mon enquête est inévitable, reprit-il, mais de cette façon, nous constituerions un dossier solide que tu pourras présenter à ton lieutenant et qu'il ne pourra pas ignorer. Peut-être que cela t'aidera quand – si – il y a un retour de bâton.

— Tu ne connais manifestement pas le lieutenant Ted Wilson, s'esclaffa Yara d'un rire sans joie.

Mais il put le voir dans ses yeux avant qu'elle ne prononce les mots : elle était partante.

— Il faut que cela reste discret. Toi et tes frères sont au courant de mon implication mais personne d'autre.

— Absolument, partenaire.

Il lui tendit la main. Yara hésita une milliseconde avant de la lui serrer. Il vit dans ses yeux l'effet que ce contact lui fit, car il ressentit le même.

Elle lâcha sa main et recula d'un pas.

— Je n'ai rien trouvé avant l'attaque, mais je venais à peine de commencer. Je veux faire un tour plus approfondi.

— Je ne sais pas ce que tu penses dénicher. J'ai fouillé cet endroit après la découverte du corps de Tanya. Il n'y avait rien ici qui pointe vers un petit ami ou qui que ce soit d'autre, d'ailleurs.

Elle le suivit dans la chambre.

— On ne sait jamais. Avec plus d'informations, peut-être que ça sera différent aujourd'hui. Quelque chose pourrait sortir du lot.

Mais au bout de vingt minutes, il était clair que rien dans l'appartement n'indiquait la présence du petit ami de Tanya. Ce qui était un indice en soi.

— Tu sais, si Tanya avait un petit ami secret ici, elle s'est donné beaucoup de mal pour effacer toute trace de lui, déclara Brandon.

Leur recherche se déplaça de la chambre à coucher vers les pièces à vivre. Yara referma un tiroir de la cuisine qu'elle venait de fouiller et se tourna vers lui dans le salon, où il avait méthodiquement enlevé les coussins du canapé et fouillé chaque centimètre.

— Je pensais qu'ils avaient peut-être rompu. Que le petit ami secret était entré par effraction il y a trois semaines et avait tout saccagé, déclara-t-elle.

— Par colère ou par vengeance.

— Ou les deux.

— Peut-être. Je suppose que tu as demandé à la direction les noms figurant sur le bail ?

— Il y a juste le sien. Et le loyer était payé d'avance à partir d'un compte au seul nom de Tanya.

— Si quelqu'un d'autre payait pour l'appartement, il faisait en sorte de brouiller les pistes, conclut-il, en remettant le canapé en place après n'avoir rien trouvé.

— Je dois retourner au commissariat avant que mon lieutenant ne commence à poser des questions. Peut-être pourrions-nous nous retrouver plus tard pour échanger des informations ?

L'idée de la revoir le soir même lui plaisait plus qu'il ne voulait l'admettre. Il allait devoir se rappeler qu'ils ne faisaient que travailler ensemble. Mais peut-être…

— Absolument. Tu pourrais m'appeler quand tu auras fini ton service ?

— D'accord. Et toi ? As-tu besoin qu'on te dépose ?

— Je peux trouver le chemin de ma maison.

Elle le regarda comme s'il venait de se cogner la tête, ce qui, effectivement, était le cas.

— Tu as une énorme bosse d'un côté du visage et un coquard de l'autre. Si tu prends le volant, je demanderai aux flics de la ville de t'arrêter et de te coffrer pour conduite imprudente.

— Ne t'inquiète pas, Yara. Je ne pense pas que je pourrais conduire même si je le voulais, pas avec les coups de marteau qui résonnent dans ma tête. J'ai pris un taxi pour venir, j'en commanderai un pour rentrer.

De toute façon, il voulait s'arrêter dans les bureaux de West Investigations et mettre Shawn au courant de la situation.

Yara lui adressa un petit sourire.

— D'accord, eh bien, à ce soir, alors.

Ces mots lui donnèrent des papillons dans l'estomac.

— À ce soir.

9

Yara passa le reste de la journée à travailler sur les affaires de cambriolage et à se demander si aider Brandon West n'allait pas ruiner sa carrière. C'était probable. Le lieutenant Wilson n'était pas du genre à admettre avoir tort. Lui apporter des preuves concluantes, si elle en trouvait, serait certainement perçu comme un défi direct à son autorité plutôt que comme le travail d'une détective assidue. Pourtant, elle savait qu'elle ne pouvait pas laisser conclure cette affaire sur un suicide. Pas avec tous ces détails qui ne collaient pas.

Cela faisait bien longtemps qu'elle n'avait pas quitté le travail à l'heure, mais lorsque l'horloge sonna 18 heures, elle éteignit son ordinateur et attrapa son manteau. Ni Martin ni Paris n'étaient présents, et l'autre détective qui partageait leur bureau était absorbé par un appel téléphonique et ne leva même pas les yeux lorsqu'elle sortit de la pièce.

Dans sa voiture, elle chercha le numéro de Brandon West dans ses contacts.

Elle tapotait du pied en attendant qu'il décroche, se rendant soudain compte qu'elle se sentait inexplicablement nerveuse, comme une adolescente appelant son crush du lycée. Non pas qu'elle aurait eu le courage d'appeler un garçon à quinze ans, surtout s'il était aussi mignon que Brandon West.

L'adolescence avait été une période douloureuse pour elle,

notamment parce que sa mère était décédée à cette époque. Son père et ses deux frères aînés, accablés par le chagrin, n'avaient pas la moindre idée de la façon dont il fallait guider une jeune fille à travers les chemins épineux menant à la féminité. Elle avait fait de son mieux, se fiant surtout à la sagesse de ses amies adolescentes. Et elle s'en était bien sortie. Du moins, elle le croyait.

— Bonjour.

Le ton grave de la voix masculine au bout du fil la tira de ses pensées.

— Bonjour… c'est Yara. J'appelais juste pour savoir si tu étais toujours partant pour se voir ce soir.

— Bien sûr. Veux-tu venir chez moi ? demanda-t-il.

Chez lui ? Elle avait évité cette étape pendant leur brève liaison et elle n'était pas sûre que ce soit une bonne idée maintenant.

— Oh. C'est gentil, mais…

Il l'interrompit :

— J'essaye de ne pas trop forcer après la bagarre d'aujourd'hui. Et cela nous permettra de discuter en privé.

Une certaine confidentialité était en effet importante. Elle pensa à la façon dont Martin avait parlé à Wilson de sa conclusion sur le suicide dans son dos. Elle ne pouvait pas se permettre que lui ou un autre de ses collègues la surprenne en train de sortir avec Brandon West et le rapporte au lieutenant. Cela entraînerait une avalanche de questions auxquelles elle n'était pas prête à répondre.

— Quelle est ton adresse ? demanda-t-elle.

Il la lui donna avant d'ajouter :

— Je vais commander au resto chinois. Tu préfères quelque chose en particulier ?

— Je mangerais n'importe quoi.

— Je vais prendre un assortiment, alors. À bientôt.

Sa voix glissait sur sa peau comme du velours et elle frissonna avant de raccrocher et de sortir en marche arrière de sa place de parking. L'adresse qu'il lui avait donnée n'était pas très éloignée du commissariat, à environ quinze minutes, mais les bouchons rallongèrent le trajet à près d'une demi-heure. La chance lui sourit cependant lorsqu'elle tourna au coin de sa rue. Une voiture sortait de la place située devant l'adresse qu'il lui avait indiquée. Elle se gara et suivit l'allée pavée de briques rouges jusqu'à la porte d'entrée de la maison.

Elle appuya sur la sonnette et l'entendit retentir à l'intérieur. Quelques instants plus tard, la porte s'ouvrit et Brandon West apparut devant elle. Il était habillé de façon décontractée avec un jean, un pull gris et une paire de mocassins sans chaussettes. La bosse sur sa tête semblait s'être un peu résorbée, mais son œil au beurre noir était passé de la couleur verdâtre du début à un noir violacé. Il restait d'une beauté à couper le souffle. À tel point qu'elle ne put s'empêcher d'émettre un petit hoquet de stupeur.

Il lui rendit un sourire des plus sexy, et elle sentit son pouls s'accélérer.

— Timing impeccable, dit-il en lui tenant la porte pour qu'elle puisse entrer. La nourriture est arrivée trente secondes avant toi.

— Comment te sens-tu ?

— Pas trop mal. Plus en forme que je n'en ai l'air, en tout cas.

Il lui paraissait plutôt fringant, mais elle s'abstint de faire ce commentaire à voix haute.

— As-tu mis de la glace sur ton œil ?

— Oui, bien sûr. Ne t'inquiète pas.

Ils passèrent devant un bel escalier avant de pénétrer dans une cuisine ouverte donnant sur une salle à manger-salon qui n'aurait pas dépareillé dans un magazine de décorateur d'intérieur.

— Waouh. C'est incroyable.

— Merci. Je suis tombé amoureux de cet endroit dès que je l'ai vu.

Elle comprenait pourquoi. La cuisine était bien aménagée, avec des placards d'un blanc cassé et des plans de travail en granit. Une table de ferme marron foncé assez grande pour accueillir dix personnes dans la salle à manger et un immense canapé incroyablement confortable dans le salon contrebalançaient l'aspect très moderne de la pièce. Malgré tout cela, Yara n'avait d'yeux que pour la grande baie vitrée donnant sur la terrasse et le jardin.

— Je crois que je ne sortirais jamais de chez moi si je vivais ici, déclara-t-elle.

— Il me faut bien travailler pour me permettre de vivre ici, mais je dois admettre que c'est agréable de rentrer à la maison chaque jour.

Elle le laissa sortir des boîtes blanches d'un grand sac brun et se dirigea vers le grand tableau coloré qui ornait le mur de la salle à manger. Il avait attiré évidemment son attention dès qu'elle était entrée dans l'espace, mais elle fut stupéfaite de reconnaître la signature dans le coin inférieur droit.

— C'est un Gerhard Richter.

Brandon se tourna vers elle avec deux assiettes dans les mains et une expression de surprise sur le visage.

— Tu t'y connais. En effet. Je l'ai acheté il y a quelques années, avant que le reste du monde ne se rende compte de son génie.

— Je l'ai rencontré une fois, il y a longtemps, dit-elle sans pour autant détourner son regard de l'œuvre. J'ai étudié l'histoire de l'art à l'université, et il était venu donner une conférence sur le campus. J'avais vu certaines de ses œuvres dans l'une des galeries de SoHo. Je ne me souviens même plus laquelle, mais tu as raison, il a toujours eu quelque chose, un œil unique pour les couleurs et les formes.

Brandon porta les assiettes à table.

— Il semble que nous ayons au moins une chose en commun. Nous aimons tous les deux l'art.

— Je ne sais pas comment on a pu rater ça avant.

— Eh bien, tu as cessé de répondre à mes appels avant que je ne puisse te proposer un repas maison.

Il avait prononcé ces mots avec légèreté, mais elle sentit tout de même le rouge lui monter aux joues. Il avait prévu de cuisiner pour elle. Auraient-ils fini la nuit avec un dessert au lit ?

Elle aurait probablement accepté. D'ailleurs, elle y pensait toujours maintenant.

— Yara, souhaites-tu du rouge ou du blanc pour le dîner ? Ou les deux ? Tu n'es pas de service, n'est-ce pas ? demanda-t-il en détournant ses pensées de la chambre à coucher.

— Non, répondit-elle avec un petit rire, mais je ne suis pas une grande buveuse. Commençons par du blanc et voyons où la nuit nous mènera.

Elle n'avait pas anticipé que sa phrase sonnerait de façon aussi aguicheuse. Elle se rendit compte qu'il avait saisi l'insinuation car il haussa les sourcils, mais heureusement, il se contenta de sourire avant de se diriger vers le réfrigérateur.

Elle tenta d'endiguer la chaleur brûlant ses joues en s'éventant pendant qu'il avait le dos tourné. Elle ferait mieux d'être prudente, sinon ce partenariat pourrait devenir romantique, et elle ne pouvait pas laisser cela se produire.

Elle se racla la gorge et s'assit à table.

— La société de gestion de l'appartement de Tanya m'a envoyé les images des caméras de sécurité, commença-t-elle en empilant du porc moo-shu sur son assiette. Un homme correspondant à ta description est passé par la cage d'escalier du parking pour se rendre à l'appartement. Comme le garage permet également le stationnement public, nous ne pouvons pas limiter notre liste de suspects à ceux qui avaient accès au garage. Il a également anticipé les caméras. Il portait une cagoule avant d'entrer dans le garage et en sortant.

— Bon sang.

Il lui tendit un verre de vin blanc et s'assit à côté d'elle, l'odeur épicée de son eau de Cologne lui chatouillant le nez, réveillant en elle un désir puissant.

Platonique. Professionnel. Elle se répéta ces mots plusieurs fois dans sa tête avant de reprendre la parole.

— Je pense qu'il serait bon que tu jettes un coup d'œil à l'enregistrement, de toute façon. Peut-être que cela t'aidera à te souvenir de quelque chose qui pourrait nous aider.

— Pas de problème. Je t'ai fait une copie du dossier que mon frère a constitué, dit-il en avalant une bouchée de nourriture.

Elle prit une gorgée de vin avant de parler.

— Ta famille a une sacrée réputation. West Investigations est l'un des meilleurs cabinets de sécurité privée du pays. J'ai pu trouver une liste partielle de clients et dire qu'elle était impressionnante est un euphémisme. On aurait dit le jeu « Qui est-ce ? » des plus grandes fortunes des États-Unis.

— Je suis fier de la société que mon père et mes frères ont bâtie. Je ne suis pas impliqué dans la partie sécurité et enquêtes, mais je gère leur portefeuille juridique.

— Ta réputation n'est pas à dédaigner non plus. Licence à Howard, puis master à Columbia. Trois ans au bureau du procureur, puis sept ans chez Farrington & Barr, l'un des plus grands cabinets d'avocats du pays. Mais tu as tout plaqué juste avant de devenir associé du cabinet pour te mettre à ton compte. Pourquoi ?

— Je voulais quelque chose à moi. J'avais travaillé si dur pour devenir associé et, plus je m'en approchais, moins j'en avais envie. En tout cas, pas dans les conditions que j'aurais dû accepter si j'étais resté chez Farrington.

— Je dois dire que je ne sais pas si j'aurais pu laisser tomber après y avoir consacré tout ce temps et tous ces efforts.

— Mais je n'ai pas eu l'impression de laisser tomber. C'était plutôt un nouveau départ.

Il sourit.

— J'ai l'air un peu mièvre à dire cela, non ?

— Un peu, mais je crois que je vois ce que tu veux dire, répondit-elle en riant.

— J'en suis sûr. C'est la raison pour laquelle tu es ici. C'est pourquoi tu poursuis l'affaire de Tanya malgré la possibilité que cela puisse nuire à ta carrière.

Elle le regarda, confuse.

— Vraiment ?

— Certainement. Tu n'es pas le genre de flic qui se préoccupe uniquement de boucler la paperasse et de clore les affaires. Ce qui t'importe, c'est de trouver la vérité. D'obtenir justice pour les victimes, ou du moins autant de justice que le système le permet. Tu ne serais pas allée aussi loin si ce n'était pas le cas.

— Tu as déduit tout ça en quarante-huit heures et quelques rendez-vous autour d'un café ?

Il se pencha vers elle.

— J'ai déduit tout ça au moment où je t'ai rencontrée, il y a six mois.

Il soutint son regard, la tension entre eux étant presque palpable. Les lèvres pulpeuses de Brandon brillaient, probablement à cause du vin, mais ce fut la goutte d'eau qui fit déborder le vase, pour ainsi dire.

Impulsivement, elle se pencha en avant, pressant ses lèvres contre les siennes.

Enfin.

Cette pensée traversa son cerveau comme si une partie d'elle attendait ce moment, ce baiser, depuis qu'ils s'étaient rencontrés. C'était sans doute le cas. Après tout, sa règle au sujet des relations sérieuses ne l'avait jamais empêchée d'apprécier la compagnie d'un homme. Mais elle avait fui Brandon après seulement quelques rendez-vous. Elle savait qu'il allait devenir un problème et il semblerait qu'elle ait eu raison. Ce seul baiser lui donna chaud partout, et elle n'était que trop consciente du fait qu'il y avait une chambre à coucher – vu la taille de la maison, probablement plusieurs – à quelques pas de là.

D'un mouvement sec, elle rompit le baiser.

Elle saisit son verre et le finit d'un trait.

— Souhaites-tu plus de vin ? demanda Brandon, un sourire complice sur le visage.

— Non, ça va, merci.

Elle repoussa son assiette et se força à se concentrer sur la raison pour laquelle elle était là. Tanya.

— Euh, je... je suis désolée de t'avoir embrassé.

Il fronça les sourcils.

— Il n'y a pas de quoi être désolée.

— Il est important que les choses restent professionnelles entre nous, d'autant plus qu'il ne s'agit pas d'une enquête officielle. Je ne veux pas dépasser les limites plus que nous ne l'avons déjà fait.

— Si c'est ce que tu veux, répondit Brandon, fronçant toujours les sourcils.

Il versa un peu plus de vin dans son propre verre et avala une longue gorgée.

— C'est le cas. Et il va sans dire que tout ce que je vais partager avec toi doit rester confidentiel. Si nous obtenons des preuves suffisantes pour démontrer que Tanya ne s'est pas suicidée, je devrai décider de la meilleure façon de parler à mon lieutenant de ton implication dans cette affaire. En attendant, personne ne doit savoir que nous travaillons ensemble.

— D'accord, ces termes me conviennent, mais je dois pouvoir utiliser les services de mes frères.

Il leva la main lorsqu'elle commença à protester.

— Ils n'ont pas besoin de connaître les détails de notre partenariat, mais ils ont accès à des ressources que ni toi ni moi ne possédons. Il serait stupide de ne pas s'en servir. Et comme je les ai engagés comme consultants sur l'affaire de Tanya, ils sont liés par le secret professionnel en plus de leurs promesses habituelles de confidentialité. West Investigations a l'habitude de traiter des situations délicates. J'ai toute confiance en eux.

Elle n'aimait pas ça, mais elle n'avait pas beaucoup de marge de manœuvre. Elle ne pourrait pas puiser dans toutes les ressources habituelles de la police puisque Wilson lui avait ordonné de traiter l'affaire comme un probable suicide.

— D'accord.

— Bien, reprit-il avec un petit sourire un peu forcé. Raconte-moi donc tous tes secrets, Yara Thomas.

10

Yara partagea avec Brandon la vidéo de sécurité de l'appartement de Tanya. Malheureusement, la caméra n'avait filmé qu'une image granuleuse de l'homme correspondant à la description de son agresseur, entrant et sortant du bâtiment par le garage. Il gardait toujours le dos tourné à la caméra, comme s'il connaissait son emplacement. La probabilité que l'assaillant ait été le mystérieux amant de Tanya augmentait.

Yara l'informa de ce qu'elle avait découvert sur l'affaire de Tanya jusqu'à présent – l'appartement payé par un homme, le sang et les empreintes digitales dans la voiture, et la détermination de son lieutenant de classer l'affaire comme un suicide.

Brandon proposa qu'ils profitent de la belle soirée pour poursuivre leur conversation sur la terrasse. Il saisit ce qui restait de la bouteille de vin ainsi que leurs verres avant d'entraîner Yara dehors.

— Ton jardin est magnifique, dit-elle en s'installant dans l'une des quatre chaises longues.

— Je te remercie. Je trouve que le jardinage est un excellent moyen de soulager le stress.

— C'est toi qui as fait tout ça ? demanda-t-elle, sincèrement surprise.

Elle accepta finalement le deuxième verre de vin qu'elle avait refusé plus tôt dans la soirée.

— Eh oui. Cela a pris du temps. J'ai fait pas mal d'erreurs, mais je suis quand même parvenu à mes fins.

Il but une gorgée de son verre.

— C'est un décor très apaisant, reconnut-elle en laissant échapper un soupir.

— C'était le but.

— Je ne dois pas me mettre trop à l'aise ou je risque de ne plus jamais repartir.

La dernière chose qu'il souhaitait était qu'elle parte de chez lui. Il aurait d'ailleurs préféré qu'elle rentre dans la maison, de préférence dans sa chambre. Mais il repoussa cette idée.

— Donc, à propos de l'affaire…

Elle posa son verre de vin sur les pavés à côté de la chaise longue et se redressa à demi.

— Tu sais déjà que nous avons trouvé le corps de Tanya dans sa voiture sur la route 30. Il n'y a rien sur plus d'un kilomètre dans les deux sens. La plupart des véhicules circulant sur ce tronçon s'en tiennent à l'autoroute.

— Ce qui suggère que Tanya était là pour une raison.

— Il n'y avait rien d'anormal avec sa voiture. Nous avons trouvé l'arme qui a été utilisée sur la console entre les deux sièges avant, là où elle aurait pu être tombée si elle s'était tiré une balle dans la tête.

— Pourtant, tu n'as pas cru qu'il s'agissait d'un suicide.

— J'avais des doutes. C'était surtout de l'instinct, pour être honnête. Si Tanya voulait se suicider, pourquoi aller sur une route déserte ? S'il y avait une signification à cet endroit, je ne la vois pas. Mais ce qui m'a vraiment fait réfléchir, c'est son téléphone.

— Son téléphone ?

— Oui, jusqu'à présent, nous n'avons retrouvé ni ordinateur ni portable.

— Ah, c'est pour ça que tu m'as demandé son numéro, comprit-il soudain.

— Exactement. Je ne connais personne qui n'ait pas de portable de nos jours, et certainement pas une jeune femme de vingt-neuf ans. Mon partenaire a suggéré qu'elle l'avait peut-être laissé dans son appartement pour que personne ne puisse l'appeler et la convaincre de changer d'avis.

— Mais il n'y était pas.

Elle secoua la tête. Une légère brise soufflait dans la nuit, faisant danser sur son visage quelques mèches de cheveux habituellement enfermées dans sa queue-de-cheval.

Il s'avança et replaça une mèche derrière son oreille. Il caressa brièvement sa joue de son pouce, ce qui lui envoya des papillons au creux de l'estomac. Il se tenait assez près d'elle pour sentir la chaleur de son corps et la douce odeur de lilas de son parfum. Son regard se posa sur sa bouche, et il se sentit vibrer de désir. Il se pencha en avant, mais, juste avant que leurs lèvres ne se rencontrent, elle recula. L'atmosphère entre eux se refroidit sensiblement.

— Désolé, dit-il.

— Non, ce n'est rien.

Mais il voyait bien que ce n'était pas le cas. Elle semblait ressentir la même attirance que lui, mais elle la combattait.

Ce qui était logique. Elle était flic et lui avocat. Un obstacle gros comme une maison. Et pourtant, il lutta contre l'envie de la prendre dans ses bras et de l'emmener dans sa chambre. Mais elle semblait manifestement sur la défensive alors il se calma.

— De quoi parlions-nous ? demanda-t-elle.

— Le téléphone manquant de Tanya.

— Ah, oui.

Elle s'adossa contre son siège, mettant encore un peu plus de distance entre eux.

— Pas de portable et pas d'ordinateur.

— C'est suspect.

— Exactement. Et la police scientifique a trouvé un petit morceau de tissu collé à la portière arrière du côté passager, ce qui, il est vrai, n'est pas grand-chose. Mais elle a également noté un espace vide dans les éclaboussures de sang sur le siège arrière de la voiture.

— Un espace vide ?

— Oui, comme si quelque chose, ou quelqu'un, était assis sur le bord de la banquette arrière, penché vers l'avant entre les sièges, lorsque le sang a giclé.

Son rythme cardiaque s'accéléra.

— Comme quelqu'un qui aurait eu un pistolet collé sur la tempe de la conductrice.

— Le seul problème, c'est que le médecin légiste dit que l'angle du tir correspond à une blessure auto-infligée et que les empreintes de Tanya sont les seules que nous ayons trouvées sur l'arme.

— Le tueur aurait pu porter des gants et enrouler la main de Tanya autour de l'arme après l'avoir tuée. Et quelqu'un ne pourrait-il pas obtenir le même angle depuis l'arrière de la voiture s'il était penché vers l'avant ?

— Je ne sais pas, dit Yara l'air pensif. Il faudrait que je demande.

— Essayons d'en avoir le cœur net. West Investigations dispose de toutes sortes d'experts. Je vais voir si quelqu'un peut répondre à la question de manière générale. Cela ne fait pas de mal de demander un deuxième avis. Y a-t-il autre chose que tu penses que je devrais savoir ?

Elle haussa les épaules.

— C'est tout ce que nous avons. C'est mince, mais si on ajoute à cela les effractions chez Tanya, mon instinct me dit que quelque chose ne tourne pas rond.

— Je suis d'accord. Nous devons retrouver le petit ami de Tanya et la source de ses revenus non comptabilisés.

— J'ai parlé à l'une des voisines de Tanya. Mais tu sais comment c'est, en ville. Personne ne se connaît vraiment. Elle ne se souvient pas d'avoir vu un homme entrer ou sortir de l'appartement de Tanya. Le portier a confirmé qu'elle recevait rarement des visiteurs, mais nous savons déjà qu'ils auraient pu passer par le garage sans être vus.

— Pourquoi un immeuble où les résidents payent à prix d'or pour avoir le sentiment d'être protégés présente-t-il une faille de sécurité aussi flagrante ?

— Parce que ces mêmes résidents convoitent l'intimité que leur offre cette défaillance, afin de pouvoir commettre leurs petits méfaits sans honte.

Il expira lourdement.

— Les gens sont bizarres.

— À qui le dis-tu !

Elle passa les jambes sur le côté de sa chaise et se leva.

— Je devrais rentrer chez moi.

Il se leva à son tour.

— Nous n'avons pas encore décidé de la suite.

— Ma prochaine étape est de retourner à la clinique Stryder et, je l'espère, de parler à l'une des amies proches de Tanya qui est aussi sa collègue. Elle n'a pas répondu à mes appels.

Il l'accompagna jusqu'à la porte.

— Tu penses passer voir cette collègue avant ou après le travail ?

Yara lui jeta un regard en coin.

— Pourquoi cette question ?

Ils s'arrêtèrent devant la porte, mais il ne bougea pas pour l'ouvrir.

— Je gagnerais du temps si j'assistais à l'entretien avec toi. Et si je me trouve être là au même moment que toi, ton patron ne pourra pas te le reprocher.

Elle se retint de sourire.

— Avant le travail.

Il s'approcha de la porte et se pencha tout près d'elle en l'ouvrant. Une tension presque familière s'installa entre eux. Ses lèvres se trouvaient à un souffle de l'oreille de Yara quand il répondit :

— J'apporterai le café.

11

Brandon terminait tout juste sa séance de sport matinale au sous-sol lorsque la sonnette de la porte d'entrée retentit une première fois. Puis une seconde. Et encore une autre. Il n'eut pas besoin de regarder par la fenêtre pour savoir qui se tenait sous son porche.

— Pourquoi sonnes-tu chaque fois comme ça ? demanda-t-il à Shawn, qui avait toujours le doigt pressé contre la sonnette. Et pourquoi le laisses-tu faire ? ajouta-t-il en direction de Ryan, adossé au chambranle.

— Parce que ça t'agace, répondit Shawn avec un sourire.

— Et je l'ai laissé faire parce que tu n'as pas jugé bon d'appeler pour nous faire savoir que tu avais été attaqué hier. D'ailleurs, James exige aussi un coup de fil dès que possible.

Ryan lui adressa un sourire sournois.

Génial. Tous ses frères allaient se liguer contre lui pour ne pas les avoir informés qu'il avait pris une raclée en entrant dans l'appartement de sa défunte cliente. Parfois, il rêvait d'être enfant unique.

— Je n'y manquerai pas.

Il se recula d'un pas pour laisser ses frères entrer. Il ferma et verrouilla la porte d'entrée derrière eux, avant de se diriger vers la cuisine.

— Café ?

Il était presque sept heures et demie et il avait prévu de commencer tôt au bureau avant de retrouver Yara à la clinique Stryder, mais il pouvait voir que ses frères n'avaient pas l'intention de le lâcher de sitôt. Il espérait pouvoir leur assurer rapidement qu'il allait bien et reprendre le cours de sa journée.

— Alors, quand avais-tu prévu de nous dire que tu t'étais fait tabasser ?

Shawn saisit la tasse de café que Brandon venait de poser sur le plan de travail de l'îlot et s'assit sur un tabouret.

— Jamais. Bizarrement, je n'avais pas inscrit cette information dans ma liste des choses à vous transmettre.

— Comment te sens-tu ? demanda Ryan en rejetant d'un geste de la main la tasse que Brandon tentait de lui tendre.

— Je vais bien.

Il les regarda à tour de rôle, leur montrant qu'il n'essayait pas de jouer les durs à cuire. Les deux comprimés d'ibuprofène qu'il avait avalés ce matin-là avaient fait disparaître ce qui restait de son mal de tête. Sa joue était encore sensible, mais le gonflement s'avérait minime.

Ryan scruta son visage. Son second plus jeune frère était de loin le plus sérieux et le plus concentré des quatre enfants West. C'est pourquoi il n'y avait eu aucune dispute lorsqu'il avait pris la tête de l'entreprise familiale à la place de leur père quand celui-ci avait pris sa retraite. Ils savaient tous que Ryan était parfait pour diriger l'entreprise. Shawn agissait comme adjoint, bien qu'il soit en réalité copropriétaire avec Ryan.

Pour sa part, Brandon n'avait jamais voulu faire partie de la compagnie au-delà de la gestion des affaires juridiques. Il avait su très tôt que le droit était sa vocation. D'aussi loin qu'il se souvienne, il avait toujours eu un penchant pour la recherche de la justice et le redressement des torts. Il devinait que c'était aussi le cas de ses frères. James, l'aîné, avait jusqu'à récemment fait carrière dans l'armée. Quant à Shawn et Ryan, ils avaient rencontré l'amour de leur vie en essayant de sauver leurs femmes respectives d'un danger imminent.

— D'accord, alors pourquoi n'as-tu pas appelé pour nous dire ce qui s'était passé ? dit Shawn en mettant son café de côté.

Il était peut-être le plus nonchalant de ses frères, mais, lorsqu'il s'agissait de la famille, il était aussi férocement protecteur que n'importe lequel des autres West.

— J'ai dû entendre parler de l'agression de mon propre frère par un contact de la police.

— Je suis désolé, mais je savais que, si je vous le disais, vous ne me lâcheriez jamais avec cette histoire.

— Ce n'est pas faux, dit Shawn avec un large sourire.

Même Ryan laissa ses lèvres se retrousser en un petit rictus.

— J'ai entendu dire que tu avais appelé une détective de la police de Silver Hill. Yara Thomas.

Shawn fronça les sourcils.

— Thomas. Je ne me souviens pas d'une Thomas dans la brigade des détectives.

— Jolis yeux bruns. Un air perpétuellement renfrogné. Chignon sévère, dit Ryan.

— Oh ! chignon banane ! s'exclama Shawn avec un claquement de doigts. Ouais, elle n'est pas drôle du tout.

— Ne l'appelle pas comme ça, grogna Brandon en serrant sa tasse de café de plus en plus fort.

Les yeux de Shawn s'écarquillèrent et son sourire s'élargit.

— Tu l'aimes bien. Pas étonnant que tu l'aies appelée à la place de l'un d'entre nous.

Brandon surprit Ryan en train de l'observer du coin de l'œil.

— C'est celle avec qui tu as eu une relation l'année dernière, n'est-ce pas ?

— Ce n'était rien.

— C'était quelque chose. Il y avait des appels nocturnes. Au moins un rendez-vous, si je me souviens bien. Tu l'aimais bien. Ce n'est pas rien.

— Attendez une minute, vous deux, s'écria Shawn en se levant d'un bond. Tu as eu une relation avec chignon banane et personne ne me l'a dit ?

Brandon contourna le comptoir et se planta à un cheveu de son frère.

— Ne l'appelle pas comme ça.

Shawn leva les mains en signe de reddition.

— D'accord, d'accord, désolé. Tu avais une relation avec la détective Thomas, Ryan le savait et aucun de vous ne me l'a dit ? Pourquoi ?

Brandon et Ryan répondirent en même temps.

— Parce que je sais garder un secret.

— Parce qu'il sait garder un secret.

— C'est vraiment n'importe quoi, geignit Shawn en se rasseyant sur le tabouret.

— Et alors ? demanda Ryan à Brandon.

— Et alors quoi ?

Brandon saisit la tasse que Ryan avait repoussée et l'emporta dans l'évier, tournant le dos à ses frères. Il n'y avait que trois ans d'écart entre lui et Ryan, et ils étaient les plus semblables des quatre frères. Cela avait engendré une camaraderie naturelle. Cela signifiait également qu'ils étaient capables de lire en l'autre assez facilement. Il savait d'une manière ou d'une autre quand Ryan cachait quelque chose, et Ryan avait le même sixième sens à son égard.

— C'est la première femme à laquelle tu t'es intéressé sérieusement depuis ton divorce et elle t'a piétiné le cœur. Alors pourquoi l'as-tu appelée au lieu de l'un d'entre nous quand tu t'es fait botter les fesses ?

— Elle n'a pas piétiné mon cœur, protesta Brandon en se retournant vers ses frères, qui le regardaient tous deux avec une grande attention. Et je l'ai appelée parce que nous travaillons ensemble sur cette affaire.

— La même affaire pour laquelle tu as engagé la compagnie familiale ? dit Ryan.

— Oui.

— Il est inhabituel que les policiers collaborent avec un avocat. Surtout si ce dernier connaît la victime et s'il travaille essentiellement pour des entreprises.

— J'aide aussi bénévolement un centre d'accueil aux victimes de violences domestiques. C'est d'ailleurs la raison pour laquelle je pensais au départ que Tanya Rutger était venue me voir, mais maintenant, je n'en suis plus si sûr.

— Comment se fait-il que la détective Thomas soit impliquée dans cette affaire ? insista Ryan.

— C'est elle qui enquête sur la mort de Tanya.

Shawn siffla.

— Bon, je sais ce que vous allez dire, reprit-il en revenant s'asseoir en face de ses frères. Mais le médecin légiste a conclu à un suicide et je sais que Tanya n'était pas suicidaire.

— Je suppose que l'adorable détective est du même avis, répondit Shawn.

— Elle se pose des questions. Mais son lieutenant veut qu'elle laisse tomber l'affaire, alors nous avons décidé de travailler ensemble officieusement.

— Voilà un plan absolument désastreux, ironisa Shawn.

— Et pour plus d'une raison, ajouta Ryan.

— Écoutez, quoi qu'il se soit passé entre Yara et moi, ce n'est pas de cela qu'il s'agit.

— Mec, tu étais à fond sur elle, rétorqua Ryan.

Brandon leva les bras au ciel.

— On a eu deux rendez-vous et on a échangé exactement douze coups de fil. Je ne dirais pas que j'étais « à fond ».

— Et combien de SMS exactement ? se moqua Shawn.

Le rire de Ryan lui fit écho, se répercutant dans la pièce.

D'accord, il s'était peut-être entiché de Yara à l'époque, mais elle lui avait clairement fait comprendre qu'elle ne voulait pas d'une relation avec lui. Très clairement. Au point qu'elle avait disparu de sa vie du jour au lendemain. Elle n'avait plus répondu à ses appels, ni à ses textos, ni à ses messages vocaux. Peut-être qu'il l'aimait bien, mais il n'était pas idiot. Elle n'était pas intéressée.

— Allez, du balai tous les deux. Laissez-moi donc me préparer pour le travail.

Il poussa ses frères vers la porte d'entrée.

— D'accord, on y va. Pas la peine de me donner des coups de pied. C'est un costume Armani, dit Shawn en sautillant hors de portée.

— Dehors. Maintenant.

Shawn sauta du porche et se dirigea vers une élégante voiture noire que Brandon savait faire partie de la flotte de West Investigations.

Ryan s'arrêta dans l'embrasure de la porte.

— Je veux juste que tu sois prudent. Avec l'affaire et avec la détective. Tu peux dire ce que tu veux, mais tu as été assez blessé. Cette femme t'a fait du mal une fois. Je ne veux pas que cela se reproduise.

Il savait que l'inquiétude de Ryan ne concernait pas seulement Yara. Son divorce s'était déroulé à l'amiable, mais il ne l'avait pas désiré. Il croyait en l'engagement et avait essayé d'arranger les choses. Mais Camille, son ex, avait voulu partir, alors il s'était incliné.

Il posa une main sur l'épaule de son frère. Ryan était un homme de peu de mots, mais il faisait toujours en sorte que ceux qu'il prononçait comptent.

— Je te promets de faire attention. Concernant l'affaire et mon cœur.

Il regarda ses frères s'éloigner en se demandant s'il pourrait tenir sa promesse.

12

Yara se gara sur le parking de la clinique Stryder à huit heures et demie précises. Cela commençait à devenir une fâcheuse habitude mais son pouls s'accéléra lorsqu'elle aperçut Brandon en train d'approcher, un gobelet dans chaque main. De gros nuages menaçaient le ciel, mais Brandon ne portait qu'un manteau de sport bleu marine sur une chemise blanche et un pantalon noir. Cela n'enlevait rien à son charme, bien au contraire.

— Bonjour, je t'ai apporté un petit quelque chose, dit-il en lui offrant une des tasses. Ce café près de chez moi fait le meilleur chai latte à la cannelle de la ville. Effet garanti.

Elle prit la tasse avec méfiance.

— Je suis plutôt du genre à prendre un café normal, avec de la crème et du sucre.

— Non, non, non. Fais-moi confiance.

Il porta sa propre tasse sous son nez et inspira profondément. Elle devait admettre que cela sentait très bon. Elle en prit une gorgée. Une explosion de saveurs chatouilla ses papilles.

— Pas mal.

— Tu vois, cette boisson est d'une divinité décadente.

Le regard qu'il lui lança traduisait un tout autre genre de décadence. Et elle n'avait pas besoin d'un miroir pour comprendre que son expression reflétait de plus en plus le même désir.

Elle avait beau essayer de garder les choses strictement

professionnelles entre eux, ses pensées dérivaient régulièrement vers une foule de baisers imaginaires. Sans parler de ses nuits, où ses rêves allaient bien au-delà du simple baiser.

Le claquement d'une portière attira son regard par-dessus l'épaule de Brandon.

— On dirait Bailey Dunlap.

Yara posa sa tasse sur le capot de la voiture de Brandon et se dirigea vers la femme qu'elle avait reconnue d'après la photo de son permis de conduire.

— Bailey ?

La jeune femme la regarda approcher avec méfiance.

— Oui ?

— Je suis la détective Thomas, dit Yara en montrant son badge. J'ai essayé de vous joindre, madame Dunlap. J'ai quelques questions à vous poser.

— C'est à propos de Tanya ?

Le regard interrogateur de Bailey passait de Yara à Brandon et vice versa. Brandon afficha un large sourire et Bailey se détendit visiblement.

— Brandon West.

Il lui tendit la main, et elle sembla se détendre encore davantage. La présence de Brandon s'avérait un véritable atout lors d'entretiens avec des femmes. Cela n'arrangea rien à la pointe de jalousie qui la traversa soudain.

— J'ai cru comprendre que vous et Tanya étiez proches, dit Yara, recentrant l'attention de Bailey sur l'affaire.

— Nous étions devenues de bonnes amies depuis son arrivée à Stryder. Je ne peux pas croire qu'elle soit partie.

Quelques larmes perlèrent au coin des yeux de Bailey. Brandon sortit un mouchoir blanc de la poche intérieure de son blazer.

— Toutes mes condoléances.

Bailey prit le mouchoir et se tamponna les yeux.

— Je veux m'assurer que les circonstances entourant la mort de Tanya fassent l'objet d'une enquête approfondie, poursuivit

Yara. Si vous avez un moment, j'aurai quelques questions à vous poser.

Le visage de Bailey se crispa.

— Quelles circonstances ? Personne ne nous a dit grand-chose sur la façon dont Tanya est morte.

— C'est ce que nous cherchons à découvrir. Savez-vous si Tanya a eu des problèmes avec quelqu'un récemment ?

Bailey se tamponna à nouveau les yeux, obscurcissant son visage, mais elle secoua la tête.

— Elle n'a rien dit...

— Des patients mécontents ou qui s'intéressaient peut-être de trop près à elle ?

— Non, rien de tel.

Le regard de Bailey se porta à nouveau sur Brandon. Il lui adressa un sourire éclatant.

— J'ai cru comprendre qu'elle avait récemment rompu avec son petit ami de longue date, Jasper Reinholt.

— Je ne dirais pas que c'était récent, dit Bailey en jetant un coup d'œil à une voiture qui passait. Tanya et Jasper ont rompu juste après qu'elle a commencé à travailler ici. Je l'ai rencontré plusieurs fois et je ne pense pas que Jasper soit méchant. Il n'aurait certainement pas fait de mal à Tanya. Il vénérait le sol sur lequel elle marchait.

— Donc la rupture n'était pas son idée, dit Brandon.

— Certainement pas. C'était à l'initiative de Tanya. Je sais que Jasper a essayé de l'en dissuader.

— Jasper était-il contrarié par la rupture ?

L'expression de Bailey s'assombrit.

— Je ne veux pas lui causer d'ennuis. C'est un type bien.

— Personne n'a d'ennuis, glissa Brandon. Nous avons juste besoin de toutes les informations possibles pour recoller les morceaux des derniers jours de Tanya. Pour avoir une idée précise de ce qui lui est réellement arrivé.

Bailey hésita encore un moment avant de répondre :

— Tanya a dit qu'il avait essayé de la reconquérir. Je crois qu'ils sont allés dîner une ou deux fois après qu'elle avait mis fin à leur relation, mais elle n'était pas vraiment intéressée. Elle a dit que leur histoire avait fait long feu.

— Savez-vous s'ils ont été en contact l'un avec l'autre récemment ? demanda encore Brandon.

Bailey accrocha son sac à main plus haut sur son épaule et consulta rapidement sa montre.

— Je ne sais pas. Elle ne parlait plus beaucoup de *lui*.

La légère inflexion sur le mot « lui » mit la puce à l'oreille de Yara. Tanya parlait-elle d'un autre homme à ses amies ces derniers temps ?

— Y avait-il quelqu'un d'autre dans sa vie ?

Bailey jeta un coup d'œil aux portes de la clinique et se mordit la lèvre inférieure. Brandon posa une main sur son épaule.

— Bailey, toutes les informations que vous donnerez à la détective Thomas l'aideront à découvrir ce qui est arrivé à votre amie.

— D'accord, oui. Je veux vous aider, mais c'est juste que je ne suis pas sûre. Tanya voyait quelqu'un, mais elle était très secrète à ce sujet. Elle disait que c'était récent, mais je ne suis pas certaine que ce soit vrai. Ces deux dernières semaines, elle avait arrêté de parler de son homme mystère. C'est comme ça qu'elle l'appelait, son homme mystère.

Cela ne les aidait pas beaucoup. L'« homme mystère » n'était pas un nom que Yara pouvait rechercher dans sa base de données.

— Vous a-t-elle dit quoi que ce soit qui pourrait nous aider à l'identifier ?

Bailey haussa les épaules.

— Je sais qu'il lui achetait beaucoup de cadeaux. Elle venait toujours au travail avec un nouveau sac ou de nouveaux vêtements quand on sortait.

— Et son appartement ?

— Qu'en est-il de son appartement ? demanda Bailey en fronçant les sourcils.

— Y êtes-vous déjà allée ?

Bailey se dandina d'un pied sur l'autre, visiblement gênée.

— Quelquefois.

— Alors vous avez dû remarquer que c'est un très bel endroit. Et bien au-delà de ce qu'une infirmière serait normalement capable de se payer. Sans parler de la Mercedes.

— Je lui ai posé la question, mais elle m'a dit qu'elle avait de l'argent familial. Nous étions amies, mais pas au point de me montrer son compte en banque.

— Vous avez dit que Tanya avait cessé de parler de son homme mystère au cours des dernières semaines. Savez-vous pourquoi ?

Bailey haussa à nouveau les épaules.

— Je n'en sais rien. Elle n'a parlé que de ce type pendant des mois et puis tout d'un coup, plus rien. Ça me semble assez évident. Il devait être marié. Ça ne marche jamais, vous savez.

Quelque chose dans cette déclaration fit penser à Yara que Bailey parlait en connaissance de cause.

— Je me suis dit que le type était passé à une nouvelle maîtresse ou que Tanya en avait eu assez de jouer les faire-valoir. J'ai arrêté de poser des questions quand il est devenu évident qu'elle ne voulait pas en parler.

Elle jeta à nouveau un coup d'œil vers le bâtiment.

— Écoutez, je dois aller travailler.

Yara lui tendit une carte de visite.

— Si vous vous souvenez de quoi que ce soit d'autre, appelez-moi.

Bailey lui adressa un sourire crispé puis un autre, plus chaleureux, à Brandon avant de s'éloigner.

— Tanya a menti en disant qu'elle avait de l'argent de famille, dit Yara alors qu'elle et Brandon se dirigeaient vers sa voiture. Sa mère est conductrice de bus à la retraite.

— Oui, Mme Rutger ne m'a pas parlé d'argent de famille

lorsque nous avons discuté, ajouta-t-il. Mais Bailey a confirmé notre théorie de l'homme mystère.

Yara saisit son chai latte, désormais froid, sur le toit de la voiture de Brandon et le jeta dans la poubelle voisine.

— Et il semblerait que cet homme ait été sur le point de la quitter. Je me demande si la rupture était sa décision ou celle de Tanya.

— Nous savons qu'elle a rompu avec Jasper Reinholt et qu'il n'en était pas ravi.

Elle lui lança un regard complice.

— Tu penses que Jasper sait qui est l'homme mystère ?

— S'il soupçonnait qu'il y avait quelqu'un d'autre, il y a de fortes chances qu'il se soit au moins montré curieux.

Elle l'étudia du coin de l'œil. S'était-il demandé s'il y avait quelqu'un d'autre quand elle avait coupé les ponts avec lui ? Ce n'était pas le cas. En fait, elle n'avait eu aucun rendez-vous depuis. Les sentiments qui avaient commencé à naître à son égard l'avaient suffisamment effrayée pour qu'elle n'essaye pas de sortir avec quelqu'un d'autre. Mais aujourd'hui, avec Brandon de retour dans sa vie et ces sentiments qui grandissaient à nouveau, une part croissante d'elle-même commençait à regretter d'avoir cédé à sa peur quelques mois plus tôt.

Mais elle analyserait tout cela plus tard. Pour l'instant, ils devaient parler à Jasper Reinholt.

— Nous ne savons pas qui est l'homme mystère de Tanya, mais nous connaissons le nom de son ex-petit ami et l'endroit où il travaille. Je propose qu'il soit le prochain sur la liste.

— Bonne idée. Je n'en attendais pas moins de toi.

Elle effectua une rapide recherche sur son portable à propos de Jasper Reinholt.

— Il semblerait que le cours du matin de Jasper se termine à midi. Tu veux me retrouver à Blair Hall sur le campus de Silver Hill Community College à 11 h 50 ?

— J'y serai.

— Détectives ?

Ils se retournèrent tous les deux pour découvrir un grand homme blond vêtu d'un imperméable noir et portant un vieux sac en cuir.

Le Dr Anand Gristedes. Yara et Martin avaient interrogé les responsables de la clinique Stryder, les patrons de Tanya, le Dr Gristedes et son associé, le Dr Steven Manning, après avoir trouvé le corps de la jeune femme.

Le Dr Gristedes jeta un regard évaluateur sur Brandon avant de visiblement décider qu'il ne valait pas la peine qu'on s'intéresse à lui.

Du coin de l'œil, Yara vit l'expression de Brandon s'assombrir.

— Détective, y a-t-il eu des progrès ? Savez-vous ce qui est arrivé à Tanya ?

— Nous enquêtons toujours, répondit Yara.

— Oh ! se décomposa Gristedes. Quand je vous ai vus parler à Bailey, j'ai pensé qu'il y aurait des nouvelles.

— Brandon West, Dr Anand Gristedes, dit Yara en faisant les présentations. Il est l'un des directeurs de la clinique Stryder.

Les deux hommes échangèrent une poignée de main superficielle.

Les hommes et leur ego, songea Yara en secouant mentalement la tête.

— Avez-vous pensé à quelque chose d'autre qui pourrait nous aider dans cette affaire, docteur ?

— Non, je suis désolé. Je vous ai dit tout ce que je savais quand vous êtes venus nous parler de Tanya. Je ne la connaissais pas vraiment. Elle travaillait avec nous depuis moins d'un an. Difficile de croire qu'elle soit morte.

— Si vous pensez à quelque chose, n'hésitez pas à m'appeler.

Elle avait hâte d'arriver au commissariat. Si elle voulait que cette enquête passe sous le radar du lieutenant Wilson, ce n'était pas en arrivant en retard au travail qu'elle y parviendrait.

Gristedes acquiesça et s'éloigna.

— Les médecins et leur ego, siffla Brandon.

Yara marcha à reculons vers sa voiture.

— Tu sais, certains pourraient dire la même chose des avocats. Je dis ça comme ça.

Elle rit de son grognement en s'éloignant.

Brandon se gara à la place qui lui était réservée sur le parking adjacent à son cabinet d'avocats de Silver Hill et sortit de la voiture en pensant encore à l'entretien avec Bailey. L'infirmière leur avait donné un point de départ avec Jasper Reinholt, mais il y avait quelque chose qu'il n'aimait pas chez le Dr Anand Gristedes. Quelque chose qui n'avait rien à voir avec son ego masculin, contrairement à ce que pensait Yara.

Il se dirigea vers l'entrée du bâtiment.

— Ah... Monsieur West !

Brandon se retourna et aperçut le frère de Tanya qui, étant sorti d'un pick-up noir, se dirigeait vers lui en trottinant.

— Monsieur Rutger.

Brandon tendit la main, et Nick n'hésita que légèrement avant de la serrer.

— Que puis-je faire pour vous ?

— Vous souhaitez vraiment enquêter sur la mort de ma sœur ?

— Oui, en effet.

— Alors je veux vous aider.

— Venez. Allons discuter dans mes locaux.

Brandon conduisit le jeune homme à son bureau, en demandant au passage à sa secrétaire de ne pas les déranger.

Nick refusa le café et l'eau, et s'assit en face du bureau.

— Les flics ne vont pas enquêter sur la mort de ma sœur. Ils ont déjà décidé qu'elle s'était suicidée.

Pas tous les flics, pensa Brandon en s'installant sur sa propre chaise, mais il ne corrigea pas Nick. Yara prenait déjà un risque en continuant à enquêter sur la mort de Tanya, et il ne voulait pas mettre sa carrière en péril, pas même pour apaiser les préoccupations d'un frère en deuil. Quoi qu'il en soit, celui-ci avait raison en ce qui concernait la position générale du département sur le cas de Tanya.

— Je ne pense pas que ce soit le cas et je vais faire tout ce qui est en mon pouvoir pour découvrir ce qui s'est réellement passé. Vous pouvez m'aider en me disant tout ce que vous savez au sujet de votre sœur. Tout peut être utile.

Nick expira lourdement.

— Elle s'était éloignée de la famille récemment. Depuis qu'elle avait rompu avec Jasper. Au début, je me suis dit qu'elle avait besoin de temps pour surmonter la rupture. Mais je sais que ma mère vous a parlé de la dispute qu'elle a eue avec Tanya. La façon dont elle a parlé à maman ce jour-là... ce n'était pas Tanya. Je savais qu'il y avait quelque chose d'autre, mais elle ne voulait pas me dire ce que c'était.

— Et son appartement ? Comment pensez-vous qu'elle le payait, ainsi que la voiture ?

Nick se renfrogna.

— Je n'en savais rien. Il faut comprendre que j'ai sept ans de plus que ma sœur. Nous n'avons jamais été proches. Je l'aimais. Je veillais sur elle, mais nous étions toujours à des stades différents de la vie. Je savais qu'elle avait déménagé en ville, mais nous échangions surtout des textos pour prendre des nouvelles et nous ne nous voyions chez maman que pour les vacances. Je ne suis jamais allé chez elle.

— Mais vous saviez que Tanya était contrariée par quelque chose ?

— Oui, à la façon dont elle s'est emportée contre ma mère. Maman m'a seulement expliqué qu'elles s'étaient disputées à propos du nouveau petit ami de Tanya. Quand j'ai contacté Tanya, elle m'a dit que maman se mêlait de sa vie privée, qu'elle était adulte et qu'elle pouvait sortir avec qui elle voulait. Notre mère ne respecte pas toujours nos limites, j'ai donc compris le point de vue de Tanya et je voulais maintenir la paix entre elles. Maman ne m'a pas dit qu'elle soupçonnait Tanya de fricoter avec un homme marié avant que...

Sa voix se brisa. Brandon lui laissa un moment pour se ressaisir.

— Avez-vous une idée de l'identité de cet homme ?

— J'aimerais vraiment le savoir. Si c'était le cas, je lui aurais déjà transmis le fond de ma pensée, grogna Nick. Vous avez parlé à ma mère du téléphone portable et de l'ordinateur de Tanya. Pourquoi ?

Brandon devait faire preuve de prudence. Il n'était au courant de la disparition des appareils électroniques que grâce à Yara.

— Ils semblent avoir disparu.

— Disparu ? C'est... bizarre. Tanya passait son temps sur son téléphone. Elle l'avait toujours sur elle. Et je sais qu'elle avait un ordinateur portable dernier cri car je l'avais aidée à le choisir. Je travaille dans l'informatique.

Brandon fit glisser un bloc-notes et un stylo sur son bureau.

— Pouvez-vous noter le type d'ordinateur et tout ce qui pourrait permettre de l'identifier comme étant celui de Tanya ? De même pour le téléphone, si vous savez de quel modèle il s'agit.

Nick griffonna sur le bloc-notes avant de le rendre.

— Vous pensez qu'il y a quelque chose dessus qui pourrait nous mener à celui qui l'a tuée ?

— Je ne sais pas, mais je n'aime pas le fait qu'ils n'aient pas été retrouvés.

— Attendez, Tanya m'a dit qu'elle avait commencé à tenir un journal vidéo. J'ai pensé que c'était un peu bizarre. Il pourrait y avoir quelque chose dedans qui nous mènerait à son nouveau mec.

Nick se leva.

— Je dois aller travailler, mais je sais quel service de cloud Tanya utilisait. Je peux essayer de trouver son mot de passe et me connecter. Peut-être qu'elle y a sauvegardé son journal. Ça ne peut pas faire de mal de fouiller, au moins.

Brandon hésita.

— Il vaut mieux laisser la police s'en occuper. Si vous me donnez le nom du fournisseur de services de stockage, je le transmettrai à la détective chargée de l'affaire.

Nick secoua la tête.

— Pas question. Ils ont eu leur chance. Et c'est quelque chose que je peux faire pour ma sœur.

Brandon savait qu'il ne parviendrait pas à le convaincre du contraire. Nick avait probablement de plus grandes chances de s'introduire dans le système de stockage de Tanya de toute façon, mais Brandon ne voulait pas que le jeune homme entreprenne quoi que ce soit qui puisse faire de lui une cible pour le potentiel tueur de Tanya.

— Je pense que c'est possible, mais vous devez me prévenir tout de suite si vous parvenez à y accéder.

— D'accord.

Nick lui serra la main et s'en alla.

Yara n'allait pas aimer que Nick se mêle de l'affaire, mais c'était indispensable pour lui, quelque chose qui l'aiderait à surmonter son chagrin.

Et, avec un peu de chance, il pourrait même trouver des preuves qui les mettraient sur la piste de l'homme mystère de Tanya.

13

Lorsque Yara arriva à 9 h 15, le poste de police était déjà en pleine effervescence. Elle savait que la police scientifique lui avait envoyé un message concernant des empreintes relevées lors d'un des cambriolages dont elle s'occupait, et elle voulait connaître les derniers développements de l'affaire avant que le lieutenant Wilson ne lui pose inévitablement des questions à ce sujet. Elle alluma rapidement son ordinateur et attendit avec impatience que l'écran s'allume.

— Ah, te voilà enfin, dit Martin en souriant.

Elle lui lança un regard par-dessus l'écran de son ordinateur.

— J'ai eu une panne de réveil.

Son écran s'alluma et elle saisit ses informations pour se connecter au réseau. Paris fit rouler sa chaise jusqu'au bureau de Yara.

— Tu as l'air d'avoir les yeux brillants et les joues bien rosies pour une femme qui a simplement oublié son réveil. Y aurait-il une raison plus sexy à ton épuisement soudain ?

— Mon alarme ne s'est pas déclenchée. J'ai dû oublier de l'activer. C'est la seule raison, répliqua-t-elle en repoussant légèrement Paris vers son propre bureau.

— Eh bien, c'est triste pour toi, dit Paris avec une grimace.

Elle frotta son ventre arrondi et se recula derrière son bureau. Yara ouvrit le mail du laboratoire d'empreintes digitales. Ils avaient trouvé une correspondance pour l'une des empreintes relevées dans la dernière maison cambriolée. Zachary Brooks.

Elle consulta le casier judiciaire de Brooks. Quelques condamnations pour possession de drogue datant de plusieurs années et des arrestations pour agression, dont l'une lui ayant valu un séjour de dix-huit mois en prison. Et une accusation plus grave de tentative de meurtre qui avait été abandonnée après que la victime avait refusé de témoigner et quitté l'État. La découverte de ses empreintes suggérait qu'il était passé des agressions aux cambriolages. Il n'avait pas d'employeur connu, mais une note dans le dossier indiquait qu'il travaillait parfois au noir pour l'entreprise d'aménagement paysager Marymount Garden and Landscaping. C'était le genre de travail qui permettait à un cambrioleur d'accéder aux jardins, mais cela n'expliquait pas la découverte de ses empreintes à l'intérieur d'une maison. Zachary Brooks ressemblait de plus en plus à un candidat pour une interrogation en règle.

— Thomas !

Elle sursauta au son de la voix de Wilson. En se retournant sur sa chaise, elle découvrit le lieutenant juste derrière elle.

— Où étiez-vous passée ? Je vous attendais pour faire le point sur ces affaires de cambriolage.

Elle se leva.

— Désolée, monsieur. Je suis arrivée un peu plus tard que d'habitude aujourd'hui, mais j'étais sur le point de venir vous voir. Nous avons trouvé des empreintes provenant du dernier cambriolage.

Elle désigna son écran et Wilson s'approcha pour voir.

— Zachary Brooks. Il a déjà un casier pour agression et tentative de meurtre. Il travaille au noir pour un paysagiste, probablement afin d'obtenir un accès aux maisons.

Les yeux de Wilson parcoururent l'écran.

— Je vais contacter les propriétaires, reprit-elle. Voir s'ils utilisent cette entreprise de conception de jardin pour leurs travaux de jardinage et ensuite discuter avec Zachary Brooks.

— Coffrez-moi Brooks d'abord. Interrogez-le ici. Vous pourriez lui arracher des aveux.

Ses yeux se posèrent sur Martin.

— Rachlin, vous accompagnerez Thomas pour arrêter ce type. Il s'agit d'une affaire de la plus haute importance. Je ne veux pas qu'il nous échappe.

Elle pinça les lèvres, piquée au vif par l'insinuation qu'elle laisserait un potentiel criminel lui échapper. Cela n'était jamais arrivé. Cela n'arriverait jamais.

Wilson se retourna vers Yara.

— Faites-moi savoir quand il sera ici.

Il s'éloigna sans un mot de plus. Elle regagna son siège et attrapa le téléphone. Une demi-heure plus tard, Yara avait confirmé auprès des propriétaires et de Marymount Garden and Landscaping que Zachary Brooks avait effectué des travaux dans plusieurs des résidences cambriolées, mais qu'il n'y avait aucune raison pour que ses empreintes digitales se trouvent à l'intérieur de l'une de ces maisons.

La bonne nouvelle, c'était que, si elle parvenait à livrer Brooks au lieutenant, il la lâcherait un peu, ce qui lui donnerait un peu plus de latitude pour enquêter sur l'affaire de Tanya sans avoir l'impression d'être sous le feu des projecteurs. La mauvaise, c'était qu'elle ne pourrait pas retrouver Brandon à l'université de Silver Hill pour parler à Jasper aujourd'hui.

Elle sortit son téléphone de sa poche et tapa un message rapide.

Désolée. Travail. Je ne peux pas te rejoindre aujourd'hui. J'appellerai plus tard.

Vingt minutes plus tard, Martin arrêta leur voiture banalisée noire en face de la vieille maison où Zachary Brooks vivait avec sa mère, Maxine. Des restes des chutes de neige de la semaine précédente bordaient encore la petite cour grise et miteuse. La pluie qui avait menacé pendant que Brandon et elle discutaient avec Bailey tombait maintenant sous forme de bruine légère, mais le gris foncé des nuages laissait augurer d'une averse plus violente dans les prochaines heures.

— Que savons-nous de la mère ? demanda Martin alors qu'ils sortaient de la voiture.

Yara remonta la capuche de sa veste, se couvrant la tête, même si elle savait que l'humidité trouverait le moyen de friser sa queue-de-cheval lisse en une masse de boucles indomptables, quoi qu'elle fasse.

— Elle a quarante-deux ans et est secrétaire pour une entreprise locale de transport routier depuis dix-sept ans. Pas de casier judiciaire, récita Yara à partir des informations qu'elle avait lues dans le dossier criminel de Zachary.

Un dossier qu'elle avait envoyé à Martin pendant qu'elle mettait la dernière main à la demande de mandat, mais qu'il n'avait manifestement pas lu.

L'air glacial leur fouettait les joues. Martin la rejoignit sur le trottoir devant la maison. Yara remonta l'allée fissurée jusqu'à la porte d'entrée. Elle gravit les deux marches du petit perron tandis que Martin restait en bas, de l'autre côté de l'entrée, un pan de son manteau relevé pour atteindre son arme plus facilement.

Yara frappa à la porte.

Les secondes se transformèrent en une minute entière et, comme personne ne répondait, elle toqua à nouveau.

La porte s'ouvrit enfin. Elle reconnut la mère de Zachary, Maxine, d'après la photo de son permis de conduire. Son visage angulaire, avec des pommettes saillantes et un nez pointu, était encadré de cheveux bruns tressés. Sa jupe noire et ses bas de contention indiquaient qu'elle venait de rentrer du travail.

Yara déclipsa le badge qu'elle portait à la hanche et le tendit à la femme.

— Je suis la détective Thomas et voici le détective Rachlin.

Elle fit un geste derrière elle en direction de Martin. Les yeux sombres de Maxine se plissèrent et elle ouvrit la bouche de surprise avant de prendre une expression délibérément neutre. Yara sentit ses épaules se crisper sous la pluie qui battait maintenant le perron.

— Nous aimerions parler à votre fils, Zachary. Est-il ici ?

— Non.

Maxine cligna deux fois des yeux. Elle mentait. Yara jeta un coup d'œil dans la maison par-dessus l'épaule de la femme, mais n'aperçut qu'un salon vide.

— Pouvons-nous entrer et jeter un coup d'œil ?

Maxine referma la porte à demi, lui coupant encore plus la vue sur l'intérieur de la maison. Elle fronça les sourcils.

— Vous avez un mandat ?

Yara soupira intérieurement, mais garda un ton professionnel.

— Non, nous n'en avons pas.

— Alors vous ne pouvez pas entrer.

Quelque chose, de la peur peut-être, brilla dans les yeux de Maxine. Elle jeta un coup d'œil rapide à sa droite.

Des années de lecture du langage corporel des témoins firent comprendre à Yara que Zachary était à l'intérieur, probablement en train d'écouter. Yara ne pensait pas que Zachary menacerait sa propre mère pour l'empêcher de parler aux flics, mais si Maxine ne consentait pas à les laisser entrer dans la maison, ils ne pouvaient rien faire.

— Quand Zachary est-il venu chez vous pour la dernière fois, madame ? insista cependant Yara.

— Je n'ai pas à répondre à vos questions.

La femme recula d'un pas, s'apprêtant à fermer la porte. Yara coinça son pied entre le battant et le cadre.

— C'est exact mais il serait préférable pour votre fils que vous nous parliez. Nous cherchons juste à poser à Zachary quelques questions sur un incident qui s'est produit à Green Village.

Elle ne voulait pas en dire trop sur la nature des questions pour que Zachary n'ait pas le temps de réfléchir à la façon dont il pourrait y répondre.

Le regard de Maxine se porta à nouveau sur le côté, et elle fronça les sourcils. Elle ne parlerait pas.

Yara sortit une carte de visite de sa poche.

— Si vous voyez Zachary, demandez-lui de m'appeler.

Maxine prit la carte et referma la porte sans un mot de plus.

Yara descendit du perron et marcha à côté de Martin jusqu'à la berline, l'eau sur le trottoir craquelé crissant sous leurs bottes.

— Tu as un don avec les gens, dit Martin d'un ton narquois.

Ils se glissèrent à nouveau dans la voiture, Yara du côté passager, Martin au volant.

Maxine leur jeta un coup d'œil derrière le rideau du salon.

Yara sentit une pointe de frustration la tenailler.

— Zachary est à l'intérieur.

— Et on ne peut rien y faire, dit Martin en faisant démarrer la voiture et en actionnant le bouton du chauffage.

Un souffle d'air glacé lui fouetta le visage.

Si elle n'avait pas été sûre de l'implication de Zachary dans les cambriolages lorsque Martin et elle s'étaient arrêtés devant la maison, la réaction de Maxine avait propulsé son fils au sommet de la liste des suspects. Yara n'aimait pas qu'on lui mette ainsi des bâtons dans les roues. Et si elle se trompait et qu'il n'était pas impliqué, elle avait également besoin de le savoir afin de pouvoir passer à autre chose. Poursuivre Zachary pour découvrir qu'il avait un alibi en béton serait une perte de temps et engagerait des ressources qu'ils n'avaient pas.

Martin enclencha la première et s'éloigna du trottoir.

Yara aperçut un mouvement du coin de l'œil.

— Attends. Regarde, là.

Elle désigna une ombre sur le côté de la maison. Quelqu'un se dirigeait vers le coin avant du bâtiment. La lumière extérieure fixée à l'avant-toit des voisins tranchait suffisamment sur la grisaille du jour pour qu'elle reconnaisse la silhouette comme étant celle de Zachary.

Le jeune homme observa la rue, ses yeux se posant sur ceux

de Yara à travers le pare-brise. Il pivota immédiatement sur ses talons et s'engouffra dans l'ombre entre les deux maisons.

Martin enclencha la sirène.

— Il aurait dû au moins attendre que nous soyons partis.

Yara saisit la grosse lampe de poche dans la boîte à gants.

— Je vais le suivre à pied, déclara-t-elle.

Martin appellerait les renforts et ferait le tour du pâté de maisons en voiture. Les commentaires de Wilson sur le fait que le département avait les yeux rivés sur ces cambriolages résonnaient dans la tête de Yara. Si Zachary réussissait à s'enfuir, il se planquerait et il leur faudrait peut-être des semaines avant de le retrouver.

Une ruelle étroite passait entre les arrière-cours des maisons donnant sur des rues parallèles. Malheureusement, beaucoup de ces cours étaient clôturées et offraient à Zachary plusieurs endroits où se tenir en embuscade. Il n'y avait eu aucun signe de violence dans les cambriolages jusqu'à présent, mais cela ne signifiait pas que Zachary n'avait pas d'arme sur lui.

Yara se plaça dos à la clôture la plus proche et dégaina son arme de service. Prenant une profonde inspiration, elle contourna la barrière. Son cœur battait si fort qu'elle était sûre que le son révélerait sa position. Elle sentait la sueur perler à travers son maillot de corps.

Elle expira doucement en scrutant les alentours à la recherche de son suspect.

Bon sang, pourquoi les gens laissaient-ils tant de choses traîner dans leur jardin ? Des niches pour chiens. Un établi. Un gros rocher décoratif. Quel était l'intérêt ?

Martin avait coupé la sirène, mais Yara aperçut les lumières stroboscopiques bleues et rouges au bout de l'allée, juste avant de voir poindre le capot. Martin balaya la ruelle de son projecteur monté sur le côté de la voiture, éclairant l'espace.

Quelque chose bougea au bout de la ruelle. Zachary était parvenu plus loin qu'elle ne s'y attendait. Mais la lumière dut l'effrayer. Il surgit de derrière une cabane à outils, traversa une cour et se précipita vers la rue adjacente à la maison de sa mère.

— Police. Arrêtez-vous, cria-t-elle, sachant que cela ne servirait à rien.

Elle s'élança derrière Zachary.

La ruelle n'était en fait qu'un simple passage, trop étroit pour que leur voiture puisse s'y faufiler, mais Yara entendit le crissement des pneus tandis que Martin fonçait dans une rue latérale.

La course-poursuite avait attiré l'attention de plusieurs voisins. Les lumières extérieures s'allumèrent, éclairant Zachary qui, sous une pluie maintenant presque torrentielle, sprintait à une trentaine de mètres devant elle. Malheureusement, certains voisins avaient décidé de se mettre aux premières loges pour assister à l'action. Des portes s'ouvraient, des visages curieux apparaissaient.

— Rentrez chez vous et fermez votre porte à clé ! hurla Yara.

Si Zachary en avait assez de courir et qu'il avait une arme, il pourrait très bien décider que la meilleure façon de se sortir de cette situation était d'ouvrir le feu.

Elle puisa dans ses réserves d'énergie et força ses jambes à avancer plus vite. Elle entendit le moteur de la berline banalisée rugir dans la rue derrière elle et aperçut les lumières du gyrophare alors que Martin la dépassait. Yara anticipa l'objectif de Martin : couper la route à Zachary au bout du pâté de maisons.

Malheureusement, Zachary en était venu à la même conclusion. Il coupa en travers de la rue, si près du pare-chocs de Martin que Yara tressaillit à l'idée qu'il heurte le capot de plein fouet. Zachary parvint néanmoins à atteindre l'autre côté de la rue sans problème et se faufila derrière une autre maison.

Pourquoi diable ce jeune homme cambriolait-il des maisons ? Ce type aurait pu être une star de l'athlétisme.

Elle coupa à travers les cours, ralentissant maintenant qu'elle n'avait plus les lumières des porches des voisins pour l'aider à distinguer les formes sous la pluie. Elle balaya les alentours de sa lampe torche. Elle entendit d'autres sirènes au loin, les renforts étaient en route.

Un chien aboya à sa droite, et elle perçut le bruit distinct d'une clôture en train d'être escaladée.

Elle orienta sa lampe de poche dans cette direction et vit Zachary sur le point de franchir une clôture à deux mètres de là.

— Police. Mettez-vous à terre tout de suite.

Comme auparavant, il continua sur sa lancée.

Elle s'élança à sa suite, rangeant son arme pour sauter la clôture et la ressortant aussitôt que ses pieds touchèrent le sol. Le fait que Zachary n'ait pas essayé de lui tendre une embuscade indiquait probablement qu'il n'avait pas d'arme sur lui, mais elle ne prenait aucun risque. Elle traversa encore deux jardins et franchit une allée de graviers, les cailloux lui fouettant les tibias au passage.

Le bruit des sirènes semblait plus fort à présent, mais Yara ne croisa aucun policier. Elle poursuivit Zachary dans une autre ruelle étroite, l'apercevant cinq mètres plus loin. Zachary aurait peut-être été meilleur au sprint qu'à la course de fond. Il avait visiblement ralenti. Heureusement pour elle, elle avait pratiqué la course cross-country au lycée et à l'université, et s'entraînait encore régulièrement.

Elle accéléra un peu plus et réduisit la distance les séparant. Elle bondit soudain, atterrissant sur le dos de Zachary et les projetant tous les deux au sol. Son genou gauche heurta un pavé, provoquant une vive douleur dans sa jambe, mais elle ne relâcha pas son emprise sur Zachary.

Le jeune homme gisait sous elle, abasourdi et à bout de souffle. Elle se ressaisit la première. Elle plaça l'un des bras de Zachary derrière son dos et lui passa les menottes alors que des pas lourds se faisaient entendre à l'angle de la maison. D'autres lampes-torches illuminèrent soudain la scène.

— Je l'ai, cria Yara en faisant claquer les menottes sur l'autre poignet de Zachary.

Deux officiers en uniforme prirent le relais alors qu'elle se relevait, la respiration encore laborieuse, au moment où Martin tournait au coin de la rue.

— Ça va ?

Ils observèrent les officiers mettre Zachary debout et lui lire ses droits. Pendant qu'ils l'emmenaient, le jeune homme jeta par-dessus son épaule un regard menaçant.

Yara se frotta le genou.

— Je vais bien. Si tu te joignais plus souvent à moi pour ma course matinale, tu aurais pu assister à l'action.

Martin fit glisser ses lunettes et en nettoya les verres.

— Nan, je suis trop vieux pour toutes ces bêtises.

Il remit ses lunettes. Ses yeux s'arrêtèrent sur la main qu'elle utilisait pour masser son genou.

— Je croyais que tu avais dit que tu allais bien. Il faut faire examiner cette jambe.

Yara secoua la tête, boitant vers l'avant de la maison.

— Tout va bien. Je me suis juste cognée. Nous devons retourner au poste et interroger Zachary.

— Je suppose qu'il aura des informations pour nous, en effet, déclara Martin.

Des voitures de patrouille envahissaient ce qu'elle soupçonnait être une rue habituellement calme. Les gyrophares rouge et bleu avaient attiré une petite foule malgré l'ordre donné aux voisins de rester à l'intérieur. Une demi-douzaine de personnes se tenaient sur leur perron ou dans la cour de leur maison pour admirer le spectacle.

— On dirait bien.

Yara observa la voiture de patrouille s'éloigner avec Zachary sur le siège arrière.

— Le lieutenant Wilson sera content.

14

Brandon ne put s'empêcher de ressentir une pointe de déception en recevant le message de Yara. Après réflexion, il décida d'aller interroger Jasper Reinholt sans elle. L'attaque dont il avait été victime dans l'appartement de Tanya avait fait de cette situation bien plus qu'une simple quête de justice pour une cliente disparue. Il s'agissait maintenant d'une affaire personnelle.

Brandon attendait donc dans le couloir de Blair Hall à midi lorsque les étudiants commencèrent à sortir en masse de la salle de classe où Jasper venait de terminer son cours sur l'anthropologie écologique et évolutive. Il attendit que tous les étudiants aient franchi la porte avant d'entrer.

Jasper Reinholt se tenait au pupitre, à l'avant de la classe, et rangeait ses papiers dans un sac à dos. Mesurant environ un mètre quatre-vingts, mince avec des cheveux foncés, presque noirs, il portait des lunettes carrées sans monture. Un pantalon brun en velours côtelé et une chemise à carreaux ocre et blancs aux manches retroussées jusqu'aux coudes complétaient le look. En l'observant, Brandon se rendit vite compte qu'il ne présentait aucune marque d'égratignures ou d'ecchymoses sur les mains ou les avant-bras. De plus, Jasper était bien trop mince et petit pour être son assaillant.

Ce qui ne signifiait cependant pas qu'il n'était pas l'assassin de Tanya.

— Professeur Reinholt ?

Jasper se leva en ramassant ses affaires.

— Oui ?

— Je m'appelle Brandon West, dit-il en sortant une carte de visite de son étui plaqué or. J'ai été engagé par Tanya Rutger avant son décès.

Jasper écarquilla les yeux de surprise.

— Engagé pour quoi ?

— Je ne peux pas en parler, désolé.

Il ne pouvait en effet littéralement pas en parler, mais Jasper n'avait pas besoin de le savoir.

— J'espère que vous pourrez répondre à quelques questions et m'aider à éclaircir certains points. J'ai cru comprendre que vous et Tanya étiez sortis ensemble pendant un certain temps. Toutes mes condoléances.

— Merci, c'est gentil de votre part. Mais Tanya et moi avions rompu depuis un certain temps.

— Quand avez-vous vu Mme Rutger pour la dernière fois ?

Jasper jouait avec la carte de visite qu'il tenait dans sa main. L'homme paraissait visiblement nerveux, mais ce n'était pas vraiment inhabituel. Voir un avocat débarquer sur votre lieu de travail et commencer à vous poser des questions sur votre ex-petite amie décédée pouvait rendre n'importe qui nerveux.

— Nous avons rompu il y a six mois.

Brandon remarqua que Jasper n'avait pas répondu à la question, mais il était prêt à lui laisser le bénéfice du doute.

— Vous n'avez donc pas vu Tanya ou ne lui avez pas parlé depuis six mois ?

Jasper jeta un coup d'œil sur la salle de classe vide.

Brandon connaissait déjà la réponse à cette question grâce à ce que Bailey leur avait dit, à lui et à Yara, plus tôt dans la matinée, mais il voyait Jasper essayer de déterminer s'il devait dire la vérité ou mentir.

— Je l'ai vue quelques fois après la rupture. Pourquoi me posez-vous toutes ces questions ?

Brandon lui renvoya un sourire chaleureux et engageant, sachant que cela aurait pour effet de le calmer quelque peu.

— Comme je l'ai dit, Tanya m'avait engagé, et, bien qu'elle ne soit malheureusement plus là, je souhaite terminer le travail pour lequel j'ai été embauché.

Ce n'était pas faux, même s'il ne savait pas en quoi consistait ce travail.

— Quand avez-vous vu Tanya après votre rupture, exactement ?

— Je n'en suis pas certain. Nous avons rompu début mai et je pense que c'était quelques semaines plus tard, donc fin mai, début juin.

— Et qu'avez-vous fait ?

— Que voulez-vous dire ? demanda Jasper, de plus en plus confus.

— Quand vous vous êtes vus, êtes-vous sortis dîner ? Êtes-vous allés au cinéma ? Boire un verre ?

— Oh ! euh, une fois nous sommes allés dîner et voir un film. Une autre fois, nous sommes restés à la maison et avons regardé quelque chose à la télévision.

— La rupture s'est-elle donc déroulée à l'amiable ? Vous êtes restés amis ?

— Oui, je veux dire, je suppose.

— Vous supposez ?

Jasper poussa un gros soupir.

— Écoutez, je veux dire que ça s'est fait autant à l'amiable que possible. Je ne voulais pas que la relation se termine. Tanya le souhaitait. J'ai pensé que, si je lui accordais plus d'attention, elle reviendrait vers moi, alors je l'ai convaincue de dîner ensemble et de me laisser venir regarder un film. Mais sa décision était prise. Elle a dit qu'on pouvait rester amis. Eh bien, je ne dépense pas deux cents dollars pour dîner avec mes amies, alors j'ai fini par la laisser partir.

— Quand vous vous êtes retrouvés chez elle pour regarder un film, s'agissait-il de son appartement dans le sud de Manhattan ?

— Non. Elle vivait encore dans le Queens.

Brandon étudia l'homme d'un œil acéré.

— Mais vous saviez, pour le nouvel appartement à Manhattan ?

Jasper acquiesça.

— Oui.

— Vous êtes-vous demandé où elle avait trouvé l'argent pour un tel endroit ?

— Évidemment, je me suis posé la question. L'argent pour le loyer et aussi pour la voiture.

— Et avez-vous effectué quelques recherches pour le découvrir ?

— Oui, bon, bien sûr que j'ai essayé de savoir, dit Jasper avec un petit sourire en coin. N'importe qui aurait fait de même. Nous sortions ensemble depuis près de deux ans. Je pensais la demander en mariage. Puis, tout d'un coup, elle m'a largué et s'est mise à vivre dans un appartement hors de prix. Elle conduisait une voiture de luxe. J'étais curieux, mais je n'ai jamais su comment elle payait tout ça. Ou qui le faisait pour elle.

— Mais vous pensez que quelqu'un payait pour son nouveau style de vie.

— Eh bien, oui. Je sais combien elle gagnait et ce n'était pas assez pour s'offrir l'appartement ou la voiture. La retraite de sa mère couvre à peine ses propres dépenses, et son frère n'arrive pas à garder un emploi stable, alors je me doutais bien d'où venait l'argent.

— Et d'où pensez-vous que cela venait ?

— Un nouvel homme. Tanya a toujours rêvé en grand. Elle aimait aider les gens, ne vous méprenez pas, mais elle voulait aussi de belles choses. De très belles choses qu'elle n'aurait jamais pu s'offrir avec un salaire d'infirmière. Elle a dû trouver un homme qui était prêt à payer ses factures. J'ai pensé que peut-être...

— Peut-être quoi ?

— Notre couple se portait bien avant qu'elle n'obtienne ce

poste auprès de ces deux médecins. Je me disais que son nouveau mec travaillait peut-être là-bas ou à l'hôpital auquel la clinique est affiliée.

Jasper détourna le regard, mais Brandon ne manqua pas de lire la douleur sur son visage. Il se sentait mal pour lui. Jasper semblait avoir vraiment aimé Tanya. Ce qui ne voulait pas dire qu'il était innocent. La majorité des personnes assassinées mouraient de la main de quelqu'un qui prétendait les aimer.

— Avez-vous déjà confirmé ce soupçon ?

Jasper soupira à nouveau.

— J'admets que j'ai fouillé dans les photos des réseaux sociaux de Tanya, j'ai demandé à quelques amis communs s'ils avaient entendu parler d'un nouveau gars, mais je n'ai rien trouvé, et, bon, je ne suis pas idiot. Je n'allais pas insister auprès d'une femme qui ne voulait pas de moi, alors je suis passé à autre chose.

Brandon le croyait. Rien dans le ton ou le langage corporel de Jasper n'indiquait qu'il mentait. Et sa réaction, après avoir été largué sans cérémonie et avoir vu le mode de vie de son ex changer radicalement, n'était pas complètement déraisonnable.

— Avez-vous déjà roulé sur la route 30 ?

Jasper sursauta face à ce changement soudain de sujet, mais se reprit rapidement.

— Euh, oui. Plusieurs fois. Je l'emprunte pour éviter les bouchons sur l'autoroute. Pourquoi ?

— Juste par curiosité.

Jasper déglutit difficilement.

— J'ai entendu dire que Tanya avait été retrouvée dans sa voiture sur une route quelque part. C'est là que… ?

— Oui, le long de la route 30. Avez-vous une idée de la raison pour laquelle elle se serait trouvée là ?

Jasper secoua la tête, faisant tomber une boucle sombre sur son visage. Il la remit en place distraitement.

— Non. Nous avions emprunté cette route l'an dernier pour assister au dîner de Thanksgiving chez mon oncle et ma tante, mais je ne l'imagine pas aller leur rendre visite toute seule. Pourquoi le ferait-elle ?

Cela semblait peu probable, mais peut-être avait-elle rencontré son nouveau petit ami lors de ce dîner.

— Y avait-il quelqu'un d'autre que vous, Tanya, votre oncle et votre tante à ce repas de Thanksgiving ?

Jasper secoua la tête.

— Juste nous quatre.

Cela ne signifiait pas que Tanya n'avait pas rencontré son homme mystère à cette époque, même si c'était peu probable. Mais cela confirmait qu'elle connaissait cette route peu fréquentée. Peut-être avait-elle prévu de rencontrer quelqu'un là-bas et cela avait mal tourné. Il existait un lien entre Tanya et l'endroit où son corps avait été découvert, même s'il était ténu. Peut-être qu'en tirant un peu plus sur les fils, Yara et lui trouveraient quelque chose.

Jasper accrocha son sac à dos sur son épaule.

— Il y a autre chose ? C'est l'heure de la pause déjeuner et j'ai un autre cours dans une heure.

— Non. Merci de m'avoir parlé.

Jasper fit quelques pas en direction de la porte, avant de se retourner.

— Tanya et moi n'étions peut-être plus ensemble, mais je tenais toujours à elle. Elle ne méritait pas ça. J'espère que, quoi que vous fassiez pour elle, cela aidera à retrouver son meurtrier.

Brandon l'espérait aussi.

15

Les yeux froids de Zachary se posèrent sur Yara lorsqu'elle pénétra dans la salle d'interrogatoire. Il renifla d'un air dédaigneux mais resta silencieux.

Yara s'installa sur la chaise en face de lui.

— Comment ça va, Zach ?

Elle posa un bloc-notes sur la table et ouvrit le dossier qu'elle avait apporté. Le casier judiciaire de Zachary. Il avait eu ses premiers démêlés avec la justice à l'âge de onze ans pour avoir vendu du cannabis. Il était passé plusieurs fois devant le tribunal pour mineurs. Mais à mesure qu'il grandissait, ses infractions étaient devenues de plus en plus graves. Zachary avait purgé trois ans d'une peine de sept ans pour vol de plusieurs voitures en bande organisée. Libéré sur parole en septembre dernier, il semblait qu'il avait repris là où il s'était arrêté puisqu'on le soupçonnait d'être impliqué dans plusieurs affaires de trafic de drogue depuis sa sortie de prison. Malheureusement, son séjour en prison semblait avoir fait de Zachary un meilleur criminel que lorsqu'il y était entré, car ils n'avaient pas été en mesure de réunir suffisamment de preuves pour procéder à une arrestation.

— Alors, Zach, reprit-elle. Pourquoi t'es-tu enfui ?

— Rien à déclarer.

Il se recula, s'adossant confortablement sur sa chaise, comme pour lui prouver sa nonchalance. Zachary était un criminel de carrière, mais son visage rond et ses cheveux blond miel lui donnaient un air d'innocence imméritée. Avec son T-shirt Ralph Lauren, son jean de marque et ses baskets à trois cents dollars, il aurait pu passer pour un riche étudiant.

— Tu n'es pas obligé de me parler, acquiesça Yara, mais je parie qu'en fouillant un peu, nous pourrions trouver de quoi révoquer ta probation. Ton agent référent nous aiderait sûrement. Ils sont pointilleux sur les règles, ces gens-là. Combien d'années te reste-t-il à purger ?

Il lui lança un regard noir.

— Quatre ans, répondit-elle pour lui. Quatre ans, tout ça parce que tu as voulu jouer les Usain Bolt avec moi.

Il se dandina sur son siège, étirant ses jambes devant lui, dont l'une était enchaînée à un crochet métallique fixé au sol. Il croisa les bras sur sa poitrine.

Elle imita la pose, lui renvoyant son sourire mielleux.

— Peut-être que tu voulais y retourner pour passer plus de temps avec Aiden.

Zach se redressa comme si une mouche l'avait piqué.

— Tu parles pas de mon frère, toi !

Il semblait qu'elle avait touché un sujet sensible. Aiden Brooks avait pris la suite de son frère et purgeait actuellement une peine de sept ans d'emprisonnement pour agression.

— Unis comme les deux doigts de la main. Ou comme deux criminels en taule, dans votre cas, dit-elle en ignorant son regard plein de menaces.

Elle se redressait, au moment où quelqu'un frappa à la porte. Une fraction de seconde plus tard, le lieutenant Wilson passait la tête à l'intérieur de la pièce.

— Détective, puis-je vous parler un instant ?

Yara ressentit une pointe d'agacement. Elle commençait à peine son interrogatoire, elle venait de trouver le rythme, et comment mettre Zachary sur les nerfs. Partir maintenant signifiait qu'il aurait le temps de se calmer et qu'elle devrait tout recommencer, mais elle n'avait pas le choix.

Elle sortit de la salle d'interrogatoire, surprise de découvrir dans le couloir le lieutenant Wilson en compagnie de Morgan Corbett, le procureur adjoint, ainsi que d'un autre homme.

— Qu'est-ce qui se passe ?

— Détective Thomas, vous connaissez le procureur Corbett, et voici Jung Hsiung, un enquêteur du bureau du procureur.

Elle fit un signe de tête à chacun des hommes.

— D'accord. Pourquoi sont-ils ici ?

— Nous prenons la garde de Zachary Brooks, dit Morgan, avec un léger sourire lui faisant comprendre à quel point cela l'amusait de lui voler son suspect.

Deux ans auparavant, elle avait accepté à contrecœur de sortir avec Morgan pour ce qui s'était révélé un rendez-vous interminable. Il l'avait emmenée dans l'un des nombreux restaurants chics de New York où les convives payaient une fortune pour un repas qui ne rassasierait pas un colibri. Morgan avait passé tout le repas à ne parler que de lui – son diplôme de droit de l'Ivy League, le fait qu'il soit l'un des plus jeunes avocats de sa division, son objectif d'accéder un jour à un poste de juge. Lorsque l'addition était arrivée, elle n'avait qu'une envie : rentrer chez elle. Une envie apparemment partagée par Morgan, qui semblait même penser qu'elle devait se sentir honorée qu'il veuille passer la nuit avec elle. Elle lui avait clairement fait comprendre qu'il n'était pas invité, ce qu'il n'avait pas apprécié. Depuis, leurs relations professionnelles étaient glaciales, et elle faisait de son mieux pour garder ses distances.

Les poings sur les hanches, elle tenta de leur tenir tête.

— Il est inculpé de plusieurs chefs d'accusation pour cambriolage. Vous ne pouvez pas venir ici et nous le retirer comme ça.

— Notre affaire l'emporte sur quelques cambriolages, déclara Morgan. Vous pourrez le récupérer quand nous en aurons fini avec lui.

— Et de quelle affaire s'agit-il ? cracha Yara.

Morgan secoua la tête.

— Désolé. Je ne peux pas en parler. C'est confidentiel.

— Vous prenez mon suspect, et vous ne pouvez même pas me dire pourquoi ?

— Exactement. Tout ce que vous devez savoir, c'est que Zachary Brooks est un témoin important dans une affaire très sensible.

— Un témoin important dans quelle affaire ? répéta-t-elle à l'attention du lieutenant Wilson.

Mais, malgré ses fanfaronnades sur l'intérêt du maire pour les cambriolages, il se tint coi.

— Et quand me sera-t-il remis ? reprit-elle.

Morgan haussa les épaules.

— Je ne sais pas. Cela dépend de ce qu'il peut nous dire et de la durée des poursuites.

Il fit un geste en direction de la salle d'interrogatoire et son enquêteur en ouvrit la porte.

Elle et le lieutenant Wilson les observèrent depuis le hall, tandis que Morgan et l'enquêteur expliquaient à Zachary la raison de leur présence et le fait qu'il était désormais sous leur garde.

Zachary n'eut pas l'air surpris par l'apparition soudaine de Morgan, ce qui ne fit qu'attiser l'ire de Yara. Il semblait que tout le monde savait ce qui se passait, sauf elle. Et elle n'aimait pas du tout être mise à l'écart.

Brandon ouvrit la porte au moment où Yara s'engageait dans l'allée. L'excitation qu'il avait ressentie en voyant sa voiture s'arrêter devant sa maison fut rapidement remplacée par une colère lancinante. Elle boitait et, de près, il pouvait voir que sa lèvre inférieure était fendue.

— Tu vas bien ? Que s'est-il passé ?

Il tendit la main pour l'aider à entrer dans la maison. Ses cheveux tombaient en vagues ébouriffées et le faisaient penser à toutes les façons dont il aimerait les emmêler encore plus. Mais elle n'était pas en état d'avoir ce genre de pensées, alors il décida de les ignorer aussi. Refermant la porte avec son pied, il passa un bras autour de la taille de la jeune femme, s'apprêtant à la soulever dans ses bras et à la porter jusqu'au canapé du salon.

Elle le stoppa d'un regard noir.

— Même pas en rêve. Je ne suis pas invalide. Je peux marcher.

Il se retint de répliquer et garda son bras fermement autour de sa taille tandis qu'elle boitillait jusqu'à son canapé.

— Qu'est-ce qui s'est passé ? demanda-t-il à nouveau, se dirigeant vers la cuisine pour prendre un sac de petits pois surgelés dans le congélateur.

— Course-poursuite. Je me suis un peu cogné le genou. Je me suis fendu la lèvre quand j'ai plaqué le gars au sol, mais je vais bien. J'ai pris des coups plus durs de la part de mes frères en grandissant.

— Il faut que quelqu'un explique à tes frères comment traiter une dame, alors, marmonna-t-il. Tiens, allonge-toi et mets ta jambe sur le canapé.

Il déplaça quelques coussins pour qu'elle puisse s'appuyer sur le bras du canapé et étendre sa jambe, puis posa le sac de petits pois sur son genou.

Elle aurait probablement dû rentrer directement chez elle pour se reposer, mais il était secrètement ravi qu'elle ait choisi de venir le voir. Il aimait prendre soin d'elle, ce qui aurait probablement été une surprise pour elle autant que pour lui s'il le lui avait avoué, raison pour laquelle il n'avait aucune intention de lui en faire part.

— Je doute que mes frères me considèrent comme une dame, du moins pas quand nous étions jeunes. Je vais bien. Physiquement, du moins.

Il la regarda.

— Qu'est-ce que ça veut dire ?

— Je ne suis pas blessée, pas vraiment, mais je suis en colère.

Je me fais frapper en poursuivant le méchant, et Morgan Corbett débarque et me pique mon témoin sous le nez. Et il ne veut même pas nous dire pourquoi.

— Morgan Corbett, l'assistant du procureur ?

— Oui, tu le connais ?

— Nous avons fait nos études de droit ensemble.

— Eh bien, ton ancien camarade de classe est un vrai salaud. Il prétend que mon suspect est un témoin important dans une de ses affaires, mais il n'a pas voulu donner plus de détails. Me voilà avec des semaines de travail et un genou meurtri pour rien.

Il retourna dans la cuisine et prit deux bières dans le réfrigérateur, les déboucha avant de revenir dans le salon. Il s'assit sur la table basse en face d'elle et lui tendit l'une des bouteilles.

Ils trinquèrent et burent chacun une longue gorgée.

— Tu sais, Morgan et moi sommes restés en contact. Je pourrais l'appeler. Voir s'il veut partager plus de détails sur son affaire avec un camarade de classe plutôt qu'avec les flics.

Elle était sur le point de boire une nouvelle gorgée mais s'arrêta net.

— Tu ferais ça pour moi ?

Il la regarda.

— C'est la moindre des choses que je ferais pour toi.

Elle rougit.

— Merci. Et désolée d'avoir dû annuler tout à l'heure.

Il appréciait ce léger regain de tension sexuelle entre eux, mais il sentait qu'elle n'était pas très à l'aise avec ça, alors il maintint la conversation sur un terrain plus neutre.

— Pas de problème. En fait, j'ai décidé d'aller voir Jasper tout seul.

— Quoi ? Je croyais qu'on s'était mis d'accord pour que tu me tiennes au courant.

— En effet. C'est pourquoi je te dis maintenant que je suis allé voir l'ex de Tanya.

Elle se redressa sur le canapé. Il pouvait voir que le mouvement lui avait fait mal, même si elle faisait de son mieux pour ne pas le montrer. Une vague de rage contre l'homme qui l'avait blessée menaça de le submerger, mais il l'étouffa.

— Ce n'est pas ce que je voulais dire en parlant de me tenir au courant. Ça signifiait : fais-moi part de tes intentions avant d'agir.

— Ce n'était pas ce que j'avais compris.

Il leva une main avant qu'elle ne puisse recommencer à le réprimander.

— Veux-tu savoir ce que le professeur a dit ou préfères-tu continuer à me crier dessus ?

Elle lui lança un regard qui aurait dû le faire fuir, mais, d'une certaine manière, il le trouva attachant. Mon Dieu, elle était encore plus belle en colère.

— Qu'est-ce qu'il a dit ? demanda-t-elle enfin.

Il lui raconta les grandes lignes de sa conversation avec Jasper. Elle l'écouta attentivement, ne l'arrêtant que deux fois pour lui demander des précisions.

— Jasper a donc soupçonné le nouvel amant de Tanya d'être l'un des médecins à son travail. Ce n'est pas une mauvaise théorie.

— C'est possible, mais les médecins n'ont pas nécessairement autant de revenus disponibles qu'on le croit. Tout comme pour les avocats, le coût des études et la dette qui en découle empiètent sur leur salaire de manière significative et pendant un certain nombre d'années.

— D'accord, d'accord. Mais cela reste une théorie qui vaut la peine d'être étudiée.

— Je suis d'accord. J'ai entamé des recherches sur le cabinet, mais il y a sept médecins qui travaillent à la clinique et celle-ci est aussi affiliée à un hôpital privé. Il est donc possible que Tanya ait rencontré, par l'intermédiaire de la clinique, quelqu'un qui travaille à l'hôpital.

Yara soupira.

— Notre liste de suspects va dans la mauvaise direction. Elle s'allonge au lieu de se réduire.

— Je sais. C'est pourquoi j'ai demandé à mon frère de m'aider dans la vérification des antécédents. J'ai pensé qu'il était plus logique de commencer par les médecins de la clinique et de progresser ensuite vers l'hôpital.

— C'est juste.

— Je ne suis pas sûr non plus que le fait que Jasper et Tanya aient un jour emprunté la route où le corps de Tanya a été retrouvé ait une quelconque signification.

— Je ne sais pas non plus, dit Yara en fronçant les sourcils.

Elle se déplaça sur le canapé, puis grimaça.

— Attends, laisse-moi t'aider...

Il prit le coussin à l'autre bout du canapé et le plaça sous son genou blessé.

— Non, c'est bon. Je dois y aller, de toute façon.

Elle posa lentement sa jambe au sol. Il repoussa le coussin et s'assit à côté d'elle.

— Tu peux rester. J'ai une chambre d'amis. Deux, même. Tu as le choix.

Ou elle pouvait rester dans sa chambre. Dans son lit. Dans ses bras. Mais quelque chose lui disait que prononcer ces pensées à haute voix l'inciterait plutôt à prendre ses jambes à son cou.

Ses lèvres esquissèrent un soupçon de sourire.

— Merci, mais je peux rentrer chez moi.

Il lui prit doucement le bras et l'aida à se lever.

Son genou menaça de se dérober et il la soutint, la rapprochant de lui sans doute plus près que nécessaire.

Elle l'observa, ses yeux marron foncé s'adoucissant et provoquant en lui un besoin primaire qu'il n'avait encore jamais ressenti auparavant.

Elle le surprit en glissant les bras autour de son cou, en se hissant sur la pointe des pieds et en l'embrassant. Doucement au début, puis, quand il glissa les bras autour de sa taille, plus profondément. Il voulait y aller doucement puisqu'elle était blessée, mais lorsqu'il essaya de reculer, elle le maintint fermement en place.

Sa bouche était enivrante. Elle lui mordillait la lèvre inférieure, un geste si érotique que ses genoux menacèrent de céder.

Finalement, elle éloigna sa bouche de la sienne, tout en restant dans ses bras.

— Désolée, je ne sais pas ce qui m'a pris.

— Ne le sois pas. Je ne suis pas du tout désolé. Je pense que c'était inévitable depuis le premier moment où nous nous sommes rencontrés au palais de justice.

— Peut-être.

Ses yeux se posèrent sur la bouche de Yara, et il l'attira plus près de lui.

— Pourquoi es-tu sortie de ma vie à l'époque ? Qu'est-ce que j'ai fait de mal ?

Elle passa une main sur son épaule.

— Tu n'as rien fait de mal.

— Alors pourquoi t'es-tu éloignée de moi ?

— Mon travail est dangereux. Chaque jour, je pars au boulot sans savoir si je rentrerai chez moi.

Brandon repoussa une mèche de cheveux derrière son oreille.

— J'ai une nouvelle pour toi, Yara. Personne ne peut dire avec certitude qu'il rentrera chez lui le soir.

— Tu comprends ce que je veux dire. Je ne souhaite pas te faire subir, à toi ou à qui que ce soit d'autre, l'agonie d'avoir à perdre un être cher et à continuer si quelque chose m'arrivait au travail.

Il la serra plus fort contre lui.

— Et l'agonie de ne jamais savoir ce que nous aurions pu vivre parce que nous n'avons jamais essayé ?

La lutte interne entre ses craintes et la possibilité qu'il lui offrait se traduisait sur son visage. Il déposa un léger baiser sur ses lèvres.

— Réfléchis à ce que j'ai dit, d'accord ?

Elle s'éloigna, faisant plusieurs pas en arrière cette fois.

— D'accord, dit-elle. Mais je dois vraiment y aller, maintenant.

Il mit de côté ses besoins. Chaque chose en son temps. Il l'aida à franchir la porte et lui tint la main.

— Es-tu sûre de pouvoir rentrer chez toi toute seule ?

— J'en suis sûre. Bonne nuit, Brandon.

— Fais de beaux rêves, Yara.

16

Le lendemain matin, Brandon ne fut pas surpris que Morgan le fasse attendre pendant près de vingt minutes. C'était déjà étonnant que son ami ait accepté de le voir dans un délai aussi court. Il s'assit sur le confortable canapé en cuir et parcourut ses mails, toujours plus nombreux, sur son téléphone. Enfin, une mince jeune femme vêtue d'un tailleur noir franchit les portes séparant les bureaux de la réception et lui demanda de la suivre.

Ils s'avancèrent dans un couloir très éclairé, bordé de bureaux aux façades vitrées, les talons de la jeune femme claquant sur le carrelage. Depuis le jour où il avait commencé à travailler au bureau du procureur, il était clair que Morgan était destiné à devenir un des plus grands avocats de la ville, et tout indiquait qu'il était sur la bonne voie. Son bureau n'était pas tout à fait un bureau d'angle, mais il restait impressionnant. Des étagères sombres garnies de livres reliés en cuir tapissaient les murs. Brandon aurait parié que Morgan n'en avait jamais ouvert un seul. À travers la paroi vitrée du bureau, Brandon pouvait voir son ancien camarade assis derrière un magnifique bureau ancien qu'il avait dû acheter lui-même – le gouvernement n'aurait jamais payé pour un tel luxe.

La jeune femme frappa à la porte.

Morgan leva la tête et leur fit signe d'entrer. Il se leva lorsque Brandon traversa la vaste pièce pour lui serrer la main.

— Brandon West, quelle surprise ! Ça fait combien de temps ?

— Trop longtemps. Merci de m'avoir reçu si rapidement.

— Veux-tu boire quelque chose ? De l'eau ? Un café ?

— Rien, merci.

— Ce sera tout, Coleen, dit Morgan avec un signe de tête à la jeune femme.

Ils s'assirent tous les deux, Morgan dans le fauteuil en cuir derrière son bureau et Brandon dans le confortable siège recouvert de soie de l'autre côté.

Cela faisait plus de dix ans que Brandon avait quitté le bureau du procureur, mais Morgan avait l'air d'avoir vieilli bien plus que cela pendant cette période. Ce n'était pas rare dans ce genre de métier. Morgan n'avait jamais été beau, avec ses yeux un peu trop écartés, et il semblait encore plus frêle aujourd'hui, sa chemise blanche bâillant au niveau du cou bien qu'elle soit boutonnée jusqu'en haut.

— Je dois admettre que je suis curieux de savoir pourquoi tu m'as contacté.

— Il s'agit d'une de tes affaires. Elle semble avoir un lien avec une cliente que je représente.

— Oh ?

Morgan se pencha en avant et posa les coudes sur le bureau, en croisant les mains.

— Un homme a été remis aux soins de ton service hier. Zachary Brooks. Pourtant, personne ne paraît savoir pourquoi.

Le visage de Morgan s'assombrit.

— Comment es-tu au courant ?

Brandon sourit.

— Nous avons tous nos sources et nos relations.

— C'est une information confidentielle.

— J'ai entendu dire qu'il était un témoin important dans l'une de tes enquêtes.

Il prenait un risque en révélant cette information, mais un petit risque, pensait-il. Morgan pourrait soupçonner Yara de lui avoir parlé et comprendre que Brandon était ici en son nom, mais il ne pouvait pas faire grand-chose à part se plaindre à son lieutenant. Yara était suffisamment chevronnée pour accepter de se faire passer un savon s'il le fallait. Elle pourrait même ne pas s'en soucier si cela lui permettait d'obtenir des informations utiles.

— Je ne peux pas en parler.

— Même pas à un ancien collègue ?

— « Ancien » étant le mot clé, justement.

— Allez, Morgan. Tu sais que je ne vais pas partager ce que tu me dis avec qui que ce soit.

— Pourquoi as-tu besoin de savoir cela ?

Il avait anticipé cette question. Il ne pouvait pas dire à Morgan qu'il le faisait pour Yara, alors il avait trouvé une autre excuse plausible.

— Il est possible que cela ait des conséquences pour une de mes clientes.

Morgan haussa un sourcil interrogateur.

— L'un de tes cas de violences domestiques ?

Brandon laissa le silence faire le travail à sa place. Morgan soupira.

— Cela ne quitte pas cette pièce, compris ?

— Parfaitement.

— Zachary Brooks est un témoin important dans une affaire de fraude aux soins médicaux et de vente illégale d'ordonnances sur laquelle je travaille.

Brandon n'était pas sûr de ce à quoi il s'attendait, mais ce n'était pas ça.

— Comment quelqu'un comme Zachary a-t-il pu se retrouver mêlé à une fraude à l'assurance maladie ?

Morgan poussa un petit rire moqueur.

— Ces types sont comme les Warren Buffett du crime. Ils se diversifient pour atténuer les risques. Le frère de Zachary purge une peine de sept ans pour agression. Zachary est venu nous voir avec des informations dans l'intention de faire réduire la peine de son frère.

— Comment Brooks a-t-il su pour la fraude ?

— Son ex-petite amie travaille dans la clinique qui est l'objet de notre enquête. Il l'a entendue parler de la fraude et a eu l'idée géniale de l'exploiter.

Brandon eut soudain un soupçon.

— Quel est le nom de la petite amie ?

— Bailey Dunlap.

Paris déposa un dossier sur le bureau de Yara avant de s'asseoir à sa place.

— Qu'est-ce que c'est ? demanda Yara.

— Les relevés téléphoniques de Tanya Rutger.

Enfin. Avec un peu de chance, ils contiendraient quelque chose qui lui permettrait de trouver le nom de l'homme mystère de Tanya et expliquer sa présence sur la route 30 la nuit où elle avait été tuée.

La demande de relevés téléphoniques de Tanya portait sur les trente jours précédant son décès et incluait des appels téléphoniques et des SMS. À eux seuls, les textos s'étendaient sur près de trente pages. Yara regarda la colonne des appels et constata avec soulagement qu'il s'agissait d'une dizaine de pages beaucoup plus accessibles.

Elle fit défiler la liste des numéros de téléphone jusqu'à la fin, en remontant à partir du dernier appel passé. Outre le numéro de l'appel entrant ou sortant, les enregistrements indiquaient la date et l'heure de chaque appel, la provenance et la durée. Malheureusement, cela ne lui donnait pas le nom du propriétaire de l'autre téléphone. Il lui faudrait entrer chaque numéro dans la base de données de l'annuaire et voir si elle obtenait une correspondance, ce qui prendrait du temps.

La plupart des appels étaient entrants. Elle put rapidement

identifier et éliminer ceux de la mère et du frère de Tanya. Ce qui l'intéressait vraiment, c'était les quelque trois douzaines d'appels provenant d'un numéro qui s'avéra être la ligne principale de la clinique Stryder. Il y avait de nombreuses raisons pour lesquelles un employé pouvait passer ou recevoir un coup de fil de son employeur, mais ces appels semblaient se regrouper surtout à la fin de la journée de travail ou bien après la fermeture de la clinique.

De plus, elle constata beaucoup plus d'appels du numéro de la clinique vers le téléphone de Tanya que l'inverse. D'ailleurs, lorsqu'elle répartit les appels entre ceux envoyés et ceux reçus, elle remarqua un schéma précis.

Tous les appels que Tanya avait passés à la clinique l'avaient été pendant les horaires de travail. À l'exception de deux d'entre eux, tous les appels provenant de la clinique avaient été passés après la fermeture de l'établissement. Il se pouvait que cela ne veuille rien dire – peut-être que quelqu'un à la clinique appelait Tanya pour lui demander de faire des gardes supplémentaires, beaucoup de gardes supplémentaires –, mais l'instinct de Yara lui soufflait qu'elle tenait une piste.

Malheureusement, les relevés téléphoniques ne permettaient pas de savoir qui avait appelé Tanya. Ce qui signifiait qu'une autre visite à la clinique s'imposait.

Le seul autre numéro ayant appelé Tanya avec une certaine régularité ne figurait pas dans la banque de données de Yara. Mais le nom qui apparut lorsqu'elle le chercha dans l'annuaire ne lui était pas inconnu.

Jasper Reinholt.

N'avait-il pas dit à Brandon qu'il avait cessé de parler à Tanya depuis qu'il avait renoncé à la reconquérir ? Pourtant, quatre appels d'une durée allant d'environ cinq minutes à près de quarante minutes étaient répertoriés dans les relevés téléphoniques de Tanya, bien après leur rupture.

L'un d'entre eux avait eu lieu la veille de la découverte du corps de Tanya. Elle passa aux pages montrant les SMS. Il y avait près d'une douzaine de messages provenant du numéro de Reinholt.

Beaucoup d'entre eux étaient légèrement ou ouvertement dragueurs. Aucun ne semblait menaçant, mais ce ne serait pas la première fois que quelqu'un passerait de l'amour à la haine en un éclair. Peut-être que Tanya avait essayé de se débarrasser de Jasper une fois pour toutes lors d'un de ces appels et qu'il l'avait mal pris. Auparavant Reinholt figurait loin sur sa liste de suspects, étant donné que sa relation avec Tanya avait pris fin plusieurs mois auparavant, mais elle souhaitait maintenant l'interroger le plus tôt possible.

Elle prit son téléphone portable et composa un autre numéro qui lui devenait de plus en plus familier.

Brandon décrocha après la première sonnerie.

— Détective, j'étais sur le point de vous appeler.

Elle ignora la sensation que le son de sa voix déclenchait au creux de son estomac.

— Jasper Reinholt ne t'a-t-il pas dit qu'il n'avait pas vu ou parlé à Tanya depuis plusieurs mois ?

— Ah, eh bien, parlons affaires. Oui, c'est ce qu'il m'a dit. Six mois, pour être exact.

Elle baissa la voix avant de continuer.

— J'ai obtenu les relevés téléphoniques de Tanya, et il y a un certain nombre d'appels de Reinholt ainsi que des douzaines en provenance de la clinique Stryder.

Il n'y avait personne dans le bureau en ce moment, à part Paris, qui se concentrait sur la rédaction d'un rapport. Elle n'avait pas même regardé dans sa direction après avoir déposé les relevés téléphoniques sur son bureau. Cela dit, même si le lieutenant Wilson lui avait donné la permission de consulter ces relevés, elle ne voulait toujours pas qu'il sache qu'elle travaillait avec Brandon.

— Les appels de Reinholt ont peut-être une signification,

mais il n'est pas inhabituel qu'un employeur appelle de temps en temps.

— Et que dirais-tu de trois douzaines de fois au cours du dernier mois ? *Après* les heures de travail ?

— D'accord, c'est un peu bizarre. Comment veux-tu procéder ?

— Je dois aller parler à Reinholt et faire un saut à la clinique. Je vais voir si je peux découvrir qui appelait Tanya et pourquoi. J'ai pensé que tu souhaiterais m'accompagner.

— Je n'ai rien d'urgent pour le moment et je pourrais te parler de ma rencontre avec Morgan Corbett en chemin. Je suis partant.

Elle sourit.

— Je passe te prendre dans dix minutes.

Brandon, vêtu d'un costume anthracite qui lui allait à merveille, l'attendait lorsqu'elle s'arrêta devant son bureau.

— Combien de ces costumes possèdes-tu ? demanda Yara, en faisant redémarrer la voiture.

La bouche de Brandon se retroussa en un sourire malicieux.

— Tu es la bienvenue pour jeter un coup d'œil dans mon placard quand tu veux.

Elle sentit le rouge lui monter aux joues.

— Dis-moi ce qui s'est passé quand tu as parlé à Corbett.

Il s'esclaffa mais commença à décrire sa conversation avec l'assistant du procureur.

— Donc Zachary Brooks est lié à Tanya. En voilà une coïncidence !

Yara freina, ralentit alors qu'un adolescent traversait la rue.

— Et pas des moindres. Brooks sortait avec Bailey Dunlap. Morgan m'a confié que Zach avait entendu Tanya et Bailey discuter d'une possible fraude à l'assurance maladie. Il a transmis l'information au bureau du procureur, afin d'obtenir un accord pour réduire la peine de prison de son frère.

Ils s'arrêtèrent à un feu rouge et Yara tapota le volant en réfléchissant.

— Brooks est un criminel de carrière. Pas étonnant qu'il ait trouvé un moyen d'utiliser ce genre d'information.

— Je suggère que nous parlions aux médecins, dit Brandon.

— Exactement ce à quoi je pensais. Juste après avoir interrogé ce cher professeur Reinholt.

Le parking du campus avait la taille d'un terrain de sport et était presque plein lorsqu'ils se garèrent. Le soleil était encore haut, mais un vent frais donnait l'impression qu'il faisait plus froid que ce qu'indiquait le thermomètre.

— Jasper n'a pas de classe à cette heure-ci, il va nous falloir le chercher. Son bureau est situé dans le hall Whitmer, à l'est du parking.

Ils se mirent en route et trouvèrent facilement leur chemin. Le bâtiment ressemblait à une université classique de Nouvelle-Angleterre, avec ses colonnes imposantes et ses pierres vieillies, le tout entouré d'une grande pelouse verte. Yara savait cependant que le campus n'était pas assez ancien pour que le bâtiment ait été construit au cours du siècle où une telle architecture était en vogue. Mais les étudiants, et surtout leurs parents qui payaient les factures, souhaitaient vivre un certain type d'expérience universitaire, et le Silver Hill Community College tenait à la leur offrir.

Ils grimpèrent des escaliers en pierre et pénétrèrent dans le bâtiment. Il n'y avait pas d'annuaire, mais les portes des bureaux portaient des noms. Aucun de ceux sur les premières portes n'était celui de Jasper Reinholt et, avec un bâtiment de quatre niveaux, parcourir les couloirs pour trouver le professeur pourrait prendre un certain temps.

Yara fut reconnaissante lorsque le couloir s'ouvrit sur une petite alcôve où deux femmes travaillaient derrière leur bureau. Elle supposa qu'il s'agissait d'assistantes, ce qui signifiait qu'elles en sauraient très certainement plus sur les ragots du campus.

Aucune des deux femmes ne leva les yeux à leur approche.

— Excusez-moi, pourriez-vous me dire où je pourrais trouver le bureau du professeur Jasper Reinholt ? demanda Yara.

— Je n'ai jamais entendu parler de lui, dit la femme assise au bureau le plus proche d'eux sans se détourner de son ordinateur.

La plaque indiquait que son nom était Rena Smith.

— Il fait partie du département d'anthropologie. C'est l'étage de la sociologie, ici, dit l'autre femme sans cesser de mâchouiller un crayon.

Yara ne pouvait pas voir la plaque sur son bureau mais elle commençait à sentir son irritation monter.

— Très bien, à quel étage se trouvent les bureaux des professeurs d'anthropologie ?

Rena soupira, détournant le regard de ce sur quoi elle travaillait, puis eut un petit hoquet lorsque ses yeux tombèrent sur Brandon. Sa réaction fut suffisante pour attirer l'attention de sa collègue. Brandon adressa un sourire ravageur aux deux femmes.

— Mesdames, je sais que vous devez être terriblement occupées. Mais si vous pouviez nous aider, ma collègue et moi, un instant, nous vous en serions reconnaissants. Nous cherchons le bureau de Jasper Reinholt. Vous avez raison, il est professeur d'anthropologie.

La femme qui était assise derrière Rena retira le crayon de sa bouche tout en dévorant Brandon du regard.

— Il doit être au troisième étage, alors. Je ne suis pas sûre du numéro de son bureau, dit-elle avec un sourire éblouissant.

— Je peux le trouver. J'ai l'annuaire de l'immeuble juste ici.

Rena passa la main sur sa table, faisant tomber une pile de papiers sur le sol. Elle arracha un feuillet du tableau en liège sur le mur à côté d'elle.

— 306 B, dit-elle d'un ton plus approprié à l'annonce du lauréat d'un Oscar qu'à celle d'un numéro de bureau.

— Mais il n'est pas là.

L'autre femme se leva et vint se placer à côté de sa collègue, avant de tendre une main à Brandon, ignorant complètement la présence de Yara.

— Je m'appelle Lara.

Brandon lui serra la main.

— C'est un plaisir de vous rencontrer, Lara.

— Savez-vous quand le professeur Reinholt sera de retour ? demanda Yara, en s'efforçant de ne pas laisser transparaître l'irritation dans sa voix.

— Non, je voulais dire qu'il ne reviendra pas. Pas avant un certain temps, en tout cas. La raison pour laquelle je sais qu'il est dans le département d'anthropologie, c'est que je suis amie avec son assistante et qu'elle est venue ici hier pour se plaindre parce que le professeur Reinholt a appelé le doyen et a annoncé qu'il prenait quelques semaines de congé en raison d'une urgence familiale. Comme vous pouvez l'imaginer, cela a fait des vagues, étant donné que le semestre a déjà commencé et que Reinholt n'avait communiqué aucun préavis.

— A-t-il précisé la nature de cette urgence familiale ?

— Non, du moins, s'il l'a fait, il ne l'a pas dit à Pam. C'est le nom de son assistante. Je suppose que, lorsque vous avez autant d'argent que lui, vous ne vous souciez pas de contrarier votre patron.

— Je ne savais pas que le professeur Reinholt était si riche, dit Yara avec suspicion.

Les deux femmes se jetèrent un coup d'œil sans répondre.

— Mesdames, il s'agit d'une enquête de police. Si vous savez quelque chose, c'est le moment de le dire.

— Le professeur Reinholt n'en fait pas tout un plat, mais ce n'est pas non plus un secret, dit finalement Lara. Son beau-père est Chauncy St. James, vous savez, un milliardaire de la tech. Il a épousé la mère du professeur Reinholt lorsque ce dernier était tout petit, si bien qu'il est en quelque sorte son père. Le professeur Reinholt se vante de vivre de son salaire, de conduire une vieille voiture et d'habiter dans une petite maison à Kingsborough, mais, je veux dire, il est facile de mener son existence comme un pauvre professeur quand vous savez que vous n'avez pas vraiment à le faire.

Ils remercièrent les deux femmes pour leur aide et se dirigèrent vers le bureau de Reinholt. Comme prévu, il n'était pas là. Son assistante fut beaucoup moins loquace, se contentant de dire qu'elle ne savait pas quand le professeur serait de retour et de proposer de faire passer le message que la police souhaitait lui parler.

Yara attendit qu'ils soient de retour dans la voiture pour poser la question qui lui trottait dans la tête depuis qu'elle avait parlé aux deux assistantes. Elle se tourna vers Brandon sans faire démarrer la voiture.

— Quelles sont les chances que Reinholt ait eu une urgence familiale après que tu lui as posé des questions sur sa relation avec Tanya ?

— Je n'ai jamais été bon en maths, mais je dirais que les chances sont faibles.

Elle mit le moteur en route.

— Moi aussi. Tu as le temps de passer chez Reinholt ?

Brandon la gratifia d'un de ses sourires éblouissants, et elle se sentit obligée de pardonner leur zèle à Rena et à Lara. C'était en effet un sourire ultra-sexy.

— Pour toi, j'ai tout mon temps.

17

Yara tourna au coin de la rue de Reinholt à la recherche de sa maison. Le quartier lui semblait familier et, au bout d'un moment, elle se rappela pourquoi. Elle y avait procédé à sa première arrestation en tant que flic. Elle et son partenaire avaient été appelés pour violences domestiques et avaient trouvé un homme essayant d'enfoncer la porte verrouillée de la chambre à coucher pour atteindre sa femme et son enfant. Il était sous méthamphétamines et ils avaient dû s'y mettre à trois pour le maîtriser. Quelques semaines après l'incident, elle avait reçu une notification du procureur du district indiquant que les charges contre le mari étaient abandonnées parce que sa femme refusait de témoigner contre lui.

En dépit de sa première impression, le quartier était une enclave de la classe moyenne, généralement sûre et plutôt banale. Les maisons avaient l'air bien entretenues pour la plupart et un bon nombre d'entre elles présentaient des signes indiquant que de jeunes familles vivaient là : des vélos traînaient sur les pelouses, des balançoires pendaient aux grands arbres dans plusieurs cours et une petite flotte de monospaces aux couleurs neutres s'étendait à perte de vue.

Elle arrêta la voiture devant une simple maison à la peinture écaillée et à l'allée en béton fissurée.

— C'est ici que Reinholt habite.

— On dirait qu'il n'y a personne, dit Brandon en jetant un coup d'œil par la fenêtre.

Ils ne distinguaient en effet aucune voiture dans l'allée, et les stores semblaient tirés sur toutes les fenêtres.

— Allons voir de plus près.

Elle éteignit le moteur et rejoignit Brandon sur le trottoir.

Celui-ci jeta un coup d'œil sur le quartier.

— C'est un peu triste par rapport aux autres maisons de la rue.

Contrairement à la plupart des autres habitations qui semblaient pleines de vie, celle de Reinholt paraissait stérile et fade. La porte d'entrée noire était assortie aux volets sombres et allait de pair avec le bardage blanc écaillé. N'importe qui aurait pu vivre ici. Ou personne, comme cela avait l'air d'être le cas à présent.

Mais Yara travaillait depuis assez longtemps pour savoir que les apparences pouvaient être trompeuses et que la complaisance pouvait vous faire tuer dans ce métier. Le mari qu'elle avait arrêté à quelques rues de là, il y a des années, était un comptable aux manières douces lorsqu'il n'était pas sous l'emprise de la méthamphétamine, un mètre soixante-dix et soixante-dix kilos tout mouillé, mais il avait fallu trois personnes pour lui passer les menottes.

Elle détacha la sangle de son holster et s'approcha de la porte d'entrée de Reinholt, en veillant à ce que son badge soit bien visible. Un son de percussions provenait de la maison de gauche, tandis que la lumière d'un écran de télévision clignotait dans la fenêtre de celle de droite. Celle de Reinholt était complètement silencieuse. Aucune lumière intérieure n'était visible à travers les lamelles des stores.

Yara frappa à la porte.

— Monsieur Reinholt ? C'est la détective Thomas du département de police de Silver Hill. Ouvrez, s'il vous plaît.

Rien. Elle toqua à nouveau et jeta un coup d'œil par l'entrebâillement des stores de la fenêtre la plus proche de la porte. Aucun mouvement à l'intérieur de la maison.

— Je ne pense pas qu'il soit là, dit Brandon en regardant par la fenêtre située de l'autre côté de la porte.

— On dirait bien. Et j'ai l'impression qu'il n'est pas venu ici depuis longtemps.

— Il a informé le doyen d'une urgence familiale hier, alors peut-être qu'il est hébergé par des parents.

— Peut-être, s'il a vraiment eu une urgence familiale, mais je ne suis pas encore prête à croire à cette histoire.

Elle frappa à nouveau à la porte, mais elle se doutait bien que le résultat serait le même.

— Que fait-on maintenant ? demanda Brandon.

C'était une excellente question. Elle se retourna et observa les maisons voisines en réfléchissant. Il se passait quelque chose de bizarre, avec Jasper Reinholt. Ses mensonges à propos des appels et des textos à Tanya, le fait qu'il se présente comme un travailleur ordinaire alors qu'il était en réalité le beau-fils de l'un des hommes les plus riches de Silver Hill, sans compter sa mystérieuse disparition juste au moment où elle voulait lui parler… Il était plus impliqué qu'il ne le disait. Peut-être beaucoup plus. Elle n'en savait pas encore assez pour le considérer officiellement comme un suspect dans la mort de Tanya, mais cela n'allait pas tarder. Et, sachant qu'il faisait partie d'une des familles les plus puissantes de la ville, le faire parler serait probablement très difficile.

Elle consulta sa montre, contrariée par le fait que la piste Reinholt leur échappait, du moins pour l'instant. Le lieutenant Wilson ne la surveillait plus autant depuis qu'elle avait arrêté Brooks pour les cambriolages, ce qui ne signifiait pas que ses absences prolongées passeraient inaperçues. De plus, elle tenait absolument à obtenir des explications pour les appels tardifs de la clinique Stryder à Tanya, au point de risquer la colère du lieutenant Wilson.

— Je pense qu'on n'obtiendra rien ici pour l'instant.

Brandon marchait à ses côtés.

— Je peux effectuer quelques recherches quand je retournerai à mon bureau. Shawn pourra m'aider.

— Tes frères ont un don pour découvrir ce que les gens veulent garder caché.

Brandon lui adressa un sourire amusé.

— C'est leur métier. Et si je fouillais dans le passé de Reinholt pour trouver tout ce que je peux sur ses relations familiales et son argent, pendant que tu tentes de découvrir où il a bien pu s'enfuir ?

— Ça m'a l'air d'être un bon plan.

Elle sourit alors qu'ils arrivaient à sa voiture et tendit la main vers la poignée de la portière.

— Tu as encore le temps de faire un tour à la clinique et de poser quelques questions aux bons docteurs ?

Brandon lui rendit son sourire.

— Je vais où vous allez, détective.

— Excusez-moi !

Brandon se retourna et Yara aperçut une femme trottinant depuis la maison située à droite de celle de Reinholt.

Grande et mince, vêtue d'un legging noir, d'un sweat-shirt trop grand et d'espadrilles, elle portait ses cheveux blonds noués au sommet de la tête.

— Je ne veux pas être indiscrète, mais je vous ai vus arriver de chez Jasper et je regarde suffisamment *New York : police judiciaire* pour reconnaître une voiture de police banalisée quand j'en vois une, déclara la femme avec un petit rire. Je suis Marion Knight, la voisine de Jasper. Je voulais juste m'assurer que tout allait bien. J'ai vu Jasper partir d'ici en trombe hier. Il ne s'est même pas arrêté quand je l'ai appelé.

Yara contourna la voiture et vint se placer devant la femme sur le trottoir.

— Vous avez vu Jasper sortir de chez lui hier soir ? À quelle heure ?

— Oh ! 19 heures, peut-être un peu plus tard. « La Roue de

la fortune » commençait à peine, donc ça ne pouvait pas être beaucoup plus tard que ça.

Les yeux de Yara se tournèrent vers la maison de Marion, où l'on distinguait la télévision à travers la fenêtre. Elle ne pouvait reconnaître le jeu télévisé à l'écran, mais il semblait qu'un candidat était en train de faire tourner une grande roue dans l'émission qui était diffusée à ce moment-là.

— Jasper avait-il quelque chose avec lui quand il est parti ?

— Quelque chose ? Oh ! comme une valise. Je crois que oui. Il a jeté un objet sur le siège passager après avoir ouvert la porte, comme s'il avait un sac de sport ou quelque chose comme ça. Il se déplaçait assez vite, alors je n'ai pas bien vu.

— Est-ce qu'il part souvent comme ça, à l'improviste ? demanda Brandon.

Marion secoua la tête.

— Pas à ma connaissance. Du moins, je ne l'ai jamais remarqué auparavant.

Et comme Yara avait l'impression que Marion remarquait à peu près tout ce qui se passait dans le quartier, on pouvait dire que Reinholt ne partait pas souvent.

Ce qui ne voulait pas dire grand-chose. Il aurait très bien pu recevoir un appel pour une urgence familiale. D'ailleurs, tout ce que Marion leur disait correspondait à cela.

— Avez-vous remarqué que M. Reinholt agissait différemment ces derniers temps ? A-t-il semblé en colère ou contrarié ?

Marion parut décontenancée par la question. Elle s'éloigna physiquement d'eux en faisant un pas en arrière.

— Non, je veux dire, je n'ai rien remarqué. Jasper est un bon voisin, mais nous ne sommes pas proches. Nous nous parlons, juste pour nous dire bonjour, si nous nous trouvons tous les deux dehors en même temps.

Yara sortit son téléphone de sa poche et chercha une photo de Tanya.

— Avez-vous vu cette femme au domicile de M. Reinholt au cours du dernier mois ?

Marion étudia l'écran du téléphone pendant plusieurs secondes avant de secouer la tête.

— Non, cela ne me dit rien. Désolée. Que se passe-t-il ? Jasper a-t-il des ennuis ?

Yara sourit d'une façon qu'elle espérait réconfortante.

— Merci, madame Knight. Vous nous avez beaucoup aidés.

Marion fronça les sourcils, ayant bien remarqué que Yara n'avait pas répondu à sa question.

— Si vous voulez vraiment trouver Jasper, vous devriez essayer à son travail. Il se consacre à l'éducation de la prochaine génération.

— Merci, nous allons faire ça, dit Yara avant de lui tendre une carte de visite. Si vous voyez M. Reinholt, pourriez-vous lui faire savoir que la détective Thomas le cherche ? Et si vous vous souvenez de quoi que ce soit d'autre qui pourrait nous être utile, n'hésitez pas à m'appeler.

Marion empocha la carte, avant de rentrer chez elle. Yara se tourna vers Brandon.

— Qu'en penses-tu ? Reinholt est-il notre homme ?

Brandon haussa les épaules.

— Il agit certainement de manière suspecte, mais il se peut que ce soit exactement ce qu'il prétend. Une urgence familiale.

Yara recommença à contourner la voiture.

— Oui, ou alors c'est un meurtrier en cavale.

Yara dut faire deux fois le tour du parking de la clinique avant de repérer une place libre. Ils s'y garèrent avant de se diriger vers la clinique.

— Le Dr Manning ne va pas être content de nous voir, dit Brandon.

— Tant mieux. Je ne suis pas contente d'être ici, moi non plus. J'en ai assez que les gens mentent et me cachent des choses.

J'essaye de trouver un tueur, et tout le monde se préoccupe de garder ses petits secrets.

Elle ouvrit la porte de la clinique et une bouffée d'air chaud les enveloppa lorsqu'ils s'approchèrent de l'accueil. Un jeune homme portant un casque avec microphone se tenait assis derrière le bureau.

— Je suis la détective Thomas. Je souhaiterais voir le Dr Manning.

— Avez-vous un rendez-vous ?

Le sourire de Yara devint presque féroce.

— Non, mais nous apprécierions que le docteur prenne le temps de nous recevoir.

Le réceptionniste les regarda avec pitié.

— Je suis sûr que vous comprenez que le Dr Manning est très occupé. Souhaitez-vous prendre un rendez-vous ?

— Si je prends rendez-vous, ce sera avec un juge. Pour un mandat de perquisition avant de retourner cette clinique de fond en comble.

Les yeux du réceptionniste s'écarquillèrent de peur.

— Un instant, s'il vous plaît.

Il tapa quatre chiffres sur le clavier du téléphone et fit pivoter sa chaise loin d'eux. L'espace était réduit, de sorte qu'ils pouvaient entendre sa conversation. Le Dr Manning ne semblait pas content, mais la menace de Yara d'obtenir un mandat parut le convaincre.

Le réceptionniste revint vers eux avec un sourire faux.

— Le médecin va vous recevoir. Au bout du couloir, à gauche.

Brandon frappa avant d'entrer, bien que la porte du bureau du Dr Manning soit entrouverte. Il était au téléphone, son air déjà contrarié s'assombrissant encore lorsque Yara et Brandon arrivèrent.

— Je te rappellerai, dit Manning à la personne à l'autre bout du fil.

Il posa le téléphone et se redressa dans son fauteuil à haut dossier.

— Détective Thomas, dit-il avec un signe de tête en direction de Yara. Et je ne crois pas que nous nous soyons déjà rencontrés, ajouta-t-il, son regard se posant sur Brandon.

— Voici mon associé, Brandon West. Merci de nous recevoir sans rendez-vous.

— Je n'avais pas vraiment le choix. Pas avec les menaces que vous profériez.

— Ce ne sont pas des menaces, docteur. Je précise simplement les dispositions que je serais obligé de prendre si vous n'étiez pas en mesure de me parler.

— Appelez ça comme vous voulez, mais je n'apprécie pas que vous débarquiez ici comme ça. J'accède à vos demandes parce que je veux, comme tout le monde ici, connaître la vérité sur ce qui est arrivé à la pauvre Tanya. Sa famille mérite au moins cela.

— Je suis heureuse que vous soyez de cet avis, docteur. J'imagine que vous n'aurez aucun problème à expliquer pourquoi vous n'avez rien dit au détective Rachlin et à moi-même sur l'enquête en cours du gouvernement fédéral sur la clinique.

Le Dr Manning jeta un regard nerveux autour de lui.

— Cela n'a rien à voir avec ce qui est arrivé à Tanya.

— Et comment le savez-vous ? insista Yara.

— Parce que toute cette enquête est absurde, déclara Manning avec une assurance qui sonnait faux.

— Les autorités fédérales ont été informées que des médecins travaillant dans cette clinique vendaient des médicaments sur ordonnance à des patients n'en ayant pas besoin moyennant une commission. Cela ne me semble pas absurde.

— Aucun des médecins avec lesquels je travaille ne violerait jamais son serment de la sorte. Il est scandaleux que quelqu'un croie la parole d'un informateur anonyme plutôt que celle de deux médecins respectés au sein de la communauté.

— C'est drôle que vous parliez d'un tuyau anonyme. Je ne pensais pas que tant d'informations avaient été divulguées. Comment savez-vous que l'enquête a été ouverte sur la base d'une information anonyme ?

— Eh bien, je...

Le médecin se dandina sur sa chaise, visiblement mal à l'aise.

— Comme je l'ai dit, toute cette enquête est absurde, et j'ai beaucoup d'amis qui le comprennent et qui ne veulent pas que cette clinique, ou ma réputation, soient ternies.

— Quelqu'un qui vous communique donc des informations sur l'enquête ?

— Est-ce vraiment de cela que vous souhaitez me parler ?

— Avez-vous soupçonné Tanya d'être la source anonyme ?

Manning serra les dents, son regard se détourna.

— Non.

— Très convaincant, ironisa Brandon. Avez-vous demandé à Tanya si elle avait contacté les autorités ou l'ordre des médecins ?

— Je vous ai déjà dit...

— Et vous avez menti, interrompit Yara. Et je commence à en avoir assez qu'on me mente. Il serait peut-être plus judicieux d'obtenir ce mandat et de fouiller cet endroit à la recherche des réponses dont j'ai besoin.

Elle se leva et Brandon fit de même.

Il n'était pas si facile d'obtenir un mandat pour perquisitionner le cabinet d'un médecin, et Yara doutait d'avoir assez d'éléments pour convaincre un juge de lui en accorder un, mais la menace semblait avoir l'effet escompté sur Manning.

Le médecin bondit de sa chaise.

— Attendez. Attendez.

— Docteur, je suis à bout de patience. Coopération ou mandat de perquisition. Que choisissez-vous ?

Manning avait l'air désespéré.

— D'accord. Écoutez, je soupçonnais Tanya d'avoir contacté les autorités. Elle est venue me voir pour me faire part de ses inquiétudes au sujet du Dr Gristedes. Elle pensait qu'il prescrivait des médicaments à des patients qui n'en avaient pas vraiment besoin et qu'il commettait des erreurs de codage dans certaines procédures.

— Et comment avez-vous réagi ? demanda Brandon.

— Je lui ai dit que ce sont les médecins qui prescrivent les médicaments, pas les infirmières. J'ai la plus grande confiance dans les capacités de diagnostic du Dr Gristedes. Je ne pense pas qu'il soit approprié pour les infirmières ou les assistantes médicales de remettre en question un médecin.

— Votre théorie est donc que Tanya a contacté les autorités après que vous avez balayé ses soupçons ? contra Yara.

— De qui d'autre aurait-il pu s'agir ? Cette clinique est au service de la communauté depuis près de vingt ans et soudain, après l'arrivée de Tanya Rutger, ces accusations calomnieuses sont lancées contre nous. J'avais en fait espéré que, après la mort de Tanya, cette enquête sans fondement serait abandonnée.

Les lèvres de Yara se retroussèrent de dégoût face à l'homme debout en face d'elle.

— Y a-t-il autre chose que vous ne nous avez pas dit ?

Manning la foudroya du regard.

— Je vous ai dit tout ce que je savais.

Brandon et elle se dirigèrent vers le bureau de Gristedes, mais il était sombre et vide. Yara essaya de joindre le médecin sur son portable, sans obtenir de réponse.

Ils eurent plus de chance avec Bailey. Elle se trouvait dans la salle de repos et buvait un café avec une autre infirmière. À la vue du badge de Yara, la seconde infirmière s'excusa, jetant un regard amical à Bailey par-dessus son épaule avant de quitter la pièce.

Yara s'installa sur la chaise que la collègue de Bailey venait de libérer tandis que Brandon prenait l'autre siège vide. Bailey se mordilla la lèvre inférieure, le regard fixé sur la tasse qu'elle tenait entre les mains.

— Bailey, vous nous avez menti.

Bailey releva la tête.

— Non, je n'ai pas menti.

— Vous ne m'avez pas dit que Tanya pensait que vos patrons étaient impliqués dans une fraude à l'assurance.

Bailey rougit.

— Je… je ne pensais pas que cela avait quelque chose à voir avec le suicide de Tanya.

— Vous ne nous avez pas dit non plus que vous sortiez avec Zachary Brooks.

— Zach ? demanda-t-elle avec confusion. Je ne sors pas avec lui.

— Peut-être plus maintenant, mais vous étiez en couple avec lui. Et pendant que vous sortiez avec cet homme, Tanya vous a confié que des médecins de la clinique vendaient des ordonnances illégales.

Les yeux terrorisés de Bailey se tournèrent vers la porte. Elle se pencha en avant et chuchota furieusement :

— Est-ce qu'on doit vraiment en parler ici ? Maintenant ?

— Oui.

Mais par respect pour la situation délicate dans laquelle se trouvait Bailey, et dans l'espoir de la faire parler, Yara baissa également la voix.

— Il s'agit d'une enquête sur un meurtre. Le meurtre de votre amie.

— Meurtre ? coassa Bailey avec un mouvement de recul. Je croyais que Tanya s'était suicidée.

— Nous ne pensons plus que ce soit le cas.

Du moins, elle ne le pensait plus, elle. Et quand le lieutenant Wilson découvrirait qu'elle poursuivait l'affaire en tant qu'homicide, il le lui ferait payer. C'est pourquoi il lui fallait un suspect crédible avant qu'il ne se rende compte de ce qu'elle faisait.

— C'est pourquoi il est encore plus important que vous me disiez toute la vérité.

Bailey déglutit difficilement.

— Je… je ne peux pas le croire.

— Vous sortiez avec Zachary Brooks ? la pressa Yara.

Bailey hésita un instant avant d'acquiescer.

— Sortir avec quelqu'un est un bien grand mot. Nous sommes restés ensemble pendant quelques semaines avant que je ne réalise à quel point c'était un loser.

Au moins, elle s'en était rendu compte, songea Yara.

— Pendant la période où vous vous êtes fréquentés, Tanya est-elle venue vous parler de ses soupçons au sujet de votre employeur ?

Bailey haussa les épaules et regarda à nouveau la table.

— Oui, mais je pensais qu'elle se trompait et je le lui ai dit. Je veux dire, peut-être que les médecins ont prescrit quelques médicaments à des patients qui n'en avaient pas vraiment besoin, mais tous les médecins le font, n'est-ce pas ? C'est un secret de polichinelle dans la profession mais cela ne fait de mal à personne. Les patients réclament des médicaments.

— Vous avez l'obligation de les dénoncer à vos supérieurs, dit Brandon, le dédain s'insinuant dans ses paroles.

Yara lui lança un coup d'œil acéré. Elle ne voulait pas que Bailey cesse de leur parler.

Celle-ci le toisa du regard.

— J'ai aussi l'obligation de payer mon loyer tous les mois. J'ai besoin de mon travail. Dans le meilleur des cas, l'ordre des médecins retire la licence du docteur en question, le cabinet ferme et aucun autre cabinet n'embauchera l'infirmière qui a dénoncé son ancien employeur. Dans le pire des cas, personne ne me croit, je suis licenciée et aucun autre cabinet n'embauchera l'infirmière qui a dénoncé son employeur sans preuves. Dans les deux cas, je me fais avoir.

Elle n'avait pas tort. C'était à peu près ce qui s'était passé lorsque Tanya avait fait part de ses soupçons au Dr Manning. Elle s'était fait rembarrer sans qu'on lui accorde le bénéfice du doute.

— Quoi qu'il en soit, nous pensions que Tanya avait laissé tomber, dit Bailey.

— Nous ? insista Yara.

— Zach et moi.

— Zach était donc au courant des soupçons de Tanya ? renchérit Brandon.

— Oui, il nous a entendues nous disputer sur ce qu'elle devait faire et il voulait savoir de quoi nous parlions.

Yara sortit son carnet et prit des notes.

— Repensez-y. Quand était-ce ?

Bailey pencha la tête, l'air pensif.

— Je ne sais pas exactement. Nous n'avons pas été ensemble longtemps, mais nous étions toujours l'un avec l'autre pendant cette période. Environ un mois. Peut-être un peu plus.

— D'accord, dit Yara, frustrée. Zach a-t-il semblé s'intéresser de trop près aux accusations de Tanya ?

— Je pense qu'il lui a peut-être posé des questions, car elle était très préoccupée par cette affaire. Elle voulait aller devant le conseil médical.

— Et qu'en a pensé Zach ?

— Il était sur la même longueur d'onde que moi. Le monde ne traite pas les hommes comme le Dr Manning et le Dr Gristedes de la même façon que le reste d'entre nous. Nous avons dit à Tanya qu'elle devait se mêler de ses affaires. Elle n'a plus jamais abordé le sujet, alors je pensais qu'elle avait laissé tomber.

Pourtant ce n'était pas le cas. Tanya savait que cette fraude constituait une forme d'exploitation, et elle voulait y mettre un terme. Et il semblait que cela lui avait coûté la vie.

— Vous savez, il y avait une chose bizarre, maintenant que j'y pense, dit soudain Bailey.

— Quoi ? demanda Yara.

— Une fois, quand Zach est venu me chercher au travail, je l'ai vu parler au Dr Gristedes sur le parking quand je suis sortie.

Yara échangea un regard avec Brandon.

— C'était après que Zach avait appris les accusations de Tanya ?

Bailey fronça les sourcils, tentant de se rappeler.

— Je pense que oui. Oui, c'est ça. Je m'en souviens. Je me suis inquiétée et j'ai demandé de quoi ils avaient parlé mais Zach a dit qu'il avait juste demandé si le gars avait une cigarette et que le Dr Gristedes lui avait fait tout un discours sur les effets néfastes du tabac sur la santé.

— Il est donc possible que Zach n'ait pas su qu'il parlait à votre patron ?

Bailey haussa à nouveau les épaules.

— C'est possible. Les médecins n'ont pas l'habitude de porter leur blouse en dehors du bureau.

— Mais vous n'y croyez pas ? la pressa Brandon.

— Tout ce que je sais, c'est que Zach n'était pas du tout le gentil garçon qu'il semblait être au début. Tout est possible avec lui.

Zachary Brooks était en effet tout sauf un gentil garçon. Et Yara était prête à parier que sa discussion avec le Dr Gristedes ne portait pas uniquement sur les dangers de la cigarette. Zach avait échangé les informations qu'il avait apprises sur les crimes possibles du docteur avec le procureur. Il avait peut-être aussi tenté de jouer les agents doubles afin de gagner quelques dollars auprès du médecin en dénonçant les soupçons de Tanya. Peut-être avait-il même proposé au médecin de s'occuper du problème à sa place. Il s'en était déjà tiré après une tentative de meurtre. Il s'était peut-être dit qu'il pourrait encore s'en sortir. Le problème étant qu'elle n'avait aucun lien direct entre Zach, ou les Drs Manning et Gristedes, et le meurtre de Tanya.

Brandon et elle retournèrent au parking. Brandon s'arrêta devant la voiture.

— Tu as l'air frustrée.

— Je le suis. Je sais au fond de moi que Tanya ne s'est pas suicidée, mais cette affaire n'est rien d'autre qu'un tissu de mensonges qui ne mènent nulle part.

Il posa une main sur chacune de ses épaules et la fit se tourner vers lui.

— Alors nous devrons couper à travers cette toile et établir ces connexions. Je fais confiance à ton instinct, Yara. Je te fais confiance.

Une étincelle de désir crépita entre eux.

Elle recula avant de faire quelque chose de vraiment stupide, comme embrasser Brandon West dans un parking public aux yeux du monde entier.

Brandon fronça les sourcils, mais il se retourna et s'installa du côté passager.

— Puis-je suggérer que nous nous arrêtions aux bureaux de West Investigations pour mettre mes frères au courant de ce que nous avons découvert aujourd'hui ?

— Je n'aime pas l'idée d'impliquer tes frères.

— Ils peuvent nous être utiles, Yara. Nous en avons bien besoin. Cette enquête officieuse devient de plus en plus compliquée, comme tu l'as remarqué, entre les mensonges et tout le reste, lui rappela-t-il avec insistance. Nous devons utiliser toute l'aide possible.

Il n'avait pas tort. Elle sentait le temps passer. Le lieutenant Wilson finirait par découvrir ce qu'elle trafiquait. Il fallait qu'elle ait quelque chose de solide à lui présenter d'ici là, sinon sa carrière partirait en fumée.

— D'accord. Peut-être que West Investigations aura plus de chances de retrouver Jasper Reinholt.

Elle démarra tandis que Brandon sortait son téléphone de la poche de sa veste de costume.

— Je les appellerai pour leur dire que nous sommes en route. Et je suis sûr qu'ils ont leurs propres contacts au bureau du procureur général. Ils pourront peut-être nous donner plus de détails sur l'enquête au sujet des médecins de Stryder et sur le rôle de Zach en tant que témoin.

Elle l'espérait, car ils avaient cruellement besoin de réponses.

18

Le siège de West Investigations se trouvait à Harlem, non loin de l'endroit où Brandon et ses frères avaient grandi. Yara se gara dans le garage situé à deux pâtés de maisons des bureaux, où l'agence louait plusieurs places de parking pour ses clients. La courte marche entre le garage et l'immeuble fit remonter de nombreux souvenirs d'enfance pour Brandon. Même s'il aimait sa maison en banlieue, une partie de lui appartiendrait toujours à Harlem.

Comme il avait prévenu de leur arrivée, la réceptionniste ne perdit pas de temps, les conduisant directement à la salle de conférences où Ryan et Shawn les attendaient. Il fit les présentations, puis tira une chaise pour Yara à la table de conférence, attendant qu'elle s'installe avant de prendre place à côté d'elle.

Ryan et Shawn West s'assirent de l'autre côté de l'immense table. La ressemblance entre les trois frères devenait frappante dans une telle proximité.

Brandon jeta un regard à Yara du coin de l'œil, se demandant si elle le considérait comme le plus beau des trois ou si un de ses jeunes frères remporterait cette hypothétique compétition.

Il repoussa le sentiment de jalousie qu'il sentait poindre à cette idée. Ce n'était pas le moment.

— Brandon nous a parlé de l'enquête sur laquelle vous

travaillez tous les deux, mais il semblerait que vous ayez rencontré quelques problèmes, dit Ryan.

Yara regarda Brandon d'un air entendu, le laissant prendre les rênes de la conversation.

— Nous avons appris beaucoup de nouvelles informations au cours des dernières vingt-quatre heures, mais nous nous sommes aussi retrouvés dans une impasse.

Shawn se pencha en avant.

— Explique-nous.

Il informa ses frères de l'arrestation de Zachary Brooks et de la découverte de son rôle dans l'enquête sur une fraude à l'assurance maladie par les médecins de la clinique Stryder, ainsi que de la disparition soudaine de l'ex de Tanya, Jasper Reinholt.

— On dirait que vous avez sacrément avancé dans l'enquête tous les deux, dit Ryan, l'air impressionné. Comment pouvons-nous vous aider ?

— Le médecin légiste a conclu au suicide dans son rapport préliminaire, mon patron souhaite donc classer l'affaire, répondit Yara.

Shawn pencha légèrement la tête sur le côté, intrigué.

— Il est clair que vous n'êtes pas d'accord avec votre patron.

— Non, mais je souhaite également garder mon emploi.

— Nous avons besoin que vous retrouviez Jasper Reinholt, dit Brandon.

Ryan écrivit le nom sur un bloc-notes posé sur la table devant lui.

— Cela ne devrait pas être trop difficile. Que savez-vous de lui ?

Yara exposa tout ce qu'ils avaient sur Jasper – son adresse, son employeur et tout ce qu'ils connaissaient sur sa relation avec Tanya.

— Il serait également intéressant que vous creusiez le sujet de la clinique Stryder et que vous enquêtiez sur la vie des Drs Manning et Gristedes. Tanya pensait que Gristedes était impliqué dans les prescriptions illégales et je ne fais absolument pas confiance au Dr Manning. Et voyez s'il y a un lien entre les docteurs et Zachary Brooks.

La main droite de Ryan volait sur le papier, prenant des notes.

Le téléphone portable de Yara sonna. Elle le sortit de son sac et fronça les sourcils.

— Excusez-moi. Il faut que je prenne cet appel.

Elle se rendit dans le couloir avant de décrocher. À travers la paroi vitrée, Brandon pouvait voir qu'elle semblait préoccupée.

— On peut faire autre chose pour toi ? demanda Shawn en ramenant l'attention de son frère sur son enquête.

— Eh bien, oui. Quelqu'un, un homme, a payé à l'avance un an du loyer de Tanya pour un appartement de luxe dans le quartier financier.

Brandon donna à Shawn la description de l'homme qui était avec Tanya lorsqu'elle avait loué l'appartement. Ryan leva les yeux de ses notes et fronça les sourcils.

— Ce n'est pas grand-chose.

— Je sais, mais c'est tout ce que nous avons, dit Brandon.

— Nous ferons notre possible, mais ne t'attends pas à un miracle.

— C'est tout ce que je peux demander.

Il laissa ses frères à la table de conférence et rejoignit Yara dans le couloir. Elle venait de terminer son appel.

— Tout va bien ?

— Oui, la baby-sitter de mon frère a une urgence familiale. Mon frère est père célibataire, électricien indépendant, et il est à une heure d'ici pour une intervention à domicile. Il faut que j'aille chez lui garder ma nièce, Sasha, jusqu'à ce qu'il rentre à la maison.

— Pas de problème, je suis sûr que quelqu'un ici pourra me ramener à mon bureau.

— Ou tu pourrais venir avec moi.

Il fut à la fois surpris et ravi de cette offre spontanée.

— Sauf si tu dois retourner au travail, ce que je comprends parfaitement, ajouta rapidement Yara.

Il n'était pas question qu'il la laisse se défiler maintenant. Il sourit.

— Je serais ravi de t'accompagner.

Yara passa le court trajet jusqu'à la maison de son frère, dans le quartier où ils avaient grandi, à se demander si amener Brandon était une bonne idée. D'un côté, il avait semblé plus que désireux de faire du baby-sitting avec elle, ce qui était adorable. Elle n'était pas sûre de vouloir d'enfant un jour. Elle trouvait l'idée injuste, avec un travail si dangereux, ce qui ne l'empêchait pas d'aimer Sasha comme si elle était sa fille. D'un autre côté, elle s'apprêtait à lui donner un aperçu de sa vie qu'elle n'avait jamais montré à aucun autre homme. Elle n'avait même jamais ramené de petit ami à la maison.

Pourtant, elle avait invité Brandon à rencontrer Sasha et cela lui semblait... naturel.

Elle ne pouvait plus le nier. Pas à elle-même en tout cas. Elle tombait amoureuse de Brandon West.

Mme Hannigan, la baby-sitter habituelle, se tenait sous le porche, Sasha à ses côtés. La petite fille de six ans portait des tennis étincelantes, une jupe en jean, des collants bleus et un chemisier rose tandis que ses cheveux se dressaient sur sa tête en une queue-de-cheval bouffante.

Sasha sauta du porche et se précipita vers Yara qui contournait l'avant de la voiture.

— Hé, ma grande. Comment ça va ?

Elle prit sa nièce dans ses bras et embrassa sa joue ronde.

Sasha plaqua une main collante de chaque côté de son visage et déposa un baiser tout aussi collant sur les lèvres de Yara.

— Ça va bien, tante Yara. Mlle Hanny fait des biscuits avec moi.

— Je suis vraiment désolée, dit Jessica Hannigan en les

rejoignant à côté de la voiture. Ma mère vient de tomber. Son voisin l'a trouvée dans la cuisine et a appelé une ambulance. Elle est en route pour l'hôpital. Je n'abandonnerais Sasha pour rien au monde, mais…

Yara tendit la main et serra l'épaule de la jeune femme.

— Jess, ne vous inquiétez pas pour Sasha. Je m'occupe d'elle. Allez rejoindre votre mère.

— Merci.

Elle se précipita vers sa camionnette rouge garée dans l'allée.

— Faites-nous savoir si vous avez besoin de quoi que ce soit. Eddie et moi sommes là, cria Yara alors que la camionnette s'éloignait.

— Tante Yara ?

— Oui, ma chérie ?

— Qui est-ce ?

Sasha pointait Brandon du doigt.

— Je m'appelle Brandon, répondit-il en lui tendant la main. Quel est ton nom ?

Sasha, qui n'avait jamais été timide, saisit la main de Brandon et la secoua comme une nouille.

— Sasha. Qu'est-ce que tu fais avec ma tante Yara ?

Brandon lui jeta un regard ravi.

— Brandon est un ami. Rentrons.

Elle reposa Sasha à terre.

— Il faut finir les cookies, s'écria la petite fille en courant vers la maison.

— Tu t'y connais en pâtisserie ? demanda Brandon alors qu'ils suivaient Sasha.

— Non, mais ça ne doit pas être bien compliqué, si ?

Eddie, le frère de Yara, avait acheté cette petite maison quatre ans auparavant, après que sa femme avait décidé qu'elle n'était pas faite pour être mère. Électricien aux horaires souvent imprévisibles, il s'était retrouvé père célibataire du jour au lendemain. Yara s'évertuait à aider son frère et à être une figure féminine forte dans la vie de sa nièce. Et, bien que leurs parents soient décédés depuis des années, ils avaient la chance de vivre dans une communauté désireuse de les soutenir. L'exemple le plus frappant était Jessica Hannigan, qui avait été la baby-sitter de Yara et d'Eddie pendant leur enfance. Aujourd'hui, elle s'occupait d'aller chercher Sasha à l'école et venait les soirs où Eddie recevait des appels d'urgence tard dans la nuit.

On aurait dit qu'une tornade venait de ravager la cuisine. Le sucre, les œufs, la vanille, le beurre, le sel, le bicarbonate de soude, la cassonade, la farine et les pépites de chocolat étaient éparpillés sur le plan de travail de l'îlot central.

Sasha lui tirailla la main.

— Tante Yara, j'ai besoin de quatre douzaines de gâteaux pour la foire aux pâtisseries de demain.

Yara scruta le désordre à la recherche d'un livre de cuisine.

— Sasha, où est la recette ?

Sasha haussa les épaules.

— Je ne sais pas. Mlle Hanny me dit ce qu'il faut faire, mais je ne peux pas utiliser le mixeur toute seule.

Yara sentit la panique l'envahir. Si on lui indiquait un suspect en fuite, elle le mettrait à terre sans problème, mais la cuisine ? Ce n'était vraiment pas son domaine. Elle regarda Brandon.

Il dut lire le désarroi dans son regard car il se retint manifestement de rire.

— Ne t'inquiète pas. Je m'en occupe.

Il frappa dans ses mains et s'accroupit pour se mettre à la hauteur de Sasha.

— Les cookies aux pépites de chocolat sont mes préférés.

— Interdiction de les manger ! le réprimanda Sasha.

— Même pas un tout petit biscuit ?

— Non.

— Et si on en faisait plus et qu'on mangeait ceux-là ?

Sasha pencha la tête sur le côté, réfléchissant.

— Je suppose que ça irait.

— Alors c'est parti !

Brandon lui tendit la main. Sasha la prit et il l'aida à monter sur l'escabeau déjà placé devant l'îlot.

— Qu'est-ce que Jess a prévu pour le dîner ?

Compte tenu de l'emploi du temps de son frère et de l'heure précoce du dîner d'une enfant de six ans, Jess s'assurait généralement des repas de Sasha.

— Spaghettis, dit Sasha en désignant la boîte de pâtes et le pot de sauce tomate à côté de l'évier.

— D'accord, je vais m'en occuper pendant que vous finissez les cookies.

Brandon et Sasha se mirent au travail, sa nièce accompagnant Brandon avec enthousiasme tout en lui racontant sa journée à la maternelle dans le plus grand détail. Brandon eut le mérite de diriger patiemment Sasha dans le mélange des ingrédients tout en l'écoutant attentivement.

Elle n'avait jamais rêvé d'avoir des enfants. Être la tante de Sasha lui suffisait amplement. Mais en regardant Brandon interagir avec sa nièce, Yara ne put s'empêcher de se demander comment il serait avec ses propres enfants. Des enfants qui seraient à lui… et à elle.

Voilà qu'elle laissait libre cours à son imagination ! Elle mit cela sur le compte de la parfaite scène familiale qui se déroulait devant elle. En réalité, elle était flic. Et flics, mariage et famille ne faisaient pas bon ménage.

Elle prépara les spaghettis, l'un des rares repas qu'elle savait faire. Lorsque Eddie franchit la porte d'entrée, un peu plus d'une heure après leur arrivée, le dîner était prêt et la dernière fournée de biscuits dans le four.

Yara présenta les deux hommes, ignorant le sourire narquois qui s'afficha sur le visage de son frère. Cette petite escapade allait lui coûter cher en taquinerie.

— Merci de t'être occupée des cookies. J'avais complètement

oublié, dit Eddie en relâchant doucement la prise de Sasha sur son cou.

Sasha avait sauté sur son père dès qu'il avait franchi la porte, l'enveloppant dans ses bras.

— Brandon m'a aidée parce que tante Yara ne savait pas comment faire.

— Bonjour la solidarité féminine, dit Yara en riant et en pinçant gentiment sa nièce. OK, le dîner est chaud sur la gazinière. Brandon et moi allons vous laisser.

— Vous ne restez pas pour dîner ? demanda Eddie en laissant son regard passer d'elle à Brandon et vice versa.

Elle aurait pu croire que son frère se montrait simplement poli mais elle le connaissait trop bien pour cela. Elle pouvait voir la curiosité brûler derrière ses yeux.

— Je ne crois pas...

— Nous en serions ravis, interrompit Brandon.

Il haussa les épaules devant son regard.

— Je n'ai pas déjeuné et nous sommes déjà là.

L'estomac de Yara gronda bruyamment à ce moment précis, lui rappelant que Brandon n'était pas le seul à avoir sauté le déjeuner.

Eddie souleva le couvercle de la casserole contenant les pâtes.

— Ne t'inquiète pas, frangine, vous pouvez rester. Tu as fait beaucoup trop de pâtes pour deux personnes, de toute façon. Sasha et moi aurons besoin d'aide pour manger tout ça.

— S'il te plaît, tante Yara ? gémit Sasha.

Yara admit sa défaite.

— OK. Spaghettis pour quatre.

Brandon et Sasha sortirent la dernière fournée de cookies du four tandis qu'Eddie et elle mettaient la table.

— Un nouveau petit ami ? C'est du sérieux ? murmura son frère.

— Chut.

Elle jeta un coup d'œil par l'ouverture qui séparait la cuisine de la petite salle à manger.

— Ce n'est pas mon petit ami. Nous sommes à peine amis.

Eddie sourit d'un air taquin.

— Vous aviez l'air très à l'aise ensemble quand je suis entré. Tu es sûre de ne pas vouloir abandonner la chasse aux méchants, pour t'installer avec lui et nous pondre quelques mini-Yara aussi grincheuses que toi ?

Sasha entra dans la pièce en sautillant.

— Pouvons-nous ne pas en parler maintenant ? siffla Yara.

Sasha pencha la tête, les regardant solennellement.

— On ne fait pas de messe basse sans curé.

— Tu as tout à fait raison, Sasha. Alors, de quoi parlez-vous tous les deux ? renchérit Brandon en pénétrant dans la salle à manger, le bol de pâtes dans une main et la sauce tomate dans l'autre.

Yara tira la chaise la plus proche et s'assit.

— Je disais juste que je suis affamée. Mangeons.

Brandon s'intégra parfaitement à sa famille, entretenant la conversation avec Eddie et Sasha. Elle n'avait pas anticipé la tornade de sentiments qui s'était abattue sur elle en observant Brandon et Sasha préparer des biscuits.

Parce qu'elle avait déterminé qu'il serait égoïste de faire entrer une autre personne dans sa vie alors que son travail signifiait qu'elle pourrait ne pas rentrer à la maison un jour, et encore moins d'avoir des enfants dans une telle situation, elle n'avait jamais vraiment réfléchi à ce à quoi ressemblerait le fait de fonder une famille. Mais en préparant le dîner, en écoutant le badinage entre Brandon et Sasha, elle s'était laissé aller à imaginer, pendant un bref instant, ce que cela pourrait être si Brandon était son mari et si l'enfant avec qui il cuisinait était le leur. Et elle s'était sentie… bien.

Un mélange de peur et d'exaltation lui tenaillait l'estomac. Elle jeta un coup d'œil à travers la table, et son regard rencontra celui de Brandon, qui était déjà fixé sur elle. Elle se sentit soudain pleinement consciente de sa présence, et une chaleur familière monta en elle.

Tu vas bien ? lui demanda-t-il silencieusement.

Elle se rendit compte qu'elle tenait sa fourchette à quelques centimètres de sa bouche depuis elle ne savait combien de temps.

« Bien » était relatif. Pour l'instant, sa tête était remplie de visions de bébés avec les mêmes yeux bruns perçants qui la fixaient de l'autre côté de la table. Ou, plus précisément, le processus de fabrication de ces bébés.

Mais elle se contenta d'acquiescer et se concentra sur ses spaghettis. Depuis qu'elle travaillait avec Brandon, quelque chose avait changé. D'une manière ou d'une autre, alors qu'elle n'y prêtait pas attention, il s'était immiscé dans sa vie et maintenant, elle avait du mal à imaginer un avenir sans lui. Et il lui semblait de plus en plus évident qu'elle n'en avait aucune envie.

Cette révélation la bouleversa.

Brandon ne ressemblait à aucun des hommes qu'elle avait connus. Certes, il était avocat et elle n'aimait toujours pas cette profession, mais il se souciait de la justice avant tout. C'était un homme qui s'occupait des autres, de sa famille, de sa communauté, d'elle.

Et même si elle avait essayé de s'en empêcher, elle tenait à lui. Sincèrement.

Assez pour envisager d'enfreindre ses règles concernant une relation sérieuse. De qui se moquait-elle ? Elle songeait sérieusement à jeter cette règle dans la benne à ordures et à y mettre le feu.

Comme si Brandon lisait dans ses pensées, les lèvres de ce dernier se retroussèrent en un sourire sexy qui lui mit le feu aux joues.

Elle évita de le regarder dans les yeux pendant le reste du dîner, et les sourires s'affichant sur les visages de son frère et de Brandon lui firent comprendre que cela ne passa pas inaperçu.

Eddie refusa qu'elle et Brandon l'aident à débarrasser quand ils eurent fini, les chassant de la maison.

Ils marchèrent côte à côte dans l'allée jusqu'à sa voiture, la tension entre eux crépitant dans l'air de la nuit. Une demi-lune brillait dans le ciel et les grillons chantaient une mélodie discordante.

Elle contourna l'avant de la voiture pour se rendre du côté du conducteur.

Le bras de Brandon jaillit avant qu'elle n'atteigne la portière, l'amenant à lui. Sa main sur le poignet de Yara se déplaça jusqu'à sa taille, tandis qu'il lui caressait la joue de l'autre main. Il l'embrassa doucement et elle se rapprocha, approfondissant immédiatement le baiser.

Elle le voulait de toutes ses forces. Le fait de le toucher, de sentir la pression de son corps contre le sien, réveillait un besoin qu'elle avait refoulé pendant trop longtemps. Un besoin que seul Brandon pouvait combler. Et au vu de l'ardeur qu'elle ressentait dans ses baisers, il ressentait la même chose qu'elle. Il la rendait folle et ils n'en étaient qu'au stade des baisers. Elle pourrait ne pas tenir jusqu'au matin si elle écoutait son corps et passait la nuit avec lui.

Pourtant, rien ne lui ferait plus plaisir.

Brandon rompit le baiser.

— Nous devrions peut-être nous rendre dans un endroit plus privé avant qu'un des voisins de ton frère n'appelle tes collègues.

— Chez toi ?

Ses lèvres se retroussèrent en un sourire gourmand, un désir intense brillant dans ses yeux.

— Tu conduis.

19

Durant le court trajet jusqu'à la maison de Brandon, Yara refusa de penser à autre chose qu'au plaisir qui l'attendait une fois arrivée. D'après le coup d'œil qu'elle jeta au pantalon de son compagnon, il pensait à la même chose. Parfait. Elle n'avait aucune envie de trop réfléchir ou d'analyser la situation. Ils avaient envie l'un de l'autre et, pour ce soir au moins, c'était suffisant.

Encore cinq minutes et ils seraient chez lui. Elle appuya sur l'accélérateur, songeant que c'était cinq minutes de trop.

Trois minutes et demie plus tard, elle gara la voiture dans la courte allée et coupa le moteur. Main dans la main, ils se dirigèrent vers la porte et il la laissa entrer en premier.

Elle franchit le seuil sans hésiter et, lorsqu'il ferma la porte, verrouillant la serrure tout en la plaquant contre le battant, elle ne résista pas un instant. Elle sourit.

Ses baisers étaient fermes. Son parfum épicé faisait naître en elle un désir profond. Elle écarta les lèvres et il explora sa bouche. Il l'attira plus près de lui, et elle glissa les bras autour de son cou. Elle avait envie de lui. Ici et maintenant. Elle fit glisser ses mains sur le devant de sa chemise et autour de ses épaules, aimant la sensation de ses muscles durs.

Il éloigna sa bouche de celle de Yara et elle ressentit cette soudaine absence de façon si aiguë qu'elle en gémit.

Le désir qu'elle éprouvait se reflétait dans ses yeux.

— Tu es sûre ?

Elle n'hésita pas.

— Oui. Je te veux.

Il répondit par un son provenant du plus profond de sa poitrine avant de l'embrasser à nouveau. Elle s'abandonna instantanément.

Les mains de Brandon descendirent le long de ses flancs et agrippèrent ses hanches, moulant leurs corps l'un contre l'autre.

Chaque cellule de son corps frissonnait d'impatience. Leurs baisers alternaient entre douceur câline et besoin sauvage. Et elle n'en avait jamais assez.

— Accroche-toi.

Il resserra les bras autour d'elle et la souleva avant de se diriger vers l'escalier. Elle enroula les jambes autour de sa taille, pressant son bassin contre celui de Brandon.

Il gémit.

— On n'arrivera jamais jusqu'à la chambre si tu continues comme ça.

Elle rit et recommença.

— C'est un risque que je suis prête à prendre.

Brandon lui donna une petite tape sur les fesses et continua à avancer. Ils montèrent l'escalier en s'embrassant et arrivèrent dans sa chambre.

Il la posa sur le sol et glissa la main sous sa chemise tout en déposant une traînée de baisers chauds le long de son cou. Elle répondit par un petit gémissement.

Il explora chaque parcelle de son corps, ses mains parcourant ses seins, ses hanches, le long de sa cuisse avant de remonter vers son bas-ventre.

— J'ai envie de ça depuis le moment où je t'ai vue.

— Cela m'a pris un peu plus de temps, pour être honnête avec toi, dit-elle à bout de souffle.

— Oh ! vraiment ? Je pense que je vais devoir te faire payer pour ce petit contretemps.

Elle passa son haut par-dessus sa tête et dégrafa son soutien-gorge, les jetant tous deux sur une chaise dans un coin de la pièce.

La bouche de Brandon se porta immédiatement à son sein, la faisant frémir.

— Je crois que je vais aimer ma punition, souffla-t-elle.

— Je pense que ça te plaira, en effet.

Il la fit reculer jusqu'à ce que l'arrière de ses jambes touche le lit.

— Allonge-toi.

Elle suivit ses instructions.

Il retira sa propre chemise, avant de se pencher vers elle. Il glissa les mains de ses seins à son pantalon et défit le bouton, descendant lentement la fermeture Eclair tout en l'observant d'un regard si intense qu'elle se sentit rougir.

Son cœur battait la chamade. Elle souleva ses hanches et il lui retira son pantalon.

Il se laissa glisser sur le lit à côté d'elle et l'embrassa profondément. Elle passa les mains sur son torse et l'attira contre elle.

De la main, il traça un chemin de son sein jusqu'à son nombril puis plus bas, et elle sentit le désir l'enflammer. Il lui enleva sa culotte avant de se débarrasser du reste de ses propres vêtements sous le regard de la jeune femme.

Doucement, il se glissa sur elle et s'installa entre ses cuisses.

Il l'embrassa à nouveau profondément, la pressant contre le lit. Le corps de Yara palpitait de désir au contact de celui de Brandon.

Il embrassa son cou jusqu'à ses épaules avant de couvrir ses seins de baisers à tour de rôle. Il s'y attarda jusqu'à ce qu'elle soit sur le point de perdre la tête.

Elle se cambra contre lui.

— Brandon, s'il te plaît. J'ai besoin de toi.

Puis il descendit plus bas, la poussant jusqu'à l'extase une première fois.

Il ouvrit ensuite un tiroir de la table de nuit pendant qu'elle reprenait son souffle. Il enfila un préservatif avant de la pénétrer.

Elle gémit de plaisir. Le sentant en elle, elle l'entoura de ses jambes et l'attira plus profondément encore.

Ils trouvèrent rapidement un rythme, une vague de plaisir montant en elle pour la deuxième fois.

— Brandon. Brandon, tu es si bon.

— Toi aussi, Yara. Je ne sais pas combien de temps je vais pouvoir tenir.

Mais cela n'avait pas d'importance car, un instant plus tard, elle jouit à nouveau et il la suivit de près.

Il roula sur le dos et elle reposa la tête sur son épaule, luttant pour reprendre son souffle. Elle passa légèrement la main sur sa poitrine, embrassa son épaule.

— C'était spectaculaire, déclara-t-il.

— Incroyable.

Il déposa un baiser sur sa tête, puis se leva du lit et alla dans la salle de bains attenante. Il revint quelques instants plus tard, l'attirant à nouveau dans ses bras.

— Reste cette nuit. Ne réfléchis pas. Dis simplement oui.

Elle rit, complètement détendue.

— C'est comme ça que tu parles à toutes tes conquêtes ?

Il se déplaça, la regardant dans les yeux.

— Tu n'es pas une simple conquête. Je veux me réveiller avec toi dans mes bras. Dis oui.

Sa poitrine se serra sous l'effet d'une émotion qu'elle ne comprenait pas vraiment. Elle n'était pas sûre de vouloir essayer de la nommer pour le moment. Elle souhaitait juste profiter de la sensation d'être dans ses bras.

— Oui.

Elle ferma les yeux et appuya la tête contre sa poitrine.

Ils s'endormirent dans les bras l'un de l'autre.

Brandon se réveilla et découvrit le bras de Yara drapé sur son torse, son corps chaud pressé contre son propre flanc. Sa tête reposait sur son épaule, et sa poitrine se soulevait et s'abaissait en rythme. Il ne l'avait pas vue aussi détendue depuis, eh bien, quelques heures plus tôt, après qu'ils avaient fait l'amour pour la deuxième ou troisième fois.

L'amour.

Bon sang. Il n'avait aucun problème pour reconnaître qu'il avait eu envie de la mettre dans son lit depuis qu'elle était entrée dans le palais de justice et avait exigé qu'il lui dise tout ce qu'il savait sur Tanya Rutger. Pour être honnête, il rêvait de ce moment depuis l'année dernière. Mais il n'avait pas prévu de développer des sentiments pour elle. Et il avait échoué lamentablement à s'en empêcher, car il ne pouvait plus le nier, pas à lui-même en tout cas.

Il était amoureux de Yara Thomas.

Cette pensée fit battre son cœur de façon incontrôlée.

Yara ouvrit les yeux et un sourire langoureux se dessina sur sa bouche pulpeuse.

— Bonjour.

— Bonjour.

Il déposa un baiser sur ses lèvres, mais elle recula rapidement.

— Euh, je ne me suis pas brossé les dents.

— Je m'en fiche, dit-il, en l'embrassant à nouveau.

Après un long moment, Yara se détacha à nouveau de lui. Elle passa un doigt le long de sa mâchoire, envoyant des courants électriques jusqu'à son entrejambe. Cette femme allait le tuer, mais il n'en avait cure.

Il se déplaça, la pressant contre le matelas avec la ferme intention de lui faire l'amour une quatrième fois.

Yara s'éloigna en riant, un son qu'il ne se serait jamais attendu à entendre de sa part avant la nuit dernière. Maintenant, c'était une réaction qu'il était déterminé à susciter aussi souvent que possible.

— Je dois rentrer chez moi et me préparer pour le travail.

Elle appuya une main sur sa poitrine pour l'empêcher de presser son corps contre le sien.

— Ce que j'ai en tête est bien plus amusant que le travail.

Il couvrit son cou de baisers, tout en effleurant sa hanche de sa main.

Ce contact lui arracha un gémissement qui enflamma sa libido.

Soudain, un bruit de verre brisé retentit, et ils se figèrent une fraction de seconde avant que Brandon ne saute du lit. Il avait un avantage sur Yara, ayant enfilé un bas de pyjama avant qu'ils ne s'endorment quelques heures plus tôt. Il ne lui fallut qu'une seconde pour attraper l'arme qu'il gardait dans le coffre-fort caché dans la table de nuit à côté du lit, puis il bondit vers le bas de l'escalier.

Des débris de verre jonchaient le tapis du salon, situé à l'avant de la maison. Une brique rouge gisait à côté d'un tube cylindrique au milieu des éclats de verre. On aurait dit que quelqu'un avait lancé la brique à travers la fenêtre, avant d'y ajouter une bombe fumigène. La vapeur remplissait rapidement la petite pièce et s'étendrait au reste de la maison s'il ne faisait rien.

Il s'avança, attrapa le tube et le lança à travers la fenêtre brisée sur le porche. Ce n'était pas l'idéal, mais un fumigène était plus gênant que nuisible.

Il entendit les pas de Yara dans l'escalier.

— Fais attention. Il y a du verre partout.

Elle le rejoignit dans le salon. Elle avait remis ses vêtements de la veille, sa chemise jaune boutonnée au hasard. Elle tenait son arme de service à la main.

— Je vois ça, et on dirait que tu t'es coupé, dit-elle en désignant son pied.

Des gouttes de sang se mêlaient en effet au verre sur le sol clair.

Il n'avait pas senti le petit éclat s'enfoncer dans son pied jusqu'à ce qu'elle le lui fasse remarquer, mais il ressentit soudainement une vive douleur.

Il jura et boitilla jusqu'à la cuisine. Il posa son arme sur le comptoir, puis se laissa tomber sur l'un des tabourets de bar et pressa une serviette contre l'entaille.

— Ce n'est pas grave. Un peu d'antiseptique, un bandage et je serai comme neuf.

— Celui qui a fait ça aura besoin de plus qu'un bandage quand j'en aurai fini avec lui.

— L'un des médecins de Stryder ? demanda-t-il.

— Ou Reinholt. Je ne doute pas que cela ait un rapport avec l'enquête sur le meurtre de Tanya.

— C'est probable, oui. Je vis ici depuis près de deux ans et je n'ai jamais eu d'ennuis jusqu'à présent. Quelqu'un a peur, déclara-t-il.

— Peur ou désespoir, quoi qu'il en soit, il s'agit d'une montée en puissance qui ne me plaît pas. Ils ont attaqué ta maison. Cela pourrait être dangereux pour toi.

Il lui lança un regard acéré.

— Il ne s'agit peut-être pas de moi, ou du moins pas uniquement de moi. Ta voiture est dans l'allée. Celui qui a fait ça aurait pu savoir que tu étais ici. Ils nous ont peut-être suivis.

Yara secoua la tête.

— Depuis la maison de mon frère ? J'en doute.

Mais il pouvait lire la peur dans ses yeux. Il s'était toujours donné beaucoup de mal pour ne pas divulguer l'adresse de son domicile. D'un point de vue légal, la maison appartenait à une SCI. Il n'était pas impossible de découvrir qu'il était l'unique membre de cette entreprise, mais il était beaucoup plus probable que le responsable l'avait suivi ou avait suivi Yara à un moment donné et découvert où il vivait.

— Tu as probablement raison, dit-il, plus dans l'espoir d'atténuer la peur qu'il lisait dans ses yeux que parce qu'il y croyait réellement.

— C'était une mauvaise idée. Te laisser t'impliquer là-dedans. Je ne sais pas à quoi je pensais.

Elle se mit à faire les cent pas devant lui. Il se leva et la prit par les épaules.

— Ce n'est pas ta faute. J'aurais été impliqué avec ou sans toi.

Il fléchit les genoux pour pouvoir la regarder dans les yeux.

— Ne me laisse pas tomber maintenant. Nous sommes sur le point d'obtenir des réponses. Je le sais.

— Tu aurais pu être blessé, dit-elle d'une voix tremblante.

Pendant un instant, il se prit à espérer qu'elle lui avoue... Non, il savait ce qu'il ressentait pour Yara, mais il ne la brusquerait pas. Il lui laisserait le temps nécessaire pour réaliser qu'ils étaient faits l'un pour l'autre. En espérant qu'il puisse rester près d'elle pendant qu'elle réfléchissait à ses sentiments.

— Tu aurais pu être blessée aussi, mais il y a eu plus de peur que de mal. Heureusement.

— Je ne laisserai personne te faire du mal, répondit-elle en se rapprochant de lui avant de poser la tête contre sa poitrine.

Un bruit des sirènes déchira le silence du petit matin.

Yara disparut dans le salon avant de revenir quelques secondes plus tard.

— On dirait qu'un de tes voisins a appelé les secours.

Brandon la parcourut du regard.

— Vu que tes collègues semblent être en route, tu devrais peut-être t'habiller de manière un peu plus officielle.

Yara jura mais se dirigea vers l'étage.

Il plaça son arme dans le tiroir de la cuisine le plus proche de lui, qu'il referma. Il détenait bien un permis de port d'arme, mais la dernière chose dont il avait besoin, c'était qu'un flic à la tête brûlée s'affole à la vue de son revolver.

Il était déjà bien avancé dans son explication de ce qui s'était passé lorsque Yara redescendit. Les yeux du plus âgé des deux patrouilleurs s'agrandirent de façon comique lorsque Yara les rejoignit.

Avec son franc-parler habituel, elle expliqua qu'ils étaient au lit lorsqu'ils avaient entendu un bruit de verre brisé et qu'ils étaient descendus pour trouver la pièce remplie de fumée.

À leur décharge, les officiers restèrent professionnels pendant qu'elle récitait les faits, mais Brandon remarqua leur échange de regards. Bien que Yara n'ait pas précisé ce qu'ils faisaient lorsque la brique avait traversé la fenêtre, il était à peine 6 heures du matin et il semblait clair qu'ils partageaient le même lit.

— J'espère que cela ne te causera pas trop d'embarras, dit Brandon après le départ des officiers.

Yara le surprit en faisant trois grands pas vers lui et en entourant les bras autour de sa taille.

— Je n'ai pas à avoir honte des sentiments que j'éprouve pour toi.

Il sentit un sourire niais se dessiner sur son visage malgré les circonstances.

— Tu as des sentiments pour moi ?

Elle leva les yeux au ciel d'un air amusé.

— J'ai eu beau tenter de m'en empêcher, je ne peux plus le nier.

Il se pencha en avant, mais elle recula.

— Non. Je dois quand même aller travailler, et il est encore plus important que je me lave et que je présente une façade professionnelle.

Son cœur se serra.

— Tu n'es peut-être pas gênée par tes sentiments, mais le fait que les flics t'aient vue ici avec moi va te causer des problèmes, n'est-ce pas ?

Elle se rapprocha à nouveau de lui, pressant la paume contre le cœur de Brandon.

— Ne t'inquiète pas, monsieur l'avocat. Je me débrouillerai. Et surtout, je pense que tu en vaux la peine.

20

Elle se doutait que le lieutenant Wilson aurait entendu parler de l'incident chez Brandon et surtout de sa présence aux moments des faits alors qu'elle avait manifestement l'air d'avoir passé la nuit dans son lit. Elle avait cependant espéré qu'il ferait au moins preuve de mesure et qu'il lui accorderait la discrétion de son bureau avant de la réprimander. Apparemment, c'était trop demander.

Elle venait à peine d'entrer dans l'espace que le lieutenant Wilson hurlait déjà son nom depuis son bureau. Il se tenait dans l'embrasure et referma la porte en la claquant une fois qu'elle l'eut franchie.

— Je vous ai dit de classer l'affaire Rutger comme un suicide, cria-t-il suffisamment fort pour que les détectives de l'autre côté de la paroi l'entendent sans aucun doute.

Il ne prit pas la peine de contourner le bureau et de s'asseoir. Il préférait se tenir debout, la dominant de toute sa taille, ce qui le rendait beaucoup plus intimidant, du moins le croyait-il.

Elle avait eu affaire à suffisamment de flics et de criminels pour que le fait d'encombrer son espace personnel soit loin d'être suffisant pour l'intimider. Elle adopta une position militaire au repos, bras croisés derrière elle, jambes écartées.

— Vous avez dit que les cambriolages étaient prioritaires. Notre suspect étant en garde à vue, j'ai eu le temps d'approfondir l'affaire Rutger et j'ai trouvé un lien entre Zachary Brooks et une amie de Tanya.

Elle lui expliqua rapidement ce que Bailey lui avait confié ainsi que le rôle de Zachary Brooks en tant qu'informateur sur l'affaire des fraudes à l'assurance de la clinique Stryder.

— Juste pour que je comprenne bien, vous avez poursuivi, dans mon dos, une enquête alors que je vous avais ordonné de ne pas vous en mêler ?

Évidemment, c'était la seule information qu'il avait retenue.

— Avec tout le respect que je vous dois, monsieur, vous ne m'avez pas ordonné de classer l'affaire. Je l'ai donc traitée comme n'importe quelle autre mort suspecte et j'ai enquêté jusqu'à ce que je sois convaincue qu'il s'agissait d'un suicide, ce que, pour rappel, je n'ai jamais cru.

Wilson se renfrogna.

— Et votre conclusion que cette affaire est un homicide n'aurait rien à voir avec le fait que vous couchiez avec l'avocat de la victime ?

Elle ne put s'empêcher de tressaillir. Ses collègues détectives avaient forcément entendu cela. Que pensaient-ils ?

— Brandon West n'est ni un suspect, ni un témoin dans cette affaire, ni dans aucune autre de mes enquêtes, précisa-t-elle. En tant que tel, ce que nous faisons sur notre temps personnel ne concerne pas...

— Je décide de ce qui concerne le commissariat, détective. Et cela me préoccupe que j'aie donné un ordre et que vous ne l'ayez pas seulement ignoré, mais que vous ayez mené une enquête parallèle avec un civil. Avez-vous quelque chose à dire pour votre défense ?

Avec dix ans à son actif en tant que policière, elle était devenue experte dans l'art de faire rentrer sa colère dans une toute petite boîte et de l'y enfermer. Mais cette fois-ci, elle sembla incapable de la contenir.

— Vous savez quoi, j'ai effectivement quelque chose à dire. Vous êtes un lieutenant de merde.

Elle énonça cela à voix basse pour que ses collègues ne l'entendent pas, seule concession au fait qu'elle était en train de dénigrer son patron et qu'elle risquait de compromettre ses perspectives de carrière.

Le lieutenant recula d'un pas, la stupeur se lisant sur son visage.

— Depuis le début, les preuves dans cette affaire indiquaient qu'il ne s'agissait pas d'un suicide, mais vous ne vous souciez que d'élucider les cambriolages des quartiers aisés pour faire bonne figure auprès de vos supérieurs. Pour que rien ne vous empêche de gravir les échelons de la bureaucratie. Ce n'est pas pour cela que je suis devenue flic. Ce n'est pas non plus pour cela que les détectives qui travaillent sur le terrain se démènent chaque jour. Tanya Rutger mérite que justice soit faite. Sa famille mérite de savoir pourquoi elle est morte et qui est responsable. Et la communauté que nous servons mérite de savoir que nous avons fait tout ce qui était en notre pouvoir pour mettre un tueur hors d'état de nuire. J'ai donc fait ce que j'avais à faire. S'il y a des conséquences à payer, qu'il en soit ainsi.

Ses paroles, bien que prononcées à voix basse, semblaient avoir aspiré tout l'oxygène de la pièce. Ils restèrent debout, se fixant mutuellement en silence.

Après un long moment, Wilson plissa les yeux et son visage prit une expression de pure fureur.

— Oh ! il y aura des conséquences. Je vais signaler votre attitude et suggérer une longue suspension sans salaire. J'aimerais pouvoir faire plus, mais à partir de maintenant, considérez que vous êtes de corvée paperasse, indéfiniment. Vous ne quittez pas votre bureau pour quelque raison que ce soit sans m'en avertir au préalable. C'est compris ?

— Oui, monsieur, dit-elle en serrant les dents.

— Maintenant, sortez de mon bureau.

Elle ouvrit la porte, la laissant cogner contre le mur. Il ne servait à rien d'essayer de faire profil bas. Tous les yeux de l'*open space* étaient braqués sur elle alors qu'elle marchait jusqu'à son bureau avant de se laisser tomber sur sa chaise.

Le faible bourdonnement des voix reprit tandis qu'elle allumait son ordinateur, prenant soin de ne pas regarder ses collègues. Elle ne voulait pas voir la pitié ou la joie dans leurs yeux. Elle pouvait déjà deviner lesquels des autres détectives se réjouissaient de sa chute et ceux qui se sentaient désolés qu'elle ait démoli sa carrière.

Elle avait fait ce qu'il fallait pour que justice soit rendue et, malgré les conséquences, elle ne le regrettait pas. Et elle ne pensait pas que cela faisait d'elle un mauvais flic.

— Salut.

Elle leva les yeux et vit Martin penché sur son bureau.

— Je ne m'inquiéterais pas trop pour le lieutenant si j'étais toi. Il est en colère pour l'instant, mais quand tout cela se sera dissipé, il se contentera probablement d'une réprimande verbale et d'une note dans ton dossier.

Martin avait sans doute raison. Aller plus loin reviendrait à reconnaître devant la hiérarchie qu'un de ses détectives avait mené une enquête sous son nez sans qu'il le sache, et il n'avait aucun intérêt à mettre en avant son incapacité à superviser son équipe de la sorte. Mais c'était une bien maigre consolation.

Le portable de Brandon sonna sans qu'il reconnaisse le numéro.

— Allô ?

— J'ai enfin réussi à entrer.

Il regarda à nouveau l'écran, mais le numéro n'était décidément pas enregistré dans son téléphone.

— Qui est à l'appareil ?

— Nick, le frère de Tanya. J'ai découvert le mot de passe de Tanya pour ses données stockées sur le cloud. J'y suis et j'ai écouté son journal vidéo. Je sais qui l'a tuée.

La voix de Nick était un mélange d'excitation et de rage.

— Waouh, OK, ralentissez et commencez par le début.

— Je vous ai dit que j'allais essayer de trouver le mot de passe du cloud de Tanya puisque la police n'a pas récupéré son téléphone ou son ordinateur. C'est ce que j'ai fait. C'était une combinaison de l'adresse où nous vivions quand elle est née et de l'adresse actuelle de notre mère. Quoi qu'il en soit, je suis entré et j'ai écouté les enregistrements de son journal. Elle sortait avec un des médecins avec qui elle travaillait. C'est lui qui payait pour son appartement et sa Mercedes.

Brandon se doutait de quel médecin il s'agissait, mais il posa quand même la question.

— Quel médecin ?

— Elle l'a appelé Anand. C'est le jeune, non ?

— Oui, répondit Brandon, distraitement. Celui qui est marié.

— Il y a quelques semaines, elle l'a surpris en train de vendre des pilules directement à un patient. Elle l'a confronté à ce sujet et il a menacé de lui couper les vivres. Elle voulait aller voir les flics. C'est pour ça qu'il l'a tuée.

— A-t-elle dit cela dans le journal ? Qu'elle s'apprêtait à parler aux flics et qu'Anand menaçait de la tuer si elle le faisait ?

— Elle parle des flics, en tout cas. Elle a dit qu'il avait été bon avec elle, qu'il avait payé l'appartement et la voiture, et qu'elle souhaitait lui donner une chance de tout avouer à sa femme et de mettre de l'ordre dans ses affaires. Elle ne voulait pas...

Les mots de Nick se perdirent dans un sanglot.

— Elle ne voulait pas lui faire de mal. Ce salaud. Je vais le tuer.

— Nick, calmez-vous. Ne laissez pas vos émotions prendre le dessus ou vous allez faire quelque chose que vous regretterez. Il faut apporter le journal de Tanya à la police. Je vous accompagnerai.

— Les flics s'en fichent, cria-t-il. Ils pensent que Tanya s'est suicidée. Je leur ai dit qu'elle n'aurait jamais fait ça, mais ils n'ont pas voulu m'écouter.

— Nick, écoutez-moi. La détective Thomas ne pense pas que

Tanya se soit suicidée. Elle et moi avons travaillé ensemble pour le prouver. Si vous lui apportez le journal, cela suffira à forcer ses supérieurs à la laisser enquêter officiellement sur la mort de Tanya en tant que meurtre.

— Non. Non, les flics ont eu leur chance.

Sa voix était stridente.

— Je vais faire le nécessaire maintenant. L'adresse du docteur est dans les contacts de Tanya. J'ai le vieux pistolet de mon père. Je vais aller chez lui et le tuer, et personne ne m'arrêtera.

— Nick !

Sa seule réponse fut le silence. Nick venait de lui raccrocher au nez.

Brandon consulta le dossier que Shawn lui avait envoyé sur Anand Gristedes et nota son adresse. Il se tourna vers le mur derrière son bureau et appuya sur le coin supérieur gauche du troisième panneau de boiseries qui en bordait le fond. Le panneau se dégagea, révélant le coffre-fort qui se trouvait derrière. Il appuya sa paume sur la plaque et, quelques secondes plus tard, le coffre se déverrouilla.

Son revolver reposait dans le coffre. Il ne jouait peut-être pas un rôle officiel au sein de West Investigations, mais il était toujours un West. Leur père avait veillé à ce que tous ses fils sachent se servir d'une arme. Il glissa l'étui à sa ceinture, puis se précipita hors de son bureau.

Son assistant juridique était au téléphone, mais il leva les yeux d'un air étonné en le voyant passer en trombe.

Il fit démarrer sa voiture et s'engagea dans la circulation avant de demander au système de bord de composer le numéro de Yara.

Elle décrocha après trois sonneries.

— Ce n'est pas le bon moment.

— Nick Rutger est en route pour la maison d'Anand Gristedes. Il est entré dans le cloud de Tanya et a écouté son journal vidéo. Tanya avait apparemment vu Gristedes vendre des pilules à un patient et prévoyait de le dénoncer. Nick pense que Gristedes l'a assassinée pour l'en empêcher. Il a une arme et dit qu'il va tuer Gristedes.

Yara jura.

— Où es-tu ?

— Je suis aussi en route pour aller chez Gristedes.

— Non, c'est une très mauvaise idée. Reste en dehors de ça.

— Je pense qu'il est trop tard pour cela, Yara. Je ne vais pas laisser le frère de Tanya gâcher sa vie.

— Bon sang, Brandon. Écoute-moi. Si Nick a raison, Gristedes a déjà tué une personne. Et je doute qu'il ait pu vendre des pilules à la clinique sans que le Dr Manning – et qui sait combien d'autres personnes – ne soit au courant ou peut-être même impliqué dans ce qui se passait. Tu n'as aucune idée de ce qui t'attend là-bas.

— Je comprends, mais cela signifie aussi que Nick n'en a aucune idée non plus. Je ne peux pas le laisser seul.

— Brandon, Gristedes n'hésitera pas à vous tuer, toi et Nick, s'il pense que cela lui permettra de se sortir du pétrin dans lequel il s'est fourré. Il n'a rien à perdre.

— Je n'en doute pas, déclara-t-il en coupant la route à un 4x4, déclenchant une chorale de klaxons. Mais je ne peux pas rester les bras croisés et espérer que ce jeune homme se calme avant de faire quelque chose de stupide. J'espère pouvoir arriver là-bas avant Nick.

— Et si tu n'arrives pas à temps ?

— C'est pour ça que je t'appelle. En renfort.

— Je suis en route, mais... Brandon, n'entre pas dans la maison de Gristedes. Ne l'approche pas. Il pourrait être dangereux. Essaye de calmer Nick et de lui faire entendre raison si tu le peux, mais si ce n'est pas possible, ne te jette pas dans la gueule du loup. Tu me comprends ? Je ne veux pas que tu sois blessé.

— Ça me fait chaud au cœur de savoir que tu tiens à moi.

— Brandon !

— Je suis à deux minutes de chez Gristedes. Dépêchez-vous.

Cette fois, il coupa l'appel.

Il espérait vraiment pouvoir rattraper Nick avant qu'il n'arrive chez Gristedes, mais si ce n'était pas le cas… Il essayerait au moins de faire pour le frère de Tanya ce qu'il n'avait pas pu faire pour elle.

Il arriva devant chez Gristedes en un temps record. La maison se situait dans un quartier huppé, avec des propriétés de plusieurs hectares adossées à une zone forestière protégée. Les maisons étaient suffisamment éloignées les unes des autres pour qu'un voisin ne puisse pas entendre ou voir ce qui se passait dans les propriétés adjacentes. C'était peut-être un avantage pour la protection de la vie privée, mais cela signifiait que personne n'entendrait une altercation au domicile des Gristedes.

Il roulait si vite qu'il dépassa l'entrée de l'allée. Il freina et enclencha la marche arrière avant de tourner à droite.

Il s'agissait d'une grande maison de style colonial en briques blanches, dotée d'un large porche d'entrée traditionnel en bois et de colonnes. Un garage pour quatre voitures dépassait d'un côté de la maison, mais Brandon était plus préoccupé par la camionnette noire qui se trouvait dans l'allée.

Nick était arrivé avant lui.

Il sortit de la voiture et se dirigea vers la porte d'entrée. Il se demanda s'il était judicieux de sonner, pour avertir Gristedes de sa présence, ou bien s'il devait tenter une entrée plus furtive. Avant qu'il n'ait pu se décider, des voix s'élevèrent à l'intérieur.

— Je sais que tu as tué ma sœur, admets-le !

Nick semblait sur le point de perdre le contrôle. Brandon jeta un coup d'œil par la fenêtre qui donnait sur le porche. Nick et Gristedes se tenaient dans le salon.

Nick pointait une arme sur le médecin.

La voix de Gristedes était trop basse pour que Brandon puisse comprendre sa réponse, mais, quoi qu'il ait dit, cela ne fit qu'accroître la colère de Nick.

— Menteur ! hurla celui-ci.

Brandon essaya la porte d'entrée ; elle n'était pas verrouillée. Il sortit son arme de sa ceinture, mais la maintint contre sa jambe. Nick était désemparé, pourtant, Brandon ne croyait pas qu'il souhaitait vraiment tuer Gristedes. Si c'était le cas, il l'aurait déjà abattu. C'était un frère en deuil et, si Brandon voulait l'empêcher de commettre l'irréparable, il devait se montrer prudent.

Il pénétra dans la maison et s'approcha du salon.

— Nick.

Le regard de Nick se tourna vers lui, mais son arme ne bougea pas.

— Qu'est-ce que vous faites ici ?

— J'essaye de t'empêcher de commettre la plus grosse erreur de ta vie, répondit-il, passant à un tutoiement qu'il espérait apaisant.

— Il a tué ma sœur.

— Je le sais. Et la détective Thomas le sait aussi. Je l'ai appelée et je lui ai dit tout ce que tu m'as expliqué. Elle m'a cru. Elle te croit. Tu n'as pas besoin de faire ça.

Nick secoua la tête, des larmes coulant sur son visage.

— Si. Même si la détective et vous me croyez, il a de l'argent. Il prendra de bons avocats. Ils le sortiront de là. Il doit payer pour ce qu'il a fait à Tanya.

— Et il payera. Il payera, Nick. Aucun avocat au monde ne pourra le faire échapper à des accusations de fraudes et de meurtre. Tanya ne voudrait pas que tu jettes ta vie en l'air comme ça. Pas pour elle.

Nick sanglotait, mais il tenait toujours son arme à bout de bras.

— Pourquoi ne me donnes-tu pas ton arme ? dit Brandon en avançant prudemment. Nous pouvons appeler la détective Thomas et retenir Gristedes jusqu'à ce qu'elle arrive. Faisons les choses correctement, Nick.

Du coin de l'œil, Brandon vit l'expression de Gristedes s'assombrir, mais le médecin garda sagement le silence.

Nick hoqueta, puis ses yeux s'écarquillèrent. Brandon sentit la personne derrière lui un instant trop tard. Il se retourna, apercevant tout juste le Dr Manning avant que quelque chose de lourd ne s'écrase sur sa tête.

Il tituba et tomba à genoux, manquant de perdre connaissance. Son pistolet glissa sur le sol et sous le canapé. Il entendit les bruits d'une lutte derrière lui. Sa vision était floue, mais il distingua Nick et Gristedes en train de se battre pour le contrôle de l'arme. Le Dr Manning se tenait au-dessus de Brandon, tenant toujours la lampe qu'il avait utilisée pour l'assommer. Mais il semblait maintenant paralysé par la scène inhabituelle qui se déroulait devant lui, incapable de décider quoi faire ensuite. Gristedes envoya un coup de poing dans la mâchoire de Nick, le faisant reculer. Son arme partit en avant, atterrissant à plusieurs mètres de Nick et tout près de Gristedes.

Le jeune médecin s'élança sur l'arme.

— Sauve-toi ! hurla Brandon à l'attention de Nick.

Nick s'enfuit par l'ouverture qui menait à la cuisine. Gristedes saisit l'arme au sol, mais, lorsqu'il se releva, Nick s'était volatilisé.

— Reste avec lui, ordonna Gristedes au Dr Manning avant de détaler pour rattraper Nick.

Le Dr Manning ne montra aucun signe de l'avoir entendu. Il continua à regarder dehors, comme en état de choc.

Resterait-il ainsi suffisamment longtemps pour que Brandon puisse récupérer son arme sous le canapé ?

Il n'eut même pas le temps d'essayer. Un coup de feu retentit à l'arrière de la maison. Brandon se redressa d'un bond et courut vers le bruit.

21

Une série de jurons traversa l'esprit de Yara, mais elle ne s'arrêta pas pour les exprimer. Elle s'élança hors du bureau, ses yeux parcourant l'espace à la recherche de Martin. Elle le trouva alors qu'il sortait de la cuisine avec un officier en uniforme à ses côtés.

— Martin. Avec moi.

Le ton de sa voix dut suffire à faire comprendre à son collègue la gravité de la situation. Il tendit sa tasse à l'officier et s'élança vers elle. Il la rattrapa alors qu'elle passait le tourniquet de la porte de sortie.

Un vent froid et vif les accueillit. La circulation diurne défilait devant le commissariat, les passants étant plus préoccupés par leur destination que par les deux détectives qui sortaient du bâtiment à toute allure.

— Que se passe-t-il ? demanda Martin alors qu'ils arrivaient au véhicule de police de Yara.

Elle déverrouilla la voiture et ouvrit la portière côté conducteur.

— Le frère de Tanya Rutger a pu accéder à son journal vidéo. Elle avait une liaison avec le Dr Anand Gristedes et l'a surpris en train de vendre des médicaments au noir. Elle avait décidé de contacter les autorités et Nick est convaincu que Gristedes l'a tuée pour l'en empêcher. Il est en route vers la maison de Gristedes.

— As-tu alerté le central que nous aurons besoin de renforts ?

Elle jura, à voix haute cette fois. Il semblait que Nick et Brandon n'étaient pas les seuls à laisser leurs émotions prendre le dessus.

— Non, fais-le maintenant. Et demande-leur de confirmer l'adresse de Gristedes. Je sais qu'il habite dans une de ces grandes maisons des quartiers cossus, mais je veux être sûre.

Martin passa l'appel pendant qu'elle filait dans les rues de Silver Hill, sirène hurlante. La maison de Gristedes n'était pas loin du commissariat, mais la circulation était dense, ce qui les ralentit bien trop à son goût. Elle s'engagea finalement dans la rue étroite et incurvée où habitait Gristedes. Martin s'était fait confirmer l'adresse par un officier et, lorsqu'ils arrivèrent devant la maison, ils trouvèrent le grand portail en fer forgé déjà ouvert. Elle engouffra la berline dans la petite allée circulaire privée et s'arrêta derrière la BMW noire de Brandon. Une camionnette était garée devant.

— C'est la voiture de Brandon.

— Et la plaque du camion correspond à l'immatriculation de Nick.

Yara ouvrit la portière.

— Bon sang, je lui avais ordonné de ne pas entrer.

— C'est un conseil que nous devrions suivre aussi. Les renforts sont à deux minutes.

Un coup de feu retentit à l'intérieur de la maison. Yara sentit son sang se glacer dans ses veines.

— On ne peut plus attendre. On entre. Maintenant.

Ils pénétrèrent dans la maison, arme au poing.

Le Dr Manning se tenait au milieu du salon, agrippé à une lampe cassée.

— Posez votre arme et mettez vos mains derrière la tête, aboya Yara.

Manning ne bougea pas.

Martin lui arracha la lampe des mains et lui passa les bras dans le dos. Manning n'opposa aucune résistance. C'était comme si son corps était là, mais que son esprit vagabondait ailleurs.

— Vas-y, dit Martin en retirant ses menottes de sa ceinture. Je m'occupe de lui.

Yara se fraya un chemin dans la maison, traversant la salle à manger avant de se diriger vers la cuisine. La porte de derrière était ouverte et, en s'en approchant, elle entendit des éclats de voix.

— C'est fini, Gristedes. La police sait ce que vous avez fait. Il ne sert à rien de nous tuer, dit Brandon.

Anand Gristedes tenait Brandon et Nick en joue au fond de la grande cour. Nick gisait sur le sol, pressant son flanc où une blessure par balle laissait échapper un flot de sang. Brandon se tenait debout, les mains en l'air, à quelques mètres de là. Il ne semblait pas blessé, Dieu merci.

— Si les flics savent ce que j'ai fait, je vais aller en prison quoi qu'il arrive. Autant en finir avec ceux qui m'y envoient.

Il leva son arme vers le torse de Brandon.

Yara sortit de la maison, son arme pointée sur Gristedes.

— Plus un geste, Gristedes !

Le docteur lui lança un regard paniqué, mais garda son arme braquée sur Brandon.

— Je ne crois pas, détective Thomas. C'est à vous de jeter votre arme maintenant, ou je l'abats.

— Vous savez que cela n'arrivera pas, dit Yara en se dirigeant vers les hommes.

— Arrêtez-vous ou je tire ! hurla Gristedes, sa main tremblant de plus en plus.

Elle stoppa net.

— Réfléchissez bien, docteur Gristedes. Vous pouvez partir d'ici menotté ou dans un sac mortuaire, mais ce sont vos seuls choix. Pensez à votre femme. À vos enfants. Ils ne voudraient pas que vous commettiez l'irréparable.

— Ma femme et mes enfants..., dit-il avec dérision. Ma femme m'a quitté. Elle a emmené les enfants. Elle ne m'a pas cru quand j'ai dit que je n'avais rien à voir avec la mort de Tanya.

Une femme intelligente. Pas assez pour se débarrasser de Gristedes plus tôt, mais mieux vaut tard que jamais.

— Si vous appuyez sur la gâchette, vous n'aurez jamais l'occasion de lui expliquer ou d'arranger les choses.

— Je ne peux pas arranger ça. Vous le savez aussi bien que moi. J'ai tué Tanya. Elle avait découvert mon activité secondaire. Quelques pilules ici et là. À des gens qui les demandaient ! Qui en avaient besoin ! Je ne vendais pas de la coke à des enfants. C'étaient des adultes. Comment pensait-elle que je payais pour son foutu appartement, hein ? La Mercedes ? Elle n'avait pas de problème à accepter l'argent jusqu'à ce qu'elle sache d'où il venait. Puis elle est montée sur ses grands chevaux. Elle aurait dû se mêler de ses affaires.

Quelle que soit sa justification, il venait d'avouer un meurtre.

— Gristedes, réfléchissez à ce que vous faites, dit doucement Brandon d'une voix apaisante.

— J'y ai réfléchi. Vous n'avez pas idée à quel point j'y ai réfléchi. Je ne peux pas aller en prison. Je ne peux pas aller en prison.

Gristedes pointa son arme vers Yara, mais avant que celle-ci ne puisse tirer, Brandon se jeta sur l'homme.

Ils heurtèrent le sol dans un bruit sourd, mais Gristedes ne lâcha pas son arme. Elle n'avait plus le champ libre et n'allait pas prendre le risque de toucher Brandon par erreur.

Brandon saisit la main armée de Gristedes au moment même où l'homme se cabrait, le projetant sur le côté. Preuve de sa détermination, Brandon ne lâcha pas la main du docteur. Il frappa l'arme contre le sol une fois, deux fois, avant que Gristedes ne perde finalement son emprise. L'arme tomba.

— Ne bougez plus ! cria-t-elle en visant les deux hommes.

Mais ils l'ignorèrent. Comme ils étaient toujours en train de se battre, elle n'avait aucune chance de tirer sans blesser Brandon.

Le médecin se cabra à nouveau et envoya un violent coup de boule à Brandon. Ils roulèrent, Gristedes prenant soudain le dessus. Il balança un coup de poing sauvage qui atteignit

Brandon à la nuque. La réplique de ce dernier fut plus ajustée, et son poing frappa la tempe de Gristedes. Celui-ci chut sur le côté, étourdi, mais seulement pour un instant. Il remarqua l'arme à portée de main et se précipita dessus.

Yara arriva la première. Elle repoussa le pistolet d'un coup de pied et tint Gristedes en joue.

— N'y pensez même pas. Sur le ventre, mains derrière la tête.

Gristedes leva les yeux vers elle. Pendant un bref instant, elle crut qu'il allait essayer de la bousculer, mais Brandon arriva, poussant l'homme sur le ventre.

Un bruit de sirène provenant de l'avant de la maison retentit. Martin fit irruption par la porte arrière, arme au poing.

Elle passa les menottes à Gristedes tandis que Martin gardait son arme braquée sur l'homme au cas où il déciderait de tenter une dernière fois de s'enfuir.

Les agents débarquèrent dans l'arrière-cour et quelqu'un cria d'appeler une ambulance.

Elle se dirigea vers Brandon, qui n'était plus qu'en maillot de corps et qui pressait sa chemise contre le torse de Nick.

— Ne t'en fais pas, dit-il à Nick. Les secours sont en route. Tu vas t'en sortir.

Yara observa le sang qui imbibait la chemise de Brandon et pria qu'il ait raison.

22

L'hôpital semblait heureusement peu fréquenté lorsqu'on amena Brandon et Nick. Ils furent pris en charge immédiatement, Brandon pour la bosse qu'il avait reçue à la tête et Nick pour la balle logée dans son estomac. Martin rentra au poste afin de s'occuper de Gristedes et de Manning.

Yara se retrouva donc seule dans la salle d'attente des urgences, impatiente de connaître l'état de santé de Brandon et de Nick.

Un peu plus d'une heure après son arrivée, Martin l'appela pour lui annoncer que Manning demandait déjà une réduction de peine en échange de tout ce qu'il savait. Il avait accepté de dénoncer tous les acteurs de la combine – Gristedes et plusieurs pharmaciens impliqués dans la vente illégale de médicaments. Apparemment, cela durait depuis des années, mais Gristedes était passé à la vitesse supérieure l'an dernier, vendant bien plus que ce qui passait pour raisonnable. Avec une femme, deux enfants et une petite amie aux goûts de luxe, il avait besoin de cet argent. Les ordonnances avaient attiré l'attention de l'ordre des médecins de l'État, qui avait ensuite contacté les autorités fédérales, donnant ainsi le coup d'envoi de l'enquête. Le procureur et le conseil médical collaboraient désormais pour fermer définitivement la clinique.

Gristedes refusait toujours de parler, mais Yara doutait qu'ils aient besoin de son témoignage. Il avait avoué le meurtre de

Tanya alors qu'il tenait Brandon et Nick en joue. Il finirait ses jours en prison.

Une femme enceinte entra en se dandinant, guidée par son mari, l'air pressé. L'une des infirmières du bureau d'accueil se mit immédiatement au travail, attrapa un fauteuil roulant et y installa la jeune femme. Le futur papa avait aussi l'air d'avoir besoin d'un fauteuil roulant. Yara aurait pu parier qu'il n'assisterait pas à tout l'accouchement sans s'évanouir. Avec une aisance éprouvée, l'infirmière guida le couple à travers le processus d'enregistrement, puis poussa la femme vers un ascenseur, son mari à sa suite.

Un instant plus tard, les portes des urgences s'ouvrirent et Brandon émergea. Elle se leva et vint à sa rencontre.

— Comment vas-tu ?

Elle l'examina de la tête aux pieds. À l'exception d'un bandage blanc sur son œil gauche, il n'avait pas l'air trop mal en point.

— Le médecin dit que je vais bien. Pas de commotion cérébrale. Juste une petite coupure au-dessus de l'œil. J'ai dû me la faire pendant la bagarre avec Gristedes. Quelques points de suture, une ou deux aspirines et je serai comme neuf. Des nouvelles de l'état de Nick ?

— Il est au bloc opératoire. Les médecins ne peuvent pas me dire grand-chose parce que je ne suis pas de la famille. Sa mère est à l'étage avec un ami. Il faudra peut-être attendre plusieurs heures avant qu'ils ne sachent quoi que ce soit.

— Je devrais monter m'asseoir avec elle.

Brandon se tourna vers l'ascenseur mais le mouvement soudain le fit grimacer. Il pressa deux doigts sur son bandage.

Elle tendit la main pour l'aider à garder son équilibre.

— Tu es blessé. Tu devrais rentrer chez toi et te reposer. Mme Rutger comprendra. Tu pourras l'appeler demain.

— Tu as peut-être raison, concéda-t-il à contrecœur.

— Viens. Je te ramène à la maison.

Brandon demeura silencieux pendant tout le trajet.

Yara se gara devant chez lui. Le fait qu'il ne rechigne pas lorsqu'elle l'aida à franchir le palier en disait long sur son état. Elle le guida doucement dans la chambre principale et l'aida à se mettre au lit, avant de retourner à la cuisine pour lui préparer un verre d'eau avec ses médicaments.

Les yeux de Brandon demeurèrent clos quand elle pénétra dans la chambre et déposa l'eau sur la table de nuit à côté du lit.

— Je pense que je devrais rester ici cette nuit. Juste pour garder un œil sur toi et être sûre que tu ne fasses pas de bêtises.

Il ouvrit les yeux et sourit, effrontément.

— Je ne sais pas si je veux que tu restes si l'on n'a pas le droit aux bêtises.

Elle sentit un petit sourire fleurir sur ses lèvres. Même avec une blessure à la tête, cet homme ne manquait pas de charme.

— En voilà de belles paroles, mais tu m'as plutôt l'air sur le point de t'écrouler que de faire des galipettes.

— Avec toi, je pense que je serai toujours prêt à faire des galipettes.

Son expression s'adoucit et elle sentit une vague d'émotions l'envahir. Elle aurait pu le perdre aujourd'hui. L'idée la frappa avec une force qu'elle n'aurait pas crue possible.

— Et si tu prenais une douche chaude et que tu te remettais au lit pendant que je te prépare quelque chose à manger ? Si tu es encore éveillé après cela, on pourra regarder un film. Ce sont les seules acrobaties auxquelles tu auras le droit ce soir.

Tout ce qu'elle voulait, c'était se blottir contre lui et le serrer dans ses bras. Le garder à ses côtés et savoir qu'il était en sécurité.

— Attends une seconde.

Il lui prit la main alors qu'elle commençait à se tourner vers la cuisine et la regarda droit dans les yeux.

— Je vais bien, tu sais. Je vais bien.

La sincérité et l'honnêteté qu'elle vit dans son regard la convainquirent finalement qu'il n'était plus en danger.

Elle leva sa main libre et lui caressa la joue, déclenchant une nouvelle vague d'émotions.

— Quand j'ai vu Gristedes braquer son arme sur toi, je n'ai jamais eu aussi peur de ma vie.

— Et quand tu as franchi cette porte, prête à tuer pour me protéger, je n'ai jamais rien vu d'aussi beau de ma vie. Yara, je ne sais pas comment cela s'est passé, mais quelque part au cours de cette enquête, je suis tombé amoureux de toi.

Le cœur de Yara s'emballa sous la force de ses paroles.

— Vraiment ?

— Vraiment. Et j'espère juste que tu ressentiras une fraction de ce que j'éprouve. Je sais que tu n'étais pas prête avant, mais je suis disposé à attendre aussi longtemps qu'il le faudra. Peut-être avec du temps…

— Je t'aime aussi.

Les yeux de Brandon s'écarquillèrent.

— Vraiment ?

Elle passa les bras autour de son cou et se pencha pour l'embrasser, reculant avant que leurs lèvres ne se rencontrent lorsqu'il grimaça.

— Oh ! je suis désolée. Je t'ai fait mal ?

Il la serra contre sa poitrine.

— Cela vaut la peine de souffrir un peu pour t'entendre dire ces mots.

Elle rit, son cœur s'envolant à cette idée.

— Je les dirai tous les jours si tu veux. Tant que tu m'aimes aussi.

Il pencha la tête jusqu'à ce que ses lèvres rencontrent les siennes.

— Tes désirs sont des ordres.

23

Allongés sur les chaises longues de la terrasse de Brandon, Yara et lui partageaient un verre de vin rouge en regardant le coucher de soleil, goûtant la compagnie de l'autre. Brandon avait allumé le brasero et ils se tenaient suffisamment près l'un de l'autre pour que la chaleur les réchauffe et que les flammes projettent des ombres sur la mâchoire ciselée de Brandon. Cela faisait un peu plus d'un mois qu'elle avait ramené Brandon de l'hôpital, et ils avaient passé presque toutes les nuits suivantes ensemble. Il s'était bien remis de sa blessure à la tête, ne souffrant que de quelques vertiges. Le plus dur avait été de le forcer à se reposer.

Elle avait été surprise par la rapidité avec laquelle elle avait trouvé sa place au sein d'un couple. Les textos et les appels rapides pour savoir ce qu'ils allaient manger et chez qui ils allaient dormir ce soir-là faisaient maintenant partie de son quotidien. Elle avait même accepté d'assister à un barbecue familial chez Brandon réunissant ses frères et leurs familles, ainsi que Sasha, Eddie et Mlle Hanny. Le frère aîné de Yara, Henry, avait promis de revenir bientôt dans la région pour rencontrer Brandon.

Elle jeta un nouveau coup d'œil à Brandon, le cœur battant la chamade.

Tout cela allait bien vite, mais c'était… agréable.

Comme s'il avait perçu ses pensées, Brandon tourna la tête et la regarda en souriant.

— Tu as faim ?

Elle lui rendit son sourire.

— Une faim de loup.

Ils avaient encore beaucoup à apprendre l'un sur l'autre, mais une chose qu'ils avaient déjà établie, c'était que, s'ils voulaient des repas maison autres que des spaghettis, c'était à lui de cuisiner.

Il se pencha et pressa ses lèvres contre les siennes en un baiser rapide et doux avant de se lever.

— J'ai préparé des épinards et du poulet. Je vais les mettre au four.

Le téléphone de Yara sonna alors qu'il disparaissait à l'intérieur.

— Thomas.

— Gristedes souhaite négocier une réduction de peine, déclara Martin sans préambule.

— Manning nous a déjà tout dit. Nous n'avons pas besoin de conclure un accord pour coffrer Gristedes pour de bon.

Manning avait en effet tout raconté à Morgan Corbett dès son arrestation et balancé les noms des personnes impliquées dans cette vaste fraude. Il avait donné aux autorités fédérales des détails sur la façon dont il s'était retrouvé mêlé au réseau de fraude aux médicaments des années auparavant. Après avoir rejoint le cabinet, le Dr Gristedes avait rapidement compris ce qui se passait et avait exigé d'être, lui aussi, inclus dans le business. Mais Manning jurait qu'il n'avait rien à voir avec le meurtre de Tanya et avait accepté de témoigner contre son ancien collègue en échange d'une peine de prison plus clémente.

— Oui, mais le procureur Corbett veut être sûr qu'aucun d'eux ne puisse s'en sortir. Avec cette négociation, Gristedes plaide coupable, et lui et Manning passeront une grande partie de leur vie en prison. Gristedes a admis avoir incité Tanya à faire un tour en voiture avec lui. Il l'a amenée jusqu'à la route 30, où il l'a tuée et a essayé de faire croire à un suicide avant de retourner sur l'autoroute et de reprendre sa voiture là où il l'avait laissée, à la sortie la plus proche. Il nous a dit que nous trouverions l'arme dans le chalet de chasse de ses parents. J'ai déjà un mandat en cours, et le bureau du shérif local va procéder à la fouille.

Ils avaient déjà fouillé le domicile de Gristedes et retrouvé l'ordinateur de Tanya caché dans un placard. Gristedes avait admis avoir détruit le téléphone et l'avoir jeté, de sorte que l'objet était probablement perdu à tout jamais. Il avait également innocenté Zachary Brooks de toute implication dans le meurtre de Tanya, mais accusé Zach d'avoir tenté de le faire chanter au sujet de la fraude. C'était probablement l'une des raisons pour lesquelles Morgan était si enthousiaste à l'idée de négocier avec Gristedes. La présence au procès d'un témoin clé ayant tenté de faire chanter l'accusé n'était pas de nature à renforcer la crédibilité de Gristedes auprès d'un jury.

— Combien de temps le procureur propose-t-il ?

— Quinze ans pour la fraude à l'assurance maladie et trente ans pour le meurtre avant de pouvoir bénéficier d'une libération conditionnelle. Ce n'est pas mal.

Ce n'était peut-être pas mal, mais ce n'était pas assez. Cela dit, c'était probablement le mieux qu'ils puissent obtenir, et rien ne ramènerait Tanya à la vie.

— Et Nick ? demanda Yara.

Nick Rutger avait survécu à sa blessure par balle, mais il était accusé de possession illégale d'arme, et Brandon s'était donné pour mission d'obtenir l'abandon ou la réduction des charges.

— La procureure chargée de l'affaire doit encore parler à ton petit ami, mais elle va lui proposer de réduire les charges à un délit mineur. L'opinion publique n'est pas de son côté, et elle le sait. Nick ne fera pas de prison.

Elle expira de soulagement au moment où Brandon revenait dans le patio avec une autre bouteille de vin.

— Oh ! encore une chose, dit Martin. Nous avons enfin retrouvé Jasper Reinholt. Il a vraiment eu une urgence familiale. Son père a eu une crise cardiaque et Jasper a passé des jours à l'hôpital à ses côtés avec son téléphone éteint. On a également pu vérifier avec la compagnie aérienne. Son alibi tient la route.

— Merci pour les infos, Martin.

— Le travail ? demanda Brandon avec un haussement de sourcils.

Elle lui raconta ce que Martin venait de lui dire pendant qu'il leur versait à chacun un autre verre de vin.

— J'ai vu que j'avais quelques messages vocaux. Je crois que je sais de quoi il s'agit maintenant.

— As-tu besoin d'aller les consulter tout de suite ?

Il posa la bouteille sur la table et s'installa sur la chaise longue à côté d'elle, lui entourant la taille de ses bras.

— Cela peut attendre. Je suis là où je dois être en ce moment.

Elle ressentit une chaleur monter en elle qui n'était pas due au feu. Elle se blottit contre Brandon qui la serra plus fort.

— Tu sais quoi ? Je pense que je le suis aussi.